»Schnell, absurd, unglaublich komisch!«
Cosmopolitan

Selbst Gefängnis wäre besser als ein Job beim *Kiez-Report*, dem Hamburger Sex-Schmuddelblättchen. Da sind sich die fünf Mädels der Redaktion einig: Gerlinde, Peggy, Heidi, Liesel und Brigitte müssen sich vom cholerischen Chefredakteur Herbert terrorisieren lassen, der am liebsten Kohlrabi-tragende Models auf Stoppelfeldern fotografiert.
Auch privat gibt's mit den Männern nur Stress. Da kommt ihnen eine mörderische Idee: Herbert soll stellvertretend für die ganzen Scheißkerle sterben. Aber wie? Heinrich, der kurzsichtige Redaktionsalligator, scheint nicht geeignet für die Aufgabe – aber ist der hausstauballergische Auftragskiller Oscar der Richtige?

Steffi von Wolff, geboren 1966, arbeitet als Redakteurin, Moderatorin, Sprecherin, freie Autorin und schreibt Comedy. Sie wuchs in Hessen auf und lebt heute mit Mann und Sohn in Hamburg. Ihre im Fischer Taschenbuch Verlag erschienenen Romane ›Fremd küssen‹ (Band 15832) und ›Glitzerbarbie‹ (Band 16077) sind eine Frechheit. Und Bestseller.

Unsere Adresse im Internet: www.fischerverlage.de

Steffi von Wolff

ReeperWahn

Roman

Fischer Taschenbuch Verlag

Helo Fritschkus.
Libdsch.

5. Auflage: November 2005

Veröffentlicht im Fischer Taschenbuch Verlag,
ein Unternehmen der S. Fischer Verlag GmbH
Frankfurt am Main, Juni 2005

Satz: Pinkuin Satz und Datentechnik, Berlin
Druck und Bindung: Nørhaven Paperback A/S, Viborg
Printed in Denmark
ISBN-13: 978-3-596-16588-9
ISBN-10: 3-596-16588-1

Starring

Gerlinde Fuchs
eine gutmütige Redakteurin beim *Kiez-Report*
Peggy Stillhagen
eine ehrgeizige Redakteurin beim *Kiez-Report*
Heidi Schwefel
eine hungrige Grafikerin beim *Kiez-Report*
Brigitte van Helsing
eine vergessliche Grafikerin beim *Kiez-Report*
Liesel Fricke
eine handfeste Sekretärin beim *Kiez-Report*

Heinrich Fuchs
ein kurzsichtiger Alligator
Herbert Loose
der cholerische Chefredakteur *des Kiez-Reports*
Hetty Loose
seine bügelbesessene Ehefrau
Ortwin Reiher
der überforderte Prokurist des *Kiez-Reports*

Giselher Stubenlast
der etwas andere Bestattungsunternehmer
Oscar
ein asthmatischer Auftragskiller
Hauke
ein ambitionierter Leichentransporteur
Anastasia
ein weibliches Reptil

Hubert Möller
ein glückloser Gerichtsvollzieher
Giorgio Simader
ein kulturell interessierter Kriminalinspektor
Gudrun Simader
seine kulturell interessierte Gattin
Torben Trautmann
ein schuppenflechtegeplagter Kriminalinspektor

Wulf Kümmel
ein zugezogener Polizist
Victor Scharf
ein zugezogener Polizist
Izmail Kebab
ein zugezogener Polizist
Kai
der Azubi

Washington Fricke, Friedrich Toblaski, Volker D., Claudia G-Punkt, Jan O., Bernadette Ç., Fridolin B., Martin L. und Bruder Viktorius

Special Appearances

Rainer von Ochs
Erster Regierender Bürgermeister der Freien und Hansestadt Hamburg

Marianne Lustig
Bestsellerautorin

Die Hektor-Hüpfer-Foundation

Zwei Wellensittiche, ein Zackenbarsch und ein kleines Huftier

Bei der Produktion dieses Werkes sind keine lebenden Tiere zu Schaden gekommen.

Alcatraz. Allein das Wort lässt einem Schauer über den Rücken laufen. Alcatraz bedeutete Horror, Gefangenenmisshandlung, offene Wunden und vor allen Dingen: kein Entkommen. Wer in Fußketten nach Alcatraz verlegt wurde, hatte etwas Schlimmes getan. Meucheleien unter den Gefangenen waren an der Tagesordnung. Skorbut auch. Glaube ich zumindest. Jedenfalls muss es furchtbar gewesen sein in Alcatraz. Bestimmt gab es auch Ungeziefer. Ratten mit messerscharfen Zähnen und blutunterlaufenen Augen, und die Gefangenen konnten sich nicht gegen sie wehren, weil sie nämlich festgekettet waren und sich jahrelang fragten, warum sie nicht einfach sterben dürfen. Und hofften, dass eine Ratte sie endlich annagt.

Aber Alcatraz war mit Sicherheit ein Zuckerschlecken gegen einen Job beim Kiez-Report. *Ach, wenn es doch Alcatraz noch gäbe! Ich würde mich sofort um eine Gefangenschaft dort bemühen.*

1

Herbert schwitzt. Er schwitzt so, dass er kaum noch seine Kamera halten kann. Ständig rutscht sie ab, weil Herberts Hände schweißnass sind. Die Schweißtropfen laufen in Bächen sein Gesicht herunter. Unter seinem Polyesterhemd befinden sich in Achselhöhe platztellergroße nasse Flecken. Seine speckige Hose, die das letzte Mal in den zwanziger Jahren gewaschen wurde, müffelt. Der ganze Mann müffelt.

Wir stehen zu viert im Studio, einem kleinen, fensterlosen Raum hinter der eigentlichen Redaktion. Weil das Studio kein Fenster hat, kann man hier auch nicht lüften, und für eine Klimaanlage oder einen Ventilator ist Herbert zu geizig.

»Stell dich doch mal geil hin jetzt!«, fährt er das Model aus Litauen an, das gar nicht versteht, was er sagt. Herbert hüpft vor ihr auf und ab. Eine unangenehme Duftwolke breitet sich im Studio aus.

Herbert ist ein schrecklicher Mensch. Er sieht auch schrecklich aus. Seine Haare sind rot und fallen manchmal in Büscheln aus. Dann behauptet er immer, er habe kreisrunden Haarausfall. Herbert ist kein Kostverächter und wiegt deswegen über hundertzwanzig Kilo bei einer Größe von unter einem Meter siebzig.

Er stellt sich vor dem Model in Pose und macht Handbewegungen, die ihr klar machen sollen, dass sie sich genauso wie er hinstellen soll. Er verschränkt die Arme hinter dem Kopf und steht breitbeinig vor ihr: »So! Kapito! So stellen!«

Das Model scheint endlich zu verstehen, was er meint, und stellt sich schüchtern in Positur. Hilfesuchend schaut die Frau uns an. Peggy blickt zu mir. Ist das wieder furchtbar alles.

»Die glotzt so doof, die glotzt viel zu doof!«, motzt Herbert. »Sag der mal, dass sie nicht so doof glotzen soll!«
Wir schauen zu Ivanka, dem litauischen Model, und lachen und deuten dann auf sie. Sie fängt an zu weinen.
»Sicher denkt sie jetzt, wir lachen sie aus«, sagt Peggy und schüttelt den Kopf. »Nein, du lachen, du!«
»So eine Scheiße. Warum tu ich mir das überhaupt noch an«, krakeelt Herbert. »Jetzt ist auch noch der Film voll!« Durch seine riesengroße Hornbrille, die ihn wie einen Uhu aussehen lässt, starrt er auf seinen Fotoapparat und öffnet das Filmfach. Umständlich nestelt er an dem Film herum. »Die blöde Nuss soll lachen und geil schauen!«, ruft er uns zu. »Jetzt macht mal hin! Ihr könnt froh sein, heutzutage einen Job zu haben, ein Anruf genügt und hier stehen die Redakteure Schlange!« So feinfühlig und nett ist er, unser Herbert. »Warum beschäftige ich überhaupt Frauen«, fügt er genervt hinzu. »Es ist doch schon schlimm genug, dass ich die dauernd fotografieren muss. Alles Scheiße, alles Scheiße! Ab nächsten Monat gibt's 'ne Gehaltskürzung, damit ihr's wisst. Wem das nicht passt, kann gehen!« Dann läuft er einfach aus dem Studio und lässt uns mit dem Model zurück.

»Ich brauche ein anderes Wort für *Muschi*«, sagt Peggy und schaut mich verzweifelt an. »Ich kann doch nicht immer *Muschi* schreiben. Die Leser denken ja, es geht um eine Katze.«
Ich suche meinen Schnellhefter, in dem ich mal verschiedene Ausdrücke für die diversen Körperteile von Frauen und Männern gesammelt habe. Hier: *Pussy*, *Lustgrotte*, *Lustkanal*, *Bärchen*, wenn Schamhaare vorhanden sind, und *Liebesmuschel*.

»Nimm *Liebesmuschel*«, sage ich zu Peggy und trinke einen Schluck Kaffee.
»*Liiiiiebesmuschel!* Ich glaub, ich brenne«, ruft sie und schüttelt den Kopf. »Wie hört sich das denn an? Das hat König Ludwig der Vierzehnte vielleicht zu seinen Mätressen gesagt, aber das kann ich doch nicht für diese Wichsvorlage nehmen.«
Es ist Montag, zehn Uhr dreißig. Es ist Frühling. Draußen zwitschern Vögel. Es ist auch schon relativ warm. Es könnte ein schöner Tag werden. Wir sind noch allein. Herbert kommt immer später. Herbert ist der Chefredakteur vom *Kiez-Report.* Er hat keinen Plan davon, was wir fünf Kolleginnen hier den ganzen Tag machen, ist ein notorischer Nörgler, ein ekelhafter Besserwisser und noch dazu ein Hypochonder.
»Ich werde bald sterben, Frau … Frau … äh, Frau … Fuchs«, pflegt er mit dümmlicher Stimme zu klagen, »hier, sehen Sie sich dieses Geschwür an! Es wird sich öffnen, bald schon sogar!«
So was macht er gern, wenn man beim Mittagessen sitzt und ganz genau weiß, dass man keinen Appetit mehr auf die Pizza oder die Nudeln hat, wenn er einem seinen Unterarm hinhält, an dem sich eine Eiterbeule befindet, die kurz vorm Platzen ist. »Es wird sich entzünden und meine Tetanusimpfung wird gar nichts nützen. Wissen Sie, wie furchtbar es ist, an einer Entzündung zu sterben?« »Nein, das weiß ich nicht, woher denn auch«, antworte ich dann genervt, aber Herbert hört nicht auf: »Es sind grausame Schmerzen«, phantasiert er, »es dauert Tage, wenn nicht Wochen. Dann endlich der Tod – eine Erlösung!« Er bringt es fertig, die Eiterbeule vor unseren Augen auszudrücken, um dann doch nicht zu sterben. Denn Herbert ist ein zäher Brocken. Er wird uns alle überleben und dann die nächsten Menschen in den Wahnsinn treiben.

»Ich schreibe gar nichts mit *Muschi*«, entschließt sich Peggy. »Ich schreibe einfach, dass sie den *Lustbolzen zwischen ihren bebenden Schenkeln spüren möchte.* Wie findest du das?« Ich nicke und schaue mir das Dia an.

»Wäre nicht *wabbelnde* Schenkel besser?«, frage ich und schaue mir die *dauergeile Hausfrau Frieda* an, die zwar verheiratet ist, es aber gern mal mit dem Schlosser treibt, der momentan in dem Mehrfamilienhaus zu tun hat, in dem Frieda wohnt. Frieda wiegt ungefähr zweihundert Kilo, und ich frage mich, ob der Schlosser bei ihr überhaupt den richtigen Eingang finden kann bei der Masse an Fleisch. Aber Handwerker lassen sich ja so schnell nicht unterkriegen.

»Wie war dein Wochenende?«, frage ich.

»Ich habe wieder eine Absage bekommen«, sagt Peggy bitter und sortiert ein paar Dias mit fetten Frauen in eine Klarsichthülle.

»Wo hast du dich denn beworben?«, frage ich teilnahmsvoll.

»Beim Mauser-Verlag«, sagt Peggy böse. »Angeblich bin ich in der engeren Auswahl gewesen, aber dann hat man sich letztendlich doch für eine Mitbewerberin entschieden. Ich sei überqualifiziert, haben sie geschrieben.«

»Ach«, sage ich und wundere mich ein wenig, »wieso denn überqualifiziert?«

»Das schreiben die doch einfach nur so«, regt sich Peggy auf und knallt die Klarsichthülle in ein Ablagefach. »Damit nehmen sie einem den Wind aus den Segeln. Idioten! Ich werde bis an mein Lebensende in diesem Bumsschuppen hier sitzen und deformierten Weibern blöde Namen geben, damit sich irgendwelche LKW-Fahrer darauf einen runterholen! Ich werde hier auf diesem Stuhl sterben!«

Wir sind zu fünft in der Redaktion und wir sind alles Frauen. Wir sind alle Mitte dreißig, außer Liesel, die ist Mitte vierzig. Außer dem *Kiez-Report* bringen wir noch ungefähr fünfundzwanzig andere Hefte raus. Nein, es sind keine abwechslungsreichen Hefte, nichts wie *Wild & Hund* oder *Meine Familie & ich*, es sind alles Hefte, in denen es um das Grundbedürfnis der Menschheit geht: Sex. Beziehungsweise das Grundbedürfnis der Männer. Denn Frauen lesen unsere Zeitschriften so gut wie gar nicht. Sie kommen nur drin vor.

Mal sind die Frauen schlank, mal mollig, mal superfett, mal sind sie bisexuell, tragen gern Nylonstrümpfe oder Lack und Leder. Manche mögen auch Sex an außergewöhnlichen Orten. Aber eins wollen sie alle: Vögeln, bis die Schwarte kracht. Peggys und meine Aufgabe ist es, die entsprechenden Dias für die diversen Hefte auszusuchen und einzukaufen, den Tussen Namen zu geben und die entsprechenden Texte zu verfassen. Unsere Zielgruppe sind Männer im Alter von zwanzig bis hundert, die a) entweder keine Frau abkriegen und sich ihre Befriedigung auf diesem Wege holen, b) eine Frau haben, die nicht mit ihnen ins Bett will oder, und das halte ich für am wahrscheinlichsten, c) sich einer Frau gegenüber einfach nicht artikulieren können, weil sie zu dumm in der Birne sind, und daher nicht bekommen, was sie wollen.

Dann gibt es Brigittchen und Heidi. Die layouten, was Peggy und ich uns ausgedacht haben. Die beiden sitzen vor ihren Rechnern, scannen die Nacktfotos, setzen Texte drunter und wuseln so lange herum, bis alles gut fürs Auge ist. Dann geben sie es in die Druckerei. Alles muss schön sein. Der Leser soll sich ja wohlfühlen, wenn er seinen *großen Krieger* in die Hand nimmt.

Und dann ist da noch Liesel. Liesel ist die Sekretärin von Herbert und muss sich am Telefon blöde Fragen anhören. (»Wie kann ich denn die Brunhilde aus dem einen Heft, aus der *Molli-Parade*, kennen lernen? Die hat so scharfe Möpse, die muss ich kennen lernen!« »Wenn die Damen nicht ausdrücklich schreiben, dass sie Kontakt suchen, gibt es leider keine Möglichkeit!« »Aber ich muss diese Brunhilde da, da, diese Brunhilde da, Seite zwölf, da, die, da, die muss ich kennen lernen!« »Wie ich schon sagte, wenn nicht ausdrücklich im Text vermerkt ist, dass die Dame Kontakt sucht, kann ich Ihnen da gar nicht helfen!« »Aber, aber, aber, ich muss, muss, muss doch diese Brunhilde …« So kann das eine Stunde gehen!)

Außerdem ist Liesel noch für die Anzeigen zuständig. In unseren Heften inserieren keine Autohersteller oder Müslifabrikanten, in unseren Heften inserieren unter anderem Frauen, die ihre getragenen Slips verkaufen wollen oder die Männern, die Sorgen haben oder sich einfach so unterhalten wollen, für einen Euro sechsundachtzig die Minute am Telefon ihre Zuhördienste anbieten. Liesel muss die grauslich formulierten Anzeigentexte umschreiben. Manchmal inserieren auch ausländische Mitbürgerinnen, dann liest sich das ungefähr so: »Hab du Lust Riecherchen magen an Hose drunner getrag, is drei Wogen nix Wechsel gemagt, schnupperlecker will du Lust hab? Mussdu Geld schick. Los los!«

Aber es geben auch Männer Anzeigen auf, Männer, die einen One-Night-Stand suchen, Männer, die jemanden suchen, der es mit ihnen nachts auf dem Friedhof treibt, Männer, die Erregung dabei verspüren, wenn eine Frau sie fotografiert, während sie, die Männer, einen engen Ganzkörperlatexanzug tragen und dabei ein Huhn ausnehmen. Es gibt nichts, was es nicht gibt in den Inseraten. Zum Glück ist Liesel eine gestandene Frau. Sie ist

sehr groß und kräftig, und wenn ich ihr Mann wäre, hätte ich Angst vor ihr. Liesel weiß, wie man mit unseren Lesern umgehen muss. Sie hat grundsätzlich immer das letzte Wort und lässt sich gar nichts sagen.
Ich heiße übrigens Gerlinde. Keine Ahnung, was sich meine Eltern dabei gedacht haben. Mit meinem Zweitnamen Sieglinde wird es auch nicht besser. Wer will schon wie eine Kartoffelsorte heißen? Ich bin nach einer gescheiterten Ehe geschieden, nicht besonders groß und auch nicht besonders hübsch, und manchmal erwische ich mich dabei, wie ich sehnsuchtsvoll über dem Leuchttisch stehe und mir Frauen mit Traumkörpern ansehe. Makellos. An mir ist nichts makellos. Wenn mich jemand mal fragen sollte, was ich an mir mag, dann werde ich leider nichts antworten können. Meine Arme sind viel zu lang im Verhältnis zu meinem restlichen Körper, und meine Figur könnte man traubenförmig nennen. Alles, was ich an überflüssigem Fett zu mir nehme, verteilt sich nicht etwa im ganzen Körper, sondern bleibt in der Mitte am Hintern hängen. Und zwar für immer. Meine Haare sind Zotteln, die sich nicht kämmen lassen und wirr abstehen. Wie man die Farbe nennt, weiß ich nicht. Schlammfarben würde am ehesten passen. Um es kurz zu machen: Ich sehe beschissen aus. Am schlimmsten finde ich, dass sich, wenn ich wütend bin oder mich aufrege, zwischen meinen Augen eine Art Beule bildet, also so über der Nase. Diese Beule verfärbt sich dann, und es sieht so aus, als hätte ich drei Augen. Wenn ich mich sehr aufrege, kann es passieren, dass ich noch eine kleine Zusatzbeule in Form einer Augenbraue bekomme, dann sieht es noch mehr so aus, als hätte ich drei Augen. Das passiert mir ziemlich oft. Alle haben sich schon daran gewöhnt, nur ich nicht. Weil ich mich nicht daran gewöhnen will.

Wir sind alle nicht glücklich hier. Nicht, dass wir uns nicht verstehen. Nein, das tun wir! Und wir halten zusammen. Es bleibt uns auch nichts anderes übrig. Es ist wegen Herbert. Wenn Herbert nicht wäre, es wäre herrlich hier! Aber Herbert ist ein Störfaktor. Ein menschliches Arschloch. Ein Widerling. Unsere Mittagspause dürfen wir nicht draußen verbringen: »Dann hocken Sie dann da in den Kneipen und kommen nicht zurück, nein, nein, es wird hier geblieben!« Aufs Klo gehen müssen wir heimlich: »Schon mal was davon gehört, dass Wasser teuer ist? Dauernd diese Spülungen, nicht mit mir! Das kann man einhalten, bis man zu Hause ist.«
Telefonate sind nicht gestattet: »Wenn diese Bierhersteller bei uns eine Anzeige schalten wollen, sollen DIE gefälligst anrufen, immer diese Rückrufe, das kostet ja über einen Euro bei der Länge.« Was zur Folge hat, dass der Bierhersteller eben keine Anzeige bei uns schaltet. Licht? Um Himmels willen: »Wie, ihr macht im Winter die Lampen an? Wisst ihr, was Strom kostet?« Wer morgens um eine Minute nach neun Uhr kommt, kriegt eine Abmahnung, und es gibt eine Stechuhr, die von Herbert ununterbrochen kontrolliert wird. Wir müssen sogar stempeln, wenn wir nach unten gehen und die Tür öffnen müssen, weil die mal wieder klemmt, der Postbote uns aber gern die Post zustellen möchte. Jedes Arbeitsgericht würde uns Recht geben, aber wir sind nun mal alle angewiesen auf diesen Job. Leider.
Herbert macht sich einen Spaß daraus, uns permanent niederzumachen. Es ist schon so, dass wir Sonntagabends Magenschmerzen bekommen, bloß weil der Montag vor der Tür steht. Manchmal, wenn Herbert in seinem Büro am Fenster steht, haben Peggy und ich uns schon überlegt, einfach schnell hinzurennen und ihn runterzustoßen. Aber bei unserem Glück fährt auf

der Straße gerade ein Laster vorbei, der Schaumstoffmatratzen geladen hat. Was zur Folge hätte, dass Herbert kurze Zeit später wieder in die Redaktion gebuckelt käme. Noch nicht mal seine Brille würde schief sitzen.
Wenn Herbert schlecht drauf ist, was eigentlich immer der Fall ist, streicht er uns nach Lust und Laune den Urlaub (»Ich glaub, es geht los, Gran Canaria!«) oder das Wochenende (»Los, Frau … Frau … Frau, äh, egal, da hat in Wellingsbüttel ein neuer Puff aufgemacht, da müssen Sie hin und drüber schreiben!«). Nicht nur einmal haben Peggy und ich unsere Samstage in neu eröffneten Bordellen verbracht und Nutten interviewt, was eigentlich so gar nichts bringt. (Was soll man die denn groß fragen? Ob ihnen der Job Spaß macht? Ob sie auf Lohnsteuerkarte arbeiten? Ob das da in der Ecke Plastikpflanzen oder echte sind? Ob ein Freier sie schon mal »hier rausholen« wollte? Was ihre Eltern davon halten?) Davon mal ganz abgesehen machen die meisten Puffs kurz nach der Eröffnung wieder zu, aus Gründen, die nur Negerkalle oder der Einwanderungsbehörde bekannt sind. Nicht etwa, dass wir die Extrastunden bezahlt bekämen – um Himmels willen, mit so was darf man Herbert gar nicht erst kommen. Ich warte nur noch auf den Tag, an dem Herbert einer von uns einfach so eine knallt, weil sie mehr als dreißig Mal pro Stunde geatmet hat. Weil Sauerstoff ja auch so teuer ist.

Ich verbringe den Vormittag damit, Sexnews zu schreiben. Da ich zu faul bin, um im Internet nach echten zu surfen, denke ich mir einfach welche aus.
Wer jeden Tag einen Teelöffel Honig isst, bekommt mit der Zeit ein größeres Ding.
Bald gibt's den ersten fahrenden Autobahnpuff.

Wie sie ein Eis isst, so bläst sie.
Es ist zum Kotzen. Außerdem wuselt Herbert schon wieder im Flur herum. Er hat die schreckliche Angewohnheit, sich vor die Türen zu schleichen, um sie dann ruckartig aufzureißen. Herbert denkt nämlich grundsätzlich, dass wir nie arbeiten, sondern uns die Nägel lackieren oder ein Brot backen.
Da! Rrrrums! Er läuft zu Peggy und knallt ihr ein Heft vor die Nase:
»Frau, Frau … Frau …«, er konnte sich noch nie unsere Namen merken, »was ist denn das für eine Scheiße! Wie konnte das denn passieren?«
Peggy wird rot und schaut schuldbewusst drein. Wir werden alle rot und schauen schuldbewusst drein, wenn Herbert uns anschreit, obwohl wir nie wirklich schuld sind.
»Was ist denn, Herr Loose?«, fragt Peggy. Über ihren Augenbrauen bilden sich Schweißperlen.
Herbert blättert im Magazin *Lust ohne Frust* und findet endlich die Seite, die er sucht. Es ist eine doppelseitige Anzeige eines Snack-Herstellers, die uns fünfzehntausend Euro eingebracht hat. Peggy und ich haben das angeleiert, hurra, endlich mal eine normale Anzeige, und in Absprache mit Herbert ist die Anzeige nun im Heft.
Aber davon will der jetzt gar nichts mehr wissen: »Wenn ich noch einmal so eine gequirlte Scheiße sehe, fliegen Sie raus, aber in hohem Bogen, und zwar alle beide!«, schreit er uns an. »Die Kerle wollen Titten sehen und Schamhaare und Fette und Dünne und Lesben, aber keine Knackwürste!«
»Wir haben das doch mit Ihnen abgesprochen«, wage ich einzuwerfen und bereue es schon, während ich es sage.
Herbert fährt zu mir herum: »Wer hat Sie denn gefragt?«, blökt

er mich an, »finden Sie erst mal einen Mann, dann können Sie mitreden!« Er liebt es, mich immer wieder deutlich darauf hinzuweisen, dass ich Single bin. »Jetzt sitzen Sie nicht wieder da rum wie ein Affe mit Ihren langen Ärmchen«, geht es weiter. »Arbeiten Sie gefälligst, oder können Sie das mittlerweile auch nicht mehr?« Devot fange ich an zu tippen und starre auf den Monitor. »Mit Ihnen würde jede Partnervermittlungsagentur pleite gehen«, Herbert wird immer freundlicher, »sparen Sie mal auf eine Perücke! Und kommen Sie mir nicht nochmal damit, dass Sie einen neuen Drehstuhl brauchen! Bei dem Hintern verschleißen Sie mir drei Stück pro Jahr. Die können Sie sich ab sofort selbst beschaffen!« Ich nicke und versuche, die Tränen zu unterdrücken, die mir in die Augen schießen. Aber es nützt nichts, sie rollen über meine Wangen. »Hör auf zu heulen!«, Herbert wird aggressiv. »Da wird wieder Klopapier verbraucht, das ich bezahlen muss. Bloß weil eine von euch wieder ihre Tage hat und ständig am Flennen ist!« Er dreht sich um und stampft weg. Die Tür knallt hinter ihm zu.

Sofort steht Peggy auf und kommt zu mir. Tröstend legt sie die Hand auf meinen Arm: »Mach dir nichts draus, Lindi«, sagt sie lieb, »wir wissen doch, wie er ist.«

Ja, wir wissen, wie er ist. Leider, leider wissen wir's.

2

»Ich weiß nicht, was ich mit Washington machen soll«, beschwert sich Liesel, während wir unsere Mittagspause abhalten. »Das Kind raubt mir den letzten Nerv. Jetzt will er sich tätowieren lassen. Eine Nachttischlampe will er auf dem Rücken haben. Das sei jetzt modern, alle hätten Nachttischlampen auf dem Rücken, hat er gesagt. Die Nachttischlampen-Tattoos hat irgend so ein Hip-Hopper entworfen, das hat mir die Mutter von Joshua erzählt, weil, der Joshua will jetzt auch eine Tätowierung, auch eine Nachttischlampe, aber eine, die brennt!«

»Wie kann man denn bei einer Tätowierung erkennen, ob die Lampe an oder aus ist?«, fragt Heidi interessiert, während sie wie jeden Mittag einen Joghurt mit Vollkornmüsli mischt und ihn sich mit einem überlangen Plastiklöffel einverleibt.

»Die strahlt dann«, klärt Liesel Heidi und uns andere auf, »der Lichtschein wird extra mittätowiert.«

»Verbiete es ihm doch«, sagt Brigittchen. »Washington ist gerade mal zehn.« »Zehneinhalb«, sagt Liesel so, als würde diese Tatsache die Tätowierung rechtfertigen. »Wenn ich das Dietmar erzähle, dreht der durch.«

Dietmar ist Liesels Mann. Ich kenne keinen Mann, der so demonstrativ vom Verheiratetsein gelangweilt ist. Dreimal im Jahr fährt er mit seinem Kleingärtnerverein nach Menorca. Nie mit Washington und Liesel, nein, immer allein. Liesel und Washington können ja Tagesausflüge mit Bus und Bahn unternehmen, denn wenn Dietmar weg ist, bleibt der neue Zafira in der Garage, obwohl Liesel einen Führerschein hat. Da bin ich doch lieber Single.

Ich lüge schon wieder.
»Ich würde es Washington auch verbieten«, werfe ich ein, weil ich auch mal was sagen möchte.
Liesel schnaubt auf: »Weißt du, was dann los ist? Dann macht er es erst recht!« »Dann erlaub es ihm halt«, was ist denn das für ein sinnloses Gespräch?
Liesel schüttelt vehement den Kopf: »Auf keinen Fall erlaube ich es!«
Ich stochere weiter in meinem Salat herum. Er schmeckt fad und das Dressing nach gar nichts.
»Was war denn vorhin mit Herbert los?«, fragt Brigittchen.
Ich zucke mit den Schultern: »Das Übliche, kennst ihn doch!«
Brigittchen verdreht die Augen: »Er macht mich seelisch fertig«, klagt sie, »warum kann er nicht normal mit uns sprechen? Einfach in einem ganz normalen Ton. Vorhin kam er zu mir reingestiefelt und hat mich gefragt, wie mein Wochenende war. Schön, hab ich gesagt. Und wisst ihr, was er daraufhin gesagt hat? ›Wieso hatten *Sie* ein schönes Wochenende? Dann waren Sie wohl allein, denn ich kann mir nicht vorstellen, dass jemand mit *Ihnen* ein Wochenende schön findet.‹ Könnt ihr das glauben?« Brigittchen blickt resigniert auf ihre Colaflasche. »Ich kann bald nicht mehr. Fährt er nicht mal wieder irgendwann weg? Die Ruhe, wenn Herbert weg ist – göttlich!«
Peggy überlegt: »Ich glaube, ab Donnerstag ist er für zwei Tage in Schweden, Fotos einkaufen, dann haben wir Ruhe.«
»Herrlich. Hauptsache, er fotografiert nicht selbst«, sage ich. »Letztens kam er wieder mit Kohlrabifotos an.«
Herbert hat einen Tick – lässt man ihn alleine loslaufen, um Frauen für die Hefte zu fotografieren, kommt er mit den unmöglichsten Aufnahmen zurück. Entweder die Frauen stehen

dämlich grinsend auf einer Weide und sind so aufgenommen, dass man nur den Stacheldrahtzaun oder einen Traktor sieht und wenn man Glück hat, noch eine Titte, oder sie halten Gemüse in der Hand. Was soll das? Letztens hat Herbert uns eine Fotoserie hingelegt, die bestand ausschließlich aus Aufnahmen von einer Frau, die einen überdimensionalen Kohlrabi getragen hat. Einen Kohlrabi. Mit Strunk. Sie trug schwarze Nylonstrümpfe, die ihr viel zu groß waren, und hatte fettige Haare. Aber die Krönung war der Hintergrund: Weil Herbert beim Fotografieren fast nie seine blöde Hornbrille trägt, hat er nicht bemerkt, wo er die Frau fotografiert. Also steht das Frauchen mit seinem Kohlrabi vor einer Apotheke; im Schaufenster hängt unter anderem ein Werbeplakat für Abführmittel, und an der Scheibe steht in weißer Schrift mit Klebebuchstaben: »Sag JA zur künstlichen Hüfte!« Das muss für den Leser sexuell wahnsinnig erregend sein. Und so ist es immer, wenn Herbert unterwegs ist. Er hört auch nie zu, wenn man ihm sagt, welche Motive er mal fotografieren soll. Wenn wir Fotos zum Thema »Sex im LKW« brauchen, kommt er mit Nahaufnahmen von Felgen zurück. Benötigen wir Fotomaterial zu »Sex im Freien«, fotografiert er Löwenzahn. Manchmal ist dann auch die Fingerkuppe einer Frau auf den Fotos zu sehen. Es ist zum Wahnsinnigwerden.

»Oh, dann werden wir es uns Donnerstag und Freitag gemütlich machen«, sagt Heidi. »Ah, das wird schön!«

»Hör auf damit«, fahre ich Heidi an. »Nicht immer so ruckartige Bewegungen machen!«

Heidi blickt schuldbewusst auf den Boden: »Entschuldige, Heinrich«, sagt sie und schaut dann zu mir. »Ich dachte, er hält seinen Mittagsschlaf.«

»Heinrich schläft immer nachmittags«, kläre ich Heidi zum wiederholten Mal auf, »Peggy, kann ich den Rest von deinem Putenschnitzel haben?« Peggy nickt. »Er macht mir in der letzten Zeit sowieso Sorgen«, sage ich in die Runde. »Er verträgt die harten Kontaktlinsen überhaupt nicht mehr. Obwohl ich jetzt schon eine neue Flüssigkeit besorgt habe. Seine Augen sind einfach zu trocken. Außerdem brauchen wir einen neuen Vogel.«

Liesel starrt mich an: »Hat er den Kanarienvogel etwa auch schon wieder gefressen?«, fragt sie fassungslos.

Ich nicke und blicke Heinrich sorgenvoll an. Heinrich ist ein ein Meter fünfzig langer Alligator und noch im Wachstum. Er hängt an mir wie eine Klette, seitdem ich ihn in meiner Badewanne gefunden habe. Das war kurz nach dem Einzug in meine neue Wohnung. Der Vormieter wollte Heinrich wohl nicht mitnehmen und hat ihn mir mitsamt seinem ganzen Müll zurückgelassen. Ich werde nie den anklagenden Blick vergessen, mit dem Heinrich mich ansah, als ich ins Bad gekommen bin. Er war hungrig, aber obwohl er so hungrig war, hatte er keine Kraft mehr, mich zu beißen. Ich habe ihm damals eine Schinkenpizza im Backofen zubereitet und ihn stückchenweise damit gefüttert, während ich seinen Kopf hielt und er auf dem Rücken in der Badewanne lag. Seitdem liebt Heinrich mich. Ich habe ihm auch mit meiner Zahnbürste die Zähne geputzt, das fand er aber nicht so toll. Der Minzgeschmack hat ihm wohl missfallen. Aber Heinrichs eigentliche Probleme sind seine Kurzsichtigkeit und die Tatsache, dass er Epileptiker ist. Manchmal flippt er einfach so aus, ohne nennenswerten Grund. Dann bildet sich Schaum in und vor seinem Maul, er röchelt und hyperventiliert und bekommt blutunterlaufene Augen. Man muss Heinrich dann eine Plastiktüte übers Maul ziehen und bis zehn zählen. Manchmal auch bis elf. Dann ist es wieder gut. Aufgrund seiner epileptischen Anfälle verschluckt Heinrich auch hin und wieder die Vögel, die ich anschaffe, damit sie seine Zahnzwischenräume reinigen. Die Anfälle kommen so plötzlich, dass die Vögel, die manchmal gerade die Backenzähne von Fleischresten befreien, nicht mehr schnell genug aus Heinrichs Maul herausfliegen können. Es ist immer ein ziemliches Gemetzel, und ich muss danach grundsätzlich Staub saugen, weil die Federn herumfliegen. Es ist nicht leicht mit Heinrich.

Er kann tagsüber auch nicht allein bleiben; also nehme ich ihn mit in die Redaktion. Hier haben wir ein Schwimmbecken aufgestellt. Herbert haben wir erzählt, Heinrich sei ein missgebildeter Hund; aber er hat wie immer nicht zugehört. Er nimmt Heinrich überhaupt nicht wahr. Er stolpert nur manchmal über ihn. Ich bete, dass Heinrich Herbert irgendwann frisst. Aber Heinrich scheint Geschmack zu haben! Meine Kolleginnen lieben Heinrich, denn er tut ihnen nichts. Aber das ist auch nichts wirklich Besonderes, denn Heinrich tut niemandem etwas. Er ist ein unkomplizierter Alligator, mit dem ich auch nur ein bis zwei Mal am Tag Gassi gehen muss.

»Ich werde heute Abend gleich neue Vögel besorgen«, beschließe ich, »oder meint ihr, ich soll es mal mit Zahnstochern versuchen?«

»Nein«, Peggy schüttelt den Kopf, »stell dir vor, du steckst ihm gerade die Hand ins Maul und dann flippt er wieder aus. Mach das bloß nicht!«

»Frau … Frau … Frau … egal«, Herbert steckt seinen Kopf durch die Tür, »schon mal auf die Uhr geschaut, ja? Schon mal was davon gehört, dass die Pause nicht zweiunddreißig, sondern dreißig Minuten lang ist? Wenn es nach mir ginge, hättet ihr überhaupt keine Pause, damit ihr's wisst. Pause! Wer braucht

denn Pause? Da werdet ihr nur müde von und dann wird nicht mehr gearbeitet! Aufgestanden, aber sofort!«
Ängstlich springen wir von unseren Stühlen hoch und tragen unser Geschirr in die Küche. Herbert quakt, dass wir sein Geld kosteten und sein finanzieller Ruin seien, und bald sei das sowieso alles vorbei, aber wie vorbei das bald sei.
Ich schalte auf Durchzug und widme mich den Texten eines Heftes, in dem nur nackte Frauen im Wasser sind. Im Meer, am Meer, in der Badewanne, vor der Badewanne oder Dusche, in einem Pool und vor einem Pool. Mir fällt nichts ein, ich habe Kopfschmerzen und will hier weg. Weg. Einfach nur weg. Und den vier anderen geht es ganz genau so. Wir werden psychisch zugrunde gehen, und Herbert wird sich ins Fäustchen lachen, wenn wir mit einem Nervenzusammenbruch gekrümmt vor ihm liegen. Sicher wird er uns dann noch die Geldbörsen stehlen und unsere Lebensversicherungen auf sich umschreiben lassen, bevor er uns auf dem Filzteppichboden krepieren lässt.

Gegen achtzehn Uhr fahren wir zu mir nach Hause. Brigittchen kommt mit, weil ich vorher noch zwei neue Vögel kaufen will und keine Lust habe, allein dafür verantwortlich zu sein, welche Wellensittiche bald für Heinrich ihr Leben lassen müssen. Wir entscheiden uns für zwei Sittiche, die uns unsympathisch sind. Jedenfalls reden wir uns ein, dass sie uns unsympathisch sind, das macht die Sache einfacher.
»Der blaue Vogel da glotzt schon so, als ob er mir gern in den Finger hacken würde«, sagt Brigittchen und schaut in einen Käfig, in dem sich ein blauer und ein grüner Wellensittich befin-

den. Sie streiten sich und zwitschern in einer Lautstärke herum, dass ich das Fenster schließen muss.

»Lieb, dass du mitgekommen bist«, sage ich. »Wollen wir bei mir einen Wein trinken?«

»Au ja«, meint Brigittchen und freut sich. »Wein ist immer gut!«

Wir setzen uns in meine kleine Küche. Meine Wohnung befindet sich im Stadtteil St. Georg und ist nicht gerade groß. Und auch nicht gerade schön. Sie geht auf die Lange Reihe hinaus, die Hauptstraße des Viertels, und es ist ständig laut. Über die alten Dielenböden haben geschmacksgestörte Menschen einen braunen Teppichboden gelegt, der fleckig ist und bestimmt voller entsetzlicher Milben. Manchmal träume ich nachts davon, dass eine der Milben so groß wird und auch so aussieht wie ein Stegosaurus, um mich dann zu fressen. Obwohl der Stegosaurus ja eigentlich ein Pflanzenfresser war, oder? Manchmal stolpert die Ex-Milbe, die jetzt ein Stegosaurus ist, im Traum, und fällt auf mich, um mich mit ihrem Gewicht zu erdrücken, was ich zum Glück nicht mitbekomme, weil ich schlafe.

Aber das Schlimmste an meiner Wohnung ist die Tatsache, dass der Architekt, der das Haus Ende des letzten Jahrhunderts geplant hat, offensichtlich nicht ganz bei Trost war. In der obersten Etage, also in den Wohnungen direkt über mir, gibt es keine Eingangstüren. Er hat sie schlichtweg vergessen. Das hat mir niemand gesagt, als ich eingezogen bin, und mir ist auch erst nach dem Einzug aufgefallen, warum die Wohnung so verdammt günstig ist. In meiner Schlafzimmerdecke befindet sich eine Falltür. Eines Morgens stand dann plötzlich ein Mann in einem schwarzen Anzug vor mir, mitten in meinem Schlafzimmer und sagte freundlich »Guten Morgen«, um dann die Strickleiter, mit der er sich aus seiner Wohnung herabgelassen hat, ordentlich an einem Haken an der Wand zu befestigen und durch meine Wohnungstür wegzugehen. Abends kam er wieder, hat die Wohnungstür aufgeschlossen und gesagt: »Guten Abend«, um dann die Strickleiter vom Haken zu lösen und nach oben in seine Wohnung zu klettern. Ich war so überfordert mit der Situation, dass ich gar nichts erwidern konnte, was wohl mit an der Tatsache lag, dass ich gar nicht glauben konnte, was hier vor sich ging. Am nächsten Tag hat er sich nicht etwa vorgestellt, sondern durch die geöffnete Falltür gefragt, ob ich ihm mit Kaffee und Milch aushelfen könne, was ich natürlich gemacht habe, weil ich so ein Trottel bin. Eine Woche ging das so, bis ich mich endlich getraut habe, ihn zu fragen, warum er durch eine Falltür in meiner Decke beziehungsweise in seinem Boden seine und dann meine Wohnung verlässt. So erfuhr ich das mit der nicht vorhandenen Tür.

»Als ich eingezogen bin, hat man mir gesagt, dass die Tür nachträglich eingebaut würde«, erklärte mir mein Nachbar, der sich netterweise dann doch irgendwann mit Giselher Stubenlast vorstellte. »Aber jetzt wohne ich hier schon seit vier Jahren und nichts ist passiert. Mit allen Mietern hatte ich schon Probleme, aber was soll ich tun? Jeden Tag aus dem Fenster springen?«

Mittlerweile kommen Giselher und ich gezwungenermaßen gut miteinander aus. Nur einmal war es problematisch: Giselher hatte Samstagabend auf dem Kiez einen draufgemacht und wollte mit seiner abgeschleppten Flamme in seine Wohnung. Weil ich nicht auf dem Kiez einen draufgemacht und keinen Typen abgeschleppt hatte, lag ich logischerweise gegen vier Uhr morgens im Tiefschlaf, nachdem ich mir eine DVD mit vier Folgen von *Ich heirate eine Familie* angetan hatte und gegen dreiundzwanzig Uhr mit der Gewissheit ins Bett gegangen war, dass ich niemals eine Familie haben würde. Ich hatte ja noch nicht mal einen Mann. Geweckt wurde ich von dem ohrenbetäubenden Geräusch, das die Strickleiter verursachte, die sich unter der Last von Giselher und einer blonden Frau aus ihrer Halterung löste und dafür sorgte, dass beide schreiend auf dem Boden aufschlugen.

Ich habe ihnen dann mein Bett angeboten. Warum auch nicht? Obwohl das bestimmt ungewohnt war für mein Bett, dass sich mal jemand darin bewegt hat, der sich nicht nur im Schlaf umdreht. Ich habe mich in die Küche gesetzt und versucht, das Kreuzworträtsel in der ZEIT zu lösen. Aber das habe ich natürlich nicht geschafft.

Ich öffne eine Flasche Weißwein und schenke Brigittchen und mir ein. Die schlägt plötzlich die Hände vors Gesicht.

»Was ist denn los?«, frage ich. »Ist es immer noch wegen Herbert?«

»Ach Quatsch«, Brigittchen schnieft, »Volker will sich von mir trennen.«

»Warum das denn?«, frage ich und nehme einen Schluck warmen Weißwein. Ich habe vergessen, ihn kalt zu stellen. Morgen früh werde ich wieder einen Kater haben.

Brigittchen wischt sich eine Träne aus dem Auge: »Er hat gesagt, ich sei ihm zu vergesslich. Bloß weil ich zweimal vergessen habe, dass wir uns abends im Stadtpark treffen wollten. Ich kann doch nichts dafür, ich kann doch nichts dafür. Aber Volker meint, mit so einer Frau könne er nicht zusammen leben. Weil ich auch manchmal vergesse einzukaufen und dann vergesse ich doch manchmal, wo mein Auto steht. Aber das Schlimmste kommt noch!«, Brigittchen schluchzt auf, »gestern haben wir zusammen geschlafen, und da ist mir plötzlich Holgers Name nicht mehr eingefallen. Ich habe ihn Norbert genannt.«

»Er heißt nicht Holger«, sage ich, »er heißt auch nicht Norbert. Er heißt Volker. Wie konnte das denn passieren?«

»Ich weiß es nicht«, Brigittchen ist außer sich. »Keine Ahnung. Du weißt doch, wie es ist.«

Ja, ich weiß, wie es ist. Brigittchen ist eine Katastrophe. Eigentlich wundert es mich, dass sie noch lebt. Sie hat mir sogar schon mal ihren Ausweis gezeigt und gesagt: »Schau mal, Lindi, den hab ich eben in meiner Tasche gefunden. Die Frau auf dem Foto sieht aus wie ich.« Sie bringt sich in die ausweglosesten Situationen mit ihrer Vergesslichkeit. Geht man mit ihr einkaufen, kann man sicher sein, dass sie nicht mehr weiß, was sie einkaufen wollte, und an der Kasse plötzlich panisch wird, weil sie Sachen in ihrem Einkaufswagen sieht, die sie angeblich nie haben wollte. Dass sie dann grundsätzlich das Geld nicht findet oder vergessen hat, dass sie eine EC-Karte hat, kommt noch dazu. So wunderhübsch Brigittchen aussieht mit ihrer Traumfigur und ihren blonden Locken und haselnussbraunen Augen, ihre Vergesslichkeit und Schusseligkeit sind nicht zu überbieten.

»Will sich Volker von dir trennen, weil du beim Sex den falschen Namen gesagt hast oder weil du seinen Namen vergessen hast?«, frage ich neugierig, während ich noch mehr Wein trinke und automatisch noch mehr Kopfschmerzen bekomme.

»Was? Volker will sich von mir trennen?«, Brigittchen schaut mich fassungslos an. »Warum denn?«

Brigittchen könnte wunderbar in einer Alzheimer-Komödie mitspielen: *Die Alzheimers – eine Familie, die Sie vergessen können!* Im Vorspann der Sendung könnte dann Cindy & Berts: »Immer wieder sonntags kommt die Erinnerung, dibedibedibdibdib …« laufen. Wobei Brigittchen sofort vergessen würde, dass sie sich verpflichtet hat, dort mitzuspielen. Ich gebe es also wieder einmal auf. Wenigstens weiß sie, dass ich hier bin und wie ich heiße.

3

Ein Schlüssel dreht sich in meiner Wohnungstür. Giselher kommt nach Hause. Wenn Brigittchen jetzt schreiend aufsteht und brüllt: »O Gott, wer ist dieser Mann, wo kommt er her und was will er hier?«, werde ich sie würgen. Sie hat Giselher nämlich mindestens schon fünfmal hier bei mir gesehen. Aber Brigittchen sagt nur: »Hallo.« Entweder sie erinnert sich an ihn oder es ist ihr egal, dass ein Fremder vor uns steht.

»Abend«, sagt Giselher und setzt sich ungefragt zu uns. »Sag, Lindi, hast du Bier im Haus?«

Ich springe zum Kühlschrank. »Natürlich, natürlich«, sage ich geflissentlich, »ich habe es extra in den Tiefkühler gelegt, damit es nicht zu warm ist.« Schnell hole ich eine Flasche aus dem Fach und öffne sie.

Giselher nimmt einen großen Schluck, dann lehnt er sich zurück: »Das war ein Tag, sag ich euch, das war ein Tag. Hallo Heinrich!«

Er streichelt Heinrich über den Kopf, und der öffnet sofort das Maul, weil er scharf auf den Kronkorken ist, der sich auf der Bierflasche befunden hat. Schnell wirft Giselher ihn in Heinrichs Maul. Heinrich macht »krccch« und wackelt in Richtung Wohnzimmer. Zeit für *Guten Abend RTL*. Heinrich liebt diese Nachrichtensendung. Am aufgeregtesten ist er, wenn Laster auf Autobahnen zusammenkrachen und dies von einem Amateur gefilmt wurde. Dann zittert Heinrich vor Aufregung am ganzen Reptilienleib und schlägt auch mal hektisch mit seinem langen Schwanz um sich. Manchmal gehen dabei Möbelstücke kaputt. Mein Glastisch beispielsweise. Aber was soll ich tun? Wenn

Heinrich sein *Guten Abend RTL* nicht sehen darf, ist er tagelang beleidigt und verweigert manchmal das Fressen. Einmal hat er sogar geweint. Ich hätte niemals gedacht, dass Alligatoren weinen könnten. Er hat mir entsetzlich Leid getan.

Nachdem ich Heinrich aufs Sofa gehoben und ihm zwei Kissen unter den Kopf geschoben habe, gehe ich zurück in die Küche. Giselher und Brigittchen unterhalten sich darüber, wie schrecklich das Leben doch ist. Seitdem ich Giselher kenne, ist er am Klagen. Zwei Scheidungen, immense Unterhaltszahlungen an Kinder, die er noch nie gesehen hat, und ständig Ärger mit den Mitarbeitern. Giselher betreibt die Firma *Fun on Funeral*. Früher war *Fun on Funeral* ein ganz gewöhnliches Bestattungsunternehmen mit einem ganz normalen Namen, das er von seinem Vater geerbt hat. Aber Giselher wollte hoch hinaus und hatte keine Lust mehr auf diese traurigen Beerdigungen, bei denen alle schreien und weinen und teilweise vor Trauer in die offenen Gräber stürzen. Einmal muss es ganz schlimm gewesen sein: Eine neunundachtzigjährige Frau, die siebzig Jahre mit ihrem Mann verheiratet war, sprang freiwillig ins Grab auf den Sarg und hat geschrien: »Lasst mich hier drin! Lasst mich hier drin. Ich will bei meinem Lutz bleiben!« Es war sehr schwierig, die Frau wieder rauszuholen aus dem Grab.

»Das hat mich zu sehr belastet«, pflegt Giselher zu sagen. In Zukunft sollte es lustige Beerdigungen geben. Trauerfeiern, bei denen Clowns um den Sarg springen oder ein Stand-up-Comedian den Toten in lustigen Sätzen ehrt oder Akrobaten, die, als Mickey Mouse und Minnie Mouse verkleidet, Saltos über die Grabkränze schlagen und dann in die Hände klatschen.

Giselher fand seine Idee großartig. Ich habe anfangs nicht so recht daran geglaubt, aber es funktioniert. Immer mehr Leute buchen eine Beerdigung bei *Fun on Funeral.* Ja, Leute, die noch leben, machen einen Termin mit Giselher und legen genau den Ablauf fest (»… und dann soll der Jongleur bitte so jonglieren, dass die Kegel Tante Herta, die in der ersten Reihe sitzt, in die Visage fliegen. Schade, dass ich ihr Gesicht dann nicht mehr sehen kann.«)

Eine vierundfünfzigjährige Hausfrau, die dachte, sie sei schlimm krank, hatte bei Giselher auch ihre Beerdigung in Auftrag gegeben. Mit allem Drum und Dran. Ein lesbischer Freizeitchor sollte in einem Kanon singen, dass sie, die dann Verstorbene, den Ehemann schon jahrelang mit ihrer besten Freundin betrogen hatte. Es stellte sich jedoch heraus, dass die Frau bloß eine Halsentzündung hatte. Sie drehte fast durch und versuchte, sich das Leben zu nehmen, was ihr leider misslang, da sie statt Schlaftabletten Magnesium-Tabletten schluckte. Der Lesbenchor dachte, dass er der Frau einen Gefallen tut, wenn er statt bei der Beerdigung auf ihrer Geburtstagsfeier auftritt und sorgte mit dem minutenlangen Kanon dafür, dass eine Ehe zerbrach.

Giselher bringt mit seinen Erzählungen über die lustigen Beerdigungen wenigstens ein bisschen Abwechslung in mein tristes Leben. Sonst passiert ja nicht viel darin. Er hat auch vorgeschlagen, meine Beerdigung zu organisieren: »Wenigstens gäbe es dann mal was zu lachen, wenn du tot bist«, hat er gesagt. »Ich mache dir auch einen Sonderpreis.«

Ich habe abgelehnt. Wer würde denn schon zu meiner Beerdigung kommen? Ja, die Mädels aus der Redaktion. Herbert ganz sicher nicht, weil er Angst hätte, Geld für die Kirchenkollekte geben zu müssen. Und sonst? Eltern habe ich keine mehr, und Freunde finde ich keine, weil ich nicht auf Leute zugehen kann. Ein einziges Mal war ich abends allein in einer Kneipe in

St. Georg. Zwei Männer haben mich angesprochen. Der eine wollte Feuer und der andere hat mich gefragt, ob ich ihn auf ein oder zwei Bier einlade. Nachdem ich das gemacht hatte, hat er mich gefragt, ob ich ihm ein paar hundert Euro leihen könnte, er sei derzeit etwas knapp. Hätte sich beim Börsengang verkalkuliert und jetzt seien ihm die Gläubiger auf den Fersen. Nachdem ich auch das gemacht hatte, hat er gefragt, ob ich Immobilien besitze oder ein neues Auto. Nachdem ich Nein gesagt hatte, ist er einfach gegangen. Ich habe mir dummerweise seinen Namen nicht geben lassen wegen der Rückzahlung des Geldes, und als ich den Barbesitzer fragte, wie der Mann heißt, ist der weiß im Gesicht geworden und hat gesagt: »Wenn ich dir das sage, bin ich morgen von Kugeln durchlöchert.« Ich bin dann nach Hause gegangen und habe, weil nichts im Fernsehen lief und ich alle meine Videokassetten schon hundertmal gesehen hatte, einen Plastikgurkenhobel bei eBay ersteigert. Dann ersteigerte ich das Buch *Ein Welpe kommt ins Haus* und weil das alles so günstig war und es mir Freude machte, was zu ersteigern, ersteigerte ich noch einen Maserati, zum sagenhaften Schnäppchenpreis von zehntausend Euro. Seitdem steht der Maserati zwei Straßen weiter in einer angemieteten Garage und ich muss jeden Monat ein paar hundert Euro an den ehemaligen Besitzer des Maseratis und fünfzig Euro Garagenmiete abstottern. Den Maserati kann ich nicht fahren, weil der nämlich eigentlich auf den Schrottplatz gehört. Nichts funktioniert. Er springt noch nicht mal an. Ich könnte versuchen, den Maserati zu verkaufen, aber der Lack platzt immer weiter ab, das Lenkrad ist auch schon abgefallen und die Tür schließt nicht mehr richtig. Außerdem lag lange Zeit ein totes Tier auf der Rückbank. Weil ich mich nicht getraut habe, es anzufassen, hat es nach einer Zeit übel gerochen. Ich bin also eine stolze Maseratibesitzerin, die ihr Auto nicht fahren kann. Außerdem müsste ich einen leeren Colakasten auf den Sitz stellen, bevor ich mich draufsetze, weil ich sonst nicht durch die Windschutzscheibe schauen könnte.

»Du lässt dich ausnutzen«, sagt Giselher zu Brigittchen, während die eine zweite Flasche Wein öffnet.

»Aber ich liebe ihn doch so. Ich muss ihn anrufen!« Brigittchen weint fast.

»Blödsinn. Das mit der Vergesslichkeit nimmt der doch nur als Vorwand. Und morgen kommt er wieder an und meint, alles sei gut, und macht die Trennung rückgängig. Und eine Woche später findet er einen neuen Grund, um sich zu trennen, und immer so hin und her. Das geht doch schon seit einem Jahr so!« Giselher geht zum Gefrierfach und nimmt sich noch ein Bier, das er zischend öffnet. »Es gibt Scheißkerle und es gibt Scheißkerle«, sagt er, »und deiner ist ein Scheißkerl. Er weiß genau, was er tun muss, damit du kuschst und alles für ihn tust. Ich kann dir nur raten, dass DU mal Schluss machst!«

Brigittchen blickt mit verheulten Augen auf: »Das kann ich nicht. Boris ist ein so toller Mann. Mit einer so tollen Ausstrahlung. Ich hätte nie gedacht, dass er sich überhaupt für mich interessieren könnte! Oder, Lindi? Sag du doch auch mal was!«

Ich bin etwas abgelenkt, weil ich auf meinem kleinen Balkon stehe, der auf die laute Lange Reihe geht, und mich fürchterlich aufrege. Es ist nicht das erste Mal, dass meine Nachbarn, die rechts neben mir wohnen, ihren Müll, anstatt ihn runter in die Mülltonne zu tragen, einfach in einer offenen Plastiktüte auf meinen Balkon geworfen haben. Schon dreimal habe ich dort geklingelt, aber nie wurde aufgemacht. Die Hausverwaltung meinte, das sollten die Mieter unter sich klären. Böse schaue ich auf leere Tetrapaks, Eierschalen, Joghurtbecher und verschimmeltes Brot. Ich traue mich aber auch nicht, das ganze Zeug wieder auf den Nachbarbalkon zu werfen, weil ich Angst vor den Konsequenzen habe. Also lasse ich erst mal alles da liegen und gehe in die Küche zurück.

»Sag, dass Tobias ein ganz toller Mann ist«, sagt Brigittchen wieder und starrt mich Hilfe suchend an.

Na ja. Ich mochte Volker noch nie. Volker ist mir ehrlich gesagt ein wenig unheimlich. Er hat unruhige Augen und wirkt irgendwie listig. Wie eine Ratte oder so. Außerdem hat er für meinen Geschmack viel zu viel Zeit. Ich wüsste nicht, dass Volker einer geregelten Arbeit nachginge. Manchmal holt er Brigittchen von der Redaktion ab, in immer anderen Autos, die aber alle so komische Nummernschilder haben. Volker trägt eine Goldkette. Also nicht ein dünnes Kettchen, sondern eine richtige dicke Kette mit großen Gliedern. Er ruft auch nicht »Brigitte«, wenn er nach Brigittchen ruft, sondern er pfeift. Volker hat auch sehr viel Geld. Zu viel Geld dafür, dass er so viel Zeit hat.

»Ich weiß nicht …«, sage ich hilflos zu Brigittchen, weil ich nicht weiß, was ich sonst sagen soll. »Vielleicht ist er ja nett. Ich hab ja auch noch nicht so viel mit ihm geredet.«

»Du sagst ja auch nie einen Ton«, beschwert sich Brigittchen.

Da mag sie Recht haben, aber wie soll man sich noch normal und unbefangen mit einem Menschen unterhalten, der beim allerersten Treffen sagt: »Woll'n wir die wirklich mitnehmen? Das ist bestimmt 'ne Spaßbremse, so wie die schon guckt.«

Ich bin damals auch gar nicht mit in diese Kneipe gegangen, in die wir wollten, sondern einfach auf der Straße vor Brigittchens

Haus stehen geblieben. Die anderen sind weggegangen, ohne sich nochmal umzudrehen, und haben mich, glaube ich, auch gar nicht so vermisst. Ich habe damals den Abend bei dem Verein »Türkisch-Deutsche-Freundschaft« verbracht. Weil ich so lange vor deren Eingangstür darauf gewartet habe, dass es aufhört zu regnen. Irgendwann kam ein Örgan raus und meinte, ich sei doch sicher total durchnässt, ich solle doch reinkommen, man würde gerade tanzen. Ich habe dann mit einem türkischen Ohrenarzt versucht, Samba zu tanzen. Danach gab es ein Riesenbuffet mit allerlei deutsch-türkischen Spezialitäten. Es war schön, ich war unter Menschen. Ich hatte Spaß.

Ich bin nämlich gar keine Spaßbremse. Ich bemühe mich, nett und freundlich zu sein. Ich kann doch nichts dafür, dass ich ein wenig schüchtern bin und nicht gleich anfange, Witze zu erzählen. Und für meine Haare kann ich auch nichts. Und für das dritte Auge, das sich manchmal bildet, kann ich noch weniger was. Von den langen Armen ganz zu schweigen.

»Ich werde jedenfalls alles dafür tun, damit Holger zu mir zurückkommt«, sagt Brigittchen und steht auf. »Warum guckst du denn so böse, Lindi?«

»Weil ich schon wieder Müll auf meinem Balkon habe«, sage ich erzürnt.

»Zeig die doch einfach an«, meint Giselher.

»Hab ich doch versucht, aber die Polizei meinte, ich müsste beweisen, dass der Müll nicht von mir sei. Aber die können doch immer behaupten, es sei nicht ihr Müll. Ich glaube nicht, dass ich sie zwingen kann, sich einer Magenspiegelung zu unterziehen, damit ich den Beweis habe, dass sie Tomatensuppe von Knorr und danach einen Schokopudding gegessen haben«, rege ich mich auf und merke, dass sich zwischen meinen Augen die

Beule bildet. Schnell klopfe ich mit dem Finger dagegen, damit die Schwellung abklingt.

»Zeig mal«, sagt Giselher und wir gehen auf den kleinen Balkon.

»Das sind ja Schweine«, meint er.

Brigittchen, die neben mir an der Brüstung steht und auf die Lange Reihe schaut, auf der das Leben nur so pulsiert, greift plötzlich meinen Arm. »Schau mal, Lindi«, sagt sie leise und deutet nach unten. Ich blicke durch meine verwelkten Blumen auf die Straße. Unten, direkt neben dem kleinen Portugiesen, hockt Volker in einem offenen Porsche-Cabrio. Neben ihm sitzt eine blonde Frau, beide knutschen wild herum.

»Ist es wirklich Volker?«, frage ich leise.

»Natürlich ist das Volker«, ruft Brigittchen böse. »Ich kenne seinen Wagen, also einen seiner Wagen! Du gemeiner Kerl!«, ruft sie nach unten. Niemand blickt nach oben. Offenbar ist es hier gang und gäbe, dass Passanten von Balkonen aus beschimpft werden. Brigittchen stürmt in die Wohnung und verlässt sie kurze Zeit später. O nein! Verzweifelt schaue ich auf Volkers Auto. Warum fährt er denn nicht weg? Das eskaliert hier gleich. Giselher steht neben mir und ist gespannt, was als Nächstes passiert. Brigittchen läuft auf die Straße und direkt auf Volkers Porsche zu.

»Du erklärst mir bitte sofort, was hier los ist!«, ruft sie. Ihre Stimme klingt gleichzeitig entsetzt und ratlos. Brigittchen reißt die Tür des Cabrios auf. Volker und die Blondine fahren auseinander. Ich beuge mich mit Giselher weiter über die Brüstung, wir haben panische Angst, nicht alles mitzubekommen.

»Was willst du denn überhaupt, du dumme Ziege?«, fragt Volker. »Hau doch ab! Du kannst dir von Claudia noch was zeigen lassen. Die macht's wenigstens vorm Spiegel. Du Spießerkuh willst ja immer nur das Licht ausmachen. Das krieg ich doch an jeder Ecke auf dem Kiez besser als bei dir. Also verpiss dich!«

»Gib mir meinen antiken Schmuck zurück, den ich von meiner Oma geerbt habe!«, brüllt Brigittchen verzweifelt. Sie hat Volker diese Sachen mal gegeben, er meinte, es wäre zu gefährlich, solch wertvolle Gegenstände in der Wohnung zu deponieren, und wollte sie bei einem guten Kumpel aufbewahren. Ich fand die Idee damals schon nicht so gut, aber Brigittchen wollte nichts davon hören.

»Welchen Schmuck?«, lacht Volker hämisch und startet den Motor. Claudia neben ihm beobachtet die Diskussion mit halb geöffneten Lippen und starrt Brigittchen an, die schon wieder anfängt zu heulen.

»Ej, Volker, ist das die Alte, mit der du die ganze Zeit noch zusammen warst, als wir schon was hatten?«, fragt sie schließlich.

Volker lacht: »Genau die! Ich hab dir doch erzählt, dass die ständig alles vergisst und manchmal echt gestört ist. Und im Bett hat sie's auch nicht drauf. Da bin ich doch mit dir besser bedient, Schnuckelchen.«

Claudia nickt und sagt zu Brigittchen: »Du bist ja noch nicht mal anständig rasiert. Und Volker hat gesagt, dass du fast nie einen Orgasmus kriegst. Ich komme ja zehnmal hintereinander. Hat er dir das gesagt? Na ja, vielleicht vergisst du ihn ja bald. Weil du ja immer alles vergisst!« Sie lacht kehlig auf und schaut Brigittchen arrogant an.

Brigittchen wirft sich über Volker in das offene Cabrio und zerrt an Claudias Haaren. Die schreit laut auf vor Schreck. Dann stößt Volker Brigittchen mit voller Wucht aus dem Auto und startet den Motor.

»Du würdest noch nicht mal als Nutte was taugen«, sagt er gelassen zu ihr. »Und jetzt sieh zu, dass du aus meinem Blickfeld verschwindest.«
Plötzlich habe ich eine gute Idee. Eine Sekunde später fliegen die Mülltüten von meinem Balkon direkt ins Cabrio von Volker. Gott sei Dank war noch eine halbvolle, offene Milchtüte drin. Den sauren Geruch kriegt der Typ nie mehr aus dem Wagen raus.
»Verdammte Scheiße«, ruft Volker, und Claudia sieht ziemlich mitgenommen aus. In ihrer toupierten Mähne kleben die Reste aus Fünf-Minuten-Terrinen, gekrönt von Windeln, die sich beim Aufprall geöffnet haben. Der Rest des Mülls ist im Auto verteilt. Und auf Volkers T-Shirt. Das jetzt mehrfarbig ist. Das freut mich. Das ist schön!
Volker fährt mit quietschenden Reifen davon und Brigittchen läuft noch ein Stück hinterher und schreit: »Holger, Holger!«, bis sie es schließlich aufgibt.
Giselher sagt: »Ich hab es doch gleich gesagt, es gibt Scheißkerle und es gibt Scheißkerle, und dieser Scheißkerl ist ein Scheißkerl!«

Es wird spät an diesem Abend. Brigittchen ist fertig mit den Nerven und Heinrich spürt, dass was nicht in Ordnung ist und kommt ständig nervös angekrochen. Er kriegt dann sein Abendessen, Rindergeschnetzeltes. Drei Kilo. Mit Sahne. Der Alligator wird mich noch bankrott machen mit seinem Gefresse. Dann hole ich mit einem Saugnapf die Kontaktlinsen aus seinem Auge. Ich muss dringend mit Heinrich zum Augenarzt. Ich glaube, seine Dioptrienzahl hat sich schon wieder erhöht.
Wir trinken noch eine Flasche Wein, und Giselher klettert

schließlich auf seine Strickleiter und wünscht uns eine gute Nacht.
Brigittchen schläft bei mir. Nachts wandert sie irgendwann ins Wohnzimmer aus und lässt mich allein im Bett liegen. Weil ich schnarche. Ja, ich schnarche schlimmer als ein Mann. Es ist eine Zumutung, neben mir zu liegen.
Am nächsten Morgen finde ich sie mit Heinrich zusammen auf dem ausgeklappten Sofa. Ihr Kopf liegt in seinem geöffneten Maul. Sie hat ein Kissen auf seine Zähne gelegt, weil die so scharf sind. Heinrich schaut mich vorwurfsvoll an. »Wegen dir habe ich kein Auge zugetan«, sagt sein Blick. »Und eine Maulsperre habe ich auch.«

4

Donnerstag. Wir sind allein in der Redaktion. Herbert ist weg. Weg. Weg. Für ein paar Tage, genau genommen bis Montag, haben wir Ruhe vor ihm.
Liesel hat schon Kaffee gekocht, als ich mit Heinrich die Redaktion betrete.
»Ist das nicht ein Traum?«, ruft sie freudig, als sie uns sieht.
Ich nicke. Ja, es ist herrlich, wenn der Alte nicht da ist. Mit Geld ist das nicht zu bezahlen. Eine Viertelstunde später sitzen wir alle zusammen an unserem runden Tisch und trinken Kaffee.
»Ich finde, wir sollten es Volker wirklich heimzahlen«, meint Peggy und beißt in ihr Brötchen. »Wobei es mit Jan auch nicht besser ist.«
»Wieso, was ist denn?«, fragen wir alle durcheinander.
»Ich habe einen getragenen Slip in seiner Manteltasche gefunden«, sagt Peggy und kaut.
»Das ist ja furchtbar«, Heidi ist außer sich. »Woher weißt du, dass er getragen war? Hast du daran gerochen?«
Peggy sieht Heidi böse an: »Man sieht es Slips auch an, dass sie getragen sind, ohne daran zu riechen«, klärt sie Heidi auf.
»Das ist ja eine schöne Konfusion!«, ruft Heidi.
Ich verdrehe die Augen. Heidi zitiert immer willkürlich aus irgendwelchen Thomas-Mann-Romanen, weil sie sich dann für unglaublich intellektuell hält.
»Na, das hat Thomas Mann im *Zauberberg* auch immer gesagt«, verteidigt sich Heidi und rührt eifrig in ihrem Müsli herum. Bei der Geschwindigkeit müssten die Flocken eigentlich schon an der Decke kleben. »Also natürlich nicht der Thomas

Mann, sondern Hans Castorp. Der ist nämlich im *Zauberberg* der …«

»Heidi!«, rege ich mich auf, »hier geht es um einen möglichen Betrug. Und da fängst du mit Hans Castrop an.«

»Castorp, nicht Castrop. Du meintest sicher gerade Castrop-Rauxel«, klärt mich Heidi mit vollem Mund auf. »Castrop-Rauxel ist eine Stadt nicht unweit von …«

»Jedenfalls hab ich diesen Slip gefunden«, unterbricht Peggy Heidi. »Und ich habe Jan darauf angesprochen.«

»Und, und, und?«, fragen wir durcheinander.

»Ich habe Jan gefragt, was das ist und er hat gesagt: ›Ein Slip.‹ Dann habe ich gefragt: ›Wie ist der denn in deine Manteltasche gekommen?‹ Und Jan meinte, er hätte ihn für seine Kollegin aufbewahren müssen. Dann meinte er, dass mir dieser Slip sowieso nie passen würde. Das sei Größe 42, und seine Kollegin sei ein richtiges Superweib. Ich mit meiner Größe 34 sei eh zu dünn. Dabei hat er früher immer gesagt, dass er es geil findet, dass ich so schlank bin. Wisst ihr noch, wie ich monatelang joggen gegangen bin?«

Und ob. Es war eine entsetzliche Zeit. Jeden Morgen und jeden Abend ist Peggy stundenlang keuchend mehrmals um die Alster gelaufen, hat sich von Apfelschalen und vorgestellten Kürbiskernen ernährt und so viel Abführmittel genommen, dass wir die Befürchtung hatten, ihr Darm hätte sich mittlerweile aufgelöst. Als sie dann endlich ihr Wunschgewicht von 42 Kilo bei einer Größe von einem Meter fünfundsiebzig hatte, war sie nur noch ein Schatten ihrer selbst. Einmal war sie mit ihrer kleinen Nichte auf einem Spielplatz, und die wollte wippen. Die vierjährige Tina und Peggy setzten sich rechts und links auf die Wippe und Peggy schnellte nach oben. Selbst als ihre Nichte von der

Wippe runterstieg, blieb Peggy oben und hat fürchterlich gebrüllt, bis eine werdende Mutter ihr zu Hilfe eilte. Das zu Peggys Gewicht.

»Und jetzt?«, frage ich teilnahmsvoll.

Peggy zuckt mit den Schultern. »Ich glaube, er betrügt mich mit dieser Kollegin. Hallo! Wo gibt es denn eine Kollegin, die einen männlichen Kollegen bittet, ihren Slip in seiner Manteltasche aufzubewahren? Das Schlimme ist, dass Jan mich für so doof hält und denkt, dass ich das auch noch glaube!«

»Du gutes Kend!«, ruft Heidi mitleidig. Sie hat mittlerweile ihr Müsli verschlungen und schält sich nun eine Mandarine.

»Wieso ist Peggy ein gutes Kind?«, Brigittchen schaut irritiert. Ich ahne die Antwort.

»Na, das hat Thomas Mann in den *Buddenbrooks* auch immer gesagt«, Heidi ist schon wieder in ihrem Element.

»Heidi!«, sage ich drohend.

»Hast ja Recht, hast ja Recht«, Heidi hebt die Hand, »das hat natürlich nicht der Thomas Mann direkt gesagt, der hat das nur geschrieben, eigentlich sagt das die Pensionatsleiterin von Tony Buddenbrook, Sesemi Weichbrodt. ›Du gutes Kend‹, hat die immer gesagt. Nicht Kind, Kend! Da war doch die Tony zusammen mit Gerda Arnoldsen, die hat später Tonys Bruder Thomas geheiratet, obwohl der ja eigentlich in eine Blumenverkäuferin verliebt war. Aber er meinte irgendwann zu der, dass er nach Amsterdam ginge, um dort eine gute Partie zu machen!«

Heidi schaut uns beifallheischend an. Ich werde ihr gleich eine geschälte Mandarine einfach so in den Rachen stopfen, bloß, damit sie die Klappe hält. Oder ich spritze die Fruchtsäure in ihre Augen. Dann muss sie aufs Klo gehen, um sich die Augen auszuspülen, und ist wenigstens für fünf Minuten weg.

»Soll ich jetzt so viel Schokolade essen, dass ich aussehe wie eine von den Weibern in unseren Heften? Dann kann ich mich auch gleich Mechthild nennen oder Rosi und zwei Plätze buchen, wenn ich im Flugzeug verreisen will!«, Peggy redet sich in Rage. »Dann hab ich ganz viel Hornhaut an den Fersen, weil ich so fett bin und blute aus den Poren, weil die Haut sich so dehnt. Wollt ihr das? Wollt ihr das?«

»Natürlich nicht«, sagen wir im Chor.

Peggy hält ihre Gabel jetzt wie eine Waffe. »Was soll ich denn jetzt bloß machen?«, ruft sie.

Wir sind hilflos.

»Du darfst auf keinen Fall zunehmen«, sagt Brigittchen kategorisch. »Dann wiegst du in einem halben Jahr hundert Kilo, und Jürgen trennt sich dann doch von dir, weil er es sich plötzlich anders überlegt hat und Sex mit Gerippen möchte.«

Peggy nickt verzweifelt: »Er ist sowieso so komisch geworden in letzter Zeit«, klagt sie. »Dauernd kommt er abends spät nach Hause und riecht nach fremdem Parfüm.«

»Warum hast du uns das denn nicht schon früher erzählt?«, frage ich.

»Weil ich es nicht wahrhaben wollte«, rechtfertigt sich Peggy. »Aber jetzt, wo Brigittchen das mit Volker passiert ist, musste ich es einfach sagen!«

Das Telefon klingelt. Liesel hebt ab: »*Kiez-Report*, guten Tag! Ja, ja, ja, ja, Moment! Für dich«, sagt sie zu Peggy und flüstert: »Jan!«

Peggy saust um den Tisch herum und greift nach dem Hörer. »Bestimmt will er sich entschuldigen«, flüstert sie. Ihre Augen glänzen. »Hallo! Ach, Jan, du bist es, ja. Ich glaub, ich weiß, warum du anrufst«, sie setzt sich bequem auf einen freien Stuhl, strahlt uns an und fährt sich durch ihr kurzes braunes Haar. Sie hebt einen Daumen. Jan brabbelt irgendwas, man hört seine tiefe Stimme durch den Hörer.

»Wie meinst du das?«, fragt Peggy dann am Telefon und wird so weiß wie eine Wand, wenn man sie mit giftiger und nicht mit Umweltfarbe gestrichen hat. Die giftige Farbe ist nämlich weißer. Ich glaube, ich kann Peggys Herz klopfen hören. »Das meinst du doch nicht ernst, oder? Das ist doch ein Scherz, oder?«, Peggys Hände drehen an der Telefonschnur. Gleich wird sie reißen, und dann ist das Gespräch beendet. »Hallo, hallo«, sagt Peggy irgendwann und legt dann langsam den Hörer auf. Wir starren sie an.

»Was ist denn, nun rede schon«, sagt Liesel aufgeregt.

Aber Peggy starrt nur Löcher in die Luft. Endlich, endlich sagt sie etwas: »Jan hat mich rausgeschmissen«, kommt es mit dünner Stimme. »Heute Morgen ist ihm eingefallen, dass er den Slip doch nicht einfach so für seine Kollegin aufbewahrt hat. Sie hat ihm den Slip nach einem gemeinsamen Abend geschenkt, als Erinnerung sozusagen. Jan meinte, das sei doch sehr nett von ihr. Und heute, als er ins Büro gekommen ist, hat sie ihm gestanden, dass sie sich total in ihn verliebt hat. Da ist Jan dann eingefallen beziehungsweise aufgefallen, dass er eigentlich auch in sie verknallt ist. Nun will er nicht länger warten, und sie auch nicht. Bernadette zieht heute noch bei ihm ein.«

»Und du? Was wird aus dir?«, fragt Heidi. Sie ist so aufgeregt, dass sie eine Mandarine mit der Schale gegessen hat.

»Meine ganzen Sachen sind doch in der Wohnung«, stellt Peggy fest. »Was mache ich denn, wenn er sie mir nicht gibt? Was mache ich denn dann?«

»Du musst einen Rechtsanwalt beauftragen«, stellt Brigittchen

fest. »Das muss ich auch noch machen wegen Moritz. Wir könnten zusammen zu einem Rechtsanwalt gehen, dann wird es vielleicht billiger.«
»Wieso sollte das denn billiger werden?«, frage ich.
»Na, weil das doch zwei ähnliche Fälle sind«, rechtfertigt sich Brigittchen.
Ich versuche, ruhig zu bleiben. Aber mein drittes Auge samt Augenbraue wächst schon wieder. Es wird diesmal ganz groß werden. Ich werde über der Nase ein Glupschauge bekommen, und der Schock darüber wird verhindern, dass es jemals wieder weggeht. Was mache ich bloß, wenn ich eine Bindehautentzündung bekomme und das dritte Auge nicht auf die Tropfen anspringt? Ich werde mir dann eine Augenklappe wie ein Pirat zulegen müssen.
»Sein oder nicht sein, das ist hier die Frage!«, ruft Heidi euphorisch. »Wisst ihr, Thomas Mann hatte wirklich für jede Lebenssituation den passenden Spruch parat!«
Ich sage diesmal gar nichts. Wenn ich davon anfange, dass dieser Spruch aus Shakespeares Feder stammt, wird Heidi behaupten, dass ich sie vor den anderen bloßstellen wolle. Dann wird sie mich fragen, ob ich meinen Triumph jetzt genieße, um dann irgendwann in ihr Büro zu gehen und von dort aus zu rufen: »Das hätte aber auch von Thomas Mann sein können!«
Liesel, die sonst immer zu allem ihren Senf dazugibt, ist ganz ruhig geworden. Aber sie scheint nur ruhig. Ihre Augen glitzern. Sie atmet schwer.
Mein drittes Auge puckert.
»Männer!«, ruft Liesel laut auf. »Man könnte sie alle miteinander in einen Sack stecken und draufhauen. Es würde immer den Richtigen treffen!«

Peggy läuft weg und kommt kurze Zeit später wieder. Sie hat den Mund voll mit Schokolade: »Jetzt ist doch sowieso alles egal«, schmatzt sie. »Außerdem setzt Schokolade Glückshormone frei. Ich brauche jetzt einfach Glückshormone.«
Dann fängt sie laut an zu weinen.
Liesel fällt auf einmal mit ein. Wie Wölfe heulen die beiden um die Wette.
Was ist denn jetzt mit Liesel auf einmal los? Die ist doch sonst gar nicht so sensibel. Und was ist das überhaupt für ein Tag?
»Dietmar war im Puff!«, schreit Liesel los, steht auf und kippt den Tisch einfach so um. Alle Teller und Gläser fallen auf den Boden und es sieht gar nicht schön aus, wie die Essensreste und Getränke vom Filzteppich aufgesaugt werden.
»Wie, Dietmar war im Puff?«, ich frage das.
»Herbert war doch letzte Woche in diesem einen Puff und hat Bilder gemacht«, Liesel ist krebsrot im Gesicht. »Dann hat er die entwickelten Dias auf meinen Tisch gelegt und gesagt, ich soll sie in Diaklarsichthüllen stecken und dann euch geben! Und da ... da ... da ... hab ich Dietmar erkannt! Beim Bumsen! Er hat einfach so mit einer Nutte gebumst! Und auch noch in ... in ... in ... der chinesischen Schlittenfahrt! Das hat er mit mir noch nie gemacht!«
»Was ist die chinesische Schlittenfahrt?«, frage ich. Diese Stellung kenne ich bislang nicht, obwohl die Frauen in unseren Heften ja tabulos jede Stellung mitmachen. Ich muss mir die chinesische Schlittenfahrt aufschreiben, damit ich sie textmäßig verwerten kann.
Liesel schaut mich böse an: »Na, die Frau liegt auf dem Rücken und hat die Beine um die Hüften vom Mann geschlungen und hebt dabei ihren Hintern auf seine Knie. Das hat Dietmar mit

der Nutte so gemacht, und dabei hat er auch noch ihre Titten geknetet. AAAAAH!« Liesel fegt mit einer weiteren Handbewegung das Faxgerät vom Tisch. Krachend fällt es auf den Boden und zerspringt in acht oder neun Teile. Dann ist das Telefon dran. Wenn Liesel jetzt gleich noch den Kopierer nimmt und quer durch den Raum schleudert, müssen wir aufpassen, dass sie uns damit nicht trifft.
»Dieses verdammte Schwein!«, zetert Liesel herum, während sie den Kopierer packt, ihn mit übermenschlichen Kräften hochhebt und quer durch den Raum schleudert. Wir müssen aufpassen, dass sie uns damit nicht trifft. Mein drittes Auge ist mittlerweile so dick wie ein gut durchbluteter Hodensack. Wenn es aufplatzt, müssen wir aufpassen, dass niemand schwanger wird. Haben wir noch irgendwo von einem Fototermin Kondome?
Wie eine Furie schreit Liesel weiter: »Nur wegen Washington habe ich noch nichts gesagt! Nur wegen unserem Kind! Tagelang bin ich mit der Gewissheit herumgelaufen, dass mein Mann, der Mann, der mir Treue geschworen hat, seinen Dödel in einer Nutte versenkt hat!«
»Das ist ja furchtbar!«, Heidi hält sich an ihrem Stuhl fest. »O Gott, wie furchtbar ist das denn?«
»Aber jetzt ist Schluss!«, brüllt Liesel, nimmt einen Stuhl und wirft ihn gegen die Decke. Die Neonröhren zersplittern und die Scherben fallen auf uns. Es zischt und funkt an der Decke, so dass mir angst und bange wird.
Wutschnaubend rennt Liesel in ihr Büro und kommt mit den Dias zurück: »Hier! Hier! Und hier! Lasst uns zum Diaprojektor gehen, damit ihr alles ganz genau sehen könnt! Oder wollt ihr etwa nicht?«
Was für eine Frage.

5

Wir hetzen in Peggys und mein Büro, wo sich der Projektor befindet, und warten aufgeregt darauf, dass er das erste Dia an die Wand wirft. Da – eine Menge Männer und Frauen und dann Pärchen, offenbar Freier und Nutten, die sich auf runden Betten vergnügen. Glasklar ist das Dietmar. Sein blödes Gesicht mit der viel zu großen Nase erkenne ich sofort. Selig vergnügt er sich mit einer Thai-Nutte in dieser Stellung, die ich noch nicht kannte, und hebt auch noch überflüssigerweise Zeige- und Mittelfinger zum Victory-Zeichen. Unfassbar. Wie gut, dass Herbert wahrscheinlich wieder nicht seine Brille aufhatte, sonst hätte er Dietmar erkannt. Und Dietmar selbst hat wohl nicht mitbekommen, dass er bei seinem Treiben geknipst wurde.

»Seht ihr die Unterhose, die da über dem Stuhl hängt?«, fragt uns Liesel. Wir nicken.

»Die hab ich ihm vor zwei Wochen aus der Stadt mitgebracht. Seht ihr die Schuhe, die da stehen?« Wir nicken wieder. »Die hab ich am Freitag noch vom Schuster abgeholt. Die Sohlen waren durchgelaufen! Und die zieht er dann bei einer Nutte aus. Und mir erzählt er, er sei mit seinen Kleingärtnern auf einer Weinprobe! AAAAAAHHHHHHHHH!«

Der Diaprojektor ist dann keiner mehr. Polternd fällt er seitlich auf den Boden und reißt noch eine Grünpflanze mit um.

Ich habe Angst davor, was Herbert sagen wird, wenn er zurückkommt. Der Schaden, der Schaden! Die ganzen kaputten Sachen. Aber dann überlege ich mir, dass wir behaupten werden, dass die Sachen von Außerirdischen oder von der Putzfrau zerstört wurden und die Lampe auch, und was den Diaprojektor betrifft, vergrößern wir einfach ein Foto von so einem Teil aus dem Internet und kleben es an die Wand. Der kurzsichtige Herbert wird das nie merken. Wenn wir Dias vergrößern müssen, behaupten wir einfach, der Diaprojektor hätte aufgrund seines horrenden Alters einen Wackelkontakt. So machen wir das. Ach, Herbert wird sowieso nichts merken. Liesel schreit immer weiter.

Da klingelt mein Telefon. »*Kiez-Report*, Fuchs«, sage ich laut, um das Gebrüll von Liesel zu übertönen, die gerade einen mittelgroßen Ventilator durchs geschlossene Fenster wirft.

»Gerlinde Fuchs, spreche ich mit Gerlinde Fuchs?«, fragt eine männliche Stimme.

»Ja«, sage ich, »am Apparat.«

»Möller, Hubert Möller. Gerichtsvollzieher. Frau Fuchs, es tut mir Leid, aber ich muss einen Termin mit Ihnen machen. Mir liegt hier eine Pfändung vor, über die ich gern mit Ihnen sprechen würde.«

»Wie, eine Pfändung? Von wem denn eine Pfändung?«, rufe ich aufgeregt. Alle im Raum sind schlagartig still.

»Von einem Joachim Fuchs. Es handelt sich bei Herrn Fuchs um Ihren geschiedenen Mann.«

»Ja, das weiß ich wohl«, sage ich, während das dritte Auge eine Zwillingsschwester bekommt. Es könnten auch Drillinge werden.

»Frau Fuchs, Sie haben seinerzeit einige Bürgschaften unterschrieben für die Altschulden Ihres damaligen Mannes. Nun hat Herr Fuchs Insolvenz angemeldet und die Gläubiger werden sich nun an Sie halten. Frau Fuchs, sind Sie noch da?«

»Ja«, krächze ich verzweifelt und schaue durch das Loch im Fenster.

»Es handelt sich um einen Betrag von fünfhunderttausend

Euro«, sagt Herr Möller, der Gerichtsvollzieher, sachlich. »Wie gedenken Sie denn, das Geld zurückzuzahlen?«
Peggy, die das Telefon mittlerweile auf laut gestellt hat, und die anderen schauen mich mit Riesenaugen an.
»Ich, also, ich, äh …«, stammele ich herum, »ich habe keine Ahnung, ich, also … äh!«
»Das Beste wird sein, ich komme einmal persönlich bei Ihnen vorbei, Frau Fuchs, da werden wir auch gleich sehen, was an pfändbaren Gegenständen da ist!«
Herr Möller erklärt mir noch, dass ich mich strafbar mache, wenn ich nicht öffne, und er bei Nichtöffnen die Tür von einem Schlüsseldienst öffnen lassen werde, und verabschiedet sich höflich, nachdem er gefragt hat, ob ich am nächsten Montag gegen 18 Uhr zu Hause bin. Ich weiß nicht mehr, ob ich ja oder nein gesagt habe.
»O mein Gott, was für ein Tag!« Wir stehen hilflos in unserem Redaktionsbüro. Unglücklicherweise fängt es auch noch an zu regnen und es ist ein ziemlich starker Wind. Der Regen kommt durch das Loch im Fenster und landet auf dem Drucker. Mir doch egal.
»SCHEISSKERLE!«, brüllen wir auf einmal los. Alle, außer Heidi. Die isst schon wieder, diesmal rohe Paprika, und schaut uns verständnislos an.
»Jetzt erzähl du mir nicht, dass du noch nie Zirkus mit Männern hattest!«, fährt Liesel Heidi an. Die nickt. »Was denn jetzt?«, brüllt Liesel und schaut sich im Raum um, als ob sie den nächsten Gegenstand suchte, den sie zertrümmern könnte.
»Nun ja«, sagt Heidi und beißt krachend in eine Paprikaschote. »Jetzt kann ich es euch ja sagen. Nach all den Geschichten heut kann ich es ja sagen!« Sie holt Luft.

Was kommt denn jetzt? »Also«, Heidi holt Luft, »ich hatte noch nie einen Freund. Ich hatte auch erst einmal Sex. Und wenn ich ganz ehrlich sein soll, war es beschissen. Ich will das alles auch gar nicht. Es reicht ja der Ärger, den ihr mit den Kerlen habt!« Dann holt Heidi aus ihrer Tupperdose eine Tomate und beißt so hinein, dass meine Bluse dann rote Sprenkler hat.

Eine Viertelstunde später sitzen wir in unserem Redaktionsraum auf dem Boden. Vor uns stehen sechs Flaschen Sekt, die darauf warten, geöffnet zu werden. Ich bin schnell zum Supermarkt gefahren, erstens, weil ich an die Luft musste, wenigstens kurz, und zweitens, weil ich jetzt, wie alle anderen auch, einfach Alkohol brauche, um nicht komplett durchzudrehen.
»Wieso hast du denn bloß diese Bürgschaften unterschrieben?«, fragen die anderen. Ich bin noch damit beschäftigt, dauernd auf das dritte und vierte Auge zu drücken, um es zur Rückbildung zu bewegen, aber ich bin immer noch so durcheinander, dass die Augen bleiben. Dann bleiben die Augen eben. Was habe ich denn schon noch groß zu verlieren? Eben. Nichts.
»Was ist denn das für eine bescheuerte Frage?«, blöke ich die anderen an, »so ist das nun mal, wenn man verheiratet ist. Man macht eben manchmal Dummheiten.« Ich überlege kurz, warum ich eigentlich damals tatsächlich diese Bürgschaften unterschrieben habe, aber mir fällt die Situation nicht mehr ein. Dann erinnere ich mich daran, dass ich nur ein einziges Mal überhaupt etwas für meinen geschiedenen Mann unterschrieben habe: Er wollte mir angeblich Kontovollmachten erteilen. Ich habe gar nicht auf das Geschriebene geschaut, weil ich meine Brille nicht aufhatte und sowieso nichts verstand, und meinen Namen unter die Dokumente gesetzt. Jetzt ist mir klar, das

waren keine Kontovollmachten, sondern etwas ganz anderes. Dämliche Nuss, die ich bin. Was nützt es mir denn jetzt noch, dass ich von diesem Vollidioten mittlerweile vier Jahre geschieden bin? Nichts.

»Ich war eben blöd«, sage ich und öffne die erste Flasche Sekt.

»Liesel, du hast doch bestimmt auch schon eine Bürgschaft oder so was Ähnliches unterschrieben. Das ist nun mal so in einer Ehe.«

Liesel schüttelt den Kopf: »Nein«, sagt sie, »so doof bin ich nun auch wieder nicht.«

Ja klar. Wobei ich auch lieber im Nachhinein erfahren hätte, dass mein Exmann bei einer Nutte war, als jetzt mit einer halben Million Euro Schulden dazustehen. Aber man kann sich sein Glück nun mal nicht immer aussuchen. Damit muss ich mich abfinden. Ich fülle den Sekt in Plastikbecher.

»Was sollen wir denn jetzt bloß alle machen?«, fragt Brigittchen, während sie den ersten, ziemlich großen Schluck zu sich nimmt. »Ich meine«, sie schaut uns der Reihe nach an, »Tatsache ist ja wohl, dass wir alle, alle betrogen worden sind.«

»Ich nicht«, Heidi hebt die Hand, »aber ich fühle mich genau so schlecht wie ihr. Wenn es euch schlecht geht, geht es mir auch schlecht. Schließlich sitzen wir alle in einem Boot. Ach, wie ihr alle ausseht. Das ist ja furchtbar. Wenn man euch so anschaut, kann man ja zum Mörder werden. Bin ich froh, dass ich mit diesen Dreckskerlen nichts zu tun habe. Aber rächen müsst ihr euch. Nein, *wir* werden uns rächen! Das hätte Tony Buddenbrook damals auch machen sollen, als Bendix Grünlich sich so verschuldet hat und er dann zu ihr gesagt hat, er hätte sie nur wegen ihres Geldes geheiratet. Fein war das nicht. In den *Buddenbrooks* war das, wisst ihr, da ist dann der alte Konsul persönlich

gekommen und hat seine Tochter mit einer Kutsche abgeholt. Ach, wäre Tony doch an der Ostsee bei Morten Schwarzkopf geblieben, da hätte sie zwar kein Leben in Luxus gehabt, aber sie wäre wenigstens glücklich gewesen.«
»Heidi, das sind doch nur Bücher«, Peggy ist immer noch fertig. »Das hat sich doch bloß jemand ausgedacht. Dass du immer so tun musst, als sei das alles tatsächlich passiert.«
»Aber das hier gerade passiert doch auch tatsächlich«, verteidigt sich Heidi und schält eine Banane. »Und das ist viel, viel schlimmer als in einem Buch.«
Sie hat ja Recht. Liesel hält sich ein Tempotaschentuch an einen verletzten Finger, den sie sich während ihrer Zerstörungsaktion aufgeschnitten hat. »Jetzt stoßen wir erst mal gemeinsam an«, sagt sie und hebt den Becher, »auf uns und auf die Rache! Ich für meinen Teil werde mir was richtig Fieses ausdenken. Mit mir nicht. Mit mir nicht!« Sie wird schon wieder rot vor Zorn.
Schnell heben wir alle unsere Becher, die randvoll mit lauwarmem Sekt gefüllt sind, und leeren sie in einem Zug. Danach habe ich ein herrlich wohliges Gefühl und einen Hauch von »Alles-egal-Einstellung«, was mir ganz gut gefällt.
Liesel schlägt plötzlich mit der Hand auf den Boden: »Es ist alles wegen Herbert!«, ruft sie, »warum sind wir nicht schon früher darauf gekommen?« Sie schenkt sich Sekt nach, und ich öffne schnell eine zweite Flasche. Nicht auszudenken, jetzt ohne Alkohol weiterzuleben. »Versteht ihr denn nicht, was ich meine?«, schreit Liesel weiter, weil keine von uns antwortet. Wir schütteln den Kopf. »Wenn Herbert nicht wäre, dann wäre das alles nicht passiert! Er ist ein Dämon! Er hasst Frauen! Er hat uns mit den Jahren unser ganzes Selbstwertgefühl genommen. Mir auf jeden Fall! Nach außen hin tue ich zwar immer so, als sei ich

stark und hart im Nehmen, aber in Wirklichkeit stehe ich oft vor dem Spiegel und denke, dass ich eigentlich gar nichts wert bin. Nichts, nichts!«, Äderchen platzen an Liesels Augen und sie sieht kurzfristig auch aus wie ein Dämon. »Wenn Herbert nicht wäre, dann wäre das alles nicht passiert! Nichts wäre passiert. Unsere Kerle hätten uns nicht verarscht und betrogen und ausgenommen! Alles wäre gut! Dieses blöde Schwein!«

Schnell noch Sekt.

Brigittchen blickt auf: »Mir geht es genau so wie dir«, sagt sie zu Liesel, »ich gehe ja sogar schon krumm. Weil ich mich so wertlos fühle. Und unsicher bin ich auch geworden. Ich traue mich ja noch nicht mal, mich an der Kasse zu beschweren, wenn ich zu wenig Wechselgeld rauskriege. Alles wegen Herbert. Bestimmt hat mich Roger deswegen verlassen. Weil ich als Frau nichts tauge.«

Peggy setzt sich auf: »Das ist doch glasklar. Jeder Psychologe würde uns das bestätigen. Es kann doch kein Zufall sein, dass wir plötzlich alle, ja, Heidi, fast alle, in dieser furchtbaren Situation sind, oder?«

Alle nicken.

»Seht ihr«, Peggy fühlt sich bestätigt, »ich glaube, Herbert wollte das auch so. Der hat vielleicht lange Zeit darauf hingearbeitet, dass es uns jetzt so geht. Der hat sich einen Spaß draus gemacht, uns klein zu halten. Wenn der wüsste, wie es uns jetzt geht, würde er sich ins Fäustchen lachen. Er selbst ist total unzufrieden mit sich, und da will er, dass es seinen Mitmenschen auch nicht gut geht! Du hast Recht, Liesel, du hast so was von Recht!«

Heidi nickt: »Herbert würde triumphieren, wenn er uns hier so sehen würde. Also euch. Ach, doch uns. Ich bin solidarisch mit euch«, sie isst eine weitere Tomate, »ich finde auch, Rache muss

sein. Ihr kennt doch bestimmt das Sprichwort ›Rache ist süß‹, oder?«
Niemand geht auf sie ein. Ich bin kurz am Überlegen, ob wir jetzt alle durchdrehen, oder völlig übertreiben, komme aber zu der Überzeugung, dass alles, was gesagt wurde, der Wahrheit entspricht. Ich meine, ich muss mich ja nur selbst anschauen. Ich kriege fast nie den Mund auf und lasse mich sogar von meinen Müll-Nachbarn demütigen. Niemand nimmt mich ernst, außer Giselher und den Mädels. Und Heinrich natürlich.
Es muss etwas geschehen mit Herbert! Und zwar bald! Plötzlich bin ich richtig euphorisch! Wir könnten ihm seine Brille wegnehmen oder seinem Auto die Reifen aufschlitzen! Irgendso was.
Liesel steht auf. Ihre Augen strahlen und ihre etwas zu groß geratenen Brüste wippen in alle Himmelsrichtungen. Ihre roten, dauergewellten Haare stehen vor Aufregung ein wenig zu Berge. Sie ballt die Faust: »Mädels!«, schreit sie zu uns, die wir immer noch auf dem Boden sitzen. »Ich hab die Rache! Und jetzt hört ihr mir gut zu!«

6

Wir öffnen gleichzeitig alle restlichen Sektflaschen und rücken auf dem Boden eng zusammen.
Liesel senkt die Stimme: »Er muss sterben«, sagt sie leise.
»Wer muss sterben?«, frage ich Liesel verwirrt.
»Na, Herbert«, flüstert Liesel und macht eine Handbewegung.
Wir rücken alle noch näher zusammen.
»Das ist doch ganz einfach«, sagt Liesel mit glitzernden Augen, »wenn der alte Scheißkerl tot ist, haben wir auch wieder Glück!«
»Aber, aber …«, das ist Brigittchen, »ich kann das nicht. Ich … ich … ich, dann kriegen wir doch bestimmt Ärger! Dann kommt doch die Polizei und so, was sagen wir denn dann?«
Ich finde die Idee gar nicht schlecht.
Liesel hebt wieder etwas die Stimme: »Der Sack ist doch so oft unterwegs, das fällt doch erst mal niemandem auf.«
»Was ist mit seiner Frau?«, wirft Peggy ganz richtig ein.
»Hetty? Hetty ist doch nur mit ihrer Bügelwäsche beschäftigt«, Liesel macht eine abfällige Handbewegung, »die merkt doch nur an Herberts speckigen Hemden, dass es ihn noch gibt.«
»Aber ich bezahle die Beerdigung nicht«, Heidi kaut an einem Stück Papaya herum, während sie uns der Reihe nach anstiert. »Das ist ganz schön teuer. Meine Tante, die in Weimar gewohnt hat, ist nach ihrem Tod auch beerdigt worden, das fängt schon mit dem Sarg an. Die wollten dreitausend Euro für einen schlichten Eichensarg, der mit Polyesterrüschen gefüttert war. Dreitausend Euro, das muss man sich mal vorstellen. *Lotte in Weimar* hat ja auch in Weimar gespielt, da hat der Thomas Mann sich

selbst übertroffen. Da ging es nämlich um seine Geliebte Charlotte vom Stein, die hat da nämlich gewohnt. Ihr Wohnhaus ist jetzt eine Pension oder vielleicht sogar ein Hotel, und der Thomas Mann hat die Charlotte als Dauergeliebte gehabt, obwohl er ja mit Christiane Vulpius verheiratet war, die hat ihm im Bett alles beigebracht und der Thomas Mann hat die Christiane Vulpius ›mein Erotikon‹ genannt, lustig, was? Wie Lexikon! Ich hab ja alles von Thomas Mann gelesen.«
Kein Wunder, dass Heidi noch nie eine Beziehung hatte. Hätte ich einen Dödel, würde ich Heidi damit erschlagen. Ich bin versucht zu sagen, dass Christiane Vulpius nicht die Ehefrau von Thomas Mann, sondern von Goethe war. Gleiches gilt für die Geliebte, aber es ist sinnlos, eine Erwähnung dieser Tatsache in Erwägung zu ziehen. Und überhaupt: Wieso kenne ich mich so gut mit Goethe aus? Außerdem haben wir jetzt Wichtigeres zu besprechen.
»Quatsch, Beerdigung. Es wird keine Leiche geben«, erklärt uns Liesel mit Nachdruck, »wir lassen den Idioten schön verschwinden. Rasen gemäht wird schließlich überall, und die Polizei kann sich mal gehackt legen.«
Wir starren uns nacheinander an.
»Hicks«, macht Peggy, »oje, oje, oje. Ich finde das ganz schön aufregend. Aber, Liesel hat wirklich Recht, finde ich. Es ist schon ein komischer Zufall, dass uns allen, ja, Heidi, außer dir, so was passiert ist. Wir haben wirklich alle kein Selbstbewusstsein mehr. Es ist Herberts Schuld, keine Frage. Ohne ihn wären wir gestandene Frauen, die mit beiden Beinen im Leben stehen, und ich für meinen Teil, muss sagen, die Idee ist spitze! Hicks.« Das ist der Sekt. Das ist der Sekt.
Ich merke den Alkohol auch immer mehr, trinke noch ein Glas

lauwarmen Sekt auf ex und mache mir herrliche Kopfbilder: Wie ich einen Brieföffner langsam in Herberts Brust gleiten lasse, einen Widerstand an den Rippen spüre und deswegen nochmal fester zusteche. Herbert, der langsam zusammensinkt und keine Kraft mehr zum Schreien hat. Dann Herberts letzte Worte, während er blutüberströmt am Boden liegt: »Frau … Frau … Frau …« Noch nicht mal dann wird er sich an meinen Namen erinnern.

Da fällt mir siedend heiß etwas ein:

»Wenn jemand tot ist, muss er aber nochmal aufs Klo«, sage ich. Alle schauen mich an.

»Wieso sollte jemand nochmal aufs Klo müssen, wenn er tot ist?«, fragt Heidi.

»Na, wegen dem Muskel da im Po«, sage ich und werde ein wenig rot. Ich schäme mich sozusagen für mein Fachwissen. Aber Giselher hat mir mal erzählt, dass das einer der betrüblichen Nebeneffekte seines Jobs ist. Wer tot ist, entspannt sich, und dann muss man eben nochmal groß.

»Du willst mir jetzt nicht erzählen, dass eine Leiche nochmal aufsteht und auf Klo geht?«, fragt Brigitte mit Kuhaugen.

»Nein, das passiert einfach so«, hätte ich doch bloß nichts gesagt, jetzt habe ich den Salat. Ich konnte über so was noch nie gut reden, weil ich mich dann immer geniere.

»Über so was können wir uns dann immer noch Gedanken machen«, schließt Peggy die Diskussion über den Muskel im Po ab. »Also, Mädels, ich muss es nochmal sagen, ich finde, dass Liesel Recht hat. Ohne Herbert wären wir alle glücklicher! Ich bin dabei. Aber es muss ein wasserdichter Plan sein, und wir müssen alle zusammenhalten. Sonst wandern wir in den Knast.«

»Da will ich aber nicht hin«, Heidi macht ein erschrockenes Gesicht. »Da gibt es bestimmt nur Wasser und Brot und Dosensuppen. Und kein frisches Gemüse und Obst. Ich brauche aber täglich meine Ration an frischem Obst und Gemüse. Meint ihr, man kann dann mit den Wärtern reden, dass die einem erlauben, Obst und Gemüse zu essen?«

Gleich klebe ich ihr den Mund zu. Es antwortete auch niemand. Wir denken nach.

»Aber ich finde die Idee trotzdem gut«, sagt Heidi unerwarteterweise. »Wenn der Alte tot ist, können wir hier endlich schalten und walten, wie wir wollen, das wird schön!«

Ich nicke: »Herrlich! Ja, ich bin auf jeden Fall auch dabei!«

»Alles der Reihe nach«, sagt Liesel und hebt beide Arme wie ein Stammesoberhaupt. »Also, jetzt die Frage an alle: Wer will, dass Herbert stirbt, hebt einen Finger!«

»Warum kann ich denn nicht meine Hand heben?«, fragt Heidi verwirrt.

»Dann eben die Hand«, sagt Liesel unwirsch.

Fünf Hände, Liesels mitgezählt, schnellen in die Höhe.

»Fein«, freut sich Liesel, »jetzt müssen wir uns nur noch überlegen, wie wir den Mistsack beseitigen!«

»Gib doch mal Mord ein!«, ruft Peggy und tatscht mit dem Zeigefinger auf meinem Monitor herum.

»Lass das«, blöke ich sie an. »Das verschmiert, und dann kann ich gar nichts mehr sehen.«

Wir hängen zu fünft vor meinem Rechner und sind auf der eBay-Seite. Ich tippe »Mord« als Suchbegriff ein, und 232 Einträge kommen. Doch unsere Freude wird getrübt, als wir sehen, dass da nur Sachen wie »mordsmäßig guter Preis«, »Mordmanntanne« (da wollte jemand wohl »Nordmanntanne« schreiben und hat sich vertippt) oder »Mordillo-Zeichnungen günstig abzugeben« stehen. Dann hat lustigerweise noch jemand geschrieben: »Einen Mord kann ich nicht bieten, aber ich versteigere höchstbietend meine Agatha-Christie-Sammlung.« Wir werden nicht fündig, und ich gebe »Mörder« ein. Eigentlich muss ich schlimm dringend auf Toilette und rutsche schon die ganze Zeit unruhig hin und her, aber das kann man jetzt nicht ändern.

Auch zum Suchbegriff ›Mörder‹ gibt es bei eBay keine nennenswerten Ergebnisse. Eine Zwei-Mann-Kapelle verspricht »mördermäßig gute Laune«, wenn man ihre selbst aufgenommene CD ersteigert. Dann kommt noch haufenweise Literatur über Serienmörder. Das war's auch schon. Ich muss immer noch aufs Klo. Gleich mache ich in die Hose.

»Lindi, gib doch mal ›Killer‹ als Suchbegriff ein«, sagt Peggy. »Auftragskiller gibt es doch überall. Ich hab mal gehört, dass die für tausendfünfhundert Euro ein Ohr abschneiden.«

Folgsam tippe ich das Wort in die Suchleiste. Es kommt nur Schwachsinn. Ein Buch: *Killern – kitzeln leicht gemacht. Der ultimative Ratgeber für alle, die sich richtig kitzeln wollen.* Und eine DVD: *Killerbienen greifen an.*

Die anderen setzen sich wieder auf den Boden und köpfen noch weitere Sektflaschen, die wir im Kühlschrank gefunden haben, und ich gehe heimlich bei eBay auf »Artikel beobachten«. Da war nämlich ein Steakhouse-Gutschein angeboten, den ich unbedingt haben möchte. Ich liebe Steaks. Da – noch eine Minute! Schnell biete ich mit. Der Höchstbietende hat acht Euro geboten. Ich bin plötzlich so wild auf diesen Steakhouse-Gutschein, dass ich den Höchstbietenden schnell überbiete, um auf jeden Fall den Gutschein zu bekommen. Ihr Höchstgebot. Um sicherzugehen, gebe ich hundert Euro ein. Noch drei Sekunden. Da, drei, zwei, eins. MEINS! Ich werfe beide Arme in die Luft.

»Juhu! Ich hab einen Blockhouse-Steakhouse-Gutschein gewonnen!«, rufe ich fröhlich und vergesse in meinem Glück sogar, dass ich nächste Woche Besuch von einem Gerichtsvollzieher bekomme.

»Zeig!«, ruft Brigittchen.

»Hier«, ich deute freudestrahlend auf den Monitor.

Brigittchen kommt näher. »Oh bitte, Lindi, das kann ja wohl nicht dein Ernst sein!«, ruft sie und schüttelt den Kopf.

»Warum?«, frage ich und freue mich immer noch schrecklich darauf, quasi umsonst ein leckeres Steak mit einer gebackenen Ofenkartoffel und Sauerrahm zu verspeisen. Gleich heute, gleich heute!

»Der Gutschein hat einen Wert von zehn Euro, und du Nuss hast ihn jetzt letztendlich für siebenundneunzig Euro ersteigert!«, Brigittchen deutet auf die Details. »Na, viel Spaß!«

Verstört starre ich auf den Monitor. Brigittchen hat Recht. Was soll ich denn jetzt machen? Der Besitzer des Gutscheins wird sich scheckig lachen, und ich kann es ihm noch nicht mal übel nehmen.

Ich melde mich schnell von eBay ab. Selbst für eBay bin ich mittlerweile zu dumm.

Aber dass Brigittchen, die sonst so schusselig ist, sich mit so was auskennt. Sie scheint meine Gedanken zu erraten: »Mir ist das mal mit einer Konzertkarte für Udo Jürgens passiert«, sagt sie, »oder war es Peter Maffay? Ich weiß es nicht mehr. Jedenfalls hab ich die Karte für über dreihundert Euro ersteigert, und das

Konzert war noch nicht mal ausverkauft. Aber die Krönung war, dass der Verkäufer sie mir nie geschickt hat.«
Fast freue ich mich, dass ich mit meiner Dämlichkeit nicht alleine dastehe.
»Wir könnten eine Anzeige aufgeben«, schlägt Liesel vor.
»Was willst du denn da schreiben?«, fragt Peggy. »*Fünf Frauen suchen Mörder für ihren Chefredakteur*? Das geht doch nicht!«
»So natürlich nicht. Wir müssen das anders formulieren, so, dass sich nur die Mörder angesprochen fühlen«, sagt Liesel. »Aber wie, weiß ich jetzt auch nicht! Ihr könnt ja auch mal einen Vorschlag machen.«
Wir überlegen.
»In dieser Kneipe hier um die Ecke, im *Silbernen Hausschuh,* laufen bestimmt haufenweise Mörder herum«, sage ich, »jedenfalls sehen die Gäste dort alle so aus. Wir könnten einfach in den *Silbernen Hausschuh* gehen und fragen.« Ich spüre den Alkohol immer mehr, und ich glaube, den anderen geht es ähnlich. Mit glasigem Blick löffelt Heidi in ihrer Sektflöte herum. Ich nehme an, sie denkt, dass es sich um einen Joghurtbecher handelt. Hui, ist mir schwummrig.
»*Silberner Hausschuh ist gut*«, sagt Brigittchen und rülpst laut. »Lasst uns gleich heute Abend mal hinfahren.«

7

Wie siehst du denn aus?«, fragt mich Giselher, als er von seinem Bestattungsunternehmen nach Hause kommt. Ich sitze in der Küche, habe mir falsche Fingernägel angeklebt, diese lackiert und trage einen etwas zu engen Jeansanzug, der auch schon mal bessere Zeiten gesehen hat. Ich glaube, er ist aus den achtziger Jahren. Geschminkt habe ich mich auch. Das erste Mal seit was weiß ich wann.

»Wieso?«, frage ich, »nur weil ich mich mal ein bisschen besser angezogen habe, musst du das ja nicht gleich kommentieren.« Ich bin nach der Arbeit nach Hause gegangen, wie alle anderen auch, um mich umzuziehen und frisch zu machen, denn um neun wollen wir uns im *Silbernen Hausschuh* treffen und auf Mördersuche gehen. »Ich wollte seriös aussehen«, verteidige ich mich weiter vor Giselher, der sich ein Fertiggericht aus meinem Tiefkühlfach holt und in die Mikrowelle stellt, »wie eine knallharte Geschäftsfrau, mit der man nicht verhandeln kann, weil sie sofort die passenden Argumente parat hat!« Vorsichtig bemühe ich mich zu atmen, was nicht so einfach ist, weil der Anzug doch sehr eng sitzt.

»Willst du jetzt nebenberuflich als Staatsanwältin jobben?«, Giselher steht ein wenig auf dem Schlauch.

»Nein«, sage ich, »ich treffe mich heute Abend mit den Mädels. Wir wollen einen Mörder für unseren Chefredakteur suchen.« Verdammt, ich könnte mir die Zunge rausreißen. Haben wir uns nicht alle geschworen, niemandem etwas zu verraten? Und ich bin wieder die Erste, die den Mund nicht halten kann. Wie soll das erst werden, wenn Herbert wirklich tot ist?

Aber Giselher hat mir gar nicht zugehört, er sucht Bier, das er im Kühlschrank findet. »Heute hatte ich wieder eine Beerdigung, kann ich dir sagen, ich bin jetzt noch fertig mit den Nerven«, stöhnt er und setzt sich. »Ein Dreiundsiebzigjähriger ist heute unter die Erde gekommen, die ganze Verwandtschaft hatte Leichenhemden an, weil er sich das so gewünscht hatte. Dann hatten wir eine wunderbare Karaokegruppe engagiert, die Nana Mouskouri gesungen hat. Der Sarg senkt sich nach unten, die Erde wird drübergeschüttet und plötzlich fängt seine Frau an zu schreien. Wir natürlich hin und gefragt, was denn sei und es sei doch alles besser so für ihren Mann, aber sie hat weitergezetert und dann stellte sich heraus, dass sich das Portemonnaie des Mannes noch in seinem Anzug befand, in dem er beerdigt werden sollte. Ein Zirkus, ein Zirkus!«
»Ach, und dann?«, frage ich, während ich merke, dass der Kleber für die künstlichen Fingernägel nicht so haltbar ist, wie ich angenommen hatte, denn sie biegen sich nach oben, sobald ich die Tischplatte damit berühre.
»Wir mussten die Erde wieder abschaufeln, den Sarg rausholen und öffnen, und dann war das Portemonnaie doch nicht in dem Anzug, sondern in einem anderen. Das hat uns drei Stunden gekostet. Die Karaokegruppe musste dann sogar noch Hermann Prey singen.«
Giselhers Probleme möchte ich mal haben. Ich schaue auf die Uhr und werde immer nervöser. Schon acht Uhr.
»Sag mal, was hast du gerade gesagt?«, fragt Giselher und trinkt mittlerweile seine zweite Flasche Bier. »Ihr wollt euren Chefredakteur umbringen lassen? Find ich gar nicht so schlecht. Aber die Bestattung mach dann ich, oder?«

»Wen sollen wir denn hier ansprechen?«, fragt Brigittchen verwirrt und sieht sich um. Wir stehen alle fünf an einem runden Tisch im *Silbernen Hausschuh* und fühlen uns entsetzlich unwohl. Aus den Boxen dringt ohrenbetäubender Lärm, ich nehme an, es handelt sich um Musik, bin mir aber nicht sicher. Eine abgehalfterte Bedienung in einem roten Samtoberteil, in dem sich Brandlöcher befinden, gibt Getränke an die Hamburger Unterwelt aus.

Ich habe Kopfschmerzen von dem lauwarmen Sekt heute in der Redaktion, noch nicht mal Aspirin hat geholfen, und den anderen geht es nicht besser. Verstohlen blicke ich auf die anderen Gäste, die offensichtlich ihr ganzes Leben hier verbringen, jedenfalls sehen sie so aus.

Liesel ist immer noch oder schon wieder außer sich: »Ich habe mir wegen Washington vor Dietmar nichts anmerken lassen«, versucht sie gegen den Lärm anzubrüllen. »Leicht war das nicht. Der Mistkerl hat mich allen Ernstes gefragt, warum ich heute Abend weggehe. Das sei ihm gar nicht recht! Dieser Schweinehund! Wenn Herbert erst mal tot ist, ist Dietmar dran, das schwöre ich euch, Mädels, ich schwöre!« Sie ballt die Faust, wedelt mit dem Arm umher und trifft dabei einen ungefähr sechzigjährigen Hafenarbeiter, der ein T-Shirt mit der Aufschrift *Flensburger Pilsener formte diesen Körper* trägt. Es macht ihm nichts aus, von Liesels Faust getroffen zu werden. Ich nehme an, er ist Schläge gewohnt.

»Na, Deerns, Lust auf einen Jubi?«, kommt es aus seinem Mund, in dem sich exakt zwei Zähne befinden, zwischen denen eine Zigarette klemmt.

»Warum nicht?«, gibt Liesel zurück, und eine Minute später stehen eisgekühlte Jubigläser vor uns. Ich trinke meins auf ex und verliere beim Abstellen des Glases zwei Fingernägel, die in der Holzplatte des Tisches stecken bleiben. Ich schwitze schrecklich, mein Anzug wird immer enger, und ich muss einen Knopf öffnen.

»Was hat euch denn hierher verschlagen?«, fragt der Seebär, der sich als »Hauke« vorstellt und ununterbrochen am Rülpsen ist. Währenddessen stellt die Bedienung mit dem roten Samtoberteil eine weitere Runde Jubi auf den Tisch. Verstört stelle ich fest, dass das keine Brandlöcher in dem Oberteil sind, sondern dass ihre Brustwarzen frei liegen. Ob sie die Löcher wohl selbst reingeschnitten hat?

Peggy ergreift schließlich die Initiative: »Wo kann man hier einen Mörder finden?«, fragt sie Hauke mit fester Stimme und hält Blickkontakt.

Der grinst und macht eine ausschweifende Handbewegung. »Har, har«, sagt er, »wo wollen wir denn anfangen? Da hätten wir Oscar«, er deutet auf einen ziemlich großen Mulatten Anfang vierzig mit Augenklappe, der Hände so groß wie Füße hat, eine Lederhose mit Nieten trägt und einen Schlagring an der rechten Hand. In der anderen Hand hält er ein Stilett, mit dem er ununterbrochen einem anderen Riesen vor der Nase rumfuchtelt. »Oscar ist erst gestern aus dem Knast gekommen«, erzählt Hauke freudig, »dreifacher Mord. Seine Frau, Schwägerin und Schwager mussten dran glauben. Schnelle Stiche ins Herz beziehungsweise in die Halsschlagader! War eine riesige Sauerei, aber musste sein. Wollt ihr wissen, warum?« Mechanisch nicken wir. »He Oscar, min Jung, komm mal rüber! Die Deerns hier woll'n wissen, warum du im Knast warst!«

Ich halte die Luft an. Da kommt Oscar mit seinem Stilett angetaumelt. Er ist ein wenig angetrunken, und wenn er stolpert und

in meine Richtung fällt, könnte ich das vierte Opfer sein. Aber ich kann auch nicht ausweichen, weil der *Silberne Hausschuh* proppenvoll ist. An einem Wochentag.
Zehn Minuten später wissen wir, dass Oscars Frau Juliette ihm an einem Mittwochabend keinen Labskaus zubereiten wollte. Die Schwägerin, die gerade zu Besuch war, meinte, Oscar solle mehr Vitamine zu sich nehmen, und der Schwager, der die Schwägerin irgendwann abholen wollte, meinte, dass beide Frauen Recht hätten. Das hat sich Oscar nicht bieten lassen. »Ich mache gern kurzen Prozess«, diese Redewendung scheint er zu lieben. »Gibt es keinen Labskaus, mach ich kurzen Prozess.« »Gibt es Widerworte, mach ich gern kurzen Prozess.« »Bei jedem anderen würde ich auch kurzen Prozess machen.« Aber das mit dem Labskaus war eigentlich nur der Tropfen, der das Fass zum Überlaufen gebracht hat: »Sie hat mich betrogen«, so Oscar, »mit einem meiner Kumpels. Erst wollte ich es nicht wahrhaben, aber dann musste ich den Tatsachen ins Gesicht sehen, so weh es getan hat.« Fast meine ich, eine Träne in seinem Auge wahrzunehmen. »Sie hat mich angelogen, schamlos angelogen. Und ihre Schwester hat alles gewusst und sie gedeckt. Die Schwester hat mich also auch angelogen. Und der Mann der Schwester auch. Also mein Schwager. Ich hab mir das eine Weile angesehen, aber dann konnte ich nicht mehr. ›Juliette‹, hab ich gesagt, ›warum hast du mit einem anderen gepimpert?‹ Sie hat alles abgestritten, aber ich hatte Beweisfotos. Hat ein anderer Kumpel von mir gemacht. Der hat die beiden nämlich durchs Fenster fotografiert. ›Und nun?‹, hab ich gefragt. ›Ach‹, meinte sie, ›stell dich doch nicht so an.‹ Ich hab dann erst mal gar nichts gesagt, aber als ich dann abends nach Hause gekommen bin, hab ich ein Telefonat belauscht. Mit ihrer Schwester. ›Der ist so doof‹, hat sie gelacht, ›Oscar ist sooo

doof.‹ Dann hat sie noch lauter gelacht. Ich hatte Hunger, und als sie mir dann noch nicht mal Labskaus machen wollte, bin ich durchgedreht. Wenn sie mich schon betrügt, kann sie mir doch wenigstens was zu essen machen, oder? Als dann ihre Schwester mit ihrem Mann kam, haben mich alle so wissend angeschaut. Da war es dann vorbei mit lustig! Das kann man ja wohl verstehen. Aber sie mussten nicht lange leiden, wenigstens das. Nein, das war alles besser so.«

Oscar kommt ursprünglich aus Kuba, erzählt er uns, seine Mutter ist Kubanerin, seinen Vater hat er lange nicht gesehen, der ist Deutscher und irgendwann abgehauen, seine Adresse hat auch niemand. Mit seiner Mutter ist er irgendwann nach Hamburg gezogen, weil er das kubanische Klima nicht vertragen hat: »Immer nur Sonne und gutes Wetter, da wird man ja depressiv«, sagt er, während er Jubi aus einer Flasche trinkt. »Und dauernd diese Hitzepickel, das hält ja kein Mensch aus. Aber hier in Hamburg habe ich auch mein Päckchen zu tragen«, er blickt traurig. »Ich bin Hausstauballergiker! Das ist gar nicht witzig. Obwohl ich oft an die Nordsee fahre, geht es nicht weg. Dauernd muss ich husten, und letztens habe ich diesen Bericht gesehen, da wurde mir ganz anders. Im Fernsehraum im Knast war das. Da bringen die doch tatsächlich einen Bericht, in dem vergrößerte Milben gezeigt werden! Die waren so groß wie Monster! Glaubt ihr, das ist witzig zu sehen, wie schrecklich die Tiere aussehen, die einem Leid verschaffen? Die sitzen überall, die Milben. In der Bettdecke, im Teppich, in unseren Klamotten und sogar an diesem Messer hier!«, er hebt das Stilett. »Die kriegt man auch mit einem Dampfreiniger nicht tot, die Milben. Die Milben werden mich eines Tages einfach umbringen!« Oscar hustet leidend und nimmt noch einen Schluck aus der Jubiflasche.

Ich muss an meine Milbenträume denken, die, in denen eine Milbe so groß wird wie ein Stegosaurus, und fühle mich plötzlich seelenverwandt mit Oscar. Ein sympathischer Mann.
»Im Knast musste ich Synthetikdecken beantragen«, geht es weiter, »und jeden Tag habe ich meine Zelle abgekärchert. Lore und Ulla mussten einmal pro Woche in die Wäscherei. Gut getan hat denen das auch nicht.« Lore und Ulla? »Na, meine beiden Kuscheltiere«, Oscar verdreht die Augen, »die hab ich seit meiner Kindheit. Die haben mich überall hin begleitet. Lore ist ein Stoffbär, und Ulla eine Schildkröte. Ulla benutze ich manchmal auch gern als Kopfkissen. Aber nach einer Woche muss ich immer so stark husten, dass Ulla gewaschen werden muss, wegen der Milben. Und damit Ulla nicht so allein ist, kommt Lore mit in die Waschmaschine.«
Er trinkt den Rest aus seiner Jubiflasche. Mittlerweile ist es so laut geworden, dass wir uns nur noch schreiend unterhalten können, was unserem Vorhaben nicht gerade dienlich ist. Was ist, wenn Zivilbeamte in Rockerkluft unterwegs sind und unsere Mördersuche sprachaufzeichnen? Die Samtbedienung hat sich mittlerweile obenrum ausgezogen und lässt sich für jeweils fünf Euro von den Gästen an die Titten fassen. Da sie ziemlich dicke Titten hat, nehme ich an, dass sie ein gutes Geschäft machen wird heute Abend.
Heidi stößt mich unter dem Tisch mit dem Fuß an. Ich beuge mich zu ihr: »Das ist unser Mann!«, brüllt sie mir ins Ohr. »Er hat ein gutes Herz!«
»Wieso ist er dann unser Mann?«, ich verstehe die Logik nicht.
»Na, wer Kuscheltiere hat, hat ein gutes Herz«, schreit Heidi. »Dieser Oscar würde uns bestimmt nie verraten.« Aha. Heidi hat eine silberne Masse unter den Fingernägeln, weil sie die

aufgedruckte Schrift von ihrem Jubiglas abgeschabt hat. Wahrscheinlich, weil keine Mandarine in der Nähe war. Heidi kratzt die Masse unter den Nägeln zu kleinen Kügelchen und schnippt diese umher. Ihre Augen sind glasig. Sie trinkt sonst nie Alkohol. Erst der Sekt heute in der Redaktion, und dann abends noch Jubi. Das verkraftet nicht jeder. »Hör mal!«, krakeelt sie in Oscars Richtung, der Peggy und Liesel gerade erklärt, warum Kuscheltiere für die Entwicklung eines Menschen unglaublich wichtig sind. »Wollen wir Oscar nicht mal fragen?«

»Was wollt ihr mich denn fragen?«, kommt es noch lauter aus Oscars Mund zurück. »Wir suchen einen Mörder!«, das ist wieder Heidi. »Also wir suchen niemanden, der jemanden umgebracht hat, sondern jemanden, der einen Auftragsmord begehen soll!«

»Einen Auftragskiller sucht ihr?«, brüllen Hauke und Oscar.

»Ja, einen Auftragskiller!«, schreien wir im Chor zurück.

»Wir wollen unseren Chef umbringen«, brüllt Heidi. »Und weil wir das selber nicht so gut können, soll das ein professioneller Mörder für uns machen!«

»Wie wollt ihr ihn denn umbringen lassen, euren Chef?«, Oscars Stimme übertönt mittlerweile sogar die Musik.

»Na, erschießen, erstechen, erwürgen oder ertränken!«, reden wir schreiend durcheinander. »Hauptsache, er ist tot!«

»War er böse zu euch?«, Oscar möchte unser Motiv wissen.

»Ja!!!«, kommt es einhellig zurück.

»Das geht nicht«, Oscar hat ein gutes Herz, es stimmt, »zu Frauen muss man doch immer nett sein!«

8

Wir sitzen in einem Hinterzimmer des *Silbernen Hausschuh.* Oscar scheint den Besitzer zu kennen, denn der hat ihm anstandslos den Schlüssel für den Hinterraum überreicht. Bestimmt werden hier immer zu Unzeiten krumme Geschäfte abgewickelt. Ob hier wohl schon mal jemand umgebracht wurde?

Mittlerweile ist es ein Uhr morgens. In der Kneipe selbst geht es jetzt erst richtig los. Nervös blicke ich mich um, weil ich schreckliche Angst habe, dass Oscar eventuell doch kein Mörder ist, sondern uns in Herberts Auftrag auf die Schliche kommen will. Und gleich kommt Herbert ins Zimmer und schreit: »Na, schon gefreut, Frau … Frau … Frau … äh, na, war wohl nichts. Dann genießen Sie mal alle Ihre letzten Minuten!«, während er seine schallgedämpfte Smith Wesson durchzieht und probeweise schon mal in die Decke schießt. Aber kein Herbert ist in Sicht. An dem runden Tisch, an dem wir sitzen, wird üblicherweise Skat gespielt, erzählt uns Hauke, und Oscar nickt. Meine Anzughose habe ich ausgezogen, weil ich wegen der Aufregung Atembeschwerden bekommen habe. Dauernd ziehe ich die Jacke über meine Unterhose, weil ich nicht will, dass jemand sieht, was draufsteht (»Attention! The owner of this slip is horny!«). Habe diese Unterhose mal in einem Koffer gefunden, der von einer Fluggesellschaft versteigert wurde. Ich biete manchmal bei solchen Versteigerungen mit, weil es so spannend ist, zu sehen, was in den Koffern drin ist, wenn man sie erst mal ersteigert hat. Ich habe schon sehr viele Koffer ersteigert, um genau zu sein, sieben, und immer waren schöne

Sachen dabei. In einem Koffer waren mal hundertfünfzig Rollen mit Aluminiumfolie. Das muss man sich mal vorstellen! Meine ganzen Tupperschüsseln habe ich verschenkt, weil ich ja nun ausreichend Alufolie hatte. Aluminiumfolie ist so praktisch. Man muss keine Schüsseln mehr spülen, das Essen hält sich lange darin und kann platzsparend verstaut werden. Das geht mit Tupperschüsseln so einfach nicht. Oder dann der Koffer, der schon sehr abgenutzt war. Da war ein Bildband über Ostnorwegen drin. Zugegebenermaßen war jede zweite Seite rausgerissen und die Bildunterschriften waren auf türkisch, aber trotzdem! Wer hat schon einen Bildband über Ostnorwegen? Die fahren da viel Fahrrad. In dem Koffer waren auch noch Lockenwickler und eine Videokassette mit einer Folge von *Robbi, Tobbi und das Fliewatüüt*. Und ein Rezeptbuch: *So verarbeitet man Mürbeteig*.

Oscar muss dauernd husten. Der Mann kann einem Leid tun.

»Hier müsste dringend mal gelüftet werden«, beklagt er sich mit blecherner Stimme und hält sich ein nasses Handtuch, das er der Wirtin abgetrotzt hat, unter die Nase. »Aber was soll's. Lange macht das meine Lunge sowieso nicht mehr mit.«

Hauke ist sehr aufgeregt, und wir sind es auch. Unser Plan nimmt Formen an! Es stehen schon wieder zwei Flaschen Jubi auf dem Tisch und werden immer leerer. Weiß nicht, wie ich den morgigen Tag überstehen soll, aber das hier ist schließlich wichtiger.

»Also, ihr sucht einen Mörder, einen professionellen Killer, der diesen, wie nanntet ihr ihn?«, beginnt Oscar.

»Scheißkerl, Mistkerl, hochgradiges Arschloch«, rufen wir durcheinander und nicken uns gegenseitig zu.

»Okay, diesen Scheißkerl umbringt. Sehe ich das richtig?« Wieder Nicken. »Gut. Mädels, da seid ihr bei mir goldrichtig.« Oscar lehnt sich zurück und verschränkt die Arme. »Ich bin Profi, bekannt für saubere Arbeit und kann gut Spuren verwischen!« Nacheinander blickt er uns an. Ich zweifle ein bisschen an seinen Worten, denn wenn er ein Profi ist und Spuren gut verwischen kann, warum ist dann rausgekommen, dass er einen Dreifachmord begangen hat? Aber ich traue mich nicht, das zu fragen, weil ich sonst eventuell als Nächste dran glauben kann. Und das wollen wir ja nicht. Also höre ich Oscar weiter zu. Heidi schaufelt sich derweil bergeweise Erdnüsse rein, die die Bedienung mit den dicken Titten zwischendurch gebracht hat. Als Obstersatz sozusagen.

»Wir müssen uns eine Todesart überlegen, die schnell geht, keine große Vorbereitungszeit braucht und nicht auffällt«, sinniert Oscar vor sich hin. Dem ist nichts entgegenzusetzen. Ich nehme an, dass jeder Mörder sich solch einen Mord wünscht. »Hamann zum Beispiel hat zu lange gemordet, das ist irgendwann aufgefallen. Die ganzen Serienmörder haben einfach zu lange gemordet.« Deswegen heißen sie ja auch Serienmörder. »Bei euch sehe ich den Vorteil, dass niemand euch den Mord zutrauen würde. Ihr seht nett und brav aus und habt kein Vorstrafenregister. Oder?« Wir schütteln den Kopf. »Das ist sehr gut«, freut sich Oscar. »Das ist ein Pluspunkt!« Er klopft mit seinem Schlagring auf den Tisch. »Bravo! So. Weiter. Ich würde vorschlagen, dass wir den guten Mann in eurer Redaktion umbringen.«

Wir haben Oscar und Hauke inzwischen erzählt, wo wir arbeiten, und ihnen Freiabos versprochen, wenn alles vorbei ist. Darüber haben sie sich sehr gefreut.

»Und dann, und dann?«, wirft Brigittchen ein. »Dann haben

wir den toten Herbert da liegen. Und dann? Wir können ihn ja schlecht aus dem Fenster werfen.«

Ich für meinen Teil muss schon wieder an den Pomuskel denken, halte mich aber zurück. Schließlich ist Oscar der Profi. Er wird schon wissen, was zu tun ist.

»Ich werde so tun, als sei ich ein Leser, und einfach bei euch klingeln«, redet Oscar weiter. »Dann gehe ich in sein Büro. Ich weiß noch nicht, wie ich ihn erledige. Vielleicht mit meinem besten Freund hier«, er deutet auf das Stilett, das vor ihm auf dem Tisch liegt. »Der hat mir schon gute Dienste erwiesen.« Ängstlich starre ich auf das Messer. Es klebt kein Blut daran. »Es kommt auf die Situation an«, überlegt Oscar, »vielleicht ist es ja auch besser, wenn ich ihn erwürge. Mit einem Schal oder einer Wäscheleine. Arbeitet außer euch eigentlich sonst noch jemand in den Räumen?«

Verdammter Mist. Daran haben wir gar nicht gedacht. Es gibt noch Herrn Reiher, den Prokuristen, der tageweise bei uns herumsitzt und verzweifelt versucht, Herr über die ganzen Gewinne und Verluste des Verlages zu werden, was ihm aber leider misslingt. Aber der ist die meiste Zeit sowieso unterwegs und meldet sich auch vorher immer ab. Trotzdem, es könnte gefährlich werden. Ich äußere meine Bedenken laut.

»Freitags ist der eigentlich immer schon ab halb drei oder so weg«, sagt Peggy. »Und außerdem ist nächsten Freitag doch diese Eröffnung von diesem neuen Tabledance-Schuppen. Hundertprozentig geht er da hin. Der ist doch froh, mal echte nackte Frauen zu sehen. Dann könnten wir nächsten Freitag nehmen.« Sie redet schon so abgebrüht, als würde sie ständig Morde planen.

»Aber was ist, wenn Herbert auch da hin geht?«, frage ich.

»Dann behaupte ich einfach, dass ich noch einen Heftplan mit ihm besprechen müsste, dann bleibt er länger. Und dann kommt Oscar!«

Das hört sich gut an.

»Und wie kriegen wir Herberts Leiche dann aus der Redaktion?«, das ist Heidi, die ständig Nüsse kaut, ohne sie zu schlucken. Sie sieht aus wie ein Goldhamster, der für seine ganze WG Proviant in den Backen hat.

»Schon mal was von Plastiksäcken gehört?«, fragt Oscar wichtigtuerisch. »Leiche rein, Sack zugebunden, fertig ist der Lack! Das geht schnell. Ich mache gern kurzen Prozess.«

»Und dann? Wir müssen Herbert doch irgendwie wegkriegen«, wirft Liesel ein. »Er kann ja in dem Sack nicht da liegen bleiben.«

»Schon mal was von Dunkelheit gehört?«, das ist wieder Oscar, und Hauke nickt ehrfürchtig. »In der Dunkelheit schleppen wir die Leiche runter und fertig ist der Lack.«

»Aber wohin denn?«, Liesel überlegt fieberhaft. »Wir könnten ihn in meinem Schrebergarten verbrennen, aber um diese Jahreszeit verbrennt natürlich niemand was, das fällt ja auf!«

»Das sehen wir dann«, winkt Oscar ab. »Es gibt verschiedene Möglichkeiten. Ich habe gute Kontakte. Entweder vergraben wir ihn oder wir werfen ihn in die Elbe oder, oder, oder. Da wird sich schon was finden. Also, nun tauschen wir mal unsere Handynummern aus, okay? Und nächste Woche telefonieren wir und machen einen festen Termin aus. Wir werden den Herbert schon schaukeln, hahahaha!«

»Soll ich Fotos machen?«, fragt Hauke, »ich bin nämlich Hobbyfotograf. Ein paar Fotos fürs Familienalbum wären doch schön!«

Sicher ist es besser, wenn Hauke keine Fotos macht, wovon wir ihn glücklicherweise überzeugen können. Wir bestellen noch zwei Flaschen Jubi und müssen Oscar zuhören, der dauernd darüber klagt, wie schlecht bezahlt doch die Auftragsmorde sind und dass man davon kaum mehr leben könne und so weiter und so fort. Ehrlich gesagt wundert es mich, dass Oscar uns noch gar kein Honorar genannt hat. Aber ich frage besser nicht nach. Womöglich bleibt Herbert sonst am Leben.
Aber auf Heidi ist heute Verlass. Mittlerweile hat sie es auch fertig gebracht, ihre Nüsse zu schlucken. »Wie viel Geld müssen wir dir denn bezahlen, Oscar?«, fragt sie und ignoriert unsere entsetzten Blicke.
Oscar sieht uns nacheinander an: »Das kommt darauf an, wie ich den Kerl erledige«, meint er dann. »Und wie lange es dauert. Aber eins sag ich euch«, er beugt sich drohend nach vorn, »kommt mir bloß jetzt nicht damit, dass ihr nicht flüssig seid!«
Wir schütteln synchron den Kopf. Auf unseren Gesichtern bilden sich kleine Schweißperlen. Woher sollen wir Geld nehmen? Ich habe keine Ersparnisse, sondern nur Schulden, und bei unserem mickrigen Gehalt sieht es bei den anderen nicht besser aus. Zum Glück sieht Oscar die Schweißperlen nicht, weil er schon wieder husten muss. Dann trinken wir weiter.

Um vier Uhr morgens bin ich zu Hause. Gerädert. Aufgedreht bis zum Gehtnichtmehr. Giselher schläft wohl schon. Leise setze ich mich in die Küche, um den Abend Revue passieren zu lassen. Ein lautes Bummern aus dem Wohnzimmer sorgt dafür, dass ich entsetzt hochfahre und nachschaue. Es ist Heinrich. Böse schießt er zwischen Couch und Sesseln herum und wirbelt mit seinem Schwanz umher. Heinrich! Ich habe Heinrich vergessen.

Ich habe meinem Alligator nichts zu fressen gegeben. Ich bin eine Rabenmutter!
»Krchkrchkrch«, keift Heinrich herum. Seine Augen sind knallrot, weil ich versäumt habe, seine Kontaktlinsen herauszunehmen. Heinrich muss schlimme Schmerzen haben. Das gepaart mit Hunger – da ist mit einem Alligator nicht gut Kirschen essen.
Heinrich hat schon einen halben Sessel auseinander genommen vor Zorn. Überall fliegen Schaumstoffteile herum.
Schnell renne ich in die Küche zurück und hole alles Essbare aus dem Kühlschrank. Heinrich kommt mir hinterher und klappt fordernd seinen Rachen auf. Nacheinander öffne ich Packungen mit Nürnberger Rostbratwürstchen, marinierten Nackensteaks, gekochtem Schinken und Fleischsalat und werfe alles in Heinrichs Maul. Weil dann nichts mehr da ist, schütte ich noch den Inhalt von drei Flaschen Bier hinterher. Wie gut, dass ich immer für Giselher einen Vorrat zu Hause habe. Heinrich beruhigt sich dann ein Stück weit. Kurze Zeit später muss er rülpsen und bekommt glasige Augen. Nachdem er fünfmal gegen Stühle und Türrahmen gelaufen ist, habe ich die Befürchtung, dass er blau ist wie eine Haubitze. Ich habe meinen Alligator besoffen gemacht.

Am nächsten Morgen sitzen wir fünf wie gewohnt in der Redaktion. Heinrich liegt auf dem Rücken und schnarcht. Er hat einen schrecklichen Kater. Ich habe ihm ein mit Eiskugeln gefülltes Geschirrhandtuch um den Kopf gebunden und ihn mit einer Fleecedecke zugedeckt. Nun sieht er aus wie der Wolf aus Rotkäppchen, der für eine Großmutter gehalten werden möchte.

Gott sei Dank ist Herbert ja noch unterwegs. Bis Montag haben wir Ruhe.

Liesel hat Kaffee gekocht: »Wir ziehen das aber durch«, sagt sie aufgeregt, »wenn wir jetzt einen Rückzieher machen, werden wir es unser Leben lang bereuen!«

»Wer sagt denn, dass wir einen Rückzieher machen?«, fragt Brigittchen. Ihr geht es genau so schlecht wie uns allen, Heinrich inbegriffen. Wir haben Kopfschmerzen und einen schalen Geschmack im Mund. Ein schrecklicher Zustand. Dazu kommt, dass wir alle säuerlich nach Alkohol riechen. In der gesamten Redaktion stinkt es wie in einer abgehalfterten Kneipe.

»Natürlich machen wir es jetzt«, ruft Peggy. »Ich für meine Person habe zu Oscar und Hauke größtes Vertrauen! Der hat das schon so oft gemacht, der Oscar, der weiß, wie das geht!«

»Na ja, aber er ist auch schon erwischt worden«, werfe ich ein, »er hat ja schließlich im Knast gesessen. Das müssen wir bedenken!«

»Ach«, Liesel winkt ab, »wir werden uns schon einen wasserdichten Plan ausdenken. Gemeinsam mit Oscar kann gar nichts schief gehen.«

»Was machen wir denn, wenn Oscar es sich anders überlegt und kein Risiko eingehen will und uns schon vorher bei der Polizei verpetzt?«, fragt Heidi ängstlich. »Habt ihr darüber schon mal nachgedacht. Ich kann es nur immer wiederholen: Ins Gefängnis möchte ich nicht! Nicht auszudenken, dass ich dann Tag und Nacht …«

»Heidi, hör auf«, sagt Peggy böse, »wenn wir mittlerweile etwas wissen, dann ist es das, dass du nicht ins Gefängnis willst.«

Heidi teilt mit einem überdimensionalen Messer eine Ananas in

zwei Hälften und fängt an, an einem Stück herumzunagen. Sie denkt fieberhaft nach, sagt aber nichts.
»Wir rufen Oscar nachher an und legen einen Termin für den Mord fest. Was haltet ihr von nächstem Freitag?«
Heidi blickt angstvoll auf: »Das ist ja heute in einer Woche«, sagt sie entsetzt. »Meint ihr nicht, wir sollten noch ein bisschen warten?«
»Nein!«, Liesel schlägt mit der Hand auf den Tisch. »Dann überlegt Oscar es sich vielleicht wirklich anders. Oder er sitzt dann schon wieder im Gefängnis wegen eines anderen Mordes.«
»Was sagen wir denn der Polizei? Die wird uns doch bestimmt befragen?«, das ist schon wieder Heidi. An ihren Mundwinkeln bilden sich rötliche Wasserbläschen, was auf die Ananassäure zurückzuführen ist.
Daran hätte sie gestern Abend mal denken sollen; schließlich hat *sie* Oscar ja auf den Mord angesprochen.
»Warum sollte die Polizei uns fragen?«, meint Brigittchen, »ich denke, wir hätten uns insofern geeinigt, als dass wir die Leiche verschwinden lassen, oder?«
Ich nicke: »Genau. Und wenn es keine Leiche gibt, gibt es auch keine Polizeibefragung. So einfach ist das.«
»Aber wohin mit der Leiche?«, Heidi zweifelt immer noch, »Oscar wusste auch nicht, wohin damit! Wir müssen ihn nochmal fragen, wohin er sonst seine Leichen bringt.«
»Ich habe eine Idee«, sagt Peggy. »Wenn uns jemand fragt, dann sagen wir einfach, dass Herbert uns erzählt hat, dass er für längere Zeit ins Krankenhaus muss. Wir sagen einfach, er hätte uns den Namen des Krankenhauses nicht gesagt, weil die Krankheit so schlimm wäre und er keinen Besuch möchte. Dann haben wir erst mal Ruhe. Oh, wird das schön! Ich werde mit Herrn Reiher

sprechen und uns alle Vollmachten für die Hefte erteilen lassen, und dann machen wir aus dem *Kiez-Report* ein Knüllermagazin! Ich hab schon eine Menge Ideen, auch wie wir Anzeigen an Land ziehen. Unsere ganzen Kontakte, weißt du, Lindi? Wenn kein Herbert da ist, der uns unsere Ideen madig macht, wird das alles wunderbar. Herr Reiher soll mit dem Verleger sprechen und dann legen wir los. Wenn die Dollarzeichen sehen, werden die uns schon machen lassen. Ich kann es noch gar nicht glauben. Wir werden kreativ! Beziehungsweise können unsere Kreativität endlich ausleben!« Sie sieht richtig glücklich aus. »Lasst uns gleich mal Oscar anrufen. Vielleicht hat er ja mittlerweile eine Idee, wo wir Herbert verschwinden lassen können.«

9

Ich suche Oscars Nummer heraus, die er uns gestern Abend gegeben hat, und wir rufen ihn an und stellen das Telefon laut:
»He, Mädels!«, brüllt Oscar, »ich bin gerade auf dem Kiez. Das war ein netter Abend gestern, oder?«
»Ja«, antworte ich. »Sag mal Oscar, ist denn alles klar so weit?«
»Na ja«, sagt Oscar und hat schon wieder eine leidende Stimme. »Die Luft gestern in diesem Hinterzimmer hat mir arg zu schaffen gemacht. Da war ja kaum noch Sauerstoff in dem Raum. Aber ich habe heute Morgen erst mal ein Inhalationsbad genommen, und jetzt geht es wieder einigermaßen.«
Kurz zögere ich und bin mir gar nicht mehr sicher, ob Oscar wirklich unser Mann ist. Wenn er Atembeschwerden während des Mordes bekommt, haben wir ein Problem.
»Ähem, ich meinte eigentlich«, versuche ich das Gespräch in die richtige Richtung zu lenken. »Wir wollten eigentlich einen Termin mit dir ausmachen wegen …«, ich senke meine Stimme, obwohl niemand außer meinen Kolleginnen im Raum ist, »wegen des Mordes.«
»Ach so! Wegen dem Mord an eurem Chefredakteur!«, flüstert Oscar.
Er ist wirklich ein Profi! Wird es ernst, wird er leise. Na ja, gestern im *Silbernen Hausschuh* war er zwar laut, aber das ist ja auch was anderes. Hoffe ich. Bestimmt kennt Oscar die ganzen Gäste und niemand wird sich jemals trauen, Oscar auch nur ansatzweise etwas anzuhängen. Ja. Genau so ist es.
»Von meiner Seite aus ist alles klar. Ich werde das Ding mit Hau-

ke durchziehen. Wir treffen uns heute Abend bei ihm zu Hause«, sagt Oscar, »wenn ihr Zeit habt, könnt ihr dazukommen.«
Lange überlegen muss ich diesbezüglich nicht. Ich hatte an einem Freitagabend zum letzten Mal vor ungefähr zwanzig Jahren was vor. Da war unsere Abi-Abschlussfeier mit Büffet und Tanz. Ich war damals die Einzige, die keinen Tanzpartner hatte. Keiner der Jungs hat mich gefragt, ob ich mit ihm zum Abschlussball gehe. Das lag bestimmt daran, dass das damals mit meinem dritten Auge angefangen hat. Also stand ich mit meinem knallorangenen Taftkleid, das zu allem Überfluss auch noch Puffärmelchen hatte und einen Volant-Rock, mit einem Orangensaft am Rand der mit orangenen Girlanden dekorierten Tanzfläche und habe mit mir selbst »Ich sehe was, was du nicht siehst« gespielt. Vor Wut und Trauer, weil mich niemand zum Tanzen aufgefordert hat, ist das dritte Auge gewachsen und gewachsen, und alle haben mindestens zwei Meter Abstand zu mir gehalten. So, als würde ich gerade einen Flammenwerfer in eine Kiste halten, in der sich aggressive Hornissen befinden.
Ich schaue fragend in die Runde. Alle nicken.
»Gut«, sage ich zu Oscar. »Wir kommen. Wann denn?«
»Kommt mal so gegen neun vorbei«, gibt Oscar Order. »Hauke wohnt in der Schmuckstraße 12.«
»Wo sollen wir denn klingeln? Wie heißt Hauke denn mit Nachnamen?«, frage ich.
»Die Klingeln da funktionieren nicht«, meint Oscar, »die Haustür steht offen. Nachnamen gibt es in unseren Kreisen nicht«, sagt er geheimnisvoll.
Wir beenden dann das Gespräch.
»Oscar hat immer noch nicht gesagt, wie viel Geld er für den Mord will«, wirft Liesel plötzlich ein. »Er hat uns noch keinen

konkreten Betrag genannt. Was ist, wenn er zehntausend Euro oder so verlangt? Woher sollen wir denn zehntausend Euro nehmen?«

»Wir könnten als Nutten arbeiten«, sagt Heidi völlig emotionslos. Ihr Mund ist mittlerweile wegen der Ananassäure eine einzige offene Wunde. Wo sich einst ihre Lippen befanden, ist jetzt nur noch rohes Fleisch.

Verwirrt starren wir sie an.

»Wie kommst du denn auf diese Idee?«, fragt Brigittchen dann.

»Na ja«, Heidi denkt kurz nach, »die verdienen doch ein Schweinegeld, jedenfalls in den richtig großen Puffs. Wir könnten uns eine Wohnung mieten und immer abends nach dem Job haben wir ein Nebeneinkommen. Der Felix Krull, also der Hochstapler Felix Krull aus dem Roman von Thomas Mann, war in gewisser Weise ja immerhin auch eine Nutte. Der hat mit den reichen Frauen geschlafen, und dann haben sie ihm entweder freiwillig Geld gegeben oder er hat sich das Geld oder den Schmuck geklaut. Als Bezahlung sozusagen. Da war eine Frau, die war verheiratet mit einem ganz reichen Mann und die …«

»Bevor wir uns überlegen, als Nutten zu arbeiten, sollten wir uns erst mal den Kostenvoranschlag von Oscar anhören«, stellt Peggy fest. »Dann können wir immer noch darüber nachdenken. Heute Abend treffen wir uns jedenfalls vor Haukes Wohnung. Um kurz vor neun. Okay?«

Wir nicken.

Ich verbringe den restlichen Freitag damit, Texte für das Heft *Riesendinger* zu schreiben. Erste »Girlstrecke«. Fünf Bilder. Darauf zu sehen ist eine Frau mit Körbchengröße 150 DD, die in einer Nonnenkluft mit aufgeknöpfter Bluse lüstern in die Kamera blickt. Overline: *Manuela bringt dich in den siebten Himmel.* Headline: *Möchtest du an meinen großen Glocken läuten?* Gott, wie mich dieser Job nervt.

Um sechzehn Uhr verlasse ich die Redaktion und gehe die Silbersackstraße entlang.

Unter der Woche ist auf dem Kiez tagsüber nicht besonders viel los. Ich wundere mich immer wieder, dass dieselbe langweilige Straße, durch die ich gerade laufe, Freitag- und Samstagabends nicht wiederzuerkennen ist. Überall Leuchtreklamen, Gejohle und Menschenmassen. Auf dem Hans-Albers-Platz, den ich gerade erreiche, ist dann immer ein Auflauf wie bei einer Demonstration. Ich bin ja nicht oft am Wochenende auf dem Kiez, nur wenn ich arbeiten muss. Aber dann muss ich da auch durch.

Ich muss noch Futter für Heinrich kaufen, den ich schon mal in mein Auto gelegt habe. Während ich mit sechs Kilo Fleisch beim Lidl an der Kasse stehe, überlege ich, warum ich eigentlich seit zwanzig Jahren am Wochenende kaum mehr weg war. Noch nicht mal während meiner Ehe. Da musste ich meistens zu Hause bleiben. Weil eine Frau ja nach Hause gehört. Hätte ich diesen Mann doch bloß nie geheiratet. Warum habe ich Joachim damals überhaupt geheiratet? Ganz einfach: Ich hätte doch sowieso keinen anderen abgekriegt. Ich lernte ihn an einer Tankstelle kennen. Er machte sich lustig darüber, dass ich mich mit meinen etwas zu langen Armen in diesem Benzinschlauch verheddert hatte. »Ach, Frauen«, sagte er. »Lassen Sie mich das mal machen!« Dann betankte er meinen alten Ford Fiesta mit Diesel. Die Sache kostete mich über fünfhundert Mark. Böse erinnere ich mich daran, dass er mir das natürlich nicht bezahlt hat. Aber ich gab ihm meine Telefonnummer, am nächsten Tag

rief er mich an und lud mich auf ein Duplo an einem Kiosk ein, was mich sehr rührte. Dann meinte er, er würde mich gern heiraten, weil ich so außergewöhnlich sei. Ja. Außergewöhnlich dumm. Letztendlich hat er mich wegen einer Älteren verlassen: »Mit Hanna kannst du nicht mithalten, Gerlinde«, hat er gesagt. »Diese Falten! Das ist Lebenserfahrung!«
Am Montag kommt auch noch dieser Gerichtsvollzieher. Allmächtiger, was soll ich dem denn sagen? Und nächsten Freitag soll Herbert sterben. Oh, das ist alles zu viel.
Ich finde auch keine Antwort darauf, warum ich auch nach der Scheidung kaum mehr am Wochenende weg war. Ich finde einfach keinen Anschluss. Und ich bin nicht gerade attraktiv. Deswegen will keiner mit mir weggehen. Vielleicht will ja Oscar mal mit mir weggehen. Das wäre wenigstens etwas. Ich denke weiter nach. Warum finde ich einfach keinen Mann? Ich mache in Gedanken eine Liste mit Möglichkeiten:

1. Ich besitze eine elektrische Heizdecke von Tchibo.
2. Ich besitze einen kurzsichtigen Alligator, der regelmäßig epileptische Anfälle bekommt und Vögel frisst.
3. Ich mag Häkeldeckchen.
4. Ich habe keinen Geschmack, was meine Wohnungseinrichtung und die Kleiderfrage betrifft.
5. Ich besticke alles Mögliche mit meinem Monogramm, auch Waschlappen.
6. Ich hatte noch nie einen Orgasmus, täusche den beim Sex vor, aber immer im falschen Moment, sodass alles auffliegt. Das ist aber nicht weiter schlimm, weil ich ja kaum Sex habe. Wann hatte ich eigentlich das letzte Mal Sex?
7. Ich habe mir noch nie die Achseln und die Beine rasiert,

weil ich nicht weiß, wie das geht und ich Angst vor eitrigen Entzündungen habe, die chronisch werden könnten.
8. Ich bin Lindi.

Ach, ist das alles traurig. Wortlos bezahle ich meine Fleischeinkäufe und stiefele zu meinem Auto zurück. Wenigstens geht es Heinrich besser. Er scheint keine Kopfschmerzen mehr zu haben. Gelassen sitzt er auf der Rückbank und sieht nur noch ein wenig müde aus. Ich schnalle ihn an und fahre nach Hause.
Vor meiner Wohnungstür stehen vier prall gefüllte Mülltüten. An einer klebt ein großer, weißer Zettel, auf dem »RUNTERBRINGEN!!!« steht. Ich bringe den Müll runter, dann schließe ich die Wohnungstür auf.
In der Küche stelle ich meine Einkäufe ab und erstarre zur Salzsäule. Selbst Heinrich ist irritiert. In meiner Küche steht nämlich ein offener Sarg. Darin liegt Giselher. Seine Augen sind geschlossen und seine Hände gefaltet. Er trägt eines meiner Baumwollnachthemden und hat eine Schlafmütze mit einer Bommel auf. Er atmet nicht. Giselher ist tot. Aber warum? Hat er sich umgebracht, weil er die lustigen Bestattungen nicht mehr ertragen hat? Hatte Giselher Kummer und niemanden zum Reden? Aber er hatte doch mich! Warum ist er mit seinen Problemen denn nicht zu mir gekommen? Ich war doch immer für ihn da! Wie betäubt setze ich mich auf einen Stuhl. Jetzt habe ich noch nicht mal mehr Giselher.
Heinrich ist sofort in tiefe Trauer verfallen. Teilnahmsvoll wackelt er zum Sarg und versucht hineinzukriechen, was ihm aber nicht gelingt. Dann macht er leise »Krccchh, krcch« und legt seinen großen Kopf auf die Öffnung. Da fällt mir auf, dass seine Augen schon wieder knallrot sind. Ich muss mich dringend

um weiche Kontaktlinsen kümmern, sonst gibt das noch eine schlimme Entzündung. Am besten, Heinrich trägt erst mal eine Zeitlang eine Brille. Damit die Augen sich beruhigen.
Was mache ich denn jetzt bloß mit Giselher? Er kann doch hier nicht so liegen bleiben. Ich muss ein Beerdigungsinstitut anrufen und die Polizei und einen Arzt, der einen Totenschein ausstellt. Zum Glück weiß ich, was in einer solchen Situation zu tun ist, denn Giselher hat mich ja immer an seinem Beruf teilhaben lassen. Benommen stehe ich auf und suche das Telefon. Was soll ich denn bloß sagen? Soll ich einfach sagen: »Hallo, hier ist Gerlinde Fuchs, in meiner Küche steht ein Sarg mit meinem Nachbarn drin?« Dann denken die womöglich noch, ICH hätte Giselher auf dem Gewissen! Und wenn Herbert dann tot ist, zählen sie eins und eins zusammen, und dann sitze ich schneller in Untersuchungshaft, als mir lieb ist. Ich finde das Telefon im Wohnzimmer und gehe langsam in die Küche zurück.
Mit einem Aufschrei bleibe ich stehen. Giselher sitzt mit einer geöffneten Flasche Bier am Küchentisch und schaut mich zornig an. »Dieser Vollidiot!«, schnaubt er und nimmt einen großen Schluck. »Der kann mich mal. Hundert Euro zahle ich dem die Stunde, damit ich mich in einen meiner Särge legen kann!«
Ich blicke Giselher verständnislos an. Einerseits bin ich sehr erleichtert, dass er lebt, andererseits finde ich die Situation sehr verworren. »Welcher Vollidiot?«, frage ich, um irgendwas zu sagen.
»Na, Doktor Schönhuber«, Giselher schlägt mit der Faust auf den Tisch. »Mein Psychiater. Du erinnerst dich doch noch daran, als ich diese Beerdigung hatte, auf der mir plötzlich mein toter Opa erschienen ist?« Ich nicke. »Der stand da auf einmal vor mir, hinter so einem Grabstein. ›Opa‹, hab ich gesagt, ›lass uns reden.‹ Du weißt doch, dass mein Opa damals gestorben

ist, ohne dass wir uns versöhnt haben?« Ich nicke wieder. Giselher hat damals die Beerdigung Beerdigung sein lassen und ist seinem imaginären Opa über den ganzen Friedhof gefolgt, weil der Opa nämlich vor ihm davongelaufen ist. Einige Büsche und andere Bepflanzungen hat Giselher seinerzeit umgerissen und kaputtgetreten. »Na ja, und seitdem dachte ich immer, dass es vielleicht ganz gut wäre, mal einen Psychiater aufzusuchen«, erzählt Giselher wütend weiter. »Also bin ich zu Doktor Schönhuber in Therapie gegangen. Und heute Nachmittag, als ich wieder eine Sitzung bei ihm hatte, meinte dieser Trottel, ich wäre überfordert mit meinem Beruf, weil ich mich nicht richtig damit identifizieren und auseinandersetzen würde. Ich solle mich mal so richtig hineinversetzen in meinen Job! Also hab ich diesen verdammten Sarg die Treppe hochgebuckelt und mich reingelegt. Und was hat es gebracht? Gar nichts.«

Ich überlege kurz: »Vielleicht meinte Doktor Schönhuber ja gar nicht, dass du dich in einen Sarg legen sollst«, werfe ich zaghaft ein, »vielleicht meinte er einfach nur, dass du dich in Gedanken mit deinem Job auseinandersetzen sollst. Ich meine, ein Metzger lässt sich ja auch nicht schlachten, wenn er Probleme mit seinem Job hat. Und ein Tischler sägt sich ja auch nicht einen Arm oder ein Bein ab.« Was rede ich denn da für einen Müll.

Giselher nimmt noch einen Schluck: »Dann hätte er mir das so sagen müssen«, zischt er. »Die ganze Schlepperei mit dem Sarg. Der ist ja jetzt auch benutzt. Den kann ich ja so gar nicht weiterverkaufen.«

»Wir können ihn bei eBay versteigern«, schlage ich vor, »da finden wir bestimmt einen Abnehmer. Wenn du magst, kann ich das für dich erledigen, das geht ganz schnell, das machen wir so, dass …«

Giselher schüttelt vehement den Kopf: »Deine Versteigerungen kenn ich, da müssen wir am Ende noch was draufzahlen.« Beschämt senke ich den Blick. »Nee, den Sarg lassen wir jetzt erst mal hier. Schau, Heinrich liegt ja schon drin.«
Heinrich liegt der Länge nach in der satingepolsterten Chill-out-Zone und sieht sehr friedlich aus. Gut, dann wäre das auch erledigt. Ich bin froh, dass Giselher lebt, aber mir fehlt die Kraft, jetzt über den Sinn und Zweck von Psychiaterbesuchen zu diskutieren. Ich hoffe nur, dass Giselher nicht darauf besteht. Ich bin müde. Aber ich kann nicht ins Bett gehen. Ich muss ja noch weg.
»Wollen wir heute Abend ein paar DVDs zusammen schauen?«, fragt mich Giselher. »Ich könnte ein paar Filme von Wes Craven organisieren.«
Giselher und sein Horrorfilmtick. Ich mag keine Horrorfilme. Ich erschrecke mich grundsätzlich genau dann zu Tode, wenn ich gerade auf ein Stück Pizza beiße, und dann blutet meine Zunge, oder ich trinke gerade einen Schluck Rotwein, während aus dem Nichts ein Monster mit einer Kettensäge auftaucht und einen armen Waldläufer massakriert. Was zur Folge hat, dass ich den ganzen Rotwein über mich schütte und dann selbst aussehe wie der Massakrierte. Außerdem habe ich ja heute Abend eine Verabredung.
»Ich kann nicht, Giselher«, sage ich und bin ein bisschen stolz, »ich habe eine Verabredung.«
»Eine Verabredung? Du? Du verlässt doch abends nie das Haus! Für dich ist es doch schon eine Verabredung, wenn du den Hausmeister grüßt«, Giselher schüttelt den Kopf. »Mit wem triffst du dich denn?« Er kratzt sich am Kopf, sodass der Bommel der Schlafmütze hin- und herwippt. »Dann mach ich's mir

eben allein gemütlich. Ich werde mich mit Heinrich aufs Sofa setzen und ein bisschen rumzappen.«
Giselher würde nie im Traum daran denken, mich zu fragen, ob ich was dagegen habe, dass er sich in meinem Wohnzimmer breit macht, und ich habe mich auch noch nie getraut, ihm was abzuschlagen. Dann hätte ich ja keinen Nachbarn mehr. Oder nur noch einen, der mich nie mehr grüßt. Eine entsetzliche Vorstellung.
»Nein, ich nehme Heinrich mit«, sage ich. »Ich treffe mich mit Fremden in einer Wohnung, und da ist es besser, wenn ich Heinrich dabeihabe, als Wachhund sozusagen. Besser ist besser.«
»Als ob Heinrich irgendjemandem was tun könnte«, Giselher beugt sich über den Sarg und krault Heinrich den Rücken. »Der kriegt doch einen Anfall vor Aufregung, wenn es laut wird.«
Das stimmt. Ich werde Heinrich trotzdem mitnehmen. Schließlich weiß niemand, dass Heinrich kurzsichtig und Epileptiker ist. Er schläft mittlerweile, wie immer mit geöffnetem Maul. Vorsichtig hole ich einen der Wellensittiche aus dem Käfig. Laut Aussage der Verkäuferin kommen sie aus Privatbesitz und sind sehr zahm, die beiden. Behutsam setze ich den Wellensittich vor Heinrichs Maul, und der kleine grüne Vogel macht sich gleich brav daran, die Essensreste vom Vortag aus Heinrichs Zähnen zu klauben. Schön schlafen, Heinrich, so ist es gut! Bevor ich gehe, werde ich ihm noch eine Portion Fleisch geben, damit er nicht ausflippt in Haukes Wohnung. Ach, bin ich aufgeregt! Bald kann ich auf die Frage: »Was machen Sie denn so?«, mit den Worten: »In meiner Freizeit lasse ich recht gern morden!«, antworten. Und es ist noch nicht mal gelogen.

10

Um Viertel vor neun stehe ich in der Schmuckstraße. Die Schmuckstraße ist eine Straße, in der tiefste Dunkelheit herrscht. Wenn man auf dem Kiez die Große Freiheit entlangläuft bis zum Ende, gelangt man irgendwann in die Schmuckstraße, und wo eben noch der Bär tanzte, ist eine unheimliche Stille.

Ich fange an zu frieren, obwohl es gar nicht kalt ist. Einige Transen stehen herum und warten auf Freier, aber es ist noch zu früh am Abend. Das Geschäft geht erst nach Mitternacht los, wenn die Besoffenen besoffen genug sind, um sich zu trauen, mal ganz außergewöhnlichen Sex zu haben. So was lernt man, wenn man beim *Kiez-Report* arbeitet. Das hier ist quasi eine Milieustudie. Nicht nur einmal mussten Peggy und ich mit Herbert hier herumlaufen, weil wir ab und an Transen-Specials in den Heften haben.

»Frau … Frau … Frau, äh, Marder, wir … äh!«

»Fuchs, ich heiße Fuchs, Herr Loose.«

»Ach so! Ja … Sie und Frau … Frau … äh!«

»Ich heiße Stillhagen.«

»Ach so! Ja, jedenfalls, ja … müssen wir jetzt mal die Tage, verdammte Scheiße, wo ist denn meine Brille? Hat eine von euch Weibern wieder mal meine Brille versteckt?«

»Sie halten Ihre Brille in der Hand, Herr Loose!«

»Ach so! Na ja, da müssen …. müssen wir jetzt bald mal zu diesen Schwanzfrauen da gehen in der Uhrstraße, Uhrstraße, da laufen die rum … die Männer, äh … Frauen!«

»Schmuckstraße!«

»Ach so!«
Man könnte nun annehmen, dass wir also in die Schmuckstraße fahren, einfach so losfahren, einigen Transen ein wenig Geld geben und Herbert Fotos macht. Aber so einfach ist es nicht. Zunächst einmal findet Herbert grundsätzlich seinen Wagenschlüssel nicht. Hat er ihn dann gefunden, braucht er erst mal einen Kaffee. Dann ist es mit Sicherheit halb vier und er muss seine Magentropfen nehmen. Hat er die Magentropfen endlich genommen, braucht er eine Auszeit. Ist die Auszeit vorbei, sucht er seine Jacke. Zwischendurch beschimpft er uns, kündigt uns fristlos, macht sich über unsere Frisuren lustig und darüber, dass wir Frauen sind und abhängig von ihm, Seiner Hoheit Herbert. Und wenn wir dann endlich losgehen, schreit er im Treppenhaus lautstark so Sätze wie: »Früher, früher da war noch richtig was los im Puff! Glaubt mal nicht, dass ich da was bezahlen musste!«
Die Autofahrt auf den Kiez ist nochmal eine Tortur. Das geht dann so los: »Arschlöcher, glauben wohl auch, dass ich nicht weiß, dass hier rechts vor links ist!«, schreit Herbert, während er über eine ampellose Kreuzung braust und rechts von uns ein Lkw-Fahrer das Zeitliche segnet, weil er mit seinem Zwölftonner in eine ungesicherte Unfallstelle rast. »Alles Hirnamputierte«, geht es weiter, während er eine rote Ampel überfährt, den Gehwagen eines Rentners mitnimmt, einen Bordstein so streift, dass uns der Geruch von verbrannten Reifen in die Nase schießt und wir den Rosenkranz beten, den wir für solche Fälle auf der Rückbank deponiert haben. Einmal sind wir mit Herbert sogar in die Elbe gestürzt. Er hatte sich ein neues Navigationssystem zugelegt, mit dem er dank seiner technischen Unfähigkeit nicht zurechtkam. Der Dialog war der folgende:

»In dreihundert Metern rechts abbiegen. Dann nach fünfzig Metern links abbiegen.«
»Halt die Klappe. Ich kenn mich hier besser aus als du, und wie ich mich hier auskenne. Ich bin nämlich am Hafen AUFGEWACHSEN und du NICHT!«
»In einhundertfünfzig Metern rechts abbiegen. Dann nach fünfzig Metern links abbiegen.«
»Frau ... Frau ... Frau ... wie schalt ich denn das Ding hier aus?«
»Herr Loose, bitte biegen Sie jetzt rechts ab, bitte!« Ich sagte das, Peggy war zu nichts mehr in der Lage. Kalkweiß im Gesicht saß sie neben mir. Ihre Finger krallten sich an diesem Griff über der Wagentür fest, den eigentlich nur Rentner benutzen, die wenig Auto fahren und denen in Kurven schlecht wird.
Herbert bog links ab und beschimpfte die Navigationsfrau: »Glaubst du, ich lass mir von dir Punze Vorschriften machen oder was? Mit mir nicht! In einhundertfünfzig Metern rechts abbiegen!«, äffte er die arme Frau nach, die doch nur ihren Job machte. »Frauen haben einfach keinen Orientierungssinn«, blökte er nach hinten zu uns.
»Jetzt rechts abbiegen«, sagte die Frau freundlich. Da war die Elbe links neben uns.
»Blöde Kuh«, sagte Herbert und bog links ab.
Da war die Elbe direkt vor uns.
»Die Route wird neu berechnet«, sagte die Frau immer noch freundlich, und dann sagte sie gar nichts mehr. Da war die Elbe über und unter und neben uns. Wir versanken direkt am Fischmarkt im Wasser. Zum Glück, zum Glück hat die olle Kiezschleuder keine elektrischen Fensterheber, so dass wir die Scheiben runterkurbeln konnten. Wir hätten Herbert, der seine Brille

verloren hatte, einfach ertrinken lassen können, dann müsste ich auch heute nicht in dieser Schmuckstraße zu einem Oscar und seinen Komplizen gehen, aber nein, wir haben ihn noch gruppendynamisch aus der Elbe gehievt.

Jedenfalls stehe ich jetzt in der Schmuckstraße und warte auf die anderen. Ich bin wie immer überpünktlich und traue mich nicht, vor der vereinbarten Zeit zu Hauke und Oscar zu gehen. Ich habe auch Angst vor dunklen Treppenhäusern. Wer weiß, wer da lauert. Zum Glück sitzt Heinrich neben mir. Ich habe ihm ein rotes Halstuch umgebunden. Seine Zähne sind vom Wellensittich gereinigt worden, der Vogel hat überlebt, worüber ich sehr froh bin. Heinrich hat zwei Kilo Fleisch intus, ist satt und zufrieden, nur seine Augen machen mir immer noch Sorgen. Er hat auf dem rechten minus sieben Dioptrien und auf dem linken minus sechs Komma acht. Ohne Kontaktlinsen wäre er aufgeschmissen. Oder ohne Brille.
Da kommt Brigittchen. Sie ist völlig aufgebracht:
»Thorsten hat mich vorhin angerufen«, sagt sie verzweifelt.
»Wer ist Thorsten?«, frage ich, obwohl ich weiß, dass sie Volker meint.
»Na, mein Exfreund! Hast du etwa schon vergessen, dass Thorsten und ich jahrelang total glücklich waren?«
»Du meinst sicher Volker«, sage ich aus Gewohnheit.
Brigittchen starrt mich an: »Hab ich doch gesagt«, meint sie sauer, während sie Heinrich eine Bifi-Roll in den Reptilienrachen schiebt, »er meinte, ich könne zu ihm zurückkommen, wenn ich … wenn ich …«, Brigittchen schluchzt zum Gotterbarmen, »wenn ich meine Fehler einsehe und eine Dreierbeziehung mit ihm und dieser Claudia akzeptiere!«, greint sie laut auf.

Die Transen und die wenigen Kunden drehen sich zu uns um. »Pscht, pscht«, mache ich und hebe die Hand. Heinrich macht »Krcccch«, er möchte noch eine Bifi-Roll. »Warum will er das denn?«, frage ich schließlich.
Brigittchen schaut mich anklagend an. Sie schluchzt wieder los: »Weil er uns beide liebt. Er kann sich nicht entscheiden. Er will, dass wir beide seine Freundinnen sind. Er meinte, wir könnten auch Freundinnen werden, also Monika und ich. Und er verlangt, dass ich mit ihr auch eine sexuelle Beziehung führe«, sie stockt, »aber ... das will ich gar nicht, ich bin doch nicht lesbisch. Was soll ich denn jetzt bloß machen? Thorsten hat gesagt, dass diese Tante erst mal wochenendweise bei uns wohnen könnte, dann würde man weitersehen. Und er möchte auch, dass ich die Miete alleine zahle, weil er momentan blank ist. O Gott, woher soll ich das Geld denn nehmen? Ach Lindi, ich liebe ihn doch so! Und er meinte, meinen Erbschmuck würde ich dann auch zurückbekommen! Ich bin ganz verwirrt.«
Das ist ja nichts Neues.
Brigittchen fasst sich: »Na ja, vielleicht funktioniert es ja wirklich zu dritt«, Hilfe suchend blickt sie mich an.
»Jaaa, vielleicht«, bringe ich hervor.
Zum Glück bleibt mir eine weitere Diskussion über die zukünftige Dreierbeziehung erspart, denn da kommen Heidi, Peggy und Liesel.
»Oh, gut, dass ihr auf uns gewartet habt«, sagt Heidi. »Man kriegt hier ja keinen Parkplatz.« Sie streichelt Heinrich, der sich sofort auf den Rücken wirft, um ausgiebig gekrault zu werden.
Liesel tritt von einem Fuß auf den anderen: »Ich habe Magenschmerzen«, klagt sie. »Wenn wir Oscar nicht bezahlen können, was machen wir dann bloß?«

»Wie oft denn jetzt noch, Liesel«, sage ich, »deswegen sind wir ja unter anderem hier. Um genau das abzuklären.«
Liesel schüttelt den Kopf: »Nein, das stimmt nicht, wir sind hier, um abzuklären, wie Oscar Herbert umbringen soll. Über das Finanzielle wurde noch nicht gesprochen. Oscar hat gesagt, es käme auf die Umstände an!«
Ich winke ab: »Wir gehen jetzt einfach zu Hauke in die Wohnung, los jetzt!«
Meine vier Kolleginnen starren mich an: »Einfach so jetzt zu Hauke in die Wohnung gehen?«, Peggy schaut angstvoll um sich. »Ich weiß nicht.«
»Warum seid ihr denn hier?«, langsam werde ich ungeduldig. Die anderen schauen wortlos auf den Boden.
»Ich gehe jetzt mit Heinrich da rein«, sage ich mit fester Stimme und ziehe den Alligator an der Leine hinter mir her, was nicht so einfach ist, denn Heinrich ist mittlerweile eingeschlafen. Also zerre ich einen schlafenden Alligator über den Asphalt.
»Lindi«, das ist Heidi. Sie hält mich am Arm fest. »Wir haben uns, also Peggy und Liesel und ich, wir haben uns auf dem Weg hierher überlegt, dass wir das mit dem Mord vielleicht doch lassen sollten.«
Ich drehe mich um: »Warum?«, frage ich. Was sollte ich auch sonst fragen.
»Na ja«, Heidi fühlt sich sichtlich unwohl in ihrer Haut. »Das ganze Blut, und vielleicht lässt Oscar ihn dann doch einfach in seinem Büro liegen und haut ab, und wir stehen dann da mit Herbert und wissen nicht, was wir mit ihm machen sollen. Außerdem, na ja«, Heidi windet sich wie ein Aal.
»Was?«, frage ich wieder.
»Ich bekomme noch hundert Euro von Herbert. Was ist, wenn

er sie mir die nächste Woche noch nicht zurückgegeben hat? Ich warte jetzt schon drei Wochen auf mein Geld.«

Liesel und Peggy nicken: »Das geht natürlich nicht«, sagen sie.

»Ihr wollt unseren wasserdichten Plan wegen hundert Euro platzen lassen?«, ich stemme böse die Hände in die Hüften. »Wir waren uns doch einig, wie gut es uns gehen wird, wenn der Mistkerl endlich tot ist!«

»Schon«, Peggy nickt, »aber vielleicht sollten wir wirklich noch warten. Mit diesem Oscar, also ich weiß nicht, was ist, wenn er singt?«

»Wie, wenn er singt?«, frage ich. »Was sollte er denn singen? Und vor allen Dingen, *warum* sollte er singen? Er wird wohl kaum bei *Nur die Liebe zählt* auftreten und sich zu Kai Pflaume auf dieses komische Sofa setzen, um uns im Anschluss danach ein Lied zu singen.«

Das würde noch fehlen, dass wir fünf im Publikum sitzen und plötzlich taucht Oscar mit seinem Schlagring auf der Bühne auf und fängt an, ein aus dem Englischen übersetztes Lied auf Deutsch zu singen. Mit so dummen Reimen wie:

»Letztens war der große Tag,
an den ich gar nicht denken mag.
Herbert vom Kiez-Report,
der ist jetzt fort.
Wir haben ihn gelyncht
und die Sache gut übertüncht.
Jetzt liegt er tot unter einer Buche,
und ich, ich arme Seele fluche.
Es tut mir ja so Leid,
ich bin zum Geständnis bereit.

Die fünf da (er deutet dann auf uns, die wir mit schreckens-
geweiteten Augen auf unseren Plätzen sitzen),
die wollten es so,
aber ich, ich bin gar nicht froh.
Den Mordauftrag haben die mir gegeben,
der Chefredakteur vom Kiez-Report sollte nicht mehr leben.
Er ist um die Ecke gebracht,
was haben sie gelacht.«

Oder so ähnlich. Wie furchtbar. Bestimmt regen wir uns dann so auf, dass wir noch nicht mal mehr die Notausgänge finden. Vor laufender Kamera werden wir verhaftet. Und nur, weil Oscar das Bedürfnis hatte zu singen! Aber vielleicht ist Kai Pflaume wenigstens noch so nett und überreicht uns Blumensträuße, die wir aber wegen der Handschellen schlecht halten können. Oh, mein Gott!

»Peggy meint doch die Ganovensprache«, klärt Heidi mich auf. »Singen heißt in der Ganovensprache jemanden verpetzen beziehungsweise der Polizei einen Tipp zu geben. Deswegen werden gerade Mafiabosse gern mal erschossen, während sie eine Pizza essen. Thomas Mann hat das in seinen Büchern zwar nicht thematisiert, aber trotzdem gibt es ganz viele Parallelen, zum Beispiel … weiß ich jetzt auch nicht.«

Na, ein Glück.

»Nein, Oscar wird schon nicht singen«, winke ich ab. »Der ist doch so abgebrüht, und außerdem sitzt er mit uns in einem Boot.« Dass man aus einem Boot auch einfach aussteigen kann, ignoriere ich geflissentlich. Ich möchte auch jetzt von dieser Straße runter. »Wir haben eine Verabredung und die ziehen wir jetzt durch«, sage ich bestimmt.

»Mmpfff«, machen die anderen.

Über uns geht ein Fenster auf: »Moin, moin, wie lange wollt ihr denn noch da stehen?«, es ist Hauke, laut und deutlich. »Jetzt kommt doch mal hoch. Wir müssen einen Mord besprechen!«

Vielleicht haben die Mädels doch Recht.

11

Haukes Wohnung ist nicht wirklich eine Wohnung. Also nicht im herkömmlichen Sinn. Es steht beispielsweise nicht ein Tisch in der Küche, sondern es sind sieben. Sie sehen antik aus.

»Werden nächste Woche abgeholt. Sind vom Laster gefallen«, ist Haukes lapidare Erklärung. Oscar ist noch nicht da.

Auf einem der Tische liegt eine Samtschatulle, in der sich haufenweise Schmuck befindet. Ehrfürchtig stehe ich vor der Schatulle und ziehe mit spitzen Fingern ein Saphircollier heraus. Wenn das Modeschmuck ist, ist der aber verdammt gut gemacht.

»Gehörte Kaiserin Sissi«, klärt mich Hauke auf, woraufhin ich mit einem spitzen Aufschrei das Collier zurück in die Schatulle fallen lasse. Sissi! Er redet von Elisabeth von Österreich? Von der wunderschönen Sissi, ehemals Prinzessin in Bayern? Die Sissi, die im Damensattel vor Pappilis Augen über Hindernisse gesprungen ist und ein Verhältnis mit Graf Andrássy hatte? Wo hat sie diesen Schmuck wohl getragen? Auf einem Ball? Auf welchem? Ich liebe Sissi und weine immer noch beim dritten Teil von *Schicksalsjahre einer Kaiserin.* Da wird Sissi lungenkrank und reist nach Madeira und dann auch nach Korfu, immer in Begleitung von ihrer Mutter und Oberst Böckl, und dann wird sie gesund und trifft in Venedig ihren Mann Franz, den Kaiser, wieder. Als Überraschung kommt ihr bei der Ankunft ihre kleine Tochter entgegengelaufen, und Sissi sagt zu irgendeinem Geistlichen: »Bitte verzeihen Sie, Eminenz, dass ich Sie nicht zuerst begrüßt habe, aber ich habe nicht geglaubt, dass ich in diesem

Leben mein Kind noch einmal wieder sehe!«, und die Eminenz lächelt vergebungsvoll, und die Venezianer, die aus politischen Gründen eigentlich gegen die Österreicher sind, schreien: »Viva la Mamma!« Ich muss schon wieder schlucken. Mir gehen solche Filme einfach enorm unter die Haut. Und jetzt halte ich den Schmuck der Kaiserin von Österreich, die auch Königin von Ungarn war, bevor sie einem Attentat zum Opfer gefallen ist, in meinen Händen. Ich kann es einfach nicht glauben.
»Da gehören noch Ohrringe dazu«, Hauke kramt mit seinen Wurstfingern in der Schatulle herum und fördert taubeneigroße Saphirohrgehänge hervor. »Möchtest du sie mal anprobieren?«
Das ist ja schöner als Weihnachten. Strahlend nicke ich und laufe kurze Zeit später mit den ganzen Klunkern im Zimmer herum. Schade, dass Hauke nicht auch das Krönungsdiadem von Sissi hat. Das wäre herrlich!
Die Mädels haben sich unterdessen auf samtbezogene Empirestühle gesetzt und harren der Dinge, die da kommen. Ich fühle mich kaiserlich und setze mich dazu.
Hauke informiert uns, dass Oscar gleich hier sein wird. Dann muss er noch kurz telefonieren. Er tippt wichtigtuerisch eine Nummer in sein Handy, um dann zu brüllen: »Kann einer von euch Arschgesichtern vielleicht mal dieses bekloppte Bild abholen! Und die anderen Sachen auch! Ich ertrage das wirklich nicht, dauernd von dieser Tussi angestarrt zu werden. Die hat einen Silberblick.«
Wir schauen uns verstohlen um, weil wir wissen möchten, welche Frau auf welchem Bild einen Silberblick hat. Liesel sieht das Ölgemälde als Erste und sagt: »Die Frau kenne ich.«
Auf dem Boden an der gegenüberliegenden Wand lehnt die Mona Lisa und starrt uns leidend an. Sie hat gar keinen Silber-

blick. Ach, du meine Nase! Mir fällt es wie Schuppen von den Augen. Wir sind in der Wohnung eines Hehlers gelandet!
Heidi stößt mich unter dem Tisch mit dem Fuß an. Ich stoße zurück.
Geräusche im Flur lassen den Schluss zu, dass Oscar nun da ist. Mit festem Schritt betritt er das Wohnzimmer, das ja eigentlich kein Wohnzimmer im herkömmlichen Sinn ist.
»Ach, wen haben wir denn da?«, sagt er mit sanfter Stimme. Heinrich freut sich, weil ihm jemand Beachtung schenkt, und öffnet freudig seinen Rachen, um sich das Zahnfleisch kraulen zu lassen. »Das ist ja eine nette Überraschung«, meint Oscar und strahlt über das ganze Gesicht. »Anastasia, Anastasia, komm mal und schau. Hier ist wer zum Spielen für dich!«
Es rumort im Flur und ein, wie ich vermute, weiblicher Alligator kommt in den Raum gewackelt. Heinrich dreht vor Freude fast durch. Er rast mit affenartiger Geschwindigkeit auf die Alligatordame zu, wedelt kräftig mit dem Schwanz und trifft damit die Mona Lisa. Um Himmels willen! Die Mona Lisa fällt krachend auf den Dielenboden. Sie lächelt immer noch ihr mildes Lächeln. Ich habe den Eindruck, es ist festgefroren. Schnell hebe ich das Bild auf und stelle es neben meinen Platz. Heinrich und Anastasia fangen an zu spielen. Ich glaube, es ist Nachlauf oder so was Ähnliches.
»Ach«, freut sich Oscar, »ich bin ja froh, dass die Kleine mal einen Artgenossen hier hat. Ich habe Anastasia aus einem Urlaub in Mexiko mitgebracht. Wunderbares Tier. Der beste Wachhund überhaupt!«
Was man von Heinrich ja nicht unbedingt behaupten kann. Aber vielleicht bringt Anastasia Heinrich ja das Wachen bei.
Oscar begrüßt uns mit Handschlag, Hauke nickt er lediglich kurz

zu. So ist das wohl üblich in kriminellen Kreisen. Oscar freut sich, uns zu sehen: »Ach, das war ein lustiger Abend oder? Dann sind wir jetzt ja alle zusammen.« Er rückt noch mehr samtbezogene Stühle an den Tisch und setzt sich mit Hauke zu uns.
Ich rücke die Mona Lisa beiseite, damit sie weiterlächelt und nicht weint, nachdem ihr von einem schweren Stiefel ins Gesicht getreten wurde.
Oscar nimmt einen DIN-A4-Block aus einer mitgebrachten Tasche. Wir warten gespannt auf das, was jetzt kommt. »Also«, Oscar räuspert sich kurz, »der nächste Freitag, der nächste Freitag, also der Freitag heute in einer Woche, das ist unser Tag! Da wird er sterben, euer Herbert!«
Wir nicken.
»Ihr müsst dafür sorgen, dass dieser idiotische Prokurist nicht mehr bei euch in der Redaktion ist. Ich werde mit Hauke klingeln, eine von euch macht mir auf, und dann ist ganz schnell Zappenduster angesagt.«
Mein Herz klopft.
»Ich habe mich jetzt endgültig für Erdrosseln entschieden«, Oscar klopft mit seinem Schlagring auf dem antiken Tisch herum. »Sauber, schnell, ohne Geräusche. Mit dem Stilett könnte es das Problem geben, dass ich an den Rippen abrutsche beziehungsweise euer Herbert ausweicht und ich eine ungünstige Stelle treffe, die zwar schmerzt, aber nicht tödlich ist. Und wir wissen nie, wie das Opfer reagiert. Manche stehen unter Schock, manche versuchen wegzurennen, manche schreien. Da könnte ich euch Geschichten erzählen!«
Keine von uns sagt freudig erregt: »O ja, Oscar, erzähl uns doch mal die tollen Geschichten!«, niemand von uns will das näher wissen.

»Es muss schnell gehen, wir müssen den Überraschungseffekt nutzen«, Oscar fängt schon wieder an zu husten. Die Milben. »In drei bis fünf Sekunden muss alles vorbei sein. Wir nehmen eine Wäscheleine aus Kunststoff. Die drückt den Kehlkopf am besten zu. Hauke hält den kleinen Scheißer fest und hilft mir dann, die sterblichen Überreste zu entsorgen.«
Sterbliche Überreste. Wie theatralisch hört sich das denn an? Will Oscar vielleicht in der Redaktion dann noch eine kleine Trauerfeier abhalten? Ich muss dringend Giselher informieren.
»Hauke kümmert sich um einen Plastiksack«, er sieht zu Hauke rüber und hebt drohend den Zeigefinger, »aber auch wirklich einen Plastiksack, Hauke, weißt du noch, was für eine Sauerei das damals mit dem Jutesack gegeben hat?«
Ich sag es ja, der Muskel im …
Hauke nickt: »Kannst dich auf mich verlassen, Kumpel«, dröhnt er. »Ich pack vorsichtshalber gleich ein paar mehr ein, falls einer reißt.«
Oscar nickt: »So ist es richtig, Alter! Und vorher stehst du Schmiere. Sobald jemand im Anmarsch ist, informierst du mich beziehungsweise versuchst, den Eindringling entweder gleich zu erledigen oder erst mal abzulenken.«
»Ich muss mal«, sagt Liesel und steht auf. Sie stößt unter dem Tisch gegen die Mona Lisa. Schnell packe ich das Bild auf die andere Seite.
Liesel wankt aus dem Raum. Es scheint ihr gar nicht gut zu gehen.
»Das ist die Aufregung«, sagt Hauke.
»Sag mal, was ist denn mit Bobby?«, fragt Oscar Hauke. »Sollte nicht eigentlich Bobby unser dritter Mann sein? Den wolltest du doch noch anrufen!«

Hauke schüttelt bedauernd den Kopf: »Seit gestern in der JVA«, klagt er, »sie haben den Dummkopf doch noch erwischt. Jetzt kann Bobby sich warm anziehen. Sechsfacher Mord«, sagt er in unsere Richtung. »Eigentlich war alles wasserdicht, aber ...«
Von draußen ertönt ein schreckliches Getöse. Entweder verstehen sich Heinrich und Anastasia nun doch nicht mehr so gut oder irgendetwas ist mit Liesel. Wir springen alle gleichzeitig von den Stühlen hoch und rennen in den Flur.
Liesels Beine sind unter einer Statue begraben. Sie röchelt.
»Ach du Scheiße, Hauke, pack mal mit an!«, ruft Oscar und versucht, die Skulptur, die keine Arme hat, wegzuziehen.
Liesel macht: »Au, au!«
Bei der Statue handelt es sich um eine Frauenskulptur, und sie ist ungefähr zwei Meter groß. Sie scheint auch sehr massiv zu sein, denn sie ist nicht kaputtgegangen. Gemeinsam rollen wir die weiße Skulptur zur Seite.
»Was ist das?«, fragt Heidi Oscar, während Liesel sich aufrappelt. Ihr Bein ist ein wenig gequetscht.
»Ach, noch so ein Quatsch, den ich hier zwischenlagern muss«, beschwert sich Hauke. »Ich kann das Zeug hier nicht mehr lassen, das darf doch nie so lang an einem Ort sein.«
Oscar muss schon wieder husten. »Das sind doch alles Staubfänger«, beschwert er sich. Mit voller Wucht richtet er die Skulptur wieder auf.
Ich schaue genauer hin. Mein Hals trocknet aus.
Liesel sagt: »Die Frau kenne ich.«
Ich sage nicht, dass ich die Frau auch kenne.
Es handelt sich um die Venus von Milo.
Liesel geht aufs Klo. Dann kommt sie zurück und setzt sich wieder zu uns. Ich hoffe, dass ihre Nerven wenigstens am nächsten

Freitag stabil sind. Raue Schale, weicher Kern, da ist was Wahres dran! Jedenfalls, was Liesel betrifft.

»Wenn wir jetzt alles geklärt haben, können wir ja einen saufen gehen«, meint Oscar. »Hier unten gibt es gleich eine Kneipe. Oder habt ihr noch was anderes vor?«

»Eine Sache müssen wir unbedingt nochmal besprechen«, sagt Peggy und richtet sich in ihrem Samtstuhl auf. »Die Geldfrage.«

»Welche Geldfrage?«, fragt Oscar verwundert.

»Na ja«, Peggy rutscht unruhig auf ihrem Stuhl hin und her, versucht aber, professionell an die Sache ranzugehen. »Du hast gesagt, der Preis hängt davon ab, wie du Herbert tötest, und jetzt steht ja fest, dass du ihn erdrosseln willst. Also muss ja jetzt auch klar sein, wie viel das kostet!«

Oscar kratzt sich am Kinn: »Das ist richtig. Aber wir müssen bedenken, dass eventuell doch ein Messer oder eine Pistole zum Einsatz kommen werden, das hab ich euch ja schon erklärt. Ich sag es euch nach dem Mord. Ausnahmsweise«, er macht eine Kunstpause, um seine Worte wirken zu lassen, »ausnahmsweise könnt ihr, aber nur ihr, auch in Raten zahlen. Aber ich erwarte die Zahlungen pünktlich, dass wir uns da ja verstehen!« Er sieht uns mit seiner Augenklappe drohend an.

»Das ist nett«, sagt Brigittchen. »Danke, Ansgar!«

»Übrigens«, meint Hauke und deutet auf mich, »der Schmuck steht dir gut. Den schenk ich dir. Dann bin ich das Zeug endlich los!«

O MEIN GOTT!!! Ich Lindi Fuchs, besitze Schmuck der KAISERIN VON ÖSTERREICH UND DER KÖNIGIN VON UNGARN!!!

Das ist ja schöner als mein Geburtstag. Wobei das auch nicht

schwierig ist. Denn alle Leute vergessen grundsätzlich meinen Geburtstag und so sitze ich Jahr für Jahr allein am 8. März, der zu allem Überfluss auch noch Weltfrauentag ist, bei einer Flasche Sekt abends in meiner Wohnung und überlege mir, aktiv beim Weltfrauentag mitzumachen, weil ich dann wenigstens eine Beschäftigung hätte an dem Tag. Meistens fange ich an meinem Geburtstag noch ein Mini-Steck-Bild an. Die Mini-Steck-Bilder waren in den siebziger Jahren hochaktuell, und ich habe meine Liebe zu ihnen nie verloren. Deswegen habe ich mal bei eBay von einem ehemaligen Liebhaber über einhundert original verpackte Mini-Steck-Bilder mit verschiedenen Motiven ersteigert. Zwar für viel mehr Geld, als sie wert waren, aber ich wollte sie unbedingt haben. Mini-Steck ist eine Geduldsarbeit. Man muss kleine Plastikteilchen in verschiedenen Größen auf ein Plastikraster aufstecken. Natürlich gibt es eine Vorlage. Wenn das Mini-Steck-Bild fertig gesteckt ist, hat man ein Pferd oder den Eiffelturm oder eine Bisamratte mit Jungen. Ich mag Mini-Steck, obwohl immer Teile fehlen. Man braucht aber ein gutes Auge, um das zu erkennen.
»Erst mal bringen wir den Typen um, dann sehen wir weiter«, sagt Oscar und klopft Peggy, die neben ihm sitzt, auf die Schulter. »Ich vertraue euch. Ihr werdet schon zahlen. Und falls ihr nicht zahlen solltet«, wieder eine Pause, »dann werdet ihr schon sehen, was ihr davon habt!«
Was das heißt, ist uns allen klar, denn Oscar trommelt schon wieder mit dem Schlagring. »Einen Oscar führt man nicht hinters Licht«, sagt er und seine Stimme ist todernst. »Mit mir kann man über alles sprechen, aber verarschen kann man mich nicht. Da mache ich kurzen Prozess. Und jetzt gehen wir einen trinken auf unseren großartigen Plan!«

12

Wir sitzen kurze Zeit später mit den beiden Alligatoren in der *Taverne*, die sich neben Haukes Wohnung befindet. Außer uns gibt es hier nur Transen. Sie finden Heinrich total süß. Anastasia kennen sie schon, und nun finden sie es drollig, wie die beiden zusammen spielen. Wobei man es nicht wirklich spielen nennen kann – sie versuchen permanent, sich gegenseitig die Schwanzspitzen abzubeißen und sorgen in der Kneipe für ziemlich viel Wirbel.

Ich trage immer noch den Sissi-Schmuck, der ja jetzt mir gehört, und fühle mich fast selbst wie eine Kaiserin. Ich bin auch guter Dinge, was den Mord nächste Woche angeht. Schließlich sind Oscar und Hauke die beiden tatsächlichen Mörder und die Polizei kann uns gar nichts! Das wird ein Leben ohne Herbert! Ich kann es kaum erwarten und bestelle mir erst mal noch ein Bier.

Hauke krault sich im Haar herum: »Sag mal, äh, verdammt, jetzt ist mir doch tatsächlich dein Name entfallen.«

»Lindi«, sage ich und bin, aus welchen Gründen auch immer, froh, dass mich mal ein Mann anspricht, auch wenn es der Komplize eines Mörders ist.

»Ja, Lindi, dann sind wir uns wohl jetzt für den Rest unseres Lebens auf Gedeih und Verderb ausgeliefert«, meint Hauke theatralisch, und Oscar nickt.

Was er wohl damit meinen könnte? Muss ich jetzt im Gegenzug mit ihm schlafen? Eigentlich keine schlechte Idee. Andererseits ist Hauke so gar nicht mein Typ mit seinem dicken Bauch und den wenigen Zähnen. Nein.

»Äh«, mache ich unbeholfen. Liesel und Heidi und auch Peggy

und Brigittchen sind mir keine Hilfe, die füttern Heinrich mit Salzstangen.
»Ich habe eine große Bitte, Lindi«, sagt Hauke mit ruhiger Stimme.
Ich hab es doch gewusst. Ich hab es doch gewusst. Was kommt denn jetzt? »Welche Bitte hast du denn?«, meine Stimme ist auch nicht mehr die, die sie mal war.
»Ach«, Hauke blickt mich versonnen an, »der Schmuck von Sissi steht dir wirklich verdammt gut. Du siehst richtig edel aus, min Deern.«
Ich greife an meine Ohren. Alles noch da. Aber was könnte Hauke denn wollen? Er muss irgendetwas im Schilde führen. Ich kann kaum mehr atmen.
»Was ist denn? Ist dir schlecht?«, fragt Hauke verwundert und fächert mir mit dem Handrücken Luft zu. »Das ist aber auch eine schlimme Luft hier. Für einen Allergiker wie Oscar ist diese Luft Gift!« Oscar nickt und schaut kummervoll. »Hast du auch Lungenprobleme?«, fragt mich Hauke.
Ich schüttele den Kopf. »Mir geht es gut«, sage ich gepresst.
»Fein«, meint Hauke, »also, wegen der Bitte. Könntest du für ein paar Tage ein paar Sachen für mich in deiner Wohnung aufbewahren?«
»Welche … welche Sachen denn?«, frage ich und kenne die Antwort schon.
»Na, diesen Scheiß aus meiner Wohnung«, Hauke ist schon wieder sauer. »Wenn meine Mittelsmänner nicht bald die Auftraggeber erreichen, drehe ich denen den Hals um.«
Oscar nickt: »Staubfänger, alles Staubfänger. Also, Lindi, wenn du Hauke diesen Gefallen tun würdest, wäre ich dir auch sehr verbunden.«

Zwei Stunden später sitze ich in meinem Auto und fahre nach Hause nach St. Georg. Im Kofferraum befindet sich das Unterteil der Venus von Milo, die obere Hälfte ragt nur mit einem Haargummi gesichert hinten heraus, die Mona Lisa klemmt hinter Heinrich und dient ihm als Kopfstütze, den geschenkten Sissi-Schmuck trage ich immer noch, und Albrecht Dürers Selbstbildnis mit Distel fristet sein Dasein im Fußraum neben leeren Pfandflaschen, die ich dringend bei Lidl abgeben muss. Dieser Einwegzwangspfand hat mich schon Stunden meines Lebens gekostet.
Aber egal. Auf einem eigens dafür montierten Dachgepäckträger befindet sich der Medici-Zyklus von Rubens. Da das Bild ungefähr drei mal vier Meter groß ist, hat es nicht ins Auto gepasst. Obwohl ich unglaublich vorsichtig fahre, kullert die Venus im Kofferraum ständig von rechts nach links, und ich habe auch furchtbare Angst um das doofe Bild von Rubens. Einmal ramme ich mit dem Rahmen fast eine Litfaßsäule, als ich eine Kurve nehme. Zu Hause angekommen bin ich am Ende mit meinen Nerven.
Zum Glück habe ich eine Altbauwohnung mit sehr hohen Türen. Das ist wahrscheinlich deswegen so, weil sich hinter dem Haus vor der Jahrhundertwende mal eine Schlachterei befunden hat, und damals musste das Vieh ja mit Anhängern zum Schlachten gefahren werden. Vielleicht auch mit Kutschen. Jedenfalls ist alles breit genug. Man kann die Flügeltüren aufklappen. Zum Glück ist Giselher noch wach. Gemeinsam hieven wir den ganzen Kram in meine Wohnung. Es geht doch nichts über hohe Räume. Zwar steht der Rubens etwas schräg, weil meine Decken nur drei Meter achtzig hoch sind, aber es geht.

»Wo hast du denn diesen Mist her?«, fragt Giselher und ist noch ganz verschwitzt. »Hast du den Krempel auf dem Jahrmarkt gewonnen?«

Erschöpft lasse ich mich in einen Sessel fallen und trinke einen Schluck Rotwein aus Giselhers Glas. »Nein, ich soll das nur für einen Freund aufbewahren«, sage ich.

Giselher nimmt die Schlafmütze mit Bommel vom Tisch und setzt sie der Venus von Milo auf. Dafür muss er hochspringen. »Schlaf gut«, sagt er zu ihr und will ihr zum Gutenachtgruß die Hand schütteln, was aber nicht geht, weil die Venus ja keine Arme hat.

Montag.

Herbert ist wieder da. Mit unerträglicher Laune.

»Wie war es denn in Schweden?«, frage ich höflich, während meine Stuhlauflage schon wieder durchgeschwitzt ist vor Angst.

»Alles Scheiße, alles Scheiße!«, brüllt Herbert herum. »Die haben mir den Mietwagen aufgebrochen, die Scheißschweden, und alles rausgeklaut. Auch meine Magentropfen. Ich hab gelitten wie ein Hund. Glauben Sie mal nicht, dass ich in dem Scheißschweden Ersatzmedizin bekommen hätte. Die sprechen da ja alle nur schwedisch. Waren das Schmerzen. Ich dachte, ich verbrenne innerlich. Diese Schmerzen!«

›Bald hast du keine Schmerzen mehr‹, denke ich mit einer diabolischen Freude und kann es kaum erwarten. ›Am Freitagnachmittag bist du von deinen sämtlichen erfundenen Leiden erlöst. Aber so was von erlöst.‹ Herrlich.

»Die Scheißversicherung zahlt den Einbruch nicht!« Herbert brüllt weiter herum.

»Aber warum denn nicht?«, Peggy bemüht sich, Interesse zu zeigen, obwohl sie die Antwort schon kennt.
»Na, weil das Auto nicht abgeschlossen war!« Herbert tritt gegen den Leuchttisch.
So was aber auch.
»Das ziehe ich euch vom Gehalt ab!«, kommt es weiter von ihm. »Bis der Schaden getilgt ist, kriegen hier alle zwanzig Prozent weniger Gehalt. Und zwar rückwirkend. Für drei Monate!« Woraufhin er in sein Büro rennt, um lautstark die Gehaltsbuchhaltung, die in Lüneburg sitzt, anzurufen.
»Nochmal zwanzig Prozent weniger Gehalt«, flüstert Peggy mir zu, »wie stellt der Alte sich das denn vor?«
»Der stellt sich bald gar nichts mehr vor«, sage ich. Peggy nickt erleichtert. »Wenn er erst mal von der Bildfläche verschwunden ist, werden wir schon alles richten. Was sollen die denn ohne uns machen? Die brauchen uns hier!«
Trotzdem – noch ist Herbert da, und das macht das Leben nicht gerade einfacher. Glücklicherweise hat er weder die kaputte Scheibe bemerkt noch die defekten Geräte. Über das Loch im Fenster haben wir mit Tesafilm Frischhaltefolie geklebt. Das Faxgerät und den Kopierer haben wir einfach wieder aufgestellt. Wir wollen abwarten, ob es irgendjemandem auffällt, dass sie nicht mehr funktionieren, und dann behaupten, wir seien es nicht gewesen. Herr Reiher wird uns das glauben, sollte er es jemals merken, der ist sowieso jenseits von Gut und Böse. Und Herbert faxt und kopiert eh nie. Es wird auch niemandem auffallen, dass eine Deckenleuchte zerstört ist, weil wir ja sowieso nie das Licht anknipsen dürfen. Das Telefon, das Liesel ebenfalls schlecht behandelt hat, lebt noch. Immerhin.

Abends beschließe ich, es mir gemütlich zu machen. Heinrich spendiere ich eine Extraportion Rinderhüfte, dann setzen wir uns vor den Fernseher, um *RTL-Explosiv* zu schauen. Giselher hat eine Nachtbeerdigung und wird erst morgens wiederkommen. Im Ofen brutzelt eine Fertiglasagne und ich trage wieder meinen Sissi-Schmuck. Ob noch Fingerabdrücke der Kaiserin drauf sind? Die Ohrringe sind zwar sehr schwer, aber wer hat das schon, so was? Glücklich schaue ich auf die Venus von Milo. Sie hat einen Ehrenplatz bekommen in der Mitte des Wohnzimmers. Lediglich Heinrich läuft manchmal gegen sie. Ich mag die Venus von Milo. Letzte Nacht hab ich ihr meine elektrische Heizdecke von Tchibo umgelegt, damit sie es schön warm hat. Sie soll sich wohl fühlen bei mir.
Um kurz nach achtzehn Uhr klingelt es an der Tür. Wenn das jetzt wieder meine Nachbarn sind, die mich darauf aufmerksam machen wollen, dass ihr Restmüll entsorgt werden muss, werde ich ihnen was erzählen. Nein, ich werde ihnen natürlich nichts erzählen, sondern den Restmüll entsorgen.
Ein gedrungener Mann steht vor mir. Er trägt eine abgewetzte Aktentasche in der Hand und einen karierten Trenchcoat. Leider hat er keine Pfeife im Mund.
»Möller«, stellt er sich artig vor, »Hubert Möller, Gerichtsvollzieher. Frau Fuchs?«
Ach du meine Güte, den Termin hatte ich ja wegen der ganzen Aufregung längst vergessen. Mein Exmann. Die Schulden. Die Pfändung.
Mir wird plötzlich siedend heiß.
Die Venus von Milo. Die Mona Lisa. Der Medici-Zyklus von Rubens. Dürer mit der Distel. Was sage ich denn Hauke und Oscar bloß, wenn dieser Herr Möller das jetzt alles pfändet? An-

dererseits wäre ich dann schuldenfrei. Aber Oscar wird mich in Haukes Auftrag verfolgen und lynchen. Ich könnte Herrn Möller natürlich nur eins der Werke anbieten, vielleicht hab ich ja damit schon einen Teil der Verbindlichkeiten getilgt. Und Hauke könnte ich erzählen, dass er sich getäuscht hätte. Niemals hätte er mir die Venus von Milo gegeben. Aber weder Hauke noch Oscar werden mir glauben.

»Frau Fuchs, könnte ich wohl hereinkommen?«, fragt Herr Möller.

»Jaaa«, sage ich langsam und lasse ihn eintreten. Ich lotse Herrn Möller in die Küche. Dort befindet sich das nächste Problem. Nämlich der Sarg, den Giselher immer noch nicht weggeschafft hat. Bitte, lieber Gott, lass Herrn Möller kurzsichtig oder zumindest dumm sein.

Aber Herr Möller ist weder kurzsichtig noch dumm. Er stellt seine Aktentasche auf meinen Küchentisch, deutet auf den Sarg und fragt: »Was ist das?«

Mein drittes Auge. Mein drittes Auge. Es wächst wie eine Kaugummiblase.

»Ein Sarg«, sage ich schließlich. Ich meine, was soll ich sonst sagen? Ein Teelicht?

»Nehmen Sie die ganze Sache nicht zu schwer«, meint Herr Möller jovial und setzt sich. »Schulden sind noch lange kein Grund, seinem Leben ein Ende zu setzen.«

Zwanzig Minuten später habe ich die schriftliche Bestätigung, dass ich dank meines Exmanns knapp eine halbe Million Euro Schulden habe.

»Machen Sie sich nicht verrückt«, meint Herr Möller immer wieder, während er mir die horrenden Zinsen, die ich zuzüglich zur Hauptforderung zahlen muss, ausrechnet.

Der Mann hat gut reden. Wahrscheinlich ist er schon seit seiner Geburt Beamter auf Lebenszeit und sitzt mit seiner Frau abends in seinem abbezahlten Einfamilienhaus mit Gärtchen und schaut den Blümchen und Bäumchen beim Wachsen zu. Für die Kinder sind selbstverständlich Spar-, Ausbildungs- und Lebensversicherungen abgeschlossen, und niemand muss sich um irgendwas Sorgen machen. So würde ich auch gern leben.
»Ich sage es ja nicht gern, Frau Fuchs«, meint Herr Möller und sieht mich traurig an, »aber ich muss nun durch Ihre Wohnung gehen und nachschauen, welche Einrichtungsgegenstände bei Ihnen pfändbar sind.«
Ich zucke mit den Schultern. »Gut«, sage ich und begebe mich mit Herrn Möller ins Wohnzimmer.
»Hm, hm, hm«, Herr Möller macht sich Notizen. Er steht vor der Venus von Milo und starrt sie an. Vor Dürers Distel hält er erneut an und blickt dann auf den Rubens-Schinken. »Sie malen wohl viel in Ihrer Freizeit«, stellt er fest.
Ich nicke. »Ja«, versichere ich Herrn Möller, während das dritte Auge so puckert, dass mein ganzer Körper auf- und abwippt. »Das ist alles Malen nach Zahlen«, sage ich und bin sehr stolz auf diesen spontanen, glaubwürdigen Einfall. Jetzt kann Herr Möller mir gar nichts mehr wollen!
»Schön, schön, das hat mein verstorbener Bruder auch gemacht. Er hat van Goghs Sonnenblumen so originalgetreu abgemalt, dass selbst Kunstkenner keinen Unterschied sehen.«
Bestimmt, Herr Möller, bestimmt.
»Nun, ich sehe nicht wirklich etwas Pfändbares in Ihrer Wohnung«, sagt Herr Möller, nachdem er auch noch mein Schlafzimmer inspiziert hat. »Darf ich mich kurz setzen?«, wir sind wieder im Wohnzimmer, »ich muss ein Protokoll ausfüllen.«

Ich bin erleichtert und nicke. Noch nicht mal den Sissi-Schmuck hat der gute Herr Möller bemerkt.
Herr Möller lässt sich kraftlos aufs Sofa fallen – direkt auf Heinrich, der wohl kurz eingenickt ist. Heinrich wacht auf, zappelt und reißt angstvoll die Augen auf. So viel Nähe von Fremden verkraftet der Alligator einfach nicht. Aber das kann Herr Möller ja nicht wissen.
»Was ist das?«, Herr Möller steht wieder auf und deutet mit spitzen Fingern auf Heinrich. »Ein Reptil?« Heinrich bewegt sich nicht. In Stresssituationen stellt er sich immer tot. Wie leblos liegt er da und starrt Herrn Möller mit trüben Augen an. Der beugt sich zu ihm herunter. Sein Gesicht befindet sich direkt vor Heinrichs Maul.
»Frau Fuchs«, sagt er endlich, »es ist in Deutschland laut Tierschutzgesetz verboten, exotische, ausgestopfte Tiere zu besitzen. Das ist strafbar. Ich werde das Reptil pfänden müssen, und Sie werden, so Leid es mir tut, um eine Strafanzeige nicht herumkommen.«
Das kann er nicht machen. Der kann mir meinen Heinrich doch nicht wegnehmen. Heinrich zittert am ganzen Leib, als würde er verstehen, was hier vorgeht. Doch Herr Möller scheint es nicht zu bemerken. Er richtet sich auf, öffnet seine Tasche und holt einige Pfandsiegel heraus. Dann beugt er sich wieder über Heinrich, um ihm eins davon zwischen die Augen zu kleben.
Heinrich dreht den Kopf, sieht mich verzweifelt an und eine Krokodilsträne quillt aus seinem Auge. Er macht den Eindruck, als ob er sich dafür entschuldigen möchte, was jetzt gleich passiert.
Blitzschnell öffnet Heinrich das Maul, und eine Sekunde später

steckt der Kopf von Herrn Möller, dem netten Gerichtsvollzieher, in seinem Rachen. Den Heinrich dann wieder schließt. Herr Möller zappelt eine Weile herum und dann nicht mehr.

13

Dienstag.

Herbert kommt mit den Fotos an, die er in Schweden, Entschuldigung, in dem »Scheißschweden«, geschossen hat. Es sind mit die fürchterlichsten seiner ganzen Fotografenkarriere. Überwiegend blonde Frauen, was ja klar ist, weil Schwedinnen, die mit eingegipsten Armen und Beinen und nur mit Stringtangas bekleidet an einer Bushaltestelle stehen und auf den Bus warten. Dazu passend zwei Rentnerinnen, die mit Einkaufstaschen und natürlich vollständig bekleidet auch auf den Bus warten und das Ganze mit einem gewissen Argwohn betrachten.

Aber ich habe ganz andere Sorgen. Giselher ist gestern Nacht und auch heute Morgen nicht nach Hause gekommen, und bei mir in der Wohnung befindet sich außer der Mona Lisa und dem ganzen anderen Kram jetzt auch noch ein toter Gerichtsvollzieher, den ich in meiner Verzweiflung erst mal in den Besenschrank gestellt habe. Offenbar war er kurz vor seinem Tod noch auf der Toilette, denn der Pomuskel rührt sich nicht. Die anderen in der Redaktion wissen noch von nichts, und ich weiß nicht, wie ich es ihnen beibringen soll. Heinrich ist verstört und nicht ansprechbar. Er fällt immer wieder in einen Sekundenschlaf und zuckt im Traum. Der Alligator ist fertig mit den Nerven. Ich muss einen günstigen Moment abwarten, um den Mädels alles zu erzählen.

»Was sollen wir denn mit diesen Bildern anfangen?«, frage ich Peggy ratlos und schiebe ihr die Schwedinnen rüber.

»Du hast die noch nicht gesehen«, Peggy wirft mir einen Schwung Dias rüber.

Ein Anhänger steht auf einem gemähten Stoppelfeld. Sonst nichts.

Mittwoch.
Oscar ruft an und fragt, ob alles klar ist. Wir müssen unbedingt noch dafür sorgen, dass Herr Reiher am Freitag früher weg ist. Liesel hat die glorreiche Idee, mit verstellter Stimme auf seinem Handy anzurufen und ihn früher in den Tabledance-Laden zu locken. Darüber müssen wir nochmal nachdenken.
Herbert ist so gemein. Er hat uns tatsächlich das Gehalt kürzen lassen. Und tatsächlich auch rückwirkend. Ich sag es ja – er muss weg. Das ist auch besser für ihn. Er kann sich dann in der Hölle mit anderen Fieslingen unterhalten, während sie langsam gemeinschaftlich verbrennen. Bestimmt verbrennt dann aber seine hässliche Brille nicht mit. Die Gläser und das Brillengestell bleiben dann für immer in der Hölle. Als Mahnmal sozusagen.
Habe den Mädels immer noch nicht gesagt, dass Herr Möller sich in meinem Besenschrank befindet, muss das aber bald tun, sonst fängt Herr Möller ja auch irgendwann an zu riechen. Ich bin mehr als verzweifelt und warte die ganze Zeit darauf, dass sich eine günstige Gelegenheit ergibt. Aber dauernd streunt Herbert durch die Räume und mosert herum. Und dass er das mitkriegt, will ich nun wirklich nicht.

Ich komme pünktlich aus der Redaktion und laufe mit Heinrich mal wieder durch die Silbersackstraße. Drogenabhängige fragen, ob ich ein paar Euro über habe, und weil ich ein paar Euro über habe, gebe ich den Drogenabhängigen ein paar Euro. Warum

tragen Drogenabhängige eigentlich grundsätzlich enge Röhrenjeans? Die waren doch in den Siebzigern modern. Aber vielleicht vererben sich ja die Drogenabhängigen untereinander ihre Röhrenjeans, um Geld zu sparen. Ich für meine Person könnte nie im Leben drogenabhängig werden, weil ich schreckliche Angst vor Spritzen habe. Wenn jemand im Fernsehen Blut abgenommen bekommt, kriege ich am Arm, da, wo die Vene sitzt, einen blauen Fleck. Während ich Heinrich über den Hans-Albers-Platz ziehe, keimt in mir eine weitere Frage auf: Warum *trudeln* Gäste eigentlich ein? Ich meine, Gäste können doch einfach nacheinander *ankommen*? Aber nein, jeder benutzt den Ausdruck: »Wir müssen uns beeilen, die Gäste trudeln bald ein.« Komisch. Und warum gehen alte Leute eigentlich immer Hand in Hand? Entdeckt die Frau nach der Menopause ihre Liebe zum Ehemann neu? Herbert würde jetzt sagen: »Frau … Frau … äh, egal, das kann ich Ihnen sagen, warum die Alten Hand in Hand laufen. Schauen Sie sich die Frau doch mal an. Die würde doch aufs Maul fallen, wenn der Alte sie loslassen würde. Die kann doch gar nichts sehen!« Ich finde es rührend, dass alte Leute Hand in Hand gehen. Mein Mann und ich werden später auch mal Hand in Hand gehen.
Welcher Mann?
Zum Glück ist Giselher wieder aufgetaucht: »Ich hab auf dieser Nachtbeerdigung eine wirklich scharfe Braut kennen gelernt«, freut er sich. »Die fand das ganz erotisch, dass wir uns alle um den Sarg rumgesetzt und unter anderem *Der Plumpsack geht um* gespielt haben. Sie meinte, ich hätte einen total knackigen Hintern. Nach dem Ententanz war die Beerdigung dann um und alle sind gegangen, aber sie ist noch geblieben und hat mich gefragt, ob wir nicht noch einen Spaziergang über den Friedhof

machen wollen.« Giselher strahlt. »Ich hab natürlich nicht Nein gesagt. Was gibt's denn zu essen?«
»Ich hab nicht eingekauft«, sage ich, aber dann fällt mir die Lasagne vom Montag ein, die ich wegen Herrn Möller und der Aufregung nicht mehr essen konnte. Ich stelle den Backofen an.
»Also sind wir über den Friedhof gegangen«, schwärmt Giselher weiter und setzt sich. »Ich habe ihr all die Gräber mit den Leuten gezeigt, die ich unter die Erde gebracht habe. Das fand sie toll! Ich kenne den halben Friedhof, habe ich gesagt. Ist ja auch so, ist ja auch so. Gibst du mir ein Bier?«
Ich gebe ihm ein Bier. Zischend öffnet Giselher die Dose und die Hälfte quillt heraus und tropft auf den Boden.
»Scheiße«, meint Giselher und öffnet die Tür zur Besenkammer. Er weiß, dass sich darin meine Küchentücher befinden.
Ich kann nichts sagen, weil alles so schnell geht, und im nächsten Moment fällt Herr Möller uns entgegen. Tragischerweise hält er immer noch diese Pfandsiegel in der verkrampften Hand. Sein Kopf sieht arg mitgenommen aus.
Giselher wird blass: »Was ist denn hier los?«, fragt er fassungslos und weicht einige Schritte zurück.
»Das ist Herr Möller«, sage ich, weil ich nicht weiß, was ich sonst sagen soll. Und es entspricht ja der Wahrheit.
»Wer ist Herr Möller?«, Giselher blickt mich stirnrunzelnd an und kratzt an seinem Dreitagebart herum.
»Herr Möller ist Gerichtsvollzieher.«
»Du meinst, Herr Möller *war* Gerichtsvollzieher«, stellt Giselher ganz richtig fest. »Der Mann ist tot. Warum ist er tot?«
Ich setze mich, weil ich nicht mehr stehen kann. »Er wollte mir Heinrich wegnehmen. Ihn pfänden. Das wollte ich aber nicht, und Heinrich wollte das auch nicht«, versuche ich mich zu

rechtfertigen. Warum kann Heinrich nicht ankommen und nicken? Dann wären wir wenigstens zu zweit in dieser furchtbaren Situation.
Aus dem Wohnzimmer kommen die beiden Wellensittiche geflogen und setzen sich auf die Gardinenstange. Ich muss den Käfig offen gelassen haben. Aber was tut das denn jetzt überhaupt noch zur Sache?
Giselher beugt sich über Herrn Möller, der immer noch der Länge nach vor uns liegt, und kniet sich hin: »Der Anzug ist nicht der neueste«, meint Giselher und dreht Herrn Möller um.
Heinrich hat vorsichtig gemordet. Mit Gefühl. Zwar sind rechts und links an Herrn Möllers Hals Bisswunden, aber Herr Möller wurde erstickt. Alligatoren ziehen ja normalerweise ihre Opfer ins Wasser und ertränken sie, aber weil Heinrich kein Wasser hatte, musste der arme Herr Möller so dran glauben.
Die Vögel kommen von der Gardinenstange geflogen und setzen sich auf Herrn Möllers Gesicht. Da sein Mund geöffnet ist, picken sie fröhlich in seinen Zähnen herum. Es sind wirklich pietätlose Vögel. Sie haben keinen Respekt vor dem Tod.
Zu allem Überfluss kommt Heinrich jetzt auch noch viel zu spät aus dem Wohnzimmer angekrochen. »Krccch, krccch«, macht er aufgeregt, als er Herrn Möller da liegen sieht. Es ist gar nicht gut für sein Herz, was er hier sehen muss. Also Heinrich, nicht Herr Möller. Schnell nehme ich die Vögel und setze sie auf Heinrichs Maul. Das Reinigen seiner Zahnzwischenräume beruhigt ihn immer. Heinrich kommt zu mir gekrochen und schmiegt sich an mein Bein. Er hat ein schlechtes Gewissen. Hätte ich auch.
»Was sollen wir denn jetzt bloß machen?«, frage ich hilflos in Giselhers Richtung.
»Wie, was sollen wir denn jetzt bloß machen? Ich habe damit ja

wohl gar nichts zu tun.« Giselher schüttelt den Kopf. »Als hätte ich nicht schon jeden Tag genügend Leichen, um die ich mich kümmern muss.«
»Du musst mir helfen!«, rufe ich beschwörend, »bitte, du kannst mich jetzt nicht im Stich lassen.«
»Ja, ja, ist ja gut, ist ja gut«, Giselher überlegt krampfhaft, was wir tun könnten, »ich muss darüber nachdenken. Der Mann kann hier auf keinen Fall bleiben. Er muss aus deiner Wohnung raus.«
Ja, Giselher, genau. Aber wohin mit ihm? Plötzlich bekomme ich ein schlechtes Gewissen. Quasi habe ich einen Menschen umgebracht. Also es zumindest zugelassen. Was passiert denn jetzt mit der armen Frau von Herrn Möller? Sitzt sie jetzt für den Rest ihres Lebens allein im abbezahlten Einfamilienhaus und lässt die Blümchen verwelken, weil sie Tag und Nacht an ihren verschwundenen Mann denken muss?
Ich, Lindi Fuchs, bin eine kaltblütige Mörderin.
Was setzt sich dieser Herr Möller aber auch auf Heinrich?
Hätte er sich nicht auf Heinrich gesetzt, wäre er jetzt noch putzmunter und schon wieder unterwegs zu anderen Schuldnern, bei denen er pfänden muss.
Herr Möller hat selber Schuld an der Misere.
Neben uns bricht Chaos aus. Heinrich ist offensichtlich überfordert mit der ganzen Situation und bekommt einen seiner Anfälle. Sein Reptilienkörper bäumt sich auf, er kriegt wieder Schaum vorm Mund und seine Kontaktlinsen springen aus den Augen. Einer der Sittiche wird in der Mitte geteilt, und überall fliegen Federn herum.
»Heinrich, Heinrich«, rufen Giselher und ich, »beruhige dich. Ruhig, Heinrich, ruhig!«

Der zweite, etwas sympathischere Vogel befindet sich in Heinrichs Maul. Er steht unter Schock und bewegt sich nicht. Mit seinen Krallen hält er sich krampfhaft an Heinrichs Zahnfleisch fest. Weil Heinrich dauernd das Maul öffnet und wieder schließt, sieht das Ganze aus wie beim Kasperltheater. Es fehlt nur noch, dass eine Kindergartengruppe vor Heinrich sitzt und applaudiert und auf die Worte des Vogels: »Seid ihr alle da?«, »Jaaaaa!« brüllt, während der Vorhang dauernd auf- und zugeht. Herr Möller wird in das tragische Geschehen mit einbezogen. Der Nahkampf spielt sich auf seinem Körper ab. Gott sei Dank bekommt er nicht mehr mit, was mit ihm geschieht. Ich werde, wenn ich dazu komme, für Herrn Möller beten.
Wir entfernen den Vogel, der aufgeregt seinen Partner sucht, ziehen eine Plastiktüte über Heinrichs Maul und schaffen es, ihn so weit zu kriegen, dass er keinen Schaum mehr produziert, und irgendwann atmet er wieder normal und ist so kraftlos, dass er sich von uns in mein Schlafzimmer schleppen lässt. Wir legen ihn in mein Bett, und ich bewege das Mobile, das ich für solche Fälle an der Decke angebracht habe. Das Mobile besteht aus lauter Krokodilfängern und Alligatoren, und wenn das Mobile hoch und runter wippt, kann es passieren, dass einer der Alligatoren einen Krokodilfänger schnappt. Das ist immer eine gute Therapie für Heinrich. Leise schließe ich die Tür.
Der von Giselher in letzter Sekunde aus Heinrichs Rachen befreite Wellensittich steht immer noch unter Schock. Seine Federn sind voll von Heinrichs Speichel. Giselher spült ihn mit Leitungswasser ab und steckt ihn dann in seine Hemdtasche. Der Vogel bewegt sich nicht.
»Bring Herrn Möller weg«, ist alles, was ich zu Giselher sage.

Der überlegt, während er sich eine weitere Dose Bier öffnet. Diesmal geht nichts auf den Boden.
»Ich hab's«, sagt er endlich. Erwartungsvoll setze ich mich auf. Giselher ist rot vor Erregung: »Wir balsamieren Herrn Möller ein und stellen ihn neben diese weiße Statue da in deinem Wohnzimmer. Erstens hat sie dann Gesellschaft, und zweitens fällt es nicht weiter auf, dass da plötzlich zwei Statuen sind. Wir müssen Herrn Möller zu diesem Zweck natürlich entkleiden. Durch das Einbalsamieren müsste er eigentlich auch ziemlich weiß werden!« Giselher überlegt weiter: »Wir könnten ihm auch die Arme abschneiden, damit es so aussieht, als sei das ein Pärchen, also die weiße Statue und Herr Möller.«
Ich finde die Idee nicht so gut: »Wie wollen wir es denn hinkriegen, dass er steht?«, frage ich, »ich meine, eine Leiche steht doch nicht einfach so. Die liegt doch, oder?«
»Das stimmt«, Giselher geht zu dem Toten und hebt ihn hoch. Dann lässt er Herrn Möller wieder auf den Fliesenboden zurückgleiten. »Dann stellen wir die weiße Frau an die Wand und nageln Herrn Möller an der Wand fest«, beschließt er. »Dann steht er auch.«
»Aber was sage ich denn, wenn ich Besuch bekomme?« Nicht auszudenken.
»Erstens bekommst du kaum Besuch, Verzeihung, ich meine natürlich, erstens bekommst du *nie* Besuch, und zweitens wird es niemand merken«, ist Giselher überzeugt. »Ich regle das schon alles.«
Ich bin mir nicht sicher, ob das ein wasserdichter Plan ist. Dann fällt mir etwas ein: »Können wir ihn nicht in den Sarg legen und du vergräbst ihn irgendwo auf dem Friedhof?« Das ist doch ein guter Plan.

»Du spinnst wohl«, Giselher braust auf, »weißt du, was so ein Sarg kostet? Und außerdem schläft Heinrich doch immer da drin. Heinrich ist völlig runter mit den Nerven, und du willst ihm auch noch sein Bett wegnehmen! Du kannst froh sein, wenn Heinrich ohne Hilfe von außen aus dem Trauma wieder rauskommt. Und da sagst du, der Sarg soll weg! Manchmal kannst du wirklich herzlos sein!«
Plötzlich bekomme ich ein schlechtes Gewissen. Der arme Heinrich. Giselher hat ja Recht.
»Verlass dich auf mich«, Giselher muss rülpsen, »ich werde schon alles richten.«
Hoffentlich richtet er das alles nicht so, dass ich bald im Gefängnis sitze. Meine Güte, bald sind wir alle des Mordes schuldig! Ich darf und will gar nicht darüber nachdenken.
»Na gut«, sage ich schließlich, »ich vertraue dir! Auf dich ist Verlass.« Ich meine es ernst.
»Wirklich?«, fragt der und schaut mich irritiert an. »Dann bist du die Erste, die das denkt.«

14

Donnerstag.
Zwölf Uhr. Wir sitzen beim Mittagessen in der Redaktion. Herbert ist kurz zum Friseur gefahren. Er hat unsere Mittagspause im Übrigen kurzerhand auf eine Viertelstunde gekürzt: »Sie … Sie sitzen da doch nur dumm rum. Gegessen ist in fünf Minuten, und dann Teller weg und weitergearbeitet!«

Ab nächsten Montag können wir acht Stunden am Stück Mittagspause machen. Gott sei Dank hat Herbert unser heimliches Feixen nicht bemerkt.

Weil Herr Reiher ebenfalls durch Abwesenheit glänzt, kann ich endlich von Herrn Möller erzählen.

»Unser Heinrich? Du redest wirklich von unserem Heinrich?«, fragt Liesel fassungslos.

Heinrich liegt in der Ecke und lässt sich von Heidi mit Pizzarand füttern.

»Von welchem Heinrich soll ich denn sonst sprechen?«, frage ich. »Jedenfalls will Giselher heute den armen Herrn Möller einbalsamieren und dann in mein Wohnzimmer …«

»Das ist doch gar nicht Heinrichs Art«, sagt Brigittchen und schüttelt den Kopf. »Hat er vorher schon mal jemanden ermordet?«

»Wer, Herr Möller?«, ich bin etwas verwirrt, muss ich ehrlich zugeben.

»Nein, Heinrich natürlich«, Brigittchen zieht ihren Ring aus und wirft ihn auf Heinrichs Nasenspitze. Der fängt sofort an, damit zu jonglieren. Der Alligator mag solche Spiele. Wäre Heinrich ein Mensch, würde er alle Kindergartenangebote mitmachen.

Mit Sicherheit würde er auch die musikalische Früherziehung besuchen und selbst geblasene Glasvasen mit Fingerfarben bemalen, um seine Kreativität zu fördern. Liebevoll blicke ich Heinrich an. Er ist ja quasi wie ein eigener Sohn für mich. Obwohl er momentan etwas komisch aussieht. Da ich nach dem Gemetzel mit dem Wellensittich seine Kontaktlinsen nicht wiedergefunden habe, trägt Heinrich seine alte Brille. Sie hat ein rotes Kunststoffgestell, und ich musste sie mit einer Kordel um seinen Hinterkopf schlingen, damit sie einigermaßen fest sitzt. Er sieht ein wenig so aus wie die Kinder, die früher diese Zahnspangen mit den Drähten tragen mussten, die hinter den Ohren festgeklammert wurden. Diese Kinder waren Außenseiter. Keiner wollte mit ihnen spielen. Noch nicht mal die eigenen Geschwister. Diese Kinder hatten auch immer Cordhosen an, naturfarbene versteht sich, und es waren Hochwasser-Cordhosen. Diese Kinder trugen auch solche Brillen wie Heinrich, und sie hatten Brotdosen mit Prilblumen drauf. Die sahen immer eklig aus, diese Brotdosen, weil der Rand der Prilblumen mit der Zeit immer mehr abschubberte wegen des Spülwassers. Denn die Brotdosen mussten ja von besorgten Müttern immer abgespült werden. Um ganz ehrlich zu sein, habe ich diese Kinder zwar einerseits gehasst, aber andererseits beneidet. Weil ihre Schulbrote immer so lecker waren. Ganz dick Leberwurst, damit aus den Kleinen was wird. Aber sie hatten auch immer geschälte Äpfel in den Brotdosen, und Apfelstücke sehen ja bekanntlich schon bald nach dem Schälen eklig aus, weil sie braun werden. Aber die Leberwurstbrote waren großartig. Ich hatte immer nur Brote mit Bierschinken.

»Nein, Heinrich hat natürlich noch nie jemanden umgebracht. Außer den Vögeln«, erkläre ich in die Runde und überlege mir, was wohl gerade in meiner Wohnung mit dem armen Herrn Möller geschieht.

»Er muss große Angst gehabt haben«, sagt Heidi, während sie die neunte oder zehnte Backpflaume zu sich nimmt. Morgen wird sie schrecklichen Durchfall haben.

»Sonst hätte er nie zugebissen.«

Peggy nickt: »Heinrich ist unglaublich sensibel. Den nimmt es doch schon so mit, wenn jemand im *Tatort* stirbt. Oder wisst ihr noch, wie er sich bei diesem einen Luis-Trenker-Film aufgeregt hat, als der Bergsteiger in eine Gletscherspalte gestürzt ist?«

»Ja«, nickt Liesel, »das war an meinem Geburtstag bei mir zu Hause. Ich musste ihm eine Kraftbrühe zubereiten, um ihn wenigstens ein bisschen aufzupäppeln!«

Ich werde ungehalten: »Kann es vielleicht hier jetzt mal ausnahmsweise nicht um Heinrich gehen?«, frage ich beleidigt, »ich habe eine Statue in meiner Wohnung, die aus einem einbalsamierten, toten Gerichtsvollzieher besteht, und ihr macht euch um nichts als um Heinrich Gedanken.«

»Sei doch froh, dass der Mann tot ist«, meint Heidi gelassen und zerkaut eine getrocknete Dattel, »dann kann er dir auch nichts mehr wegnehmen.«

»Und überhaupt«, rede ich weiter, »morgen ist, ist, ist …«, ich senke die Stimme, »morgen ist der große Tag. Wir müssen doch noch darüber sprechen, wie das Ganze ablaufen soll, oder etwa nicht?«

Es stellt sich heraus, dass schon längst mit Oscar und Hauke telefoniert, es aber leider versäumt wurde, mich zu informieren. Menno! Ich gehöre doch schließlich auch zu den Auftraggebern.

»Oscar hat gestern Abend bei mir auf dem Handy angerufen

und ich habe allen Bescheid gesagt, aber bei dir ist ja niemand ans Telefon gegangen«, erklärt Peggy.

Ja, wie denn auch. Der tote Herr Möller, der epileptische Heinrich und der geschockte Vogel. Wie soll denn da noch jemand ans Telefon gehen?

»Und?«, frage ich wütend, während ich merke, dass vor Aufregung meine Blase anfängt zu brennen, »heute ist Donnerstag. Es wäre sehr freundlich, wenn ich jetzt auch mal in den Ablauf eingeweiht werden könnte.«

Heidi hat das Wort: »Ein einsamer Mann faltet seine Hände und spricht: ›Gott sei eurer armen Seele gnädig, mein Freund, mein Vaterland!‹«

»Ja, Heidi, das ist der letzte Satz in Thomas Manns *Doktor Faustus*!«, blaffe ich. »Aber was hat das denn mit dem Mord morgen zu tun?«

Heidi stiert mich an: »Na ja, ich dachte, dass es Herbert gut tut, wenn das jemand in seinen letzten Sekunden zu ihm sagt«, meint sie gelassen, »mit Thomas Mann ist das Sterben nicht so schwer. Sag mal, Lindi, woher kennst du denn *Doktor Faustus*?«

»Du hast mir das ganze Buch schon in Zitaten vorgetragen, und das ungefähr zehn Mal«, sage ich genervt, »also, wie ist jetzt der Plan für morgen?«

»Oscar hat gemeint, es gebe keinen Plan. Man solle die Dinge so nehmen, wie sie kommen«, Liesel sagt das ganz ruhig. »Komm, Lindi, Oscar ist Profi. Der wird das schon machen.«

Ich weiß ja nicht ich weiß ja nicht. Irgendwie hab ich ein ungutes Gefühl. Aber ich traue mich nicht, meine Befürchtungen auszusprechen. Dann denken die anderen noch, ich will einen Rückzieher machen. Und das will ich ja gar nicht.

Gegen Nachmittag werden die anderen auch langsam unruhig. Eines ist wenigstens geregelt: Morgen ab siebzehn Uhr ist Reiher nicht mehr in der Redaktion; er geht erst was essen und dann in diesen Tabledance-Schuppen, hat er uns erzählt. Wir beschließen kurzerhand, alle zu mir zu fahren und die ganze Sache nochmal zu durchzugehen. Und wir wollen Oscar auch nochmal anrufen. Wenn Herbert sterben soll, dann richtig.

Auf dem Weg zu unseren Autos kommen wir an einem Kiosk vorbei.

»MORDVERDACHT!!! Gerichtsvollzieher spurlos verschwunden! Polizei rechnet mit dem Schlimmsten! Wer hat Hubert Möller gesehen?« Daneben ein Foto von Herrn Möller, der ganz gediegen in seinem Trenchcoat und mit gütigen Augen in die Kamera blickt. Schnell kaufe ich die Zeitung und lese den ganzen Artikel; die Mädels schauen mir über die Schulter.

»Ach je«, meint Liesel, »der ist bestimmt tot. Der ist bestimmt tot.«

»Sicher ist er tot«, sage ich, »das ist doch der, von dem ich erzählt habe.«

»Oh«, wieder Liesel, »könnte es sein, dass du jetzt ein Problem hast?«

Liesel hat eine unnachahmliche Art, die Dinge auf den Punkt zu bringen.

Jedenfalls ist Herr Möller beziehungsweise war Herr Möller gar nicht verheiratet, wie ich ursprünglich angenommen habe, sondern lebte allein in einer Zweizimmerwohnung in Bahrenfeld. Seine Nachbarn sind gar nicht gut auf Herrn Möller zu sprechen: »Ständig hat er Falschparker aufgeschrieben und der Polizei gemeldet«, so die Aussage eines Mannes, »und wenn die Kinder auf dem Gehweg gespielt haben, schoss er manchmal

mit einem Luftgewehr herum, damit sie sich erschrecken.« Und eine Nachbarin meint: »Der war jähzornig und verbittert. Wir würden uns alle freuen, wenn er nicht mehr wiederkäme.«
Also, was rege ich mich eigentlich auf? Wenn Herr Möller so ein Untier war, dann hat er den Tod verdient. Eines aber beunruhigt mich, und das ist die Aussage eines Kripo-Beamten: »Wir werden systematisch die Schuldner befragen, die am vergangenen Montag auf Herrn Möllers Terminplan gestanden haben. Wir werden jeden einzelnen ins Kreuzverhör nehmen. Jeden einzelnen.«
Da ich aber tagsüber nie zu Hause bin, können die so lange bei mir klingeln, wie sie wollen. Befriedigt steige ich in mein Auto, schnalle Heinrich an, fahre Richtung Lange Reihe und suche einen Parkplatz. Dann warte ich auf meine Kolleginnen.

»Hallo, Lindi, na, da bist du ja!«, ruft Giselher fröhlich aus meiner Küche. »Hier sind zwei Herren von der Polizei, die dich sprechen möchten!«
O nein. O nein. Die vier Mädels stehen erstarrt hinter mir. Lediglich Heinrich reagiert und reptilt ins Schlafzimmer, um sich dort unterm Bett zu verstecken. Heinrich ist sehr sensibel und merkt sofort, wenn etwas nicht stimmt. In diesem Fall ist es für ihn auch besser, mal kurz von der Bildfläche zu verschwinden.
Was soll ich denn jetzt bloß machen? Hilfe suchend drehe ich mich zu meinen Kolleginnen um, die kalkweiß hinter mir stehen und die Lippen zusammenpressen.
Dann fällt mir auch noch ein, dass Herr Möller wahrscheinlich schon aufrecht neben der Venus von Milo im Wohnzimmer steht. Hoffentlich hat Giselher wenigstens die Arme bereits entsorgt, sollte er sie abgeschnitten haben.

Giselher fuchtelt mit den Händen herum und bedeutet mir damit, dass ich jetzt endlich in die Küche kommen soll. Also gehe ich in die Küche, und die Mädels schleichen hinter mir her, bleiben aber vor der Tür stehen, um zu lauschen.
An meinem Küchentisch, da, wo Giselher sonst immer sitzt, hockt jetzt ein müde aussehender Beamter. Er ist sehr dünn und trägt eine Brille. Ihm gegenüber, also da, wo ich sonst immer sitze, hockt ein passendes Gegenstück. Der zweite Polizist ist so dick, dass man ihn noch nicht mal mehr als fett bezeichnen kann. Er ist eine wandelnde Tonne mit einem kugelrunden Gesicht fast ohne Augen, weil das Gesicht schon zugewachsen ist. Aber das Schlimmste sind seine Hände. Sie sind so fett, dass er noch nicht mal mehr die Finger spreizen kann. Ich frage mich, wie so ein dicker Polizist einen Täter verfolgen soll. In einem PS-starken Gehwagen?
»Guten Abend«, sage ich und hoffe, dass meine Stimme normal klingt.
»Frau Gerlinde Fuchs«, sagt der dünne Polizist sehr laut. Es ist eine Feststellung, keine Frage. Ich nicke. Schließlich heiße ich ja so.
»Simader mein Name«, redet der Dünne laut weiter. »Das ist mein Kollege Trautmann.«
»Ja«, sage ich. »Schön.«
»Frau Fuchs«, Herr Simader blättert in einem Schnellhefter herum, in dem sich mehrere DIN-A4-Blätter befinden, »Frau Fuchs, wir müssen Ihnen einige Fragen stellen.« Jetzt brüllt er schon fast. Ich bekomme Angst.
»Es geht um einen Mitarbeiter der Freien und Hansestadt Hamburg.« Das ist Herr Trautmann. Er spricht nicht, er keucht die Worte hervor. Das Reden strengt ihn an.

»Ah«, macht Herr Simader und reibt sich die Ohren, »diese Schmerzen.«
»Herr Simader und Herr Trautmann haben eine Mittelohrentzündung«, mischt sich Giselher ein, »eigentlich müssten sie ins Bett, aber momentan gibt es so viele Krankheitsfälle in dem Revier, wo die beiden tätig sind, dass sich einfach nicht noch mehr Beamte krank melden können. Nicht wahr, Herr Simader?«
»Wie bitte?«, kommt es von Herrn Simader.
»SIE KÖNNEN SICH NICHT KRANKMELDEN, NICHT WAHR? ES SIND SCHON ZU VIELE KOLLEGEN KRANK!«, brüllt Giselher Herrn Simader ins Ohr.
Herr Simader zuckt zurück und nickt leidend. Herr Trautmann nickt, obwohl er gar nicht gefragt wurde, und schubbert an seinem Unterarm herum. Angeekelt stelle ich fest, dass Herr Trautmann offenbar an einer akuten Schuppenflechte leidet; bröckchenweise fallen Hautfetzen auf meinen Küchentisch.
Wie soll denn diese Befragung stattfinden, bitte? Indem wir uns alle anschreien? So, dass jeder im Haus mitbekommt, dass ich verdächtigt werde, einen Mitarbeiter der Freien und Hansestadt Hamburg umgebracht zu haben?
»Also, Frau Fuchs«, brüllt Herr Simader weiter. »Es handelt sich um Herrn Gerichtsvollzieher Hubert Möller. Herr Möller hatte am vergangenen Montag einen Termin um 18 Uhr bei Ihnen, wie seine Mitarbeiter mir bestätigt haben. Herr Möller ist an diesem Abend nicht mehr in sein Büro zurückgekehrt, was nicht weiter aufgefallen ist, da er ja dann Dienstschluss hatte. Aber als er am darauf folgenden Morgen, also am Dienstag, auch nicht aufgetaucht ist, hat man natürlich angefangen, sich Sorgen zu machen. War Herr Möller am Montag hier bei Ihnen?«
Ich war noch nie eine Meisterin der Logik und kann so schnell

nicht überdenken, was jetzt richtig oder falsch ist. Ich blicke zu Giselher, während sich Herr Simader wieder das Ohr reibt. Es muss sehr weh tun, das Ohr.
Fast unmerklich schüttelt Giselher den Kopf. Wie soll ich das deuten? Schüttelt er den Kopf über meine Unfähigkeit, eine einfache Frage zu beantworten, oder will er mir damit andeuten, dass ich Nein sagen soll zum kranken Herrn Simader mit den entsetzlichen Ohrenschmerzen? Ich entschließe mich für Letzteres und sage: »Hier war niemand. Dieser Herr Möller hat mich zwar angerufen und den Termin mit mir vereinbart, aber gekommen ist er nicht.«
Herr Simader hält eine Hand hinter sein Ohr und brüllt: »WIE BITTE? ICH HABE DAS NICHT VERSTANDEN!«, also wiederhole ich das eben Gesagte in zehnfacher Lautstärke in Richtung seiner entzündeten Ohren.
»Warum ist er denn nicht gekommen?«, fragt Herr Trautmann beziehungsweise keucht er. Mittlerweile hat sich ein kleines Häufchen mit Hautfetzen auf meinem Tisch gebildet. Ich bilde mir ein, einen Verwesungsgeruch wahrzunehmen, und hoffe, dass ich mich täusche.
»Woher soll ich denn wissen, warum er nicht gekommen ist?«, frage ich, nein, ich schreie es.
»DA HABEN SIE RECHT!«, kontert Herr Simader und blättert in seinem Schnellhefter.
Draußen höre ich die Mädels flüstern. »Was sollen wir denn jetzt machen?«, das ist Liesel, »sollen wir einfach gehen?«
»Nein, das wäre nicht fair«, sagt Peggy, »lasst uns abwarten. Oh je, ist das alles aufregend.«
Gott sei Dank haben die beiden Beamten eine Mittelohrentzündung und können sie nicht hören.

Herr Simader erhebt sich. Herr Trautmann will auch aufstehen, aber hinter ihm ist die Küchenwand und vor ihm ist der Tisch, und er kommt weder vor noch zurück.
»Ich habe hier einen Hausdurchsuchungsbefehl«, Herr Simader wedelt mit einem roten Blatt vor meiner Nase herum.
Warum ist das Blatt rot? Will man demjenigen, dessen Haus durchsucht werden soll, schon im Vorfeld Angst einjagen? Will man ihn dazu kriegen, gleich alles zuzugeben? Das ist doch lächerlich. Ich habe Angst. Gleich gebe ich alles zu.
»Bitte folgen Sie mir«, sagt Giselher wie der Butler im *Haus am Eaton Place* und macht eine ausladende Handbewegung in Richtung Flur. Die Mädels, die Mädels! Doch im Flur ist niemand mehr zu sehen. Sie sind bestimmt doch gegangen, was ich nachvollziehen kann. Wo ist Heinrich?
Herr Simader schaut sich in meiner Toilette um, dann kommt er wieder heraus und begibt sich ins Schlafzimmer.
»Hm, hm, hm«, macht er ständig, während er Kommodenschubladen öffnet und meinen Kleiderschrank unter die Lupe nimmt. Ich finde das gar nicht lustig, wenn jemand in meinen Schränken herumschnüffelt, und öffne den Mund, um ihm das zu sagen, aber ein Blick von Giselher warnt mich davor, etwas Unbedachtes zu tun. Also schließe ich den Mund wieder.
»Wo waren Sie denn am Montag um 18 Uhr?«, fragt Herr Simader, während er meine Bettdecke aufschüttelt.
»Na, zu Hause!«, schreie ich. Das weiß er doch. Ich habe doch auf Herrn Möller gewartet.
Herr Simader nickt. »Kann das jemand bezeugen?«, Herr Simader hofft, mich jetzt in eine Falle zu locken, in die ich nicht tappen werde. Ich, Lindi Fuchs, werde ganz cool bleiben und mich nicht verraten. Ich bin nämlich ein Profi!

»Heinrich kann das bezeugen. Heinrich ist mein Alligator!«, kreische ich in Herrn Simaders Richtung und bin froh, ihm einen Zeugen präsentieren zu können.
»Ein … ein … ein … Alligator!«, gluckst Herr Simader herum. »Das haben Sie schön gesagt, Frau Fuchs, ein ALLIGATOR!«
Giselher blickt mich an, als sei ich verrückt geworden. Ich werde rot und muss aufs Klo. Meine mögliche Blasenentzündung wird tatsächlich eine.
»Ja ja, Frau Fuchs hat immer den Schalk im Nacken. Sie ist eben eine richtige Frohnatur!«, krakeelt Giselher in Herrn Simaders Richtung, der sich die Lachtränen aus den Augen wischt.
Frau Fuchs steht nur dümmlich da und ist immer noch rot.
»Das merke ich wohl, das merke ich wohl!«, Herr Simader kriegt sich kaum ein. »Ein Alligator! So eine putzige Antwort habe ich ja noch nie gehört. Au!«, er reibt sich wieder das Ohr. »Mein Beruf wird mich irgendwann unter die Erde bringen«, sagt er schließlich. Dann schaut er unters Bett, und während er unters Bett schaut, fällt mir ein, dass Heinrich ja unter dem Bett liegt. Wahrscheinlich mit Herzrhythmusstörungen. Aber Herr Simader richtet sich auf und brüllt: »Nun, dann lassen Sie uns den Rest der Wohnung durchsehen!«
Giselher geht voran: »Frau Fuchs arbeitet nebenberuflich als Künstlerin«, schreit er Herrn Simader an. »Ihre Spezialität sind Plagiate! Sie werden nicht glauben, was Sie gleich sehen!«
Herr Simader schaut zu mir: »Sie können Spagat?«, fragt er mich ungläubig.
Ich antworte nicht und hoffe nur, dass Giselher weiß, was er tut.
»Plagiate!«, ruft Giselher laut. »Kopien, falls Sie verstehen, was ich meine. Originale kann sich doch heutzutage kein Mensch mehr leisten. Also hat Frau Fuchs sich hingesetzt und angefangen, Ko-

pien von verschiedenen Gemälden und anderen Kunstgegenständen zu erstellen. Sie macht das erstaunlich gut, wie ich finde!«
Herr Simader nickt jovial in meine Richtung. Er findet es offenbar gut, dass jemand sich in seiner Freizeit künstlerisch betätigt.
Giselher öffnet die Wohnzimmertür und macht eine einladende Handbewegung: »Bitte, treten Sie ein«, sagt er jovial und lässt Herrn Simader den Vortritt. Der geht neugierig in den Raum und schaut sich um. Ich traue mich nicht hinterherzugehen, tue es aber dann doch, weil ich wissen will, warum ich gleich verhaftet werde. In der Küche rumort Herr Trautmann herum. Offenbar versucht er immer noch aufzustehen.
»Also das glaube ich ja nicht«, Herr Simader steht mitten im Wohnzimmer und schaut sich um. »Das ist doch von diesem einen Mann, der ganz viele Bilder gemalt hat«, er deutet auf den Rubens, »und das da auch«, jetzt deutet er auf Dürer mit der Distel. »Von diesem Mann habe ich auch ein Bild«, erzählt Herr Simader stolz. »Natürlich kein echtes und ich hab es auch nicht selbst nachgemalt, nein, ich habe es fotokopiert und in einen schönen Rahmen gesteckt. Diese Hände, die beten, wissen Sie? Und dann hab ich es über mein Bett gehängt. Das beruhigt mich jeden Abend aufs Neue. Ich bin nämlich sehr gläubig.«
»Ach, fein«, sage ich, weil ich ja irgendwas sagen muss.
»Also das glaube ich ja nicht«, sagt Herr Simader erneut und deutet auf die Venus von Milo. »Sie sind also auch bildhauerisch tätig?«
»Ja«, ich nicke und schaue auch auf die Venus von Milo und dann stockt mir der Atem, weil ich nicht glauben kann, was ich daneben sehe.

15

Mit der zweiten Skulptur ist Frau Fuchs noch nicht ganz fertig«, beeilt sich Giselher zu sagen und schaut mich mit hochgezogenen Augenbrauen an. Sag jetzt bloß nichts Falsches, deute ich seinen Blick.

Ich kann immer noch nicht glauben, was ich sehe. Aus Herrn Möller ist, wie auch immer, *Frau* Möller geworden. Die Leiche ist mit weißer Farbe (ich vermute, es ist Wandfarbe) angestrichen worden, trägt eine Perücke und einen BH. Einen meiner BHs, um genau zu sein. Auch noch einen meiner hässlichsten. Langsam werde ich böse. Ich dulde es ja nun ohne Murren, dass Giselher sich bei mir häuslich eingerichtet hat, aber dass er mittlerweile auch noch in meiner Wäsche herumschnüffelt, das geht zu weit. Ich muss mir Giselher später vorknöpfen.

»Unglaublich, unglaublich!«, brüllt Herr Simader ununterbrochen und schüttelt dabei den Kopf.

Herr Möller schaut Herrn Simader mit tot wirkenden Augen an. Was rede ich denn da? Herr Möller *ist* ja tot.

»Sie haben wirklich Talent, Frau Fuchs«, sagt Herr Simader schließlich und ist mit seiner Wohnzimmerbesichtigung fertig. Dann deutet er auf den Balkon: »Warum bringen Sie denn Ihren Müll nicht runter?«, fragt er.

Diese Vollidioten von nebenan haben schon wieder Tüten rübergeworfen.

»Müll inspiriert mich«, höre ich mich sagen und komme mir fast vor wie eine Künstlerin. »Wenn ich Müll anschaue, kommen mir die besten Ideen.«

»Genau«, nickt Giselher. »Leere Joghurtbecher, das Verpa-

ckungsmaterial von einem halben Pfund Butter oder auch Bonbonpapier lassen Frau Fuchs zur Hochform auflaufen.«
Bewundernd schaut Herr Simader mich an: »Das ist großartig, ganz großartig!«, schreit er.
Dann gehen wir in die Küche zurück. Herr Trautmann sitzt immer noch am Tisch. Er hat mittlerweile seinen kompletten Unterarm freigekratzt. Man sieht das rohe Fleisch. Ich möchte, dass Herr Trautmann geht und nicht mehr wiederkommt.
»Komm, Torben, wir gehen!«, brüllt Herr Simader.
Herr Trautmann versucht wieder aufzustehen, und nachdem wir gruppendynamisch den Tisch zur Seite geschoben haben, kann er sich schließlich erheben.
»Wenn wir noch Fragen haben, rufen wir Sie an«, brüllt Herr Simader abschließend und schüttelt meine und Giselhers Hand. »Und machen Sie weiter so, Frau Fuchs, ich meine mit den Bildern und Skulpturen. Solch ein Talent hat nicht jeder.«
Ich hoffe bloß, dass er nicht auf die Idee kommt, auf der Polizeiwache davon zu erzählen. Womöglich muss ich dann Besichtigungstermine ausmachen.
Giselher schüttelt Herrn Simader die Hand: »GUTE BESSERUNG!«, ruft er laut. Herrn Trautmann nickt er nur zu. Ich nehme an, er ekelt sich vor seinen fetten Händen und der Schuppenflechte. Weil ich Angst habe, dass ich Herrn Simader *und* Herrn Trautmann die Hand geben muss, gebe ich niemandem die Hand und nicke nur gnädig.

Endlich, endlich sind die Polizisten weg.
Ich falle wie eine Hyäne über Giselher her: »Wenn du noch einmal an meinen Wäscheschrank gehst, sind wir geschiedene Leute«, fahre ich ihn an, »ich verbiete dir das, hörst du?«

Giselher wird böse: »Diesem dummen BH haben wir es höchstwahrscheinlich zu verdanken, dass du jetzt nicht in Untersuchungshaft sitzt«, blökt er zurück. »Daran hast du wohl nicht gedacht.«
»Du hättest wenigstens einen schöneren nehmen können«, ich bin immer noch sauer.
»Na, welchen denn?«, fragt Giselher, »den mit den Weihnachtskugeln drauf oder den mit den Kaninchen, die sich küssen?«
Er hat ja Recht. Ich habe nun mal einen Tick mit meiner Unterwäsche. Überall muss was draufgedruckt sein. Ich habe tatsächlich nur diesen einen BH, der unifarben ist. Dunkelbraun auch noch. Der BH hing auf einer Wäscheleine auf meinem Balkon, als ich eingezogen bin. Und Sachen, die man noch gebrauchen kann, wirft man ja nicht weg.
Ich sage dann nichts mehr zu diesem Thema. Denn viel mehr beschäftigt mich die Frage, wo Heinrich ist. Heinrich ist so auf mich fixiert, er wird unruhig, wenn ich nicht in der Nähe bin.
»Lindi, Lindi«, höre ich mehrere Stimmen flüstern. Dann tut es einen furchtbaren Schlag. Der Schlag kommt aus meinem Schlafzimmer, und als ich dort hineingehe, sehe ich Heinrich auf dem Rücken liegen und zappeln. Aus dem Loch in der Decke, das zu Giselhers Wohnung führt, ragen vier Köpfe:
»Heinrich hat das Gleichgewicht verloren«, flüstert Heidi, »sind die Polizisten weg?«
»Ach, ihr seid noch da? Ihr könnt in normaler Lautstärke reden«, sage ich und kümmere mich erst mal um Heinrich. So einen Sturz soll man nicht auf die leichte Schulter nehmen. Er röchelt und verdreht die Augen. Hoffentlich sind keine Wirbel angeknackst.
Kurze Zeit später liegt Heinrich in seinem Sarg und ich decke

ihn vorsichtig zu. Er scheint sich nicht ernsthaft verletzt zu haben.

»Meine Güte«, sagt Liesel. »Da hast du ja echt Schwein gehabt, Lindi. Stell dir mal vor, die beiden Beamten wären nicht so dumm gewesen. Aber lange kannst du die Sachen auch nicht mehr hier lagern. Und was wird aus diesem Herrn Möller? Der kann doch nicht ewig da stehen bleiben. Wir müssen ihn entsorgen.«

Das stimmt ja. Nur wie?

»Darum können wir uns immer noch kümmern«, stellt Peggy fest. »Ich finde, wir sollten uns jetzt mal mit den wirklich wichtigen Dingen beschäftigen. In persona Herbert. Das ist momentan unser größtes Projekt und da heißt es keine Fehler machen. Dieser Herr Möller ist doch hier erst mal gut aufgehoben und nach den Bildern und der Venus hat auch noch niemand gefragt. Also lasst diese ganze Geschichte jetzt erst mal außen vor!«

Na ja, wenn sie meint.

Meine Blase brennt wie Feuer. Die Aufregung, die Aufregung!

Giselher öffnet Weinflaschen und verteilt die gefüllten Gläser. »Ich hab mir ja auch schon Gedanken gemacht wegen eurem Herbert«, sinniert er. Die Mädels schauen mich böse an. Habe ihnen gar nicht erzählt, dass ich Giselher quasi eingeweiht habe. »Ich könnte ihn eventuell in einen Sarg zu einem anderen Toten legen, der etwas dünner ist«, schlägt er vor, »aber was machen wir, wenn die Verwandtschaft den Verstorbenen plötzlich nochmal sehen will?«

Das geht so nicht.

»Vielleicht hat Edgar ja inzwischen einen fertig durchdachten Plan«, meint Brigittchen, »kommt, wir rufen ihn einfach nochmal an. Das wollten wir doch sowieso machen.«

Ich hole das Telefon und wähle Oscars Handynummer.
Eine Frau meldet sich mit: »Ja, bitte!«
»Hier ist Lindi«, sage ich und bin ein wenig verwirrt, »ist Oscar zu sprechen?«
»Der Junge kann jetzt nicht telefonieren«, sagt die Frau, »er liegt im Bett und weint. Wer sind Sie?«
Ich bin bestimmt bei einem falschen Oscar gelandet, sage aber: »Äh, äh, ich bin eine, eine Freundin von ihm. Was hat er denn?«
Die Frau lacht bitter auf: »Immer, wenn der Junge eine Folge der *Augsburger Puppenkiste* geschaut hat, ist er fertig mit den Nerven. Weil immer so furchtbare Sachen passieren. Heute war es besonders schlimm. Der Kleine König Kalle Wirsch ist versehentlich in einen Gartenzwerg eingemauert worden, und jetzt kommt er nicht mehr raus. Oscar ist am Ende, ich muss ihm jetzt erst mal einen Tee kochen. Ich bin übrigens seine Mutter.«
Ich bitte Oscars Mutter, Oscar zu bitten, mich dringend anzurufen, weil wir morgen eine wichtige Verabredung haben, und lege dann auf.
»Ich weiß ja nicht, ich weiß ja nicht«, Heidi schüttelt den Kopf. »Wenn der sich emotional so leicht aus der Fassung bringen lässt, ich weiß ja nicht, ob er dann zu einem Mord überhaupt in der Lage ist.«
»Er hat ja schon gemordet«, ich erinnere mich an die tote Labskaus-Ehefrau samt Anhang. Aber vielleicht hatte Oscar da lange keine Folge der *Augsburger Puppenkiste* gesehen. Dann versuche ich, Hauke zu erreichen, aber bei dem ist das Handy abgeschaltet. Wir sind ratlos. Wie soll das morgen bloß alles funktionieren?

Freitag.
Ich habe so schlecht geschlafen wie noch nie in meinem Leben. Davon mal ganz abgesehen, dass ich dauernd schlimme Träume hatte und schweißgebadet aufgewacht bin, hat meine Blase nicht aufgehört, mir Kummer zu machen. Ich werde zum Arzt gehen müssen. Nur wann? Wann?
Um neun Uhr betrete ich die Redaktion. Alle anderen sehen auch so aus, als hätten sie die Nacht nicht besonders gut verbracht. Und Oscar meldet und meldet sich nicht. Hauke auch nicht. Zu allem Überfluss ist Herbert schon da. So früh war er noch nie da. Hat er vielleicht etwas gemerkt?
Aber er verhält sich so wie immer. »Ich hab die Schnauze voll. Das letzte Heft hat sich beschissen verkauft. Das liegt bloß an euch Scheißweibern. Warum tue ich mir das überhaupt noch an?«, brüllt er in Peggys und meine Richtung.
Wir antworten nicht, weil es sowieso sinnlos ist, zu antworten. Mit gemischten Gefühlen, die zu einer Hälfte aus Angst und zur anderen aus Vorfreude bestehen, denke ich an den Nachmittag: »Herr Loose, Sie wissen ja, dass wir noch einige Hefte besprechen wollen heute Nachmittag«, sage ich zu ihm und hoffe, dass er nicht wieder damit anfängt, dass das nicht geht und ich blöde Kuh ihm das früher hätte sagen müssen und, und, und.
Aber Herbert blökt nur: »Spätestens um sechs muss ich hier weg. Ich muss da heute Abend fotografieren, in dem Tischtanzschuppen da. Und wehe, Sie kommen mir wieder mit so bescheuerten Vorschlägen für die Titel. Die Kerle sollen geil werden durch die Titel. Unsere Hefte werden schließlich nicht in der Kirche verteilt, dass das mal klar ist. Ich will Titten auf dem Titel, ich will geile Ärsche auf dem Titel und ich will, dass der

Leser denkt, die ganzen Weiber im Heft wollen genau und nur ihm allein einen blasen. War das deutlich? WAR DAS DEUTLICH?«
Ich nicke und beschließe kurzerhand, den Titel nochmal zu ändern, damit er sich nicht noch mehr aufregt. Wenn er erst mal weg ist, können wir es ja wieder anders machen. Dann redet uns keiner mehr rein. Eine Vorstellung, die mit einem multiplen Orgasmus zu vergleichen ist, wie auch immer der sich anfühlen mag. Da ich aber sowieso nie wieder Sex haben werde, ist es müßig, darüber überhaupt nachzudenken. Um ganz ehrlich zu sein, Sex fehlt mir auch gar nicht. Man muss davor und danach duschen und dem Mann immer wieder beteuern, wie toll er ist. Ich konnte noch nie gut lügen. Der letzte Mann, mit dem ich beinahe geschlafen habe, war nicht ganz dicht. In einer Kneipe hatte ich ihn kennen gelernt. Er meinte zu vorgerückter Stunde zu mir, dass er zu gern mal richtigen Sex haben würde und ob wir zu ihm gehen wollten. Da ich an diesem Samstag wie immer nichts weiter vorhatte und dachte, dass es ja ganz okay wäre, mal wieder Sex zu haben, stimmte ich zu und saß kurze Zeit später im Wohnzimmer meiner Eroberung. Vor uns stand eine Schale mit Erdnüssen und eine weitere Schale mit Chips, und im Fernsehen liefen die Lottozahlen. Ich hatte den Mann falsch verstanden. Er wollte nicht richtigen Sex, sondern sechs Richtige im Lotto haben. Er hat aber damals nichts gewonnen und mich noch nicht mal nach Hause gefahren.
Mein Handy vibriert. Es ist Oscar, es ist Oscar!
»Mama hat gesagt, dass du angerufen hast!«, ruft er fröhlich, »ich war gestern nicht so gut drauf. Diese *Augsburger Puppenkiste* wird mich irgendwann nochmal völlig durchdrehen lassen! Ich habe die Folge gesehen, in der …«

»Das hat mir deine Mutter schon alles erzählt«, unterbreche ich ihn hastig. Wenn jetzt bloß Herbert nicht reinkommt!

»Ja, aber sie hat dir nicht erzählt, dass diese Folge so ausgegangen ist, dass nicht klar war, ob der König Kalle Wirsch wieder aus dem Gartenzwerg rauskommt«, echauffiert sich Oscar. »Die Folge war einfach so zu Ende. Man kann doch den König Kalle Wirsch nicht einfach in dem Zwerg sitzen lassen und dann die Folge beenden. Das hält doch kein Mensch aus!«

Ich kann Oscars Probleme nicht ganz nachvollziehen. Erstens kenne ich diesen König Kalle Wirsch nicht, und zweitens ist die *Augsburger Puppenkiste* doch was für Kinder. So hört es sich jedenfalls an.

»Oscar, du hast uns doch nicht etwa vergessen«, sage ich leise. »Du weißt doch, dass wir heute Nachmittag einen Termin haben!«

Oscar schnaubt auf: »Ich vergesse nie einen Termin«, fährt er mich an, »es ist alles klar. Punkt fünf sind wir bei euch!«

»Habt ihr an die Wäscheleine und die anderen Sachen gedacht?«, frage ich schnell.

»Natürlich, natürlich«, beruhigt mich Oscar. »Ich vergesse nie was. Also dann, bis fünf!«

Ich lege beruhigt auf. Gleich darauf vibriert das Handy wieder.

»Es wäre vielleicht nicht schlecht, wenn du mir noch die Adresse geben könntest«, sagt Oscar.

Er denkt wirklich an alles. Im Gegensatz zu uns.

Beim Mittagessen steigern wir uns in die Mordgeschichte so rein, dass wir kurz davor sind, die ganze Sache abzusagen.

»Wir haben dann einen Menschen auf dem Gewissen«, klagt Heidi wiederholt, während sie Paranüsse mit den Zähnen knackt. Überall fliegen Nusssplitter herum. Ich persönlich habe dann zwei Menschen auf dem Gewissen. Wenn ich an Herrn Möller denke, wird mir übel. Aber weder Herr Simader noch Herr Trautmann haben sich nochmal gemeldet. Also kann ich doch davon ausgehen, dass sie mich für nicht schuldig halten.

»Herbert ist doch kein Mensch im herkömmlichen Sinn. Er ist ein Monster«, sagt Liesel und schaufelt sich ihre Lasagne rein. »Es ist absolut kein Verlust, wenn er fort ist.«

Ich stochere in meinem Salat herum. Das Dressing schmeckt viel zu süß. Ich glaube, dass das Dressing nicht mehr gut ist.

Herbert bröselt in seinem Büro herum. Er schreit dabei. Dann fliegen Sachen in den Flur. Eine Minute später steht Herbert wie ein Racheengel vor uns. »Wollt ihr mich eigentlich verarschen?«, schreit er. Er weiß alles. Er weiß alles. Ein Salatblatt bleibt mir vor Nervosität im Hals stecken. Herbert fuchtelt mit einem Blatt Papier vor unserer Nase herum: »Was soll das? Was soll das? Zwölf Euro fünfzig haben Sie letzten Monat vertelefoniert!« Er knallt die Rechnung vor Peggys und meine Nase.

»Wir mussten ein paar Mal mit der Druckerei und mit einigen Models telefonieren«, verteidigt sich Peggy mit rotem Kopf.

»Das Geld bekomme ich auf der Stelle zurück!«, Herbert ist krebsrot, »auf der Stelle! Und rückwirkend kriege ich das Geld von den alten Telefonrechnungen auch noch, dass das klar ist!«

Peggy und ich rennen in unsere Redaktion, holen Geld und legen es Herbert auf den Tisch. Ich kann dieses Brüllen nicht mehr ertragen. Heute ertrage ich das Brüllen zum letzten Mal.

Gegen sechzehn Uhr werden wir zunehmend nervöser. Herr Reiher hat sich bereits aus dem Staub gemacht, und Herbert steht mit uns im Layout hinter Brigittchen. Wir besprechen einige Titel. Das heißt, er bespricht sie, wir sind besser still. Noch

eine Stunde, noch eine Stunde. Wir machen dann die Titelzeilen:
Katja (26), dauergeil: »Soll ich deinen Lümmel blasen?«
Sexhungrige Hausfrauen sind scharf auf deinen potenten Pimmel!
Dominante Sarah: »Mit devoten Männern bumse ich am liebsten!«
Lüsterne Lindi (34) hat nur einen Wunsch: »Herbert soll endlich sterben!«
Ha!

Es ist siebzehn Uhr.
Es ist siebzehn Uhr!
Niemand kommt.
Niemand.
Hat Oscar sich verfahren? Ist Hauke zu spät zu ihm gekommen?
Wenigstens ist Herbert in seinem Büro und kramt in Dias herum. Er darf auf keinen Fall gehen.
Um kurz nach fünf klingelt es. Ich springe entsetzt auf, und Peggy macht es mir nach. Aus dem Layout kommen Heidi und Brigittchen, und Liesel stürmt aus ihrem Büro. Sie hat einen Schluckauf.
»Oh, oh, oh!«, ruft sie.
»Wer ist da? Wer kommt denn um diese verdammte Uhrzeit hier noch her?«, fragt Herbert brüllend aus seinem Büro.
»Keine Ahnung, Herr Loose, keine Ahnung, ich schaue aber gleich mal nach!«, rufe ich und hechte mit den anderen zum Eingang.
Es sind tatsächlich Oscar und Hauke.
Hauke hat eine Wäscheleine in der Hand. Er wirkt nervös.

»Das ist der erste Mord, bei dem ich direkt dabei bin. Bei den anderen Morden wurde ich immer erst geholt, wenn die Leute schon tot waren«, vertraut er sich mir an. Hätte er das nicht vorher erzählen können?
Oscar ist nicht wieder zu erkennen. Flüsternd erteilt er Hauke Befehle, und das mit messerscharfer Stimme. Oscar trägt einen schwarzen Anzug und schwarzweiße Schuhe. Lackschuhe. Wie in *Der Pate.* Oscar sieht richtig professionell aus. Man könnte fast annehmen, er sei ein Profikiller. Oscar *ist* ein Profikiller.
Ich bin so aufgeregt, dass mir der Schweiß in Strömen den Rücken runterläuft.
»Wo ist er?«, fragt Oscar schneidend.
Ich mache eine Kopfbewegung in die Richtung von Herberts Büro. Sprechen kann ich nicht.
Heidi greift nach meiner Hand und mit der anderen nach Liesels Hand, und Liesel greift nach Peggys Hand und Peggy nach Brigittchens.
So stehen wir da und warten ab, was gleich passiert.
»Fünf Minuten«, sagt Oscar beschwörend zu Hauke.
Der nickt und raschelt mit einem Sack herum. In diesem Sack wird Herbert gleich stecken. Mausetot.
Ich kann das alles gar nicht fassen.
Mit schnellen, harten Schritten geht Oscar voran und stößt Herberts Bürotür auf. »Schon mal was von Anklopfen gehört?«, hören wir Herbert krakeelen. »Das gibt's bei mir nicht, dass das gleich mal klar ist!«
Hauke steht unbeholfen an der Tür herum.
»Umdrehen!«, hören wir Oscar rufen. »Und zwar sofort!«
Dann wird es totenstill.
Das Nächste, was wir von Oscar hören, ist: »Papa!«

16

Mir wird schwarz vor Augen und meinen Kolleginnen geht es nicht besser.
»Papa!«, hören wir Oscar wieder rufen.
»Oscar«, das ist Herbert. »Oscar, bist du das wirklich? Meine Güte, sicher bist du es, diese Hautfarbe, du musst es sein! Deine Augenverletzung ist offenbar immer noch nicht so recht abgeklungen. Mir tut es heute noch Leid, dass ich dir damals mit dem Messer das Auge ausstechen wollte! Aber was sollte ich tun? Nie hast du deinen Teller leer gegessen! Ach, vergessen wir doch alles! Mein Junge, mein Junge! Lass dich anschauen, mein Sohn!«
Nein!
Hauke schaut Hilfe suchend in unsere Richtung. Er ist genauso erschrocken wie wir.
Dann beginnt ein Scharmützel in Herberts Büro, und das in einer solchen Lautstärke, dass ich einfach nur froh bin, dass Freitag ist und das Bürogebäude schon überwiegend leer. Dumm nur, dass die Tür zu Herberts Büro angelehnt ist und wir deswegen nichts sehen können.
Anstatt seinem Vater in die Arme zu fallen und es in Kauf zu nehmen, wegen der Milben, die sich in Papas Pullover befinden, einem Allergieschock zu erliegen, brüllt Oscar: »Du dummes Schwein, Papa, du Schwein! Warum hast du Mama im Stich gelassen?«, und Herbert brüllt zurück: »Ich hätte diese Hure nie heiraten sollen!«
Dann hören wir Schüsse. Moment mal! Seit wann war es ausgemacht, dass Herbert erschossen werden soll? War nicht die ganze Zeit von einer Wäscheleine die Rede? Nun ja. Wir werden

wohl ein Nachgespräch führen müssen, das machen Manager nach Krisen auch immer, und ich werde das dann zur Sprache bringen.
Bewegungslos warten wir ab, was weiter passiert. Meine Blase wird gleich explodieren, und mein drittes Auge kommt schon wieder aus seinem Versteck hervor.
In was für eine Situation haben wir uns hier nur hineinmanövriert? Wer konnte denn ahnen, dass Oscar Herberts Sohn ist? Wie soll das nur alles enden? Ratlos schaue ich meine Kolleginnen an, doch die stehen einfach nur da und glotzen auf Herberts Bürotür.
Ich bin ratlos. Und unfähig, irgendetwas zu tun.
Eine Minute später hören wir wieder Herbert: »Das kannst du doch nicht tun, das ist doch nicht dein Ernst, nein, nein!«, und dann Oscar, der mit schneidender Stimme sagt: »Es hat dich doch nie wirklich interessiert, was ich jemals getan habe, Vater!«
Jetzt wird er auch noch theatralisch, wie in einem amerikanischen Spielfilm. Da sprechen die sich doch auch nie mit Mutti und Vati an, nein, da wird gesagt: »Ich weiß nicht, wie du mir das antun konntest, Mutter!«, oder: »Vater, das hätte ich nie von dir erwartet!«
Dann hören wir eine Person zu Boden stürzen und ich vermute, dass es nicht Oscar ist, und behalte Recht. Denn der steht auf einmal wie ein Racheengel vor uns. Seine Hände sind blutverschmiert und er hat einen Blick, den ich von ihm nicht kenne. Eiskalt.
Mir wird ganz übel.
Oscar kommt mit leisen Schritten auf uns zu. Er strahlt eine Unnahbarkeit aus, die mir Angst macht. Vor uns Fünfen bleibt er stehen.

»Hauke, steck den Alten in den Sack«, befiehlt er, und Hauke fragt nicht weiter, sondern rennt in Herberts Büro. Er ist so aufgeregt, dass er beinahe stolpert.
Leise betreten wir Herberts Büro, aber wir trauen uns nicht, ihn anzuschauen. Ich nehme nur aus den Augenwinkeln wahr, dass er auf dem Boden liegt. Oh!
Etwas klackert. Es kommt vom Boden. Um Himmels willen, ist Herbert eventuell doch noch am Leben? Aber es ist nur Heinrich. Er ist vorsichtig hereinreptilt und hat Herberts Brille an sich genommen. Damit reptilt er wieder raus.
Wenn Heinrich sich Herbert anschauen kann, dann kann ich das auch. Ich gehe einen Schritt näher und blicke auf ihn. Herbert sieht eigentlich ganz friedlich aus. Er liegt einfach nur da und wirkt ohne Brille auch viel jünger.
Ruhe sanft, lieber Herbert.
Da kommt Hauke mit dem offenen Sack. Ich drehe mich weg. Gemeinsam mit den anderen, die erst gar nicht richtig hingeschaut haben, verlasse ich den Tatort.
Oscar überholt uns und versperrt uns den Weg. Er hebt die Hand und ballt sie zur Faust: »Und jetzt«, seine Stimme senkt sich, »jetzt hört ihr mir zu. Und zwar sehr genau, haben wir uns verstanden?«
Wir nicken. Ich wette, alle anderen haben auch keinen Speichel mehr in ihren Mündern.
»Wenn irgendjemand auch nur *ein* Sterbenswörtchen über das erzählt, was hier vorgegangen ist, mache ich kurzen Prozess. Wisst ihr, wie dieser kurze Prozess aussieht?«
Vier von uns nicken, nur Heidi fragt: »Wie denn?«
Oscar führt die Hand an seine Kehle und macht eine eindeutige Geste.

»Ach so«, sagt Heidi. Ich trete ihr auf den Fuß. Sie soll endlich still sein.
Oscar geht mit langsamen Schritten vor uns auf und ab: »Ich erkläre euch auch gern, warum ich das nicht möchte. Ihr habt mir zwar den Auftrag gegeben, diesen Kretin da unten zum Schweigen zu bringen, aber wenn die Bullen rauskriegen, dass der mein Vater war, könnten die ja glauben, ich hätte ihn aus freien Stücken umgebracht und ihr wärt nicht meine Auftraggeber gewesen. Haben wir uns so weit verstanden?«
»Nein«, schon wieder Heidi, »das ist aber nicht fair. Du hättest ihn doch auch umgebracht, ohne dass wir was gesagt hätten, wenn du ihn hier angetroffen hättest.«
»Natürlich hätte ich das«, nun steht Oscar vor Heidi. »Wisst ihr, wie lange ich den Scheißkerl schon suche? Er hat seinen Namen geändert. Er hieß früher anders, versteht ihr? Er hat Mutter beleidigt und gedemütigt!«
Mutter.
»Aber da können wir doch nichts für«, meint Heidi und holt wer weiß woher eine Tüte mit Marzipankartoffeln hervor. »Will jemand was?«, fragt sie in die Runde. Niemand antwortet.
»Ich werde euch beobachten«, redet Oscar weiter, »ich weiß, wo ihr wohnt und arbeitet. Glaubt mir, ich werde euch finden. Mit Sicherheit werdet ihr von der Polizei einige Male verhört werden. Ich gebe euch den guten Rat, nichts von mir zu erzählen. Gar nichts. Denn sonst …«, Oscar macht eine Kunstpause, »liegt ihr schon bald in einer schönen Holzkiste und müsst euch über nichts mehr Gedanken machen.«
Ich bin ganz kurz ganz angetan von der Idee, in einer Holzkiste zu liegen und mir über nichts mehr Gedanken zu machen.
Oscar sieht uns nacheinander an: »Habt ihr das verstanden?«

Wieder Nicken.
»Gut. Hauke, lass uns überlegen, wie wir den Alten im Wagen verstauen!«
Plötzlich bereue ich alles, was in den vergangenen Tagen passiert ist. Und vor Oscar habe ich schreckliche Angst.

»Heidi, eins kann ich dir sagen und das sage ich dir jetzt auch«, meckert Peggy herum, »würdest du es bitte in Zukunft lassen, in Extremsituationen Fragen zu stellen und Marzipankartoffeln zu verteilen?«
»Warum denn?«, rechtfertigt sich Heidi und glotzt uns reihum an, »wenn doch jemand Hunger hat, dann …«
»Es hatte niemand Hunger«, mosert Brigittchen. »Höchstens Hermann, aber der ist ja mittlerweile tot.«
»Du meinst Herbert«, sagt Liesel.
»Wer ist Herbert?«, fragt Brigittchen.
Allmächtiger.
Wir sitzen in den Redaktionsräumen und uns zittern die Hände.
Nachdem Herbert transportbereit im Sack lag, hat Oscar nochmal mit einem Messer vor unseren Gesichtern herumgefuchtelt: »Ich verstehe keinen Spaß«, hat er drohend zu uns gesagt und uns mit seinem kubanischen Mörderblick angeschaut. Dann sind die beiden beziehungsweise die drei, Herbert eingerechnet, verschwunden. Aber die Zeit, uns seinen Preis für den Mord an Herbert zu nennen, die hatte Oscar noch: Zehntausend Euro, tatsächlich zehntausend Euro, will er haben. Wir müssen uns dringend überlegen, wie wir das Geld auftreiben. Aber jetzt ist erst mal Ruhe. Erst mal.

»Ich glaube, wir haben einen Fehler gemacht«, sagt Peggy und blickt uns reihum an. »So richtig kann ich mich gar nicht über Herberts Tod freuen«, gibt sie zu, und mir geht es nicht anders. »Dieser Typ hat uns jetzt in der Hand«, redet Peggy weiter. »Der hat bestimmt keinen Spaß gemacht. Wenn mir etwas klar ist, dann das. Ich werde umziehen. Ja, wir sollten alle umziehen.«
»Du denkst, dass Oscar uns dann nicht finden würde?«, fragt Liesel zynisch und steht auf. »Der hat überall seine Drahtzieher, da könnt ihr euch mal sicher sein. Der braucht keine fünf Minuten, um uns zu kriegen«, sie läuft auf und ab. Ihre roten Haare stehen zu Berge. »Es ist alles meine Schuld«, Liesel fängt plötzlich an zu weinen, »ich habe euch aufgestachelt, ich bin schuld. Nein, eigentlich ist Dietmar schuld. Wenn der nicht im Puff gewesen wäre, wäre es nie so weit gekommen. Ich bin eine Sünderin!«, klagt sie theatralisch, als sei sie im 15. Jahrhundert bei einer Missetat erwischt worden und würde nun alles zugeben, um sich nicht einem öffentlichen Gottesurteil unterziehen zu müssen, das auf jeden Fall tödlich enden würde.
Würden wir alle im 15. Jahrhundert leben, wären wir jetzt höchstwahrscheinlich schon eingekerkert, und irgendwann würden Henker kommen, uns in einen vergitterten Holzwagen stecken und mit Pferden zum Schafott transportieren lassen. Laufen dürften wir nicht, damit der Boden nicht von uns Hexen verseucht wird.
Am Richtplatz würde schon unser persönlicher Henker mit einer Axt auf uns warten, die in meinem Fall dann nicht richtig funktionieren würde. Sie wäre zu stumpf, und der Henker müsste das doofe Ding sechs Mal auf meinen Hals krachen lassen, bevor mein Kopf endlich abfallen und der begeisterten Menge präsentiert werden könnte. Da das Gehirn ja angeblich

nach einer Enthauptung noch ein paar Sekunden weiterfunktioniert, könnte ich den Dorfbewohnern vielleicht noch die Zunge rausstrecken.
Liesel sitzt mittlerweile auf einem Drehstuhl und jammert weiter: »Es tut mir so Leid, ich bin so dumm. Hätte ich euch doch bloß nicht alle so aufgehetzt!«
Brigittchen streichelt Liesels Arm: »Wir sind doch alle daran beteiligt«, sagt sie, »weil wir alle so Scheißmänner haben. Mach dir keine Sorgen, wir wollten es doch alle. Du bist nicht allein schuld. Komm, nun beruhige dich mal!«
»Was wird aus Washington, wenn ich im Gefängnis sitze?«, Liesel blickt mit rot geweinten Augen auf, »der Junge kommt doch ohne seine Mutter nicht zurecht.«
»Du könntest ihn doch mitnehmen«, schlägt Heidi vor, »damit er gleich mal sieht, wie das im Knast so ist. Ich finde die Idee gar nicht so schlecht.«
Liesel blickt Heidi böse an: »Soll ich meinen Sohn noch mehr verkorksen?«, fragt sie, »wisst ihr, wie es im Frauengefängnis zugeht? Wisst ihr das?«
»Ehrlich gesagt, will ich es gar nicht wissen«, entgegnet Peggy, »und jetzt beruhigen wir uns alle und überlegen einfach, was wir als Nächstes tun.«
Liesel putzt sich die Nase: »Ich WILL NICHT ins GEFÄNGNIS!«, geht es weiter. Sie steigert sich so in die Sache hinein, dass ihr Kreislauf gleich schlapp machen wird.
»Für einen Mord kriegt man LEBENSLÄNGLICH! Das sind fünfundzwanzig Jahre!«
Das habe ich noch nie nachvollziehen können. Lebenslänglich heißt doch wohl lebenslänglich, also das ganze Leben lang, bis man stirbt. Und fünfundzwanzig Jahre sind doch nicht lebens-

länglich. Es sei denn, man ist bei der Verurteilung schon siebzig oder achtzig Jahre alt, dann sollte es hinkommen.

»Und was soll aus Dietmar werden? Er kann doch nicht allein für sich sorgen!« Liesel regt sich immer mehr auf. Sie tut gerade so, als wären wir schon auf dem Weg in den Kerker. Dass Dietmar nicht allein für sich sorgen kann, war mir irgendwie klar. Er gehört zu der Sorte Männer, die stolz darauf sind, nicht bügeln zu können, und ihrer Frau zu Weihnachten einen Gutschein für eine elektrische Saftpresse schenken. Männer wie Dietmar gehören auf den Müll, und wenn Liesel nicht aufpasst, wird Washington genau so wie sein Vater.

»Wir räumen jetzt erst mal bei Herbert auf«, schlägt Peggy vor. »Da kommen wir auf andere Gedanken. Außerdem haben wir das ganze Wochenende Zeit, uns zu überlegen, was wir der Polizei sagen. Und am Montag ist dann alles im Lot.«

Liesel schnäuzt noch einmal in ihr Taschentuch und hat sich wieder im Griff: »Ja, du hast Recht«, meint sie, »wir werden einen Plan machen. Und wir müssen verdammt nochmal das Geld für Oscar möglichst schnell zusammenkriegen. Wo nehmen wir so schnell zehntausend Euro her?«

Ich könnte meinen schrottreifen Maserati verkaufen, bloß an wen? Niemand will ein Auto haben, dessen Fahrgestell eigentlich keines mehr ist, bei dem der Tachometer nicht mehr richtig funktioniert und die Scheinwerfer fehlen. Von den aufgeschlitzten Polstern, in denen der Geruch des toten Tiers hängt, möchte ich gar nicht sprechen. Der dreht einem sofort den Magen um. So wie der Geruch von der Käsecreme, die im Kino zu diesen komischen Nachos gereicht wird. Das gelbliche Zeug riecht so eklig, dass mir immer schlecht wird. Nicht dass *ich* mir die Nachos kaufe, nein, ich habe bloß immer das Glück, im Kino,

wenn ich denn mal ins Kino gehe, neben jemandem zu sitzen, der sich die Dinger kiloweise reinschaufelt und bei den wichtigsten Filmszenen so laut in die Nachos beißt, dass ich nichts mehr mitbekomme. Das sind die Leute, die während des Films auch gern sagen: »Achtung, jetzt haut er ihr gleich diese Vase da auf den Hinterkopf!«, um für alle, die um ihn rumsitzen, den Streifen nochmal spannender zu machen.
Ich gehe sowieso nicht gern ins Kino. Weil ich immer Angst habe, dass es gleich anfängt zu brennen. Wenn es im Kino nämlich dunkel wird, leuchten diese Schilder mit der Aufschrift »Notausgang« nochmal gefährlicher. Auf diesen Schildern, die immer grün sind, befindet sich eine gezeichnete Treppe, die ein Männchen herunter- oder heraufläuft. Ich würde stolpern.

In Herberts Büro sieht es aus, als hätte eine Bombe eingeschlagen. Überall liegen Dias herum, sein Stuhl ist umgekippt und seine Schreibtischleuchte liegt auch auf dem Boden. Schnell machen wir einigermaßen Ordnung.
»Der Teppich muss shampooniert werden«, meint Heidi und nimmt sich eine Hand voll eingetrockneter Gummibärchen in Penisform, die sich in einem Glas auf Herberts Schreibtisch befinden.
Das stimmt. Auf dem Teppichboden vor Herberts Schreibtisch befinden sich dunkle Flecken. Entweder es ist Blut, oder es sind die Rückstände aus dem Pomuskel. Ich will es gar nicht so genau wissen.
»Wenn die Polizei Herberts Büro durchsucht und Proben aus dem Teppichboden nimmt, sind wir dran!«, ruft Peggy und kniet sich hin. »Wer hat zu Hause ein Teppichreinigungsgerät mit Shampoonierprogramm?«

Sie fragt das so, als wäre es ganz normal, ein solches Gerät zu besitzen. Wie einen Föhn oder einen Handstaubsauger.
Keine von uns hat ein solches Gerät, also fahre ich mit Liesel in eine Drogerie, um eins zu leihen. Wir fahren extra in einen anderen Stadtteil, damit, wenn die Polizei auf St. Pauli herumläuft und Drogerieinhaber fragt: »Haben verwirrt wirkende Frauen bei Ihnen in den letzten Tagen ein Teppichreinigungsgerät mit Shampoonierprogramm geliehen?«, diese mit gutem Gewissen »Nein, bei mir nicht« sagen können. Ich bin auf die Idee mit dem anderen Stadtteil gekommen und fühle mich sehr clever.
Heinrich, den wir mitnehmen, ist gar nicht gut drauf. Er knirscht mit den Zähnen, der Trubel war wohl zu viel für ihn. Alles, was der Alligator braucht, ist Ruhe. Ich werde mit ihm ein Wellnesswochenende verbringen, wenn sich hier alles beruhigt hat. Wir werden uns beide in einem Luxushotel auf Liegen legen und beruhigende Gesichtsmasken aufgetragen bekommen, die die Haut straffen. Vielleicht lassen wir uns auch Morphiumspritzen geben, wer weiß. In Heinrichs Maul werden weiße Tauben sitzen und ihm gurrend eine Zahnfleischmassage verpassen, während keltische Tantramusik uns in einen wohligen Zustand versetzt. Mein drittes Auge lasse ich mir dann weglasern, und durch Handauflegen von einem Guru aus dem Fernen oder Nahen Osten wird mein breiter Hintern einfach so weggehen. Eine himmlische Vorstellung.
»Pass doch auf, Heinrich!«, ruft Liesel. Wir befinden uns in einer Drogerie in Hamburg-Bahrenfeld, und Heinrich versucht verzweifelt, an einem Drehständer mit Billigbrillen hochzuklettern. Zwei Brillen fallen herunter, und Heinrich versucht sie auf seine Augen zu jonglieren, was ihm leider misslingt. Die Kassiererin schaut ihm mit schreckgeweiteten Augen zu.

Da dies ja ein anderer Stadtteil ist und hier niemand Heinrich kennt, bekommen es die Menschen wohl schnell mit der Angst zu tun. Rasch nehme ich Heinrich wieder an die Leine, und Liesel bezahlt die beiden Brillen und das Reinigungsgerät mit ihrer EC-Karte.

»Wenn die Polizei hier auftaucht und nach Fingerabdrücken auf Geldscheinen sucht, läuft sie ins Leere«, freut sie sich, als wir wieder auf der Straße stehen. »Niemand wird jemals herausfinden, dass wir das Shampooniergerät hier geliehen haben! Das ist doch klasse!«

Ich nicke und kann es kaum fassen, dass wir wirklich an alles denken.

»Äh, guten Tag«, ruft da plötzlich jemand neben uns. Ich drehe mich um.

Vor uns steht Herr Simader. Wie ein Wiesel springt Heinrich hinter eine Mülltonne und rührt sich nicht vom Fleck.

»WIE GEHT ES IHNEN, HERR SIMADER?«, brülle ich ihn an.

»Noch nicht besser, noch nicht besser«, klagt Herr Simader und hält eine Flasche mit Ohrentropfen hoch. »Aber meinem Kollegen Trautmann geht es noch viel schlechter. Stellen Sie sich vor, er hat einen Hörsturz erlitten!«

»DAS IST JA SCHRECKLICH!«, schreie ich und wünsche mir, dass wir dieses Shampooniergerät in einem Dorfladen in Schleswig-Holstein geliehen hätten.

»Ja, ja, ganz schlimm«, Herr Simader nickt in Liesels Richtung, die mit dem Shampoonierer dasteht wie eine Wachsfigur. »Na, wird am Wochenende fleißig geputzt?«, fragt er freundlich. »Ich habe Dienst«, redet er weiter. »In dem Mordfall sind wir immer noch nicht weitergekommen. Und gerade vorhin haben wir ei-

nen neuen Mordfall dazubekommen. Ich weiß nicht, wie ich das alles schaffen soll. Diese Morde bringen mich noch um.«
Liesel ist rot wie ein gekochter Hummer und atmet schwer.
»DAS TUT MIR SEHR LEID FÜR SIE!«, brülle ich Herrn Simader an, »ICH WÜNSCHE IHNEN VIEL ERFOLG!!!«
»Was haben Sie denn mit der Teppichreinigungsmaschine vor?«, fragt Herr Simader freundlich. »Kann man damit eigentlich auch Polstermöbel reinigen? Meine Frau behauptet ja immer, dass das Gift wäre für die Polster. Aber für Teppiche sind die Dinger sehr geeignet. Selbst Blut verschwindet quasi spurlos! Wenn Sie also mal jemanden umgebracht haben und das Blut wegkriegen müssen, dann ist ein Shampooniergerät …«
»ICH HABE JEMANDEN UMGEBRACHT! ES TUT MIR ALLES LEID!«, kreischt Liesel los.
Nein!!! Nein!!!
Herr Simader blickt sie verwirrt an.
»Er war ein Monster!«, geht es weiter. »Er hat uns verachtet und mies behandelt. Sie dürfen uns nicht bestrafen!!!«
Um Himmels willen!
Herr Simader weicht zurück.
Was soll ich jetzt bloß sagen, was?
»Ein Glück, dass er tot ist. Ein Glück!«, Liesel kann sich nicht beherrschen. »Wenn Sie in unserer Situation gewesen wären, hätten Sie ihn auch umgebracht!«
Wäre Oscar jetzt hier, ich würde lächelnd zulassen, dass er Liesel die Stimmbänder durchtrennt.
Herr Simader schaut uns abwechselnd an.
Liesel steht mit ihrem Shampooniergerät da und starrt ihn böse an. »Ein Monster war er, ein Monster!« Sie ballt die Hand zur Faust.

Passanten bleiben in sicherer Entfernung stehen und beobachten uns.
Ich bin sprachlos.
»Also ich beneide Sie«, sagt Herr Simader in Liesels Richtung. »Meine Frau und ich sind auch in einer Theatergruppe, aber so überzeugend haben wir noch nie etwas rübergebracht! Sie haben wohl bald eine Aufführung?« Interessiert schaut er Liesel an.
»Genau«, beeile ich mich zu versichern. »In dem Stück, in dem wir mitspielen, geht es darum, dass ein böser Ehemann seiner Frau untersagt, die Wohnung mit modernen Geräten zu reinigen. Er möchte, dass alles noch so geputzt wird wie zur Zeit des amerikanischen Bürgerkrieges!«
Was rede ich da?
Herr Simader nickt: »Dafür also das Shampooniergerät!«
Liesel macht: »Aaah! Wir alle …«
Ich falle ihr ins Wort und rufe: »Ja, es soll ja alles authentisch sein, wissen Sie? Sie will ihn umbringen, weil er ihr die modernen Reinigungsgeräte wegnehmen will! Es ist ein dramatisches Stück mit einem Ende, das ich Ihnen jetzt noch nicht verraten möchte!«
Herr Simader kratzt sich am Kinn. Dann greift er in seine Tasche und holt eine Visitenkarte hervor: »Ich würde gern mit meiner Frau mal eine Ihrer Aufführungen besuchen. Wären Sie so freundlich, mich anzurufen, wenn es so weit ist?«
»ABER JA!«, schreie ich glücklich.
»Ich bin schuldig des Mordes!«, kommt es wieder von Liesel.
Sie wird noch alles vermasseln. Schnell nehme ich sie am Arm und ziehe sie von Herrn Simader weg. Der schaut uns freundlich nach und winkt. Ein netter Kerl, der Herr Simader. Und kulturell so interessiert!

17

Ich kann nicht mehr. Ich kann nicht mehr! Wo soll das nur alles hinführen?
Es ist immer noch Freitag, es ist kurz vor Mitternacht, und ich sitze im Wohnzimmer und starre Frau Möller und die Venus von Milo an.
Heinrich liegt neben mir und schaut sich *Gesichter des Todes* auf DVD an. Giselher hat diesen Film mal angeschleppt. Ich kann ihn nicht ausstehen. In *Gesichter des Todes* geht es ausschließlich darum, wie Leute umkommen. Das meiste ist von Amateurfilmern aufgenommen. Und angeblich ist alles echt. Am gruseligsten finde ich einen Selbstmord. Ein ungefähr vierzig Jahre alter Mann springt von einem Hochhaus. Sein schwarzer Mantel weht, er sieht aus wie Graf Dracula. Dann ruft der Mann: »No, no, it was a great mistake!«, aber er ist ganz offensichtlich zu spät zu dieser Einsicht gekommen. Tja, was soll man da machen?
Heinrich liebt diesen Film. Am ergreifendsten ist für ihn die Szene, in der Fallschirmspringer durch starken Wind über ein Sumpfgebiet getrieben werden. Dann gibt es eine Flaute, und die Fallschirme fallen langsam in sich zusammen, und die armen Kreaturen, die in den Fallschirmen hängen und langsam über dem Sumpfgebiet runtergehen, erkennen mit entsetzten Gesichtern, dass im Sumpf ungefähr vierzig hungrige Alligatoren mit geöffneten Mäulern gierig auf die willkommene Zwischenmahlzeit warten. Der eine Fallschirmspringer wedelt noch mit den Armen, so, als ob er hofft, fliegen zu können, aber nützen tut es nichts. Ich muss Heinrich an dieser Stelle

immer eine Extraportion Fleisch hinlegen, die er gierig verschlingt.
Während ich ihm beim Kauen zuschaue, lasse ich den Rest dieses ereignisreichen Nachmittages Revue passieren.

Als wir nach dem Drogeriebesuch endlich im Auto saßen, fing Liesel laut an zu weinen, und Heinrich weinte aus Solidarität mit. Liesels Geflenne und Heinrichs andauerndes, klagendes »Krccch, krccch« ließen mich beinahe durchdrehen.
Doch mein »Aufhören! Aufhören!«-Gebrülle machte alles nur noch schlimmer. Liesel heulte so laut, dass Autofahrer, die neben uns an einer Ampel standen, mich böse anschauten.
Erst auf dem Kiez hatte Liesel sich wieder im Griff: »Oh mein Gott, Lindi, ich habe alles vermasselt!«, sagte sie und krallte sich in meinen Arm.
»Du hättest alles vermasselt, wenn dieser Herr Simader nicht so gutgläubig gewesen wäre«, stellte ich fest und hievte das Reinigungsgerät aus dem Kofferraum.
»Was sollen wir denn jetzt machen?«, fragte Liesel mich und hielt die Visitenkarte von Herrn Simader hoch. »Er wird sich doch wundern, wenn wir ihn nie anrufen wegen der Aufführung. Er wird Verdacht schöpfen und uns beschatten. Wir müssen so tun, als würden wir tatsächlich in einer Laientheatergruppe mitspielen.«
Ich knallte das Reinigungsgerät auf den Gehweg: »Das fehlt mir jetzt gerade noch, dass ich für Herrn Simader so tue, als sei ich eine erfolglose Schauspielerin, die hofft, irgendwann mal entdeckt zu werden!«, fuhr ich Liesel an.
»Er heißt Giorgio«, sagte sie und blickte weiterhin auf die Karte. »Das ist italienisch. Ob er wohl ein Italiener ist? Vielleicht ist das

aber auch bloß ein Künstlername. Ach, Giorgio ist ein schöner Name. Irgendwann, wenn unsere Wohnung abbezahlt ist, werde ich auch mal nach Italien fahren!« Sie fing an zu trällern: »Wenn bei Capri die rote Sonne im Meer versinkt …«, und ich verdrehte die Augen.

Zwei Stunden später waren wir mit der Reinigungsaktion fertig. Herberts Büro sah aus wie neu! Das Problem war, dass dadurch natürlich der restliche Teppich in den Verlagsräumen ziemlich schmuddelig wirkte und wir letztendlich den Bodenbelag in der kompletten Redaktion reinigten. Oscar meldete sich nicht mehr. Offenbar ließ er uns wenigstens heute Abend in Ruhe. Wir machten aus, dass wir uns alle am Sonntag bei Liesel zu einer Mordnachbesprechung treffen, und dann konnte ich endlich nach Hause gehen.

Irgendwann schlafe ich auf dem Sofa ein. Heinrich hat die *Gesichter des Todes* zu Ende geschaut und liegt quer über mir. Die Wärme lullt mich ein. Ich träume einen entsetzlichen Traum: Dass wir Herbert von einem Auftragskiller lynchen lassen und der Auftragskiller dann hinter uns her ist. Im Traum denke ich »Ach wie gut, Lindi, dass es nur ein Traum ist«, und dann wache ich auf und stelle fest, dass der Traum die harte Realität ist, und dann kann ich nicht mehr einschlafen, was unter anderem daran liegt, dass ich entsetzliche Angst habe. Und Frau Möller steht da, einfach so da und sieht mich mit vorwurfsvollem Blick an, so als wolle sie sagen: »Selbst schuld!«

Und woher sollen wir bloß das viele Geld nehmen? Was sollen wir der Polizei sagen? Hätte ich doch bloß einen Mann, mit dem ich über meine Probleme sprechen könnte. Aber ich habe nur Heinrich. Und natürlich Giselher. Aber die haben beide einen leichten Hau. Und Giselher ist nicht zu Hause. Er hat wahrscheinlich wieder eine Nachtbeerdigung und schleppt danach eine geile Tussi ab.

»Nun wach schon auf!«, Giselher schüttelt mich.

Es ist Samstagmorgen, und ich fühle mich wie gerädert. Wer einmal mit einem Alligator auf einem Sofa übernachtet hat, weiß, wovon ich spreche.

Giselher trägt eine weiße Kapitänsuniform und eine Kappe. »Ich hatte eine Seebestattung«, erzählt er. »Bis raus auf die Nordsee mussten wir. Dann hatte der Mann die Urne vergessen und wir mussten nochmal zurück. Ein Zirkus. Aber jetzt erzähl mal. Ist der Alte tot?«

Müde setze ich mich auf. Heinrich schläft noch; ich wälze ihn von meinen Beinen runter und decke ihn zu.

»Ja, ist er«, sage ich und gähne.

Interessiert setzt sich Giselher auf einen Sessel: »Wie habt ihr ihn denn ermordet?«, fragt er neugierig.

»Ich weiß es nicht«, ich weiß es ja tatsächlich nicht. »Ich glaube, Oscar hat ihn erschossen oder erst angeschossen und dann erstickt. Vielleicht auch erwürgt. Keine Ahnung. Jedenfalls hat es geblutet.«

Giselher sieht enttäuscht aus: »Hat er sich denn gar nicht gewehrt?«, fragt er. »Ich dachte, bei eurem Hass würdet ihr ihn richtig hinrichten lassen. Auf klassische Art sozusagen.«

Ich frage nicht, was Giselher unter einer Hinrichtung der klassischen Art versteht, weil ich es gar nicht wissen möchte. Ich habe Hunger und Durst, meine Blasenentzündung macht sich wieder bemerkbar, und ich muss dringend unter die Dusche.

»Möchtest du ein Fischbrötchen?«, fragt Giselher und hält mir

ein labberig aussehendes Makrelenbrötchen hin. »Ist vom Leichenschmaus übrig geblieben! Ich nehme ja die Reste immer mit. Die Verstorbene hat Fischbrötchen geliebt, deswegen gab es die heute. Wobei sie letztendlich an einer Gräte gestorben ist, die ihr im Hals stecken geblieben ist. Manchmal tötet einen das, was man liebt!«
Wie theatralisch Giselher manchmal sein kann!

Nachmittags übt Giselher mit mir Kreuzverhör. Giselher ist der Beamte und ich werde verhört. Im Internet habe ich herausgefunden, dass die Taktik eines Kreuzverhörs die ist, dass man dem Befragten schnell hintereinander Fangfragen stellt, und meistens sind es zwei Beamte, die das Kreuzverhör führen. Der eine macht auf gut Freund, und der andere auf böse, aber eigentlich ist der Nette der Böse und umgekehrt. Ich finde das irgendwie verwirrend, aber ich muss ja gewappnet sein.
Giselher hat sich extra ein grünes Hemd angezogen, damit er aussieht wie ein Polizist, und als Verstärkung haben wir Frau Möller neben ihn gestellt. Damit ich mit dem Gefühl vertraut werde, zwei Beamte vor mir zu haben. Aus seiner Werkzeugkiste hat Giselher eine Baustellenlampe mit gleißendem Licht geholt, die mir direkt ins Gesicht strahlt. So wird das mit denen gemacht, die sich einem Kreuzverhör unterziehen müssen. Vor Heinrich haben wir einen Block und einen Kugelschreiber gelegt, es soll so aussehen, als führe er Protokoll. Dauernd kaut er auf dem Kugelschreiber herum, und irgendwann ist sein Zahnfleisch blau, weil der Kugelschreiber ausläuft.
»Frau Fuchs«, beginnt Giselher mit fester Stimme und blickt mich böse an. »Sie wissen, warum Sie hier sind!«
»Nein, ich habe keine Ahnung«, antworte ich und bin mir si-

cher, dass das die richtige Antwort ist. Wenn ich Ja sage, ist das doch quasi schon ein Geständnis.

»O doch, das wissen Sie, Frau Fuchs!« Giselher steht auf und geht vor mir auf und ab. Das Licht der Lampe ist doch sehr gleißend. Da wird man ja blind.

»Nein, ich habe keine Ahnung«, sage ich wieder und komme mir sehr professionell vor. Der kann mir gar nichts, der Polizist. Ich bin nämlich abgebrüht.

»Sie haben Herbert Loose, Ihren Chefredakteur, kaltblütig von einem Auftragskiller mit dem Namen Oscar La Porta töten lassen!« (Wir haben uns dazu entschlossen, Oscar einen gruselig klingenden Nachnamen zu geben, um ihn als Person noch kaltblütiger wirken zu lassen, und La Porta hört sich meines Erachtens sehr kaltblütig an.)

»Das ist richtig«, sage ich und bemerke meinen Fehler zu spät.

»So wird das nichts, Lindi«, Giselher will schon resignieren.

»Es tut mir Leid, es tut mir Leid«, versichere ich Giselher. »Nochmal von vorn.«

»Sie wissen, warum Sie hier sind, Frau Fuchs!«, beginnt Giselher erneut.

»Ja«, sage ich, »ich meine, Nein!«

»Was denn nun, Frau Fuchs, ja oder nein?«, fragt Giselher lauernd.

»Eventuell!«, rufe ich und bin sehr stolz. Eventuell kann alles oder nichts bedeuten.

»Sie haben Herbert Loose, Ihren Chefredakteur, kaltblütig von einem Auftragskiller mit dem Namen Oscar La Porta töten lassen!«, leiert Giselher herunter und starrt mich wieder böse an.

»Eventuell«, sage ich und schaue Giselher herausfordernd an. Denn eventuell bedeutet ja alles oder nichts. Ha!

»Lindi, wenn du zu einem Polizeibeamten im Verhör sagst, dass du deinen Chefredakteur eventuell hast umbringen lassen, ist das ein halbes Geständnis«, erklärt mir Giselher und rauft sich die Haare. »Um Himmels willen, ich hoffe nur, dass du nie verhört wirst.«

»Ich finde ›eventuell‹ gut«, sage ich sauer, weil Giselher so uneinsichtig ist. »Wo ist denn ›eventuell‹ bitte ein Geständnis? Das regt die Polizisten bestimmt zum Nachdenken an, und sie überlegen sich, dass ich es eventuell nicht war. Wo also bitte ist das Problem?«

»Du bist das Problem«, antwortet Giselher. »Ich brauche jetzt einen Schnaps.«

Wir einigen uns dann darauf, dass ich einfach zu den Polizisten sage: »Ohne meinen Anwalt sage ich gar nichts!« Ich habe jetzt schon Angst, mich zu versprechen und aus Versehen diesen Werbespruch »Ohne meinen Alltours sag ich gar nichts« von mir zu geben. Aber wer weiß, ob ich überhaupt verhört werde. Vielleicht interessiert sich ja gar niemand dafür, dass Herbert spurlos verschwunden ist. Von mir jedenfalls wird keiner was erfahren. Und von meinen Kolleginnen auch nicht.

18

Am Sonntag fahre ich gegen fünfzehn Uhr zu Liesel nach Bergedorf. Alle anderen sind schon da. Der doofe Dietmar liegt in einem Feinrippunterhemd auf dem Sofa und hat neun Fernbedienungen vor sich. Er hat sie so nebeneinander gestapelt, dass sie auch jeder gut sehen kann. In einem viel zu großen Fernseher läuft *Alien*, und Sigourney Weaver hat gerade ein kleines Problem mit den Außerirdischen.
»Hau sie wech, hau sie doch einfach wech«, grunzt Dietmar und deutet auf den Bildschirm. »Wenn ich die Kollegen in die Finger kriegen würde, wüsste ich, was ich mit denen mache, nicht, Washington?«
Washington, Liesels Sohn, sitzt ebenfalls vor dem Fernseher. Seine schwarzen Haare sind raspelkurz geschoren, lediglich ein langer, dünner Rattenschwanz hängt ihm im Nacken. »Töten«, kommt es aus seinem Mund. Dann kümmert sich Washington wieder um seinen Gameboy. Er trägt ein T-Shirt mit der Aufschrift *Der Fettfleck wird wie neu, wenn man die entsprechende Stelle mit Butter einreibt.*
»Hallo Dietmar«, sage ich, weil ich ein höflicher Mensch bin.
»Klappe!«, kommt es von Dietmar, »ist grade so spannend!«
»Ich mach die Tür dann mal zu, nicht wahr, ihr beiden?«, flötet Liesel und schiebt mich vor sich in den Flur. Dann knallt sie die Tür zu. Sie wird schon wieder rot im Gesicht: »Gestern Abend war Dietmar wieder unterwegs«, flüstert sie erregt, »erst um fünf Uhr ist er heimgekommen. Weißt du, was ich an seiner Unterhose gefunden habe? LIPPENSTIFT! Der war doch hundertprozentig wieder im Puff. Bei irgend so einer asiatischen

Schlampe! Ich schwöre dir, Lindi, wenn dieser ganze Zirkus hier rum ist, werde ich ihm zeigen, wo der Hase langläuft!«

»Pscht, pscht«, mache ich.

Liesel schiebt mich in Richtung Küche. »Oscar hat heute Nacht bei Brigittchen auf dem Handy angerufen«, erzählt sie leiser. »Die Arme ist ganz fertig. Er hat sie bedroht!«

»Wie denn?«, flüstere ich zurück.

Liesels Augen werden kugelrund: »Er hat gesagt, er kann sie sehen«, kommt es, »und er hat auch ganz genau gewusst, welches Nachthemd sie trägt.«

»Das ist ja entsetzlich«, sage ich und bleibe stehen. »Wie ist denn das möglich?« Liesel zuckt mit den Schultern: »Wir vermuten, dass er ein Fernrohr oder so was Ähnliches hat und in einer gegenüberliegenden Wohnung gewesen ist«, sagt sie. »Aber nun komm erst mal, ich hab Kuchen gebacken.«

Meine Kolleginnen sitzen bereits um den Küchentisch, auf dem eine Plastiktischdecke liegt. Die Flecken, die Flecken.

Brigittchen sieht verstört aus. Dauernd schüttelt sie den Kopf und sagt: »Er wusste, dass ich das blauweiß karierte Nachthemd getragen hab. Er wusste es.«

»Wo war denn Volker?«, will ich wissen und setze mich.

»Dieses Wochenende ist doch Claudia-Wochenende. Da geht er Freitagabend zu dieser Kuh und kommt erst Sonntagabend wieder zu mir. Aber demnächst will er, dass diese Claudia mal ein ganzes Wochenende bei uns verbringt. Damit wir uns näherkommen. Vielen Dank!« Brigittchen bohrt ihre Kuchengabel so heftig in den Bienenstich, dass die Creme seitlich herausquillt.

»Das tut mir alles so Leid«, sage ich und streichle Brigittchens Arm. »Warum lässt du dir das bloß bieten? Und was ist überhaupt mit deinem Schmuck? Hast du den wieder?«

Brigittchen schüttelt den Kopf: »Nein, den hat er verkauft. Norbert hatte Schulden und die hat er von dem Geld bezahlt. Jetzt hat er aber schon wieder neue Schulden und ich kann sehen, wie ich das Geld auftreibe!«
Ich sage: »Du solltest dich endlich von ihm trennen. Er nutzt dich doch nur aus! Kapier das doch endlich!«
Brigittchen blitzt mich wütend an: »Du weißt doch gar nicht, was Liebe ist, Lindi«, sagt sie enthusiastisch. »Du hast doch noch niemanden geliebt außer Heinrich, und der zählt nicht.«
Ich überlege kurz. Stimmt. Meinen Exmann habe ich nicht wirklich geliebt. Ich wollte, glaube ich, bloß verheiratet sein, weil alle in meinem Bekanntenkreis zu dieser Zeit geheiratet haben. Da fällt mir plötzlich ein, dass bestimmt irgendwann ein neuer Mitarbeiter der Freien und Hansestadt Hamburg bei mir auftauchen wird, um mich zu fragen, wie ich die Schulden meines lieben Exmannes zu tilgen gedenke. Aber eins nach dem anderen. Momentan habe ich wirklich genügend Probleme.
Liesel schlägt mit der flachen Hand auf den Tisch: »Wir müssen damit rechnen, dass Oscar nicht mehr lange auf sein Geld warten wird«, sagt sie und blickt uns der Reihe nach an, »und wir müssen ebenfalls damit rechnen, von Reiher nach Herbert gefragt zu werden. Dann wird es nicht lange dauern und die Polizei steht auf der Matte. Nämlich dann, wenn Herbert offiziell als vermisst gemeldet wird.«
»Aber wenn wir ihn nicht als vermisst melden, ist doch alles im Lot«, meint Heidi, während sie die Mandeln von ihrem Bienenstich abpult und vertilgt.
»Ich rede nicht von uns, ich rede von den anderen. Die merken doch, wenn er lange nicht auftaucht. Wir müssen uns überlegen, was wir denen sagen.«

»Wo Oscar ihn wohl hingebracht hat?«, fragt Brigittchen. »Ach, ist das alles gruselig.«
Tatsache ist, dass wir uns wirklich was überlegen müssen, und zwar schnell. Ich sehe Peggy und mich schon mit hochrotem Kopf in der Redaktion sitzen, Herr Reiher steht vor uns und sagt: »Ich mache mir um Herrn Loose langsam Sorgen«, und unsere Köpfe platzen irgendwann.
Liesel holt einen großen Zettel und einen Filzstift und schreibt mit großen Buchstaben PLAN NACH HERBERTS TOD darauf.
»Eines müssen wir uns klarmachen«, sagt sie und blickt uns durch ihre Brille mit festem Blick an, »wir müssen alle fünf dieselbe Geschichte erzählen. Es geht nicht, dass wir alle was anderes sagen, hört ihr?«
Wir nicken einstimmig. Glasklar, wir müssen alles auswendig lernen, was wir uns jetzt überlegen.
»Ich würde sagen, Herbert hat kurzfristig beschlossen, für einige Wochen ins Ausland zu fahren, auf der Suche nach Models. Sein Mobiltelefon hat er vergessen, seiner Frau wiederum hat er versäumt, Bescheid zu geben, und die Einzigen, die wissen, dass er überhaupt weg ist, seid ihr beiden!« Liesel schaut zu Peggy und mir.
»Und dann?«, fragt Peggy.
»Ganz einfach«, Liesel macht sich Notizen. »Dass Herbert manchmal ein wenig chaotisch ist, weiß Reiher genau so gut wie wir und eine Menge anderer Menschen. Wir könnten in ein paar Wochen behaupten, dass Herbert sich gemeldet hat von irgendeinem Telefon in irgendeinem Land, von mir aus aus, aus …«
»Das ist doch egal«, meint Brigittchen aufgeregt. »Wie geht es weiter?«

»Das ist nicht egal«, Liesel hebt die Hand, »ich habe mir nämlich überlegt, dass es ein Land sein müsste, das relativ viele Einwohner hat. Da kann nämlich ein einzelner Mensch besser verschwinden, versteht ihr?«

Stimmt. Selbst Brigittchen nickt.

»Er wird uns aus Spanien anrufen«, ruft Liesel und macht weitere Notizen. »Spanien ist gut. Eine Menge Inseln, viele Menschen, Spanien ist perfekt.«

Washington steckt den Kopf in die Tür: »chgeh Inline«, nuschelt er, und Liesel nickt. Kurze Zeit später fällt die Tür ins Schloss.

»Weiter im Text«, Liesel ist ganz die Geschäftsfrau, »er ruft uns an und erklärt uns, dass er nicht vorhat, wiederzukommen. Wir sollen alle darüber in Kenntnis setzen und auch seiner Frau Bescheid sagen.«

»Wir können doch nicht einfach bei Hetty anrufen und sagen: ›Hallo, Frau Loose, schönen Gruß von Ihrem Mann, der ist in Spanien und kommt nicht wieder.‹ Das geht doch nicht«, wirft Heidi ein. Ihr Mund ist mandel- und cremeverschmiert.

»Natürlich geht das. Die wird froh sein. Wisst ihr nicht, was Herbert immer über sie erzählt hat? Dass sie die Sparspültaste im Klo nicht benutzt, dass sie die Hunde mit dem falschen Hundefutter füttert, dass sie zum Friseur geht, anstatt das Geld zu sparen. Und wisst ihr noch, als er ihr das Auto wegnehmen wollte?«

Herbert hat damals allen Ernstes behauptet, seine Frau könne mit dem Fahrrad losfahren, um den Monatseinkauf zu erledigen: »Benzinpreise, Steuer, Versicherung, das ist doch alles Firlefanz!«, hat er sie am Telefon angebrüllt. »Super Bleifrei ist schon wieder teurer geworden. Ich tanke meinen Wagen immer nur halb voll, um zu sparen, und du fährst mit dem Auto einkaufen!«

Ob das Auto nun damals verkauft wurde oder nicht, haben wir nicht rausgekriegt.
»Wir müssen aufpassen, dass das alles keine Milchmädchenrechnung ist«, wirft Brigittchen ein, »nicht dass der Schuss für uns nach hinten losgeht.«
»Das ist keine Milchmädchenrechnung!«, ruft Liesel empört, »das hab *ich* für uns alle ausgerechnet. Jedenfalls ist dann erst mal Ruhe im Karton«, ist sie sicher. »Dann haben wir für einige Zeit Luft und können weiter überlegen, was wir tun!«
Peggy strahlt: »Und wir können mit den Heften machen, was wir wollen!«, sie stößt mich an, »Lindi, überleg doch mal, wir haben ab morgen freie Hand! Niemand wird uns Vorschriften machen! Das ist doch nicht zu fassen! Wir können kommen und gehen, wann wir wollen, wir können uns neue Themen überlegen, wir können endlich richtig gute Fotos einkaufen und die ganzen Hefte so gestalten, dass der Leser sozusagen süchtig danach wird!«
»Wir müssen nur mit dem Verleger sprechen«, werfe ich ein.
»Ach, das schaffen wir doch mit links«, meint Peggy. »Der ist doch froh, wenn alles so weiterläuft.«
Da hat sie eigentlich Recht. Der Verleger, ein mittelgroßer, hagerer Mann Mitte siebzig, ist sowieso schon jenseits von Gut und Böse. Und wenn die Auflage steigt, wird er erst recht nichts sagen. Herr Toblaski sollte also wirklich kein Problem darstellen.
»So machen wir das«, sind wir uns einig. »Der Polizei, falls die überhaupt kommen sollte, werden wir genau das erzählen!«
Liesel klatscht in die Hände: »Ich sag euch, Mädels, es war eine hervorragende Idee, Herbert umbringen zu lassen! Und unsere nächste Aufgabe ist: Wie kriegen wir die Kohle für Oscar zusammen? Aber das bekommen wir auch noch hin! Hauptsache,

der alte Mistkerl ist tot. Mädels, wir sind quasi die Mörderinnen unseres Chefs! Herbert ist endlich tot!«

»Ihr habt euren Chef umbringen lassen?«, fragt jemand von der Tür her.

Erschrocken fahren wir herum. Im Türrahmen steht Dietmar in seinem Unterhemd. Ich vermute, er möchte sich was zu trinken holen. Ein ungünstiger Moment.

»Ihr Scheißweiber habt euren Chef umbringen lassen?«, fragt Dietmar wieder, nein, er stellt es fest. Er macht zwei Schritte nach vorn und deutet reihum auf uns:

»Verdammte Kacke, hier in meiner Küche sitzen fünf echte Mörderinnen! Also sozusagen Mörderinnen. Ach du dicke Scheiße! Ich muss die Bullen anrufen.« Er dreht sich um.

Ich sitze da wie gelähmt, unfähig einzuschreiten. Dietmar wird alles kaputtmachen.

Liesel scheint das genau so zu sehen. Sie steht auf, überholt ihren Mann und knallt ihm die Küchentür vor der Nase zu: »Du wirst niemanden anrufen«, herrscht sie Dietmar an.

Der steht vor Liesel und lacht schäbig auf: »Glaubst du im Ernst, ich würde die Gelegenheit nicht ausnutzen, dich Matrone endlich loszuwerden? Seit Jahren ödest du mich an!«

Wie unverschämt!

Dietmar lacht laut auf: »Da habt ihr nicht mit Dietmar gerechnet, was?«, er blickt uns reihum an. »Was ist das überhaupt für ein Zettel da?« Er greift nach Liesels Plan und hält ihn hoch: »Ach, das müssen wir nach Herberts Tod alles tun?«, fragt er scheinheilig.

Wir sitzen nur da und schauen ihn an. Warum musste der Idiot in die Küche kommen? Hätte er nicht einfach weiter *Alien* schauen können und in Gedanken die Außerirdischen besiegen?

»Du warst im Puff, du alter Mistkerl warst im Puff!«, brüllt Liesel von der Küchentür plötzlich wieder los.
Dietmar dreht sich zu ihr um: »Das ist ja jetzt sowieso alles egal. Ihr seid ja alle in spätestens einer Stunde im Knast. Ha! Mit diesem Beweisstück hier«, er hält den After-Mord-Plan hoch, »kann nichts mehr schief gehen!« Er beugt sich zu Liesel vor und ich wette, er hat Mundgeruch: »Ja, ich war im Puff, und nicht nur einmal! Was soll ich denn mit dir Dörrpflaume? Das Einzige, was du halbwegs kannst, ist Gulasch kochen, und das noch nicht mal gut. Im Bett bist du eine Niete, wie alle Weiber, die hier sitzen, und unterhalten kann man sich mit dir bloß über deine Fernsehserien. Um es kurz zu machen – ich kann mir nichts Besseres vorstellen, als dass du endlich von der Bildfläche verschwindest!« Dietmar rülpst und grinst dabei breit. »Blöde Schlampe«, sagt er dann zu seiner Frau.
Liesel ist bleich und zittert: »Das meinst du nicht ernst. Das meinst du alles nicht ernst«, sagt sie mit leiser Stimme. »Dass du im Puff warst, das wusste ich, das hab ich schon rausgekriegt, aber dass du so wenig von mir hältst, hast du in der Form noch nie gesagt.«
»Warum auch?«, erwidert Dietmar gelangweilt, »so lange es hier einigermaßen sauber war und du funktioniert hast. Aber langsam geht mir das alles ziemlich auf die Nerven, falls du verstehst, was ich meine. Du ödest mich so an. Schau doch mal in den Spiegel. Was siehst du? Eine Alte, die ihre besten Jahre längst hinter sich hat. Eine Alte, die mir wie ein Klotz am Bein hängt!«
Peggy, Brigittchen, Heidi und ich sitzen am Küchentisch und wissen nicht, was wir sagen sollen. Die Situation ist einfach entsetzlich. Ein Glück, dass ich Heinrich zu Hause bei Giselher

gelassen habe. Streit ist für den armen Alligator gar nicht gut, und er hat in letzter Zeit einfach schon zu viel durchmachen müssen.

»Warum bist du so gemein zu deiner Frau, Dietmar?«, fragt Heidi unvermittelt.

Der macht sich noch nicht mal die Mühe, Heidi anzuschauen: »Irgendwann ist eben ein Punkt erreicht, an dem man keinen Bock mehr hat«, meint er gelassen. »Und dieser Moment ist passend, finde ich. So einen Mord sollte man nicht auf die leichte Schulter nehmen. Wenn du erst mal im Gefängnis bist, kann ich mein Leben endlich genießen«, sagt Dietmar mit süffisanter Stimme. »Ist eigentlich noch Bienenstich da? Gib mir mal ein Stück, Liesel.«

Im nächsten Augenblick knallt Dietmar der Länge nach vor uns hin und bleibt auf dem Bauch liegen. Aus seinem Hinterkopf sickert Blut.

Wir rücken näher zusammen.

»Ich geb dir auch Bienenstich!«, kreischt Liesel. In ihrer Hand befindet sich ein kiloschwerer Mörser.

19

Liesel tobt in der Küche umher wie ein Irrwisch. Sie hat Dietmar umgedreht und klatscht ihm den restlichen Bienenstich ins Gesicht: »Hier, und hier und hier!«, brüllt sie herum und lässt schließlich noch eine Kuchengabel in Dietmars Mund stecken. Der Bienenstich quillt überall aus dem Mund heraus, weil Dietmar ihn nicht herunterschluckt. Wenn bloß Washington jetzt nicht auftaucht! Nicht auszudenken, wenn er plötzlich hier in der Küche steht mit seinem Fett-T-Shirt und fragt: »Vater, was hat Mutter dir nur angetan?« Wobei – Washington kann glaube ich sowieso nur zwei Wörter: »Inline« und »Töten«.
»Du Schwein, steh auf!«, kreischt Liesel, und tritt Dietmar in die Seite. Heidi ist so nervös, dass sie den Tortenheber verbiegt, der auf der leeren Kuchenplatte liegt. Gleich wird sie noch einen Knoten aus dem Griff machen. Mir ist heiß und schwindelig. Meine Blase, meine Blase.
»Würdet ihr bitte von mir runtergehen?«, gleich werden meine Organe platzen. Energisch schiebe ich Heidi, Peggy und Brigittchen von meinem Schoß. In der Entwicklung des Geschehens haben wir uns übereinander geschoben. Ich Vollidiotin sitze natürlich ganz unten. Das war damals schon so in der Berg-und-Tal-Bahn auf dem Jahrmarkt. Diese blöde Bahn fuhr in Wellen immer auf und ab, und durch die Fliehkraft wurden die achtzehn Leute, die innen saßen, auf die einzige arme Seele, die außen saß, gedrückt. Ich wundere mich heute noch, dass meine Lunge noch funktioniert.
Peggy steht schließlich auf und tritt neben den bienenstichverschmierten Dietmar. Dann kniet sie sich hin: »Ich hatte letztens

einen Erste-Hilfe-Auffrischungskurs«, erklärt sie und fühlt Dietmar den Puls.
Peggy wird blass im Gesicht, holt ihren Schminkspiegel aus ihrer Handtasche, die sie immer umhängen hat, und hält ihn vor Dietmars Nase.
»Wenn der Spiegel beschlägt, haben wir Glück gehabt«, sagt sie leise.
Wir anderen stehen auf und knien alle neben ihr und Dietmar nieder. Auch Liesel. Sie hält immer noch den blutverschmierten Mörser in der Hand. Ihre Fingerknöchel sind blau.
Wir starren Dietmar an, ohne ein Wort zu sagen. Warum tut sich auf dem Spiegel nichts? Dann, eine Minute später, wir wollen schon wieder aufstehen, öffnet Dietmar die Augen und dann den Mund, was gar nicht so einfach ist wegen des Bienenstichs, und dann brüllt Dietmar ganz laut: »FREIHEIIIIIIIIT!«, so wie Mel Gibson in *Braveheart*, als er letztendlich doch noch hingerichtet wird, aber keine Angst vor dem Tod hat, weil seine wunderschöne Frau, die vorher schon umgebracht wurde, in einer Vision auf ihn wartet.
Dann fällt Dietmars Kopf zur Seite. Seine Augen sind starr und stumpf. Peggys Spiegel beschlägt wieder nicht, auch nach fünf Minuten nicht, und irgendwann sagt sie: »Dietmar ist … ist tot!«
Liesel flüstert: »Oh, oh«, und Heidi sagt: »Nicht anfassen. Das Leichengift!« Dann nimmt sie die Kuchengabel, die neben Dietmar liegt, und kratzt die Buttercreme von Dietmars Gesicht.
Brigittchen sagt: »Heidi, du wirst jetzt nicht den Bienenstich noch essen«, und Heidi schüttelt bewegt den Kopf und meint: »Wenigstens im Tod soll er ansehnlich aussehen!« Die Kuchengabel leckt sie dann trotzdem noch ab.

»Als ob es nicht schon alles schlimm genug wäre, als ob nicht schon alles ganz entsetzlich wäre!«, Liesel sitzt am Tisch und schwingt den Mörser. »Noch ein Toter, noch ein Toter. Aber ich hab es nicht allein getan. Ihr habt mir geholfen!«
Sie blickt uns flehentlich an: »Nicht wahr, nicht wahr? Wir haben in einer Gruppe gemordet!«
Weil ja jetzt sowieso alles egal ist, sagen wir im Chor: »Ja, Liesel, wir haben in einer Gruppe gemordet!,« und ich frage mich, wo das noch alles hinführen soll. Ich bin sehr froh, dass Liesel einen gekachelten Küchenfußboden hat. Ich leihe ganz sicher nicht nochmal ein Shampooniergerät aus. Dann treffe ich wieder Giorgio Simader und muss ihn zu einer Theateraufführung einladen, die es nie geben wird. Aber ganz sicher gibt es einen Toten.
Was tun? Was tun?
Brigittchen ist so nervös, dass sie anfängt, an den Fingernägeln zu knibbeln: »Liesel, also ich verstehe dich nicht. Das war dein Mann!«
Liesel bäumt sich auf. Ihre Augen blitzen: »Ja, du hast ganz Recht, Brigitte! Das WAR mein Mann. Ihr habt ja wohl alle gehört, was er zu mir gesagt hat. Er wollte die Polizei anrufen; er wollte mich ins Gefängnis bringen lassen! Ja, das WAR mein Mann!«
Dauernd kontrolliert Peggy mit ihrem Spiegel, ob Dietmar eventuell doch noch lebt. Aber der Spiegel beschlägt nicht.
»Vielleicht sollten wir einen Krankenwagen anrufen!«, schlägt Heidi vor und blickt auf den leblosen Dietmar.
»Einen Krankenwagen kann man nicht anrufen«, korrigiert Peggy sie, »man kann höchstens im Krankenhaus anrufen und einen Krankenwagen bestellen.«
Als ob es jetzt noch auf irgendeine Formulierung ankäme.

Im Flur gibt es Geräusche.
»Washington«, flüstert Liesel, »es ist Washington. Seid alle still!«
»Mum«, kommt es aus dem Flur, »Mum!«
»Ich komme schon, mein Kleiner, ich komme schon!«, Liesel hüpft über Dietmar hinweg und rennt in den Flur. Schnell schlägt Heidi die Tür hinter ihr zu.
»Na, warst du Inline-Fahren, Washington?«, hören wir gedämpft Liesels Stimme aus dem Flur.
»Alles Scheiße, bin volle Granate hingeflogen. Bloß weil der Olle zu mir gesagt hat, ich sei ein Weichei und könnte auf der Halfpipe nicht fahren«, mosert Washington herum. »Von mir aus kann der abhauen, der Alte. Ich hab Hunger!«
»Ich mache gleich Abendbrot«, zwitschert Liesel herum, »ich habe nur noch Besuch. Aber der geht bald. Und dann mache ich dir was ganz Leckeres. Was möchte mein kleiner süßer Junge denn haben?«
»Pizzabaguette«, kommt es von Washington.
»Aber Washington, in deinem Alter sollte man sich bewusst ernähren. Schließlich bist du noch im Wachstum! Ich werde dir einen leckeren Salat machen und dazu gibt es feine Wurst- und Käsebrote.«
Washington pfeffert seine Inline-Tasche in die Ecke: »Ich will Pizzabaguette! Und ob ich wachse oder nicht, ist mir scheißegal!«
Er muss *Die Blechtrommel* gelesen haben. Oder den Film gesehen. O Gott, in dem Buch und dem Film kommt auch ein Oskar vor. Das ist der, der nicht wachsen will. Ist Washington womöglich ein Komplize von Oscar? Das fehlt uns jetzt auch noch!

Liesel kommt in die Küche zurück: »Washington sieht fern. Ich muss ihm Abendbrot machen. Was geschieht denn jetzt mit Dietmar?«, fragt sie, während sie die Kuchenteller in die Spüle räumt und dann Pizzabaguettes aus dem Tiefkühler nimmt.
»Ja, ich weiß auch nicht«, sagt Peggy und blickt hilflos auf Dietmar, der immer noch da liegt, als sei er tot. Verdammt, er IST tot!
Mir fällt auf, dass es gar nicht riecht. Dabei müsste er doch eigentlich. Wegen dem Pomuskel. Ob Giselher mir mit dieser Geschichte einen Bären aufgebunden hat? Ich muss ihn fragen! Er soll mich nicht anlügen. Ich bin schon wieder sehr wütend auf Giselher. Glaubt er, ich finde so was nicht heraus?
Peggy kniet immer noch über Dietmar: »Die Blutung ist zum Stillstand gekommen«, meint sie professionell. »Gib mir mal ein Handtuch, das kann ich um seinen Kopf wickeln.« Mit dem geblümten Geschirrtuch um den Kopf sieht Dietmar noch idiotischer aus.
»Und nun?«, frage ich, während Liesel teilnahmslos die Baguettes in den vorgeheizten Backofen schiebt.
»Sagt ihr doch auch mal was«, meint sie, »ich hab ihn getötet. Jetzt könnt ihr auch mal was machen.«
»Wir könnten Oscar anrufen«, sagt Heidi, »Oscar hat bestimmt noch einen Sack, in dem er Dietmar wegschaffen kann!«
»Bist du völlig übergeschnappt?«, frage ich Heidi, »dann hat er uns noch mehr in der Hand. Es reicht schon, dass er Herbert umgebracht hat.«
»Er hat Dietmar ja nicht umgebracht«, sagt Heidi und kaut schon wieder an irgendwas herum. »Liesel hat Dietmar umgebracht, und Oscar soll ihn lediglich verschwinden lassen!«
»Pscht«, macht Brigittchen, »denkt doch mal an Washington!«

»Nein, *wir* haben Dietmar umgebracht«, stellt Liesel fest und steckt den blutverschmierten Mörser in die Spülmaschine, »das war ein Gruppenmord! Ihr habt zugestimmt! Wir alle waren beteiligt!«

Ja, natürlich waren wir alle beteiligt! Wir haben zwar nur auf Liesels Küchenbank gesessen und tatenlos zugeschaut, wie sie ihrem Mann von hinten einen Mörser über den Schädel geschlagen hat, aber wir waren beteiligt. Wie ist das denn, wenn man sich einen *Tatort* anschaut? Ist man dann als normaler Zuschauer auch verantwortlich?

So langsam wird mir das alles zu viel hier.

»Dann wart ihr aber auch alle an Herrn Möllers Tod beteiligt«, stelle ich fest und blicke beifallheischend in die Runde. »Man kann Heinrich nicht die Alleinschuld an dem tragischen Unglück geben!«

Alle nicken.

»Mitgefangen, mitgehangen«, meint Peggy.

»Genau«, kommt es von Brigittchen, »der arme Heinrich! Er würde es nicht verkraften, wenn wir ihn im Stich lassen!«

Wenigstens das! Wenigstens das!

»Also, was ist jetzt mit Dietmar?«, fragt Liesel erneut. »Hier kann er nicht liegen bleiben. Washington kann ich es nicht zumuten, auf einen Toten zu starren, während er Pizzabaguette isst.«

»Auf keinen Fall können wir Oscar anrufen«, sind wir uns nach weiteren fünf Minuten einig. »Wir müssen allein einen Ausweg finden! Das wäre doch gelacht, wenn wir nicht ohne fremde Hilfe eine Leiche irgendwo aufbewahren könnten!«

Dann schauen wir uns der Reihe nach an und sind sehr stolz auf uns.

20

»Haltet ihn, haltet ihn!«, ruft Hauke, während er verzweifelt versucht, den Oberkörper von Dietmar in einen Plastiksack zu stecken. Aber Dietmar ist so schwer, dass es quasi unmöglich ist, ihn zu halten; ständig rutscht er ab.
»So geht das nicht«, meint Oscar. Er schwitzt sehr.

Dietmar war einfach zu schwer. Wir haben wirklich alles versucht. Wir haben ihn noch nicht mal zu fünft vom Boden hochhieven können, und dann war da noch dauernd Washington, der noch ein Baguette und noch ein Baguette und noch eins haben wollte und die ganze Zeit im Wohnzimmer rumkrakeelte. Hätten wir da noch mehr Leute, die dann Mitwisser sind, hinzuziehen sollen? Das wäre doch absurd gewesen. Also haben wir uns letztendlich dazu entschlossen, Oscar doch anzurufen. Schließlich sitzen wir mit ihm sozusagen in einem Boot, auch wenn er uns gedroht hat. Und Mörder untereinander lassen sich ja bekanntlich nicht im Stich.
»Was gibt es? Habt ihr das Geld?«, blökte Oscar ins Handy. »Ich schau gerade *Die Wicherts von nebenan*, also MACHT SCHNELL!!!«
Wir machten schnell, erzählten Oscar alles und in weniger als einer Viertelstunde war er in Bergedorf. Natürlich mit Hauke. Der begrüßte uns mit seinem beinahe zahnlosen Grinsen und sagte: »Moin, min Deerns.«

Endlich, endlich kriegen Oscar und Hauke den toten Dietmar in den Sack gesteckt, und endlich schnüren sie den Sack zu.

Washington sitzt immer noch im Wohnzimmer. Es scheint ihn überhaupt nicht zu interessieren, dass hier in der Küche solch ein Lärm ist.
»Wir müssen warten, bis es dunkel ist«, meint Hauke, »dann schaffen wir den schweren Klotz auf die Rückbank.« Er wischt sich den Schweiß von der Stirn.
Liesel wirbelt herum und schmiert Brote: »Ihr seid doch bestimmt hungrig von der Anstrengung«, meint sie fröhlich. »Hier, schaut, ich lege noch Salatblätter zwischen die Salamischeiben. Ein Klacks Remoulade drauf und eine Tomatenscheibe und schon ist ein leckeres Sandwich fertig!«
Sie wirkt richtig gelöst.
»Das wird teuer, Mädels, das wird teuer«, meint Oscar, während er in ein Sandwich beißt. »Ich musste den anderen Kerl schon umbringen und verschwinden lassen, und jetzt das noch! Das wird teuer. Wir müssen sowieso über mein Geld reden, aber jetzt muss ich erst mal überlegen, wohin mit dem da«, er deutet auf Dietmar im Sack.
»Könnte ich ein Glas kalte Milch bekommen?«, fragt er Liesel. »Zu belegten Broten trinke ich gern kalte Milch.«
»Natürlich«, Liesel eilt zum Kühlschrank, »wie mein Washington, wie mein Washington, der mag auch kalte Milch zum Brot.«
Heidi, die auch ein belegtes Brot isst, fragt: »Wo willst du Dietmar denn hinbringen?«
»Keine Namen, bitte«, Oscar hebt die Hand. »Dies da auf dem Boden ist *das Opfer*. Mehr nicht. Keine Namen! Was ist das da auf dem Boden?«
»Das Opfer. Mehr nicht«, antworten wir im Chor.
»Gut«, Oscar ist zufrieden und schaut aus dem Fenster. Er hat

einen Milchbart. »Es ist jetzt dunkel genug. Dann los, Hauke, ich will das hinter mich bringen!«
Hauke nickt: »Denn man to!«
Sie werfen den Sack mit Dietmar aus dem Küchenfenster, ein Glück, dass sich die Wohnung im Erdgeschoss befindet, und springen dann hinterher.
»SOLLEN WIR DIR MIT DER LEICHE HELFEN?«, brüllt Heidi nach unten.
»Herrgott nochmal, halt die Klappe!«, herrsche ich sie an, und Liesel zieht Heidi vom Fenster weg. »Willst du alles kaputtmachen, ja?«, schreit sie.
Heidi schüttelt den Kopf: »Ich wollte bloß freundlich sein und helfen«, gibt sie zurück.
»Du machst alles nur noch schlimmer!«, Liesel regt sich furchtbar auf. »Mit dir macht man wirklich was mit!«
»Das stimmt«, sagt Brigittchen.
Peggy schiebt Heidi noch ein Brot zu: »Hier. Iss und sei einfach still!«, sagt sie.
»Können mal zwei von euch rauskommen und helfen?«, ruft Oscar. »Allein schaffen wir das nicht!«
»Seht ihr«, sagt Heidi beleidigt, will dann aber doch nicht nach draußen gehen und helfen, weil Liesels Brote wohl sehr lecker sind. Sie verschlingt eins nach dem anderen.
Liesel und ich gehen zu Oscars Wagen. Es ist ein alter Ford Mustang und er ist erbsmetallic. Auf der Heckscheibe sind Buchstaben aufgeklebt, so, wie das in den Achtzigern mal modern war. Da klebte an jedem zweiten Auto das Wort FANATIC, und Autofahrer, die sehr lustig sein wollten, haben FANATIC zu FANTA umgewandelt. Auf Oscars Auto steht allerdings weder FANATIC noch FANTA, auch nicht KENWOOD, sondern

TÖTEN IST DAS EINZIGE WOFÜR ES SICH ZU LEBEN LOHNT.

Oscar scheint auf sein Auto sehr stolz zu sein: »Schaut, hier, die Original-Hosenträgergurte«, zeigt er uns, »und ich habe Lexmaul-Tuning und Recaro-Sitze.«

»Schön«, sage ich und Liesel nickt. Dietmar liegt immer noch vor dem Kofferraum.

»Wir müssen uns ein bisschen beeilen«, sagt Hauke, »hier kommen ab und zu Leute vorbei. Mein Rücken, mein Rücken!« Er greift mit den Händen hinter sich und macht ein schmerzverzerrtes Gesicht.

»Stell dich nicht so an«, meint Oscar, »immer, wenn es drauf ankommt, tut dir dein Rücken weh. Das war damals bei dem Vorstandsvorsitzenden von der Bank auch so. Erst hast du gemeint, es sei alles kein Problem, und dann hast du wieder mit deinem Rücken angefangen.«

»Das sagt gerade der Richtige«, ruft Hauke entrüstet, »wer ist denn damals zusammengebrochen, weil er angeblich keine Luft mehr bekommen hat, und wer hat diesen fetten Direktor denn die ganze Wendeltreppe allein runtergeschleppt? Und wer musste denn erst mal einen kleinen Spaziergang machen wegen seiner verstaubten Lunge?« Hauke redet sich in Rage: »Alles habe ich allein gemacht, alles!«

Oscar wird böse: »Ich KONNTE nicht! Meine Lungen waren sozusagen keine mehr! Tagelang hatte ich mit den Folgen zu kämpfen. Noch nicht mal mein heißes Dampfbad hat noch was genützt!«

»Und was soll ich sagen!«, beschwert sich Hauke weiter, »ich habe eine Skoliose. Das ist eine Rückgratverkrümmung. Damit soll man nicht spaßen und schon gar nicht schwer heben.

Aber darauf wird von dir natürlich keine Rücksicht genommen. Hauptsache, du kassierst das große Geld für jede Leiche, Hauptsache, du machst den großen Schotter, da bin ich mit meiner Rückgratverkrümmung natürlich ein Nichts gegen!« Hauke schaut uns böse an: »Euren toten Chef hab ich auch alleine durch die Gegend buckeln müssen. Wenn die Leichenstarre eingesetzt hat, ist das gar nicht so einfach, das kann ich euch flüstern, aber Oscar hatte leider wieder eine Milbe in der Luftröhre. So wie immer!«
»Jetzt ist es aber gut!«, Oscar wird böse, »ich war an diesem Tag emotional auch nicht besonders gut drauf, falls du dich erinnerst. Beim *Räuber Hotzenplotz* ging es hoch her. Kasperl und Seppel wollten ihn ins Spritzenhaus einsperren oder war es andersherum? Jedenfalls war in der Folge ein ziemliches Tohuwabohu! Und dann das Drama mit den vergifteten Schwammerln! Da kann man sich doch nicht auf einen Mord konzentrieren!«
Liesel und ich stehen hilflos vor Oscar und Hauke und dem toten Dietmar und verfolgen den Dialog; was sollen wir denn sonst tun?
»Guten Abend«, sagt ein Mann neben uns. Mir wird schwarz vor Augen.
»Ist das nicht ein herrlicher Sternenhimmel?«, fragt Herr Simader und schaut uns mit seinen kleinen, schwarzen Knopfaugen freundlich an. »Darf ich Ihnen meine Frau vorstellen? Gudrun, das ist Frau Fuchs, den Namen Ihrer Freundin habe ich leider vergessen, Frau Fuchs!«, er wartet auf Antwort, während Frau Simader mich nett anlächelt. Sie sieht aus wie eine Frau, die man gern zur Mutter hätte. Sie ist ziemlich klein, hat rotbraune Haare und eine zierliche Figur. Ich schätze sie auf Ende fünfzig, also ungefähr so alt wie Herrn Simader, den ich auch auf Ende

fünfzig schätze. Sie macht auf mich den Eindruck, als würde sie gern samstags einen Kuchen backen und sich auf die Töchter und Söhne freuen, die sie zum Kaffee mit den Enkelkindern besuchen. Mit den Enkeln bastelt sie in der Weihnachtszeit auch gern Strohsterne und bemalt Krippenfiguren, während es im ganzen Haus nach Vanillekipferln und Mandelmakronen duftet, die gerade aus dem Backofen gekommen sind.

Ich möchte, dass das hier alles nicht wahr ist und möchte außerdem, dass Frau Simader meine Mutter ist. Sicher ist Frau Simader gläubig. Sie würde mir, ihrer Tochter, nachdem ich ihr alles gestanden hätte (»Mutter, ich muss dir etwas Schlimmes sagen …!«), einfach den Rat geben, zum Priester zu gehen, um zu beichten. Und schon wäre alles vergessen.

Aber das geht nicht. Ich bin ja gar nicht katholisch.

»Hallo«, sage ich in Frau und Herrn Simaders Richtung, »ja, wie schön, darf ich Ihnen meine Bekannte Frau Fricke vorstellen, ja, und meine Bekannten Oscar und Hauke. Oscar, Hauke«, ich schaue zu den beiden, die wie Zinnfiguren da stehen, und deute auf Herrn Simader, »ich möchte euch gern mit Herrn Wachtmeister Dimpfelmoser bekannt machen!«

Herr Simader blickt sich um: »Wo ist er denn?«, fragt er dann.

»Wer?«, das bin ich.

»Na, Herr Wachtmeister Dimpfelmoser«, Herr Simader deutet auf Dietmar im Sack, »oder ist er etwa da drinnen, der Wachtmeister Dimpfelmoser? HAHAHA!«

»Hahahahaha«, macht Frau Simader und auch Liesel macht »Hahahahaha«, wenn auch nicht so laut, nur Oscar und Hauke räuspern sich verlegen.

»Sie haben aber auch immer einen lustigen Spruch auf Lager, Frau Fuchs«, meint Herr Simader. »Wachtmeister Dimpfelmoser, so hat mich ja noch nie jemand genannt! Sie sehen wohl auch gern die alten Folgen vom *Räuber Hotzenplotz*!« »Nein, ich meine ja«, beeile ich mich zu sagen und überlege fieberhaft, wie ich aus dieser Situation ohne bleibende Schäden herauskommen soll.

Wie konnte ich Herrn Simader als Wachtmeister Dimpfelmoser vorstellen? Weil Oscar und Hauke von dem blöden *Räuber Hotzenplotz* erzählt haben und ich habe mal wieder alles verwechselt.

Ich bin Lindi Fuchs, die Vollidiotin.

»Aber noch besser sind die Langspielplatten«, kommt es plötzlich von Oscar. »Allein schon, wie die beginnen, erinnern Sie sich?«

»Gewiss, gewiss, die haben unsere Kinder doch alle gehabt, die Platten!«, freut sich Herr Simader und schaut zu Oscar. »Damals gab es wenigstens noch Langspielplatten, in der guten alten Zeit. Wie ging das nochmal? Da war doch das lustige Lied, ach also, dass ich da jetzt nicht drauf komme …!« Er überlegt fieberhaft.

»Tief im Wald, da haust der Räuber Hotzenplotz, tief im Wald in seinem Räubernest«, beginnt Oscar und strahlt Herrn Simader an. »Klingelt's?«

Herr Simader schlägt mit der Hand gegen seine Stirn: »Natürlich, jetzt hab ich es. So geht es weiter!«, er senkt die Stimme ganz tief: »Alles nimmt der Räuber Hotzenplotz, alles, was nicht niet- und nagelfest!«

»Genau!«, Oscar hakt sich bei Herrn Simader unter und gemeinsam singen sie: »Jedermann hat Angst vorm Räuber Hotzenplotz, jedermann, sogar die Polizei. Denn der Mann, der freche Räuber Hotzenplotz, der ist schlau und stark wie drei!«

Herr Simader klatscht in die Hände: »So was Schönes. Also, wer

hätte das gedacht, dass ich diesen Text nochmal hören würde.« Er dreht sich zu seiner Frau um: »Gudrun, weißt du noch, für Katharina und Michael waren das die schönsten Minuten vor dem Schlafengehen! Ach, dass die Kinder schon aus dem Haus sind, es ist ein Jammer!«
Seine Frau nickt: »Ja, aber nun können wir uns endlich unseren Hobbys widmen«, sagt sie zu mir, »Giorgio lebt nur noch für seine Bonsai-Zucht. Und ich habe meine Liebe zu Arnis entdeckt. Kennen sie Arnis?«
Was ist das nur für ein Gespräch? Liesel sagt gar nichts, sie steht vor dem Sack mit Dietmar und hat die Finger ineinander verkrallt. Ein Glück, dass sie wenigstens *still* ist. Und wie gut, dass Heidi nicht aus dem offenen Küchenfenster brüllt: »WAS IST DENN NUN MIT DER LEICHE?«
»Das Gewürz?«, frage ich Frau Simader, und ich frage *mich* gleichzeitig, wie man seine Freizeit damit zubringen kann, sich für Anis zu interessieren. Gibt es Anis-Workshops? Oder im Internet ein Anis-Forum, in dem man sich mit anderen Chattern über seine Erfahrungen mit Anis austauschen kann?
»Aber nein!«, Frau Simader lacht mit glockenheller Stimme auf. »Ich meine *Arnis*. Mit R. Das ist die kleinste Stadt Deutschlands mit Stadtrechten. Sie hat lediglich ein paar Hundert Einwohner, und eigentlich besteht die ganze Stadt aus einer langen Straße. Sie müssen doch Arnis kennen? In Schleswig-Holstein?«
»Nein, ich kenne Arnis leider nicht«, sage ich und möchte nach Hause, nach Hause, nach Hause.
»Mindestens zweimal pro Monat fahre ich nach Arnis«, redet Frau Simader weiter. »Da gibt es so unglaublich viel zu entdecken! Mal ein neuer Balkonkasten mit Geranien, mal hat jemand ein Kind bekommen, mal hat ein Auto falsch geparkt, mal ist

niemand auf der Straße, mal regnet es. Also, was es in Arnis alles zu entdecken gibt! Letztens habe ich sogar eine Katze gesehen, die sich auf einer Gartenbank gesonnt hat! So herrlich!«
»Das glaube ich«, sage ich zu Frau Simader und wünschte, sie wäre in Arnis.
»Frau Fuchs ist ein sehr kreativer Mensch«, klärt Giorgio Simader, der mittlerweile mit seinem Gesang fertig ist, seine Gattin auf. »Sie malt sehr schöne Bilder, ist bildhauerisch aktiv und spielt in einer Laienschauspielgruppe mit. Weißt du, Gudrun, ich war wegen des verschwundenen Kollegen Möller aus der Stadtverwaltung bei Frau Fuchs, Frau Fuchs hat nämlich eine halbe Million Euro Schulden, und deswegen hat Herr Möller sie aufsuchen wollen, aber er ist dort nie angekommen. Eine tragische Geschichte! Wenigstens geht es meinen Ohren jetzt ein wenig besser. Aber manchmal bin ich noch sehr schwach!« Er setzt sich auf den Sack beziehungsweise auf Dietmar. »Ich bin Kriminaloberinspektor«, sagt er in Haukes und Oscars Richtung, die beide zischend einatmen, aber schweigen. »Nun denn«, er erhebt sich, »dann wollen wir mal wieder, nicht wahr, meine Liebe?«
Gudrun nickt: »Es war sehr nett, Sie kennen zu lernen«, sagt sie und schüttelt uns die Hand.
Sie gehen! Endlich!
»Auf Wiedersehen, Räuber Hotzenplotz«, sagt Herr Simader fröhlich zu Oscar.
»Machen Sie es gut, Wachtmeister Dimpfelmoser«, gibt Oscar zurück. Wenigstens gibt er eine professionelle Antwort.
»Grüßen Sie den Zauberer Petrosilius Zwackelmann von mir«, zwinkert Herr Simader Oscar zu und blinzelt dann in Haukes Richtung. »Ich geh dann mal mit meiner Fee Amaryllis. Hab sie eben aus einem Brunnen gerettet, hahaha!«

»Hahaha«, gibt Oscar zurück.
Ja, JA! Warum geht er nicht?
Endlich, endlich dreht sich Herr Simader um, hakt sich bei seiner Frau unter und geht die Straße entlang.
Mir fällt ein Stein vom Herzen!
»Sagen Sie«, kommt es aus einigen Metern Entfernung, »wegen des Shampooniergerätes wollte ich Sie noch fragen, ob …«
»ZWEI MENSCHEN HABE ICH JETZT SCHON AUF DEM GEWISSEN! ICH BIN EINE MÖRDERIN! WIR ALLE SIND MÖRDER!!! Alle! ALLE! ALLE! HIER IN DIESEM SACK LIEGT MEIN MANN!!!«, brüllt Liesel los.
Ich werfe mich auf sie und drücke sie gegen den Wagen: »Bitte sei still«, flüstere ich, »bitte, bitte!«
Offenbar löst allein das Wort *Shampooniergerät* bei Liesel eine Geständniswut aus.
»Was? Sie wurden gebissen?«, ruft Herr Simader, »Sie sind ein Wrack, das nicht mehr kann?« Seine Mittelohrentzündung! Juhu, seine noch nicht abgeklungene Mittelohrentzündung! Und seine Frau hat offenbar nicht richtig zugehört, was in diesem Fall sehr gut ist.
»GENAU! WIR WÜNSCHEN IHNEN EINEN SCHÖNEN ABEND!«, rufe ich und halte Liesel den Mund zu, die dauernd nuschelt: »Er soll mich festnehmen. Ich gestehe alles.«
»Nun denn«, Herr Simader zieht von dannen, »vielleicht trifft man sich ja mal wieder und genießt gemeinsam mit Kasperl und Seppel Würstel mit Kraut!«

21

Endlich haben wir den Sack mit Dietmar in den Ford bugsiert.

Meine Kraft ist zu Ende. Ich bin auch emotional am Ende.

Ich brauche dringend eine Stärkung. Womöglich auch Urlaub.

Morgen müssen wir wieder in die Redaktion, dumme Fragen werden gestellt und ich bin überhaupt nicht richtig vorbereitet. Oscar will bald sein Geld, ich habe Schulden und einen verrückten Nachbarn, von dem ich hoffe, dass er wenigstens Heinrich gefüttert hat, und außerdem möchte ich, dass diese Sachen bald aus meiner Wohnung verschwinden. Frau Möller können Haukes Kumpanen von mir aus gleich mitnehmen. Als Geschenk des Hauses. Ich sehne mich nach den Zeiten, als mein größter Stress darin bestand, mich über den Müll aufzuregen, den meine Nachbarn mir vor die Tür gestellt haben. War das schön!

Oscar schlägt den Kofferraum zu: »Mann, ist das ein Brocken«, meint er und holt Traubenzucker aus der Tasche: »Möchte jemand was?«

Dankbar nicke ich und greife in den Beutel. Traubenzucker ist immer gut. Traubenzucker verschafft in Sekundenschnelle eine riesige Energie! Hastig schlucke ich die Traubenzuckerdragees.

Eine Viertelstunde später kann ich fliegen. Ich fliege durch ganz Bergedorf. Ach, juhu, ich kann fliegen! Aber was ist das da auf dem Boden? O Gott, das sind Schaben und riesengroße Fliegen und noch größere Saurier, und sie hoffen wohl, dass ich nicht mehr fliegen kann. Ich kann auch plötzlich nicht mehr fliegen. Und aus diesem Gullydeckel da krabbeln lauter Käfer.

»AAAAAAAHHHH!«, schreie ich, »KÄFER, SCHABEN, HILFE!«
Das, was mir die anderen später erzählten, ist der reinste Horror: Ich laufe durch ganz Bergedorf, schreie, fluche und schlage um mich. Ich versuche, an einer Hauswand hochzuklettern, auf der Flucht vor den Käfern und Schaben, ich renne in die Bergedorfer Filiale von McDonald's und schreie: »Alle weg hier, ich bin Willi, der Freund von Maja!«, und Oscar, Hauke und Liesel folgen mir die ganze Zeit. Durch die Aufregung laufe ich offenbar sehr schnell, denn keiner kann mich einholen. Oscar nicht so gut wegen des Staubs auf der Straße und Hauke wegen seines Rückens und Liesel wegen Washington, um den sie sich Sorgen macht. Wenn er jetzt, während sie weg ist, noch nach einem Pizzabaguette verlangt? Ich renne durch Bergedorf und fühle mich verfolgt von ganzen Käferarmeen, dann kann ich doch wieder fliegen und fliege dann nach Wentorf, und in Wentorf stolpere ich über eine Mülltonne und endlich können die anderen mich einfangen.
»Verdammt, das ist vielleicht eine Scheiße«, sagt Oscar zu Hauke und Liesel. »Wir müssen sie auf jeden Fall beobachten. Allein kann sie heute Nacht nicht bleiben! Das kann mehrere Tage dauern, bis sie wieder normal ist!«
»Was ist denn los mit Lindi, was ist denn los?«, fragt Liesel erschüttert.
Oscar rauft sich die Haare, und Hauke hält mich fest.
»Ich hab die Jackentaschen verwechselt«, meint Oscar schuldbewusst. »In der rechten war Traubenzucker und in der linken waren LSD-Pillen. Ich hätte nochmal draufschauen sollen!«
Wir rufen ein Taxi, das uns zurück nach Bergedorf transportiert. Ich sitze zwischen Oscar und Hauke auf der Rückbank und sage irgendwelche Gedichte auf, und Oscar und Hauke halten

mich fest und verhindern so, dass ich aus dem fahrenden Wagen springe. Bei Liesels Wohnung angekommen, bugsiert man mich wieder in die Küche, wo Brigittchen, Heidi und Peggy immer noch sitzen. Sie haben Washington mit Baguettes versorgt und dann aufgeräumt.

Hier sitzen wir nun.

»Was für eine entsetzliche Geschichte!«, ruft Heidi und rückt ein Stück von mir weg. »Nicht dass Lindi noch durchdreht oder so und Amok läuft oder gewalttätig wird. Menschen, die unter Drogen stehen, ist alles zuzutrauen. Ach, ach, das ist gar nicht lustig!«

»Wie viele von diesen Dingern hat sie denn geschluckt?«, fragt Peggy und sieht mich prüfend an.

»Ich weiß nicht, vielleicht drei oder vier, vielleicht auch sieben oder acht, ich hab die nicht gezählt«, antwortet Oscar und macht ein schuldbewusstes Gesicht. »Das habe ich nicht gewollt! Das habe ich nicht gewollt!«

»Nicht gewollt«, sage ich und muss kichern.

»Eine von uns sollte heute bei Lindi übernachten«, stellt Peggy fest. »Ich kann das gern tun!«

»Gern tun«, sage ich und muss noch mehr kichern.

Die reden vielleicht alle einen Blödsinn. Wie kann man nur so einen Blödsinn reden?

Da steht Washington in der Küche: »Mum, Mum, wo ist eigentlich der Alte hin? Ist der abgehauen oder was?«, er kratzt sich ungeniert zwischen den Beinen.

»Dein Vater … dein Vater … dein Vater … möchte eine Zeit lang für sich sein«, erklärt Liesel ihrem Sohn mit hochrotem Kopf. »Er meinte, ich würde ihn einengen und fühle sich hier nicht mehr so wohl in seiner Haut.«

»Er hätte ja wenigstens mal Tschüs sagen können«, meint Washington. Man sieht seine Tätowierung, also diese Nachttischlampe, die leuchtet. Es ist eine scheußliche Tätowierung. Ich will das Washington sagen, aber ein Marder sitzt in meinem Mund, und deswegen kann ich nicht sprechen.
Washington scheint die Tatsache, dass sein Vater für eine Zeit weg ist, emotionslos aufzunehmen und verschwindet wieder im Wohnzimmer.
Peggy fährt mich dann in meinem Auto nach Hause. Ich muss ständig kichern.
Giselher ist da, er schaut mit Heinrich eine Dokumentation über Zugvögel. Der übrig gebliebene Wellensittich schaut aus Heinrichs Maul heraus mit. Er wirkt sehr interessiert.
Ich bin froh, zu Hause zu sein, und lasse mich aufs Sofa fallen. Alles dreht sich, und dann schlafe ich ein. Und träume davon, eine Mörderin zu sein.

Am nächsten Morgen weckt mich Peggy gegen halb acht. Sie ist schon fertig angezogen, hat Kaffee gekocht und Heinrich gefüttert. Benommen setze ich mich auf. Mein Kopf, mein Kopf. Oh, welch ein Horror.
»Geht es dir wieder besser?«, fragt Peggy und schaut mich sorgenvoll an. Ich nicke. »Du hast LSD genommen«, klärt mich Peggy auf. »Von Oscar soll ich dir ausrichten, dass ihm das alles Leid tut. Er wird sich heute bei dir melden. Wie sieht es aus? Kannst du arbeiten oder willst du einen Tag zu Haus bleiben?«
»Ich kann mich nicht krankmelden, Herbert würde mir fristlos kündigen«, sage ich zu Peggy.
Die blickt mich schelmisch grinsend an: »Er *würde* dir kündigen, ja«, lacht sie auf, »aber doch jetzt nicht mehr!«

Langsam kommt die Erinnerung wieder.
»Oh, ich komme trotzdem mit. Wer weiß, was heute alles passiert, da darf ich nicht fehlen.«
Um neun sitzen wir auf unseren Stühlen, mir geht es trotz des Drogenkonsums relativ gut, was bestimmt daran liegt, dass mein Körper die schlimmen Tabletten schnell abgebaut hat, vielleicht liegt es auch an den Unmengen von Kaffee und Aspirin, und ich fange einfach ein neues Heft an. *Lustgeile Luder* brauchen schließlich verdorbene Texte: *Wenn es draußen endlich wieder warm wird, ist die 23-jährige Lucy nicht zu bremsen: »Ich liebe die Sonne«, gibt sie lächelnd zu, »klar, dass ich dann an den FKK-Strand fahre und nach geilen Männern Ausschau halte. Wenn ich mit meinen dicken Mollies im Sand liege, dauert es nicht mehr lange, bis ich angesprochen werde. Dann wird nicht lange gefackelt und ich frage den scharfen Mann einfach, ob er Lust hat, mit mir zu bumsen. Nein hat noch keiner gesagt. Oft treiben wir es direkt am Strand. Im Stehen mag ich es besonders gern, weil ich den großen Krieger dann am besten spüre. Aber auch der Doggy-Style ist geil. Da bebt meine Lustgrotte vor Wonne, und ich könnte stundenlang einen Lümmel vernaschen!«*
»Guten Morgen, Frau Fuchs, guten Morgen, Frau Stillhagen«, wir blicken auf. Vor uns steht Ortwin Reiher.
»Sagen Sie, haben Sie was von Herrn Loose gehört?«, fragt Herr Reiher uns.
»Wie, etwas gehört?«, fragt Peggy.
»Nun, wir waren Freitagabend verabredet. Herr Loose wollte Fotos in einem neuen Tabledance-Laden schießen, und ich war dort wegen einer möglichen Kooperation mit dem Besitzer, aber Herr Loose ist dort nie aufgetaucht. Sein Auto steht noch vor der Tür. Wie lange war er denn am Freitag noch hier?«

»Keine Ahnung«, sage ich schnell, nicht, dass Peggy sagt: »Er war bis ungefähr fünf Uhr hier und ist dann gefahren!« Wie erklärt sich dann das mit der Kiezschleuder, die immer noch unten auf dem Parkplatz steht. »Wir sind gegen halb sechs gegangen, da war Herr Loose noch da. Wie lange er noch geblieben ist, weiß ich leider nicht.« Peggy nickt eifrig.

»Merkwürdig, merkwürdig«, sagt Herr Reiher und kratzt sich am Kinn. »Sein Telefon ist abgeschaltet, und seine Frau weiß auch nicht, wo er ist. Wirklich sonderbar.«

Dann geht er wieder raus und schließt die Tür hinter sich.

»Jetzt warten wir noch zwei Stunden, dann gehen wir zu Reiher und sagen, dass Herbert uns aus Spanien angerufen hat«, schlage ich vor. Peggy ist einverstanden.

Beschwingt schreibe ich das Heft zu Ende. Ohne Herberts Anwesenheit ist der Job hier gar nicht so schlimm. Reiher lässt uns in Ruhe, der bröselt den ganzen Tag in seinen Papieren herum. Was er genau macht, wird wohl nie jemand herausfinden und es ist mir auch ziemlich egal. Dass Herbert nicht ständig angebuckelt kommt und rumschreit, ist eine wahre Wohltat.

Um kurz nach elf gehen wir zu Reiher und klären ihn über Herberts Anruf auf.

»Herr Loose ist in Spanien?«, fragt Herr Reiher. »Wo denn da? Das ist doch gar nicht seine Art, einfach so zu verschwinden! Normalerweise meldet er sich doch immer ab!«

Peggy zuckt mit den Schultern: »Er hörte sich sehr hektisch an«, meint sie, »vielleicht hat er ja billige Modelle gefunden und das Licht ist gerade günstig zum Fotografieren.«

»Wollte er sich nochmal melden?«, fragt Herr Reiher.

»Das hat er nicht gesagt. Er meinte nur, es könnte länger dauern und wir sollten uns keine Sorgen machen.«

»Na, ich werde mal seine Frau anrufen«, meint Reiher und nickt uns zu. »Jedenfalls danke für die Information.«
»Ob er uns geglaubt hat?«, fragt mich Peggy, als wir wieder in der Redaktion sind.
»Bestimmt«, sage ich, »warum denn nicht? Er weiß ja nicht, was wir wissen.«
Dann setzen wir uns zusammen und planen die nächsten Hefte. Und zwar mit der Gewissheit, dass uns niemand reinreden wird. Wir machen uns eine Liste mit Themen, wir überlegen, wie wir das Hauptheft, also den *Kiez-Report,* so umgestalten können, dass es richtig gut wird, und rufen einige gute Fotografen an, um Bilder zu bestellen. Gute Bilder, keine Bilder, auf denen ein Stoppelfeld zu sehen ist. Wir haben richtig viel Spaß.
Da steht Reiher wieder in der Tür: »Frau Stillhagen, Frau Fuchs, können Sie mal eben kurz kommen?«, fragt er. Wir stehen auf und folgen ihm. Er geht in Herberts Büro und deutet auf einen Gegenstand: »Wie soll ich mir das erklären, bitte?«, fragt er.
Mir fährt es eiskalt den Rücken herunter. Da liegt nämlich Herberts kaputte Brille. Heinrich hatte sie ja an sich genommen, als Herbert schon tot war, und er muss sie wohl irgendwann unbemerkt zurückgebracht haben. Jedenfalls habe ich nichts mitbekommen und die Brille auch ehrlich gesagt vergessen. Aber nun liegt sie da. Fast habe ich das Gefühl, sie schaut uns an. Mir wird plötzlich auch wieder ganz schwindelig. So wie gestern. Die Tabletten.
»Ich weiß nicht«, sagt Peggy.
»Ich weiß auch nicht«, sage ich.
Herr Reiher blickt uns prüfend an: »Sie sind also um halb sechs gegangen und da war Herr Loose noch hier?«, fragt er.
»Ja«, sagen wir.

»Dann muss sich ein tragisches Unglück nach Ihrem Weggehen zugetragen haben«, sagt Herr Reiher.
»Aber Herr Loose hat doch vorhin angerufen«, beeile ich mich zu sagen.
»Woher wollen Sie wissen, ob das wirklich Herr Loose war?«, fragt Reiher. »Jemand könnte die Stimme verstellt haben. Außerdem sieht Herr Loose ohne seine Brille überhaupt nichts.«
Das ist richtig.
»Vielleicht ist sie ihm runtergefallen und er hat eine Ersatzbrille oder ist zum Optiker gefahren«, zieht Peggy in Betracht. »Das könnte doch immerhin möglich sein!«
»Ich werde die Polizei anrufen«, stellt Herr Reiher fest. »Das ist eine Nummer zu groß für mich.«

Während wir beim Mittagessen sitzen, klingelt es, und vier Beamte kommen herein. Ich danke Gott, dass Herr Simader nicht dabei ist. Das hätte alles nur noch mehr verkompliziert. Aber kein Herr Simader ist weit und breit zu sehen.
»Victor Scharf«, stellt sich der eine Beamte vor, »Wulf Kümmel«, der nächste und »Izmir Kebab«, der dritte. Dann muss der vierte doch eigentlich »Donald Döner« heißen, damit alles zusammenpasst. Aber ich irre mich. Er heißt »Ich bin Kai, der Azubi«.
»Hallo«, sagen wir im Chor und versuchen, ganz unbeteiligt und normal zu klingen. Heidi schneidet ihre Pizza so, dass der Rand vom Teller springt. Dann stopft sie sich schnell ein Stück rein.
Die vier Polizisten verschwinden mit Herrn Reiher in dessen Büro und schließen die Tür.

22

Heidi ist völlig aufgelöst: »Was sollen wir denn jetzt sagen?«, fragt sie andauernd und muss dann husten, weil sie ihre Pizza nicht mehr kaut, sondern am Stück runterschluckt, womit ihre Speiseröhre ein wenig überfordert ist.

»Wir sagen nur dann was, wenn wir gefragt werden«, sagt Liesel in einem Befehlston. »Das wäre der größte Fehler, jetzt einfach so was zu sagen. Damit machen wir uns nur verdächtig. Und wir wissen schließlich von nichts. Wir wissen gar nichts. Ist das klar?«

»Ja«, antworten wir mechanisch.

»Gut«, Liesel nickt zufrieden. »Herbert ist in Spanien und basta. Was das mit der Brille auf sich hat, können wir ja gar nicht mehr wissen, weil wir schon lange weg waren, bevor er gegangen ist.«

»Genau«, sagt Brigittchen mit rotem Kopf. »Genau.« Ihre Hände zittern.

Genau genommen zittern uns allen die Hände. Was ist, wenn die Polizisten das merken? Die Polizisten sind bestimmt abgebrüht und merken alles, bis auf Kai, den Azubi. Oh, mein Gott. Warum hören unsere Hände nicht auf zu zittern? Verstört versuche ich, meine Cannelloni weiterzuessen, aber dauernd fallen Stücke von der Gabel.

Heinrich! Was ist, wenn die Polizisten Heinrich hier entdecken? Was ist, wenn sie unsere Redaktionsräume untersuchen wollen, und dann liegt da Heinrich und schnarcht? Was ist, wenn sie mir meinen Alligator wegnehmen wollen? Nein!

Ich stehe so schnell auf, dass mein Stuhl nach hinten umkippt: »Wir müssen Heinrich verstecken!«, rufe ich und denke gar nicht mehr an die Polizisten, die immer noch bei Reiher im Büro sitzen. Verdächtig lange sitzen die schon in Reihers Büro.

»Pscht, bist du doof, sei leise, Lindi«, flüstert Peggy und steht ebenfalls auf. »Komm, wir suchen ein geeignetes Versteck für Heinrich.«

Schnell gehen wir an Reihers Büro vorbei. In unserer Redaktion liegt Heinrich und schnarcht tatsächlich. Und zwar mitten im Raum. Wie gut, dass ich an ihn gedacht habe. Er würde mir weggenommen werden, das wollte ja damals Herr Möller auch tun. Apropos Herr Möller, um den muss ich mich auch noch kümmern. Und ich will, dass Hauke dieses Diebesgut wieder bei mir abholt. Bald. Wenn die Polizisten eine Hausdurchsuchung bei mir machen, kann ich mir gleich die Pulsadern aufschneiden. Gleich nachher werde ich versuchen, Hauke zu erreichen.

Peggy und ich heben Heinrich hoch, worauf der ziemlich ungehalten reagiert. Er konnte es noch nie ertragen, bei einem Schläfchen gestört zu werden, und fletscht empört die Zähne. Da muss er jetzt durch. Das ist alles zu seinem Besten. Wir versuchen, ihn aufrecht in einen Schrank zu stellen, doch da niemand sich jemals die Mühe gemacht hat, die Schränke mal an der Wand festzudübeln, droht der Schrank nach vorn umzukippen. Heinrich im Schrankinnern macht erschrocken »Krccch, krccch!« und klopft mit dem Schwanz gegen die Tür. So geht das nicht. Im Regal zwischen den Dias ist auch kein Platz. Hektisch schauen wir uns um. Aus Reihers Büro ertönen Stimmen.

»Ich hab es«, meint Peggy und hebt den Daumen. »Warte mal!« Sie rennt leise raus und kommt mit Strandhandtüchern, auf denen in großer Schrift *Kiez-Report – ohne uns* läuft *gar nichts!* steht, und wirft mir eins zu: »Los, binde das um Heinrichs Bauch«, sagt sie, und ich weiß immer noch nicht, was sie vor-

hat, tue es aber trotzdem. Sie bindet ihr Handtuch um Heinrichs Kopf und knotet es fest zu. Dann nimmt sie ein drittes Handtuch und verbindet die beiden Handtücher damit.
Was hat sie nur vor? »Wir hängen Heinrich aus dem Fenster, so lange die Polizisten da sind«, sagt Peggy leise, und gemeinsam schleppen wir Heinrich zum Fenster und öffnen es. Heinrichs Augen werden riesengroß, als er merkt, was wir vorhaben. Da fällt mir ein, dass er Höhenangst hat. Aber alles ist besser, als dass mir mein Alligator weggenommen wird und dann sein Dasein in *Hagenbecks Tierpark* fristen muss oder womöglich als Stiefel oder Gürtel endet.
»So«, meint Peggy zufrieden und überprüft nochmal die Knoten. Heinrich hängt in den Handtüchern, und die Enden haben wir an einer Art Feuerleiter befestigt, die an unserem Fenster entlangführt. Schnell schließe ich das Fenster, weil ich Heinrichs ängstlichen, anklagenden Blick nicht ertragen kann.
Draußen hören wir Herrn Reiher reden und gehen schnell wieder zum Mittagstisch. Da kommt er auch schon. Im Schlepptau hat er die vier Polizisten.
»Die Herren hätten Ihnen gern einige Fragen gestellt«, sagt er und nickt Herrn Kümmel zu, der gierig auf unser Essen starrt.
»Ja«, sagt Herr Kümmel, »es liegt leider die Vermutung nahe, dass Herr Loose einem Gewaltverbrechen zum Opfer gefallen ist«, meint er traurig und fährt mit der Hand über den Tisch, um von dort Brotkrümel aufzustippen. Der Mann muss schrecklichen Hunger haben.
»Wie furchtbar«, sagen wir und versuchen, teilnahmsvoll zu klingen.
Herr Kümmel sieht uns durch seine randlose Brille an. Er ist eine Hand breit größer als ein Hydrant und trägt eine viel zu

enge Uniform. Seine Haare sind schwarz gefärbt, das sehe ich, denn seine Augenbrauen sind hellbraun. Das passt nicht zusammen.

»Ich muss Sie bitten, uns aufs Revier zu begleiten, um dort eine Aussage zu machen«, redet Herr Kümmel weiter. »Vorher werden wir uns hier erst einmal ein wenig umsehen.« Wie gut, dass Heinrich an der Hauswand hängt, wie gut!

Hoffentlich kommt keiner der Beamten auf die Idee, das Fenster zu öffnen. Ich weiß nicht, was ich dann tun soll.

»Sie haben doch nix dageg, wenn wir uns hier ein wenig seh um?«, meint Herr Kebab.

Wir schütteln den Kopf. »Gern«, meint Peggy dann und macht eine einladende Handbewegung. »Tun Sie sich keinen Zwang an.«

Herr Kebab nickt freundlich und bohrt dann in seiner Nase.

Heidi, die mittlerweile bei ihrem Nachtisch, einem Zitronenquark, angekommen ist, fragt: »Und was ist, wenn wir Nein sagen?« und stopft sich den Quark rein.

Herr Kebab sieht sie irritiert an: »Wie mein Sie das?«, fragt er.

»Na ja«, meint Heidi und isst weiter. »Was soll die Fragerei, ob wir was dagegen haben, dass Sie sich umsehen. Ich gehe mal stark davon aus, dass es Ihnen relativ egal ist, ob wir Ja oder Nein sagen!«

Kai, der Azubi, kichert verhalten.

Herr Kebab schaut Heidi böse an: »Das rischtisch«, sagt er schließlich, »aber muss Hofligkeit ein wenisch sein.«

»Na denn«, für Heidi ist die Diskussion abgeschlossen. »Wenn Sie meinen, dass Sie hier irgendwas Wichtiges finden, sollten Sie schnell anfangen. Ich habe gerade Mittagspause.«

Sie weiß nie, wo die Grenze ist.

»Junge Frau, seien Sie mal nicht so frech«, meint Herr Scharf in scharfem Ton. Herr Scharf sieht aus, als würde er sein Leben damit zubringen, darüber zu trauern, dass er noch nie eine Frau abgekriegt hat. Er hat fast gelbe Haare, die strohig in alle Richtungen abstehen, ist ungefähr zwei Meter groß, wobei sein Oberkörper zwei Drittel der Gesamtgröße ausmacht. Und er hat im Gegensatz zu mir viel zu kurze Arme. Wenn er neben meiner Venus von Milo stünde, könnte man kaum einen Unterschied erkennen. »Das könnte ich Ihnen alles ganz schnell als Beamtenbeleidigung auslegen, falls Sie wissen, was ich meine!«

Heidi nickt: »Ja, das weiß ich wohl. Wie sieht das denn aus mit Diebstahl? Ich meine, was ist, wenn ein Polizist einem gemeinen Bürger etwas wegisst? Ist das dann Bürgerbeleidigung?«

Herr Scharf sieht Heidi verwirrt an: »Was meinen Sie eigentlich?«

»Na ja«, Heidi deutet auf Herrn Kümmel, der sich ohne zu fragen über ihre restliche Pizza hergemacht hat und jetzt mit rotem Kopf dasteht und schnell versucht zu schlucken.

»Es tut mir sehr Leid«, meint Herr Kümmel. »Ich werde Ihnen die Pizza bezahlen.«

»Wulf«, meint Herr Scharf böse. »Wie oft soll ich dir noch sagen, dass du das Essen anderer Leute in Ruhe lassen sollst. Wulf macht gerade eine Diät«, klärt er uns auf. »Sein Cholesterinspiegel ist eindeutig zu hoch. Aber wenn Wulf Essen sieht, ist er nicht zu bremsen.« Er zieht Herrn Kümmel vom Tisch weg. »Also, wir schauen uns dann mal ein wenig um.«

Sie verlassen den Raum. Herr Kebab folgt ihnen und dreht sich nochmal böse zu Heidi um.

»Hi, hi, hi«, macht der Azubi und rennt dann den anderen hinterher.

»Du kannst echt nicht bei Trost sein«, meint Brigittchen zu Heidi, die ungeniert weiter ihren Zitronenquark in sich reinschaufelt. »Wir können von Glück sagen, wenn die hier nicht noch irgendwelche Spuren finden, und dann fängst du an, den armen Herrn … Herrn … na, den Mann eben, zu provozieren. Das kann der alles gegen dich verwenden!«
Heidi blickt auf und ihre Augen blitzen wütend: »Ich MAG es nicht, wenn man mir Essen wegnimmt«, sagt sie und knallt die Tupperschüssel mit ihrem Quark auf den Tisch. »Er hätte wenigstens FRAGEN können! Das ist unfein. Bloß weil er Polizist ist, gibt ihm das noch lange nicht das Recht, meine Pizzareste zu essen.«
»Aber du warst doch schon längst fertig«, meint Liesel, die sich die ganze Zeit umdreht, weil sie Angst hat, dass Herr Kümmel oder Herr Scharf oder Herr Kebab zurückkommen könnten.
»Das ist mir egal«, regt Heidi sich auf. »Essen ist für mich wichtig. Ich liebe Essen. Am liebsten würde ich schon warm frühstücken, wie Bendix Grünlich in den *Buddenbrooks*, falls ihr versteht, was ich meine. Der hat zum ersten Frühstück nämlich schon Rotwein getrunken und Koteletts gegessen. Achtzehnhundertfünfzig war das. Ich sage euch eins, wenn ich in dieser Zeit gelebt hätte, ich hätte es genau wie Bendix Grünlich gemacht. Und da kommt so ein Polizist und isst mir meine Pizza weg. In der Mengstraße in Lübeck hätte es so was nicht gegeben!«
Im Hintergrund läuft Herr Scharf mit Herberts Brille, die sich inzwischen in einer Plastiktüte befindet, herum. Das Corpus delicti. Er legt die Tüte auf den Boden und macht sich schweigend Notizen in ein Buch.
»Polizisten hin oder her«, Heidi redet sich in Rage, »auch ein

Mensch mit Beamtenstatus kann fragen, bevor er mir meine Nahrung nimmt.« Böse kratzt sie die Tupperschüssel aus. »Außerdem sind diese Polizisten viel zu doof, um Herberts Tod jemals aufzuklären. Schaut sie euch doch mal an.«

Herr Scharf klappt sein Notizbuch zu und geht wieder in Herberts Büro. Er scheint wie Herr Simader Probleme mit seinen Gehörgängen zu haben. Ein Glück.

»Heidi, sei jetzt endlich still«, fährt Brigittchen sie an. »Und mach nachher auf der Wache bloß keinen Fehler.«

»Ich mache schon keinen Fehler«, sagt Heidi, »ich möchte nur nicht, dass mir jemand mein Essen wegnimmt.«

»Das wissen wir ja jetzt«, meint Peggy. »Wir müssen uns darüber im Klaren sein, dass wir nachher nichts Falsches sagen dürfen, habt ihr das auf dem Schirm, ja?«

Heidi nickt böse: »Ja, ja, Peggy, reg dich ab. Ich werde schon nichts Falsches sagen. Ich möchte lediglich nicht, dass mir jemand das Essen wegnimmt. Ich möchte mein Essen für mich behalten. Ich hoffe nur, dass es auf dieser Polizeiwache vielleicht ein paar Nüsschen gibt. Oder Eclairs. Oder Apfelschnitze. Von mir aus auch nur ein Stück kalte Pizza. Das nennt man Wiedergutmachung! Wenn mir jemand Essen wegnimmt, könnte ich ...«

»Wir wären dann so weit«, Herr Kümmel steht vor uns und starrt gierig auf die leere Tupperschüssel. »Wenn Sie jetzt so freundlich wären, uns auf die Wache zu begleiten. Wir werden Sie befragen müssen.«

Wir stehen auf. Mein Gott, wir können Heinrich doch nicht so lange an der Hauswand hängen lassen! Der Alligator muss ja durchdrehen. Ich habe ein schlechtes Gewissen. Mein einziger Trost ist, dass auch unser Büro zum Hinterhof hinausgeht, so wie das von Herbert. Da ist es unwahrscheinlich, dass jemand Heinrich sieht.

Wir laufen zu Fuß zur Davidswache. Es ist relativ warm und nicht besonders viel los. Ein paar Nutten stehen am Straßenrand und grüßen die Beamten freundlich. Heidi ist immer noch unwirsch und sieht Herrn Kümmel böse an. Der blickt betreten zur Seite. Ihm ist das alles sehr unangenehm. Herr Reiher, der auch mitkommt, meint die ganze Zeit: »Solch ein Unglück, solch ein Unglück. So ein junger Mensch!«
Falls Herr Reiher von Herbert spricht, was ich vermute, irrt er sich gewaltig. So jung war der gar nicht mehr. Vor kurzem erst hat er seinen 59. Geburtstag gefeiert. Aber er hat sich immer jünger gemacht, als er war. Herbert hat sich allen Ernstes Kunsthaar in seine Kopfhaut einpflanzen und danach noch Strähnchen machen lassen. Ein Mann mit Strähnchen! Und liften lassen hat er sich auch. Darauf war er sogar noch stolz: »Zwölftausend Euro hab ich für mein neues Gesicht bezahlt«, hat er uns hämisch grinsend erzählt. »So viel Geld haben *Sie* nicht!«
Schräg gegenüber von der Davidswache befindet sich ein McDonald's. »Ich habe Hunger«, sagt Heidi zu Herrn Kümmel, der ihr mit rotem Kopf zehn Euro zusteckt und meint: »Können Sie mir ein Cheeseburger-Menü mitbringen?«
»Dann reicht das Geld nicht«, antwortet Heidi ihm, »ich möchte nämlich mindestens zwei Big-Mäc-Menüs.«
Herr Kümmel steckt ihr weitere zehn Euro zu. »Für mich dann noch einen Donut«, meint er und wird noch röter im Gesicht.
Heidi stampft in die Filiale, wir anderen gehen schon mal vor.
»Ich arbeite noch nicht lange auf dem Kiez«, erzählt uns Herr Scharf. »Früher habe ich in Hungen gearbeitet. Kennen

Sie Hungen?« Niemand kennt Hungen. »Das ist in Hessen, also im Vogelsbergkreis«, berichtet Herr Scharf weiter. »Eine ruhige, besonnene Stadt, in der kaum was los war. Gut, einige Jugendliche haben mal im betrunkenen Zustand Autos zu Schrott gefahren und wieder andere haben Baustellenschilder geklaut, aber sonst war nicht viel los in Hungen. Einen Mord hatte ich dort auch nie zu verbuchen.« Herrn Scharfs Stimme klingt fast traurig. »Dann hat meine Schwester geheiratet und ich musste aus dem Haus ausziehen. Ihr Mann wollte nicht, dass ich weiterhin in unserem Elternhaus lebe. Dabei hatten meine Schwester und ich es sehr gemütlich. Jeden Abend haben wir gemeinsam ferngesehen. Sie hat sich um meine Wäsche gekümmert, hat eingekauft und mich daran erinnert, dass ich mal wieder zum Friseur gehen muss. Und im Kirchenchor haben wir auch gemeinsam gesungen. Das war sehr schön. Zu Weihnachten zeichneten wir beide für das Krippenspiel in der Kirche verantwortlich. Leider vorbei«, Herr Scharf schaut mit waidwundem Blick zu uns. »Dann habe ich das Angebot aus Hamburg bekommen und seit drei Monaten lebe ich nun hier. Eine große Stadt. Ich finde leider auch keine Frau. Alles habe ich schon versucht. Es hat nichts genutzt. Dabei bin ich ein ruhiger, besonnener Zeitgenosse ohne große Ansprüche. Ich wandere gern und bin Hobbyornithologe. Und ich lese viel. Ein gemütlicher Winterabend auf der Couch mit einem guten Buch und einem Glas heißen Orangensaft sind mit nichts zu vergleichen.«
Da kommt Heidi mit den Menüs. Sie drückt Herrn Kümmel eine Papiertüte in die Hand und holt ihren ersten Big Mäc aus der Verpackung. Gemeinsam fangen sie an zu essen.
»Lecker«, meint Herr Kümmel mit vollem Mund. »Und die

Pommes! Die sind ganz frisch, das schmecke ich sofort. Ich rieche altes Fett zehn Meter gegen den Wind.« Heidi strahlt: »Herrlich. Ich hab noch Mayo. Wollen Sie was?«
Herr Kümmel nickt beglückt und tunkt seine Pommes in Heidis Mayonnaise.
»Ich würde ja am liebsten schon warm frühstücken«, grinst Herr Kümmel und beißt in seinen Burger. »So wie Bendix Grünlich in *Buddenbrooks.*«
»Ach«, Heidis Mund steht offen. »Etwa auch mit Rotwein?«
»Ha«, lacht Herr Kümmel und blinzelt Heidi schelmisch an. »Ich weiß, welche Szene Sie meinen. Sie meinen die Szene, in der Bendix Antonie untersagt, ein weiteres Mädchen einzustellen. Sie sitzen gerade gemeinsam am Frühstückstisch in ihrem schmucken Einfamilienhäuschen bei Hamburg. Tony trägt ein Negligé. Ist es nicht so?« Er wischt sich den mayonnaiseverschmierten Mund ab.
»Ja«, Heidi ist nicht zu bremsen, »›unsere Tochter Erika braucht eine Bonne‹, hat Tony gesagt, und Grünlich wollte das nicht, denn er stand schon kurz vor dem Bankrott! Da kam doch am selben Morgen noch Bankier Kesselmayer!«
»Ganz recht, ganz recht«, erinnert sich Herr Kümmel. »Und dann, nochmal kurze Zeit später, kam der alte Konsul Buddenbrook und hat seine Tochter nach Hause geholt, weil Grünlich finanziell völlig am Ende war, und er hat Tony noch als Gans beschimpft.«
»Ja«, nickt Heidi, »dann war Tony mit der kleinen Tochter, der Erika, zurück in Lübeck im Elternhaus, und ihre Mutter hat immer gesagt, dass sie nicht gern von der ›Affaire‹ spricht. So war es doch!«
»Genau so war es«, nickt Herr Kümmel und klaubt die restli-

chen Pommes aus seiner Tüte. »Sie scheinen Thomas Mann genau so zu mögen wie ich!«

»Ich?«, echauffiert sich Heidi und schlägt die Hand vor die Brust, »mögen ist kein Ausdruck. Ich *liebe* Thomas Mann!«

»Na, da haben wir ja was gemeinsam«, meint Herr Kümmel.

Jetzt muss ich mir von zwei Kreaturen das Geschwafel über Thomas Mann anhören. Und immer wieder dieselben Szenen aus diesen bescheuerten *Buddenbrooks.* Als ob ich das verdient hätte. Als ob ich das jemals verdient hätte.

Wie es Heinrich wohl geht? Was ist, wenn er mal muss? Oh, nicht darüber nachdenken.

Eine Viertelstunde später sitzen wir in einem relativ kleinen Raum. Mit Herrn Kebab, Herrn Kümmel und Herrn Scharf. Kai, der Praktikant, ist zum Kaffeekochen geschickt worden. Wir sitzen zu fünft an einem langen Holztisch, die Polizisten sitzen uns gegenüber. Mir ist gar nicht wohl in meiner Haut, auch weil ich die ganze Zeit daran denken muss, dass wir in diesem Raum ersticken könnten, sollte jemand die Tür von außen zuschließen. Der Raum hat nämlich keine Fenster. Und die Davidswache ist mit Sicherheit nicht klimatisiert. Ein Erstickungstod muss schrecklich sein. Ich denke an die Kreuzverhör-Probe mit Giselher und habe plötzlich Angst, auf ganzer Linie zu versagen.

23

Frau Fugs«, beginnt Herr Kebab. »Frau Fugs, wann han Sie Ihr Scheff zu letzt Mal gesäh?«

»Am Freitag«, antworte ich wahrheitsgemäß.

»Mmmhmm, mmmhmm«, macht Liesel neben mir leise. Ich trete ihr unter dem Tisch auf den Fuß.

»Warun han Sie grad Kollägin under Disch mit Fuß gäträt?«, fragt Herr Kebab und funkelt mich böse an.

»Mmmmh, uuuuähhh, mmmhhmmm«, macht Liesel nun schon etwas lauter.

»Ich habe sie nicht getreten. Ich habe sie gestupst«, sage ich nicht weniger böse zu Herrn Kebab.

»Warun gesdubsd?«, fragt Herr Kebab und schaut noch böser. Gleich wird die Situation eskalieren, gleich.

»Sagen Sie, haben Sie eigentlich auch den *Zauberberg* gelesen?«, kommt es von Herrn Kümmel, der Heidi gegenübersitzt und sie anlächelt.

»Natürlich«, erwidert Heidi. »Das ist eines der besten Bücher von Thomas Mann überhaupt. Wobei ich *Der Tod in Venedig* eigentlich noch lieber mag.«

»Das habe ich gar nicht gelesen«, gibt Herr Kümmel zu.

»Ich leihe es Ihnen«, verspricht Heidi.

»Härrrr Kummel, konn Sie mal schdill scin, is sisch hier Verhor!«, blökt Herr Kebab Herrn Kümmel an. Der schweigt schuldbewusst. »Geht nigt, dass Sie uber ein Mann schpresch, wo schreibt Buscher, und ig mag hier Verhor«, geht es weiter. »Is Sag, wo ernst nehm muss!«

»Jaja«, sagt Herr Kümmel und leckt sich über die Lippen, an

denen hundertprozentig noch Salz von den Pommes klebt, die ja so lecker waren.

»Also, nog mal, Frau Fugs, also Sie han Scheff letzde Mal Freitag gesäh?«, fängt Herr Kebab wieder an. Ich nicke. »Wie schbad war, als Sie sin gegang von Arbeit?« Ich überlege kurz, weil es besser ist, kurz zu überlegen. Wenn man spontan eine Antwort gibt, könnte man als unglaubwürdig dastehen.

»Halb sechs«, sage ich nach einer kleinen Pause.

»Un anner Kolleschinne?«, fragt Herr Kebab und trommelt mit den Fingerknöcheln auf die Tischplatte.

»Auch halb sechs«, antworte ich und muss schon wieder an den armen Heinrich denken. Sicher ist ihm schon schwindelig.

»Un danag?«, fragt Herr Kebab, »wo sin Sie hin danag?«

»Nach Hause«, sage ich mit fester Stimme.

»Han Sie Zeug?«

»Wie, Zeug?«, frage ich. Was für ein Zeug?

»Ob Sie Zeug han?«, jetzt ist Herr Kebab schon ungehalten.

»Natürlich habe ich Zeug«, sage ich und weiß wirklich nicht, was er meint. »Ich habe jede Menge Zeug. Was hat das denn damit zu tun?«

»Mag Sie sisch lustisch darub, dass isch nigt kann so gud Deuts?«, schreit Herr Kebab plötzlich los und ballt die Faust. »Isch han gefragt, ob Sie Zeug han, un Sie sag, Sie han jede Meng Zeug. Woll Sie mig auf gladde Eis schicke! Aber nigt mid Izmail Kebab. Nigt mit mir!« Herr Kebab steht auf. »Will isch nur wiss, ob Sie Zeug han, un dann so was!« Erschrocken weiche ich zurück.

»Ja, ich habe Zeug«, sage ich wieder und bekomme es langsam mit der Angst zu tun.

»Mmmmhmmm, mmmmhmmm, oh, ooooh«, macht Liesel neben mir.

»Wen? Wer? Was?«, brüllt Izmail Kebab.
»Alles Mögliche«, ich überlege fieberhaft. »Ich habe Sommer- und Winterbettdecken, ein Sofa, einen Sessel, verklebten Teppichboden, Pflanzen …«
Herr Kebab setzt sich wieder und sinkt in sich zusammen. Herr Scharf tritt neben ihn und legt ihm die Hand auf die Schulter: »Unser Izmail leidet immer noch sehr darunter, dass er seine Ausbildung als Hotelfachmann aufgrund der Schwierigkeiten mit der deutschen Sprache, die ja nicht so einfach ist, nicht zu Ende führen konnte«, erklärt er uns entschuldigend. »Izmail hatte es schon recht weit gebracht in einem Fünf-Sterne-Hotel in München. Und er spricht sieben Sprachen, das ist doch bewundernswert. Nur mit dem Deutschen klappt es so gar nicht. In der Küche war er sogar schon Beikoch und durfte am Buffet den Gästen das Gemüse reichen. Als Beikoch darf man nur kein Fleisch schneiden. Aber Izmail dachte sich, wenn er die Lehre erst mal fertig hat, dann macht er noch einen Lehrgang und lernt auch richtig Deutsch und wird dann ein richtiger Koch. Izmails Traum war es immer, in einem Ferienclub in einer weißen Schürze und mit einer Kochmütze hinter einer großen Pfanne zu stehen und zu brutzeln. Aber die deutsche Sprache hat ihm einen Strich durch die Rechnung gemacht.« Er tätschelt Herrn Kebab brüderlich den Hinterkopf. »Und noch etwas: Als in der Lehre das Zimmerputzen an der Reihe war, da …«, Herr Scharf schluckt und wischt sich eine imaginäre Träne aus dem Auge, während Herr Kebab laut aufschluchzt, »da mussten ja auch die Teppichböden gesäubert werden.« Nein. Nein!
»Und da hat Izmail gemerkt, dass er eine Allergie gegen das Reinigungspulver in den Shampooniergeräten hatte!«
Liesel bäumt sich auf. Ihr Busen wogt hin und her. Ich schaue

zu Peggy, Heidi und Brigittchen, aber Heidi stiert bloß in Herrn Kümmels Richtung, Brigittchen starrt auf den Tisch, und Peggy schaut Liesel verständnislos an.
»Wir alle …«, beginnt Liesel und deutet auf uns, die wir da sitzen, »WIR ALLE HABEN ETWAS GANZ SCHRECKLICHES, ALSO WIR HABEN … AAAAHHHHHHHHH!« Liesel springt auf den Tisch und deutet auf den Fußboden. »UM HIMMELS WILLEN! EINE MAUS! EINE MAUS!!!«
»WAS?«, brüllt Herr Kümmel und springt ebenfalls auf den Tisch, »WO IN DREITEUFELSNAMEN IST HIER EINE MAUS? DAS HALTE ICH NICHT AUS!!!«
Selbst Herr Kebab erwacht aus seiner Trance. Er springt schnell auf: »Maus, wo?«, fragt er und zieht seine Pistole. »Wo Maus is, mag isch bumm-bumm, un schon is Maus nigt mehr da!« Er hält die Waffe mit beiden Händen vor sich. In dem fensterlosen Raum beginnt ein Tumult. »Wo Maus, wo Maus?«, Herr Kebab hüpft umher.
Liesel kreischt »DA, DA!« und deutet auf einen verschlissenen Sessel, und Herr Kebab läuft zum Sessel und kippt ihn um, und wir sehen eine kleine Maus verwirrt vom Sessel weglaufen und in unsere Richtung rennen, und eine Sekunde später stehen wir alle auf dem breiten Tisch, und Herr Scharf brüllt: »Mama, Hilfe, ich hatte schon immer schreckliche Angst vor Mäusen!«, und Brigittchen schreit: »Die Maus soll weggehen«, und Liesel zieht ihr Oberteil aus und wirft es in die Richtung der Maus und verfehlt die Maus, und Herr Kebab fängt an, blindlings draufloszuschießen, und dann ist ein Riesenloch in dem Sessel und Schaumstoff quillt hervor, und Herr Kümmel ruft: »Ruhe bewahren, Ruhe!« und zieht ebenfalls seine Waffe, und ich merke, dass mein drittes Auge vor Aufregung wieder wächst und finde

das alles gar nicht witzig, und außerdem ist da noch meine Blase, die schon wieder auf sich aufmerksam macht, und dann versucht die Maus, auf den Tisch zu hüpfen, und wir weichen alle ans andere Ende des Tisches zurück, und dann kippt der Tisch um und wir stürzen krachend zu Boden.
Herr Kebab feuert noch ein letztes Mal aus seiner Waffe. Dann ist alles ruhig. Und die Maus ist weg.
Das Verhör wird dann erst mal abgebrochen.

»Beeilt euch doch mal«, ich bin wütend, weil meine lieben Kolleginnen über den Kiez schnecken, als hätten wir alle Zeit der Welt. Herr Reiher ist nach Hause gefahren, er ist ohnmächtig geworden, nachdem er, der während des Verhörs draußen gewartet hat, die Schüsse hörte, und braucht jetzt erst mal Ruhe.
»Denkt doch mal an Heinrich!« Böse laufe ich vor.
»Herr Kümmel ist wirklich ein Netter«, höre ich Heidi zu Peggy und Brigittchen sagen, »er hat gefragt, ob ich mal mit ihm nach Lübeck ins Thomas-Mann-Haus fahren möchte. Wusstet ihr eigentlich, dass Herr Kümmel aus Lübeck kommt? Er hat in Lübeck-Buntekuh gewohnt. Das ist ein Stadtteil. Ich mag Herrn Kümmel sehr gern.« Ich sehe Heidi und Herrn Kümmel schon in Lübeck wohnen. Jeden Tag gehen sie gemeinsam einkaufen, kochen sich leckere Sachen und lesen sich abwechselnd aus *Joseph und seine Brüder* vor. Dann fahren sie an die Orte des Geschehens und schwelgen herum. Ich traue es den beiden auch zu, sich eine Kutsche zu mieten und ehrfürchtig am Strand von Travemünde herumzueiern, weil das ja Tony Buddenbrook in der Sommerfrische auch gemacht hat. Mit Morten Schwarzkopf, dem Medizinstudenten, den Tony nicht heiraten durfte,

weil er kein Kaufmann war. Heidi wird ja nicht müde, uns immer wieder davon zu erzählen.
»Jedenfalls haben wir erst mal Glück gehabt«, meint Peggy ganz richtig. »Liesel, was ist denn bloß los mit dir? Bloß weil der Mann eine Allergie gegen die Reinigungsmittel in Shampooniergeräten hat, musst du doch nicht gleich …«
»Sei still!«, schreie ich, denn Liesel bleibt schon wieder stehen und öffnet den Mund, um loszubrüllen. »Das Wort *Shampooniergerät* wirkt bei Liesel …«
»AAAAAAHHH!«, macht Liesel und ich danke Gott, dass wir uns auf dem Kiez befinden und nicht in der Mönckebergstraße oder sonst wo, wo das Gebrüll mit Sicherheit mehr auffallen würde als hier. »MÖRDER! MÖRDER! MÖRDER! WIR ALLE SIND BETEILIGT!«, Liesel ist wirklich wahnsinnig.
Schnell ziehen wir sie die Straße entlang. Da ist das Verlagsgebäude. Nur rein. Nur rein. Wenn ich an Heinrich denke, wird mir ganz schlecht. Um ganz ehrlich zu sein, mir ist schon schlecht. Die ganze Aufregung. Welcher normale Mensch soll das nur aushalten?
»Ach du liebe Zeit! Kommt schnell!«, rufe ich verzweifelt und beuge mich aus dem Fenster. Heinrich hat es in seiner Verzweiflung fertig gebracht, sich weiß der Himmel wie aus den Handtüchern zu befreien, und hält sich nur noch mit den Zähnen an der Feuerleiter fest. Er weint. Die anderen eilen mir zu Hilfe. Schnell knotet Peggy ein weiteres Handtuch zu einem Ring und schiebt ihn in Heinrichs Maul. Zu viert halten wir das Handtuch fest, während Heinrich mit Gottvertrauen die Feuerleiter loslässt und schnell sein Maul schließt, in dem sich das Handtuch befindet.
Heinrich misst ja nur einen Meter fünfzig und ist eigentlich nicht so schwer, aber wer einmal einen Alligator, der nur mit

dem Maul in einem Handtuch hängt, durch ein offenes Fenster in einen Raum gezogen hat, weiß, wovon ich spreche. Aber wir schaffen es. Gemeinsam schaffen wir es. Peggy fällt auf den Boden und ich auf sie drauf, und Heinrich knallt auf Liesel und Brigittchen, und wir alle schreien laut auf.

Heinrich ist tödlich beleidigt und möchte nichts mehr mit uns zu tun haben. Böse reptilt er in seine Ecke und stellt sich tot.

Wenn es hier Gnus oder Antilopen oder Thomson-Gazellen zu kaufen gäbe, ich würde sofort losrennen und Heinrich ein ganzes Tier spendieren. Aber hier gibt es beim Schlachter, wenn man Glück hat, nur ab und an einen Kalbskopf.

Mittlerweile ist es schon nach sechzehn Uhr und ich kann und will nicht mehr arbeiten.

Das Telefon in der Redaktion klingelt. Ich hebe ab: »Hier ist Hetty Loose«, sagt die Frau von Herbert und klingt erstaunlich gefasst. »Ich wollte mich nur mal erkundigen, ob das stimmt, dass mein Mann sich für längere Zeit nach Spanien abgesetzt hat.«

»Ja«, sage ich, »ja, jedenfalls hat er uns das heute am Telefon gesagt. Er … er hat nicht gesagt, wann er wiederkommt.« Lass mich glaubwürdig klingen, lieber Gott, bitte!

»Ach«, meint Frau Loose, »das ist ja interessant.« Wie meint sie das? Ahnt sie etwas? Nein, nein. Sie kann doch gar nichts ahnen.

»Hat er denn von einigen Wochen oder gar Monaten gesprochen?«, fragt Frau Loose freundlich weiter.

»Nichts hat er gesagt, nichts.« Meine Kolleginnen stehen im Kreis um mich herum und ich bereue, dass ich Trottel mal wieder den Hörer abgenommen habe.

»Ach«, meint Frau Loose, »das ist ja interessant. Wissen Sie, meine Beste, ich frage deswegen, weil hier eine Menge Bügelwäsche liegt und das Haus nicht so in Schuss ist, wie mein lieber Mann das gern hätte. Wenn ich nun also wüsste, dass er für längere Zeit nicht mehr nach Hause kommt, könnte ich die Bügelwäsche nämlich liegen lassen, falls Sie verstehen, was ich meine. Ich hatte gehofft, dass Sie gute Nachrichten für mich haben. Und gute Nachrichten sind für mich Nachrichten, die bedeuten, dass ich die Bügelwäsche liegen lassen kann. Für einige Zeit zumindest.«

»Lassen Sie die Bügelwäsche ruhig liegen«, sage ich und hoffe, dass das kein Fehler ist. Was, wenn Frau Loose von der Kripo auf uns angesetzt wurde, um die Wahrheit ans Licht zu bringen? Was ist dann?

»Das wollte ich nur hören«, Frau Loose ist jetzt ganz locker. »Dann sage ich mal Danke für diese wunderbare Nachricht. Herbert ist nämlich ein Arschloch. Das musste einfach mal gesagt werden.«

»Das ist richtig«, antworte ich und nicke, obwohl Frau Loose das nicht sehen kann. »Er war sogar ein Riesenarschloch.«

Bingo, Lindi, bingo! Super gemacht. Brigittchen wird weiß im Gesicht. Doch Frau Loose hat meinen letzten Satz offenbar überhört.

»Dann also nochmal danke für diese wunderbaren Nachrichten«, sagt Frau Loose, »und Ihnen noch einen schönen Tag!«

»Danke«, bringe ich hervor und lege auf.

Was hat das denn zu bedeuten?

»Ist doch ganz klar«, meint Heidi, »sie hofft, dass sie ihn endgültig los ist. Was ich auch sehr gut verstehen kann. Passt mal auf, Hetty wird aufblühen ohne Herbert, wartet nur ab!«

Schon wieder klingelt ein Telefon. Diesmal ist es mein Handy. Oscar ist dran, der ziemlich ungehalten wirkt: »Habt ihr euch jetzt schon mal Gedanken darüber gemacht, wann und wie ihr mich bezahlen wollt?«, faucht er mich an. »Normalerweise läuft das so, dass ich die Hälfte vor Ausführung der Tat und die Hälfte direkt danach bekomme. Wenn ihr mich verarschen wollt, könnt ihr euch einen anderen suchen, damit das klar ist!«

»Wir sind dran, alles zu organisieren, Oscar, wir sind dran«, versichere ich ihm. »Es dauert nur seine Zeit. Wir wurden heute von der Polizei verhört, weißt du. Das war gar nicht schön.«

»Habt ihr meinen Namen in den Mund genommen?«, ist das Einzige, was Oscar interessiert.

»Natürlich nicht«, sage ich schnell, »das war doch so abgemacht.«

»Genau«, meint Oscar und hustet. »Ich möchte bald wenigstens einen Teil der Kohle haben. Wie ihr das macht, ist eure Sache. Klar?«

»Klar.« Wie soll denn das gehen? Mein Konto ist hoffnungslos überzogen und die Konten der anderen sind es auch. Dann kommt mir ein Geistesblitz. »Bis Ende der Woche hast du dein Geld, das verspreche ich dir!«, beende ich das Gespräch. Brigittchen und Heidi zeigen mir mit entsetzten Gesichtern einen Vogel.

»Morgen rufen wir den Verleger an«, sage ich zu Peggy und finde meinen Plan wunderbar. »Es muss ja hier irgendwie weitergehen. Wir lassen uns vorläufige Vollmachten erteilen, und dann spricht ja nichts dagegen, dass wir uns ein wenig Geld aus der Kasse leihen, oder? Liesel, du machst doch immer die Abrechnung, da kann man doch was türken, oder?«

»Du hast Recht«, meint Peggy und auch Liesel nickt: »Das ist überhaupt kein Problem.«

Jetzt sind wir nicht nur quasi Mörderinnen, sondern auch noch Betrügerinnen.

Wir schauen uns an und kommen uns regelrecht verwegen vor.

24

Weil wir uns so verwegen vorkommen, beschließen wir, bei mir zu feiern. Und wir wollen besprechen, was wir morgen dem Verleger, Herrn Toblaski, sagen werden. Große Probleme sehe ich nicht. Reiher kennt sich nicht wirklich aus im Tagesgeschehen, er würde nur Verwirrung stiften. Nichts liegt näher, als erst einmal uns die Verantwortung zu übertragen. Schließlich müssen die Hefte weiterlaufen. Das ist ja sowieso das Einzige, was Herrn Toblaski interessiert. Beschwingt schnalle ich Heinrich, der immer noch beleidigt ist und noch nicht mal »Krccch« macht, auf dem Rücksitz fest. Ideal ist diese Haltung für den Alligator nicht gerade. Er scheint etwas gewachsen zu sein, sein Reptilienschwanz nimmt die ganze Bank ein. Womöglich muss ich mit ihm mal zu einem Orthopäden, nicht dass er noch einen Rückenschaden bekommt wie Hauke. Apropos Hauke. Den muss ich anrufen! Dann stockt mir der Atem, denn gerade sagt der Nachrichtensprecher vom Norddeutschen Rundfunk, dass die Einbrecher, die die wertvollen Sachen aus dem Louvre gestohlen haben, immer noch nicht gefasst sind. Unter anderem handele es sich um die unschätzbare Mona Lisa.

Natürlich! Natürlich! Die Mona Lisa! Die hat doch im Louvre ihr Zuhause gehabt. Und die anderen Sachen auch. Ich erinnere mich dunkel an eine Meldung vor ein paar Tagen, in der schon mal von dem Einbruch berichtet wurde, aber ich habe weder die Mona Lisa noch die Venus von Milo noch den Rubens und auch nicht Dürer damit in Verbindung gebracht. O mein Gott. Ich, Lindi Fuchs, lagere Hehlerware zwischen. Und auch noch welche aus dem Louvre! Ich stelle das Radio lauter. Noch nicht mal eine heiße Spur gebe es. Das ist gut! Denn ich möchte, dass die Sachen aus meiner Wohnung verschwinden, solange es noch keine heiße Spur gibt. Ich steigere mich in meine Wut auf Hauke schon wieder hinein. Dieser Rubens ist so sperrig, man kann im Wohnzimmer kaum noch sitzen. Ich könnte natürlich Kinder einladen und ihnen anbieten, das Bild als Rutsche zu benutzen, aber ich vertrage Lärm nicht so gut.

Peggy will gleich nachkommen und vorher noch ihre restlichen Sachen aus Jans Wohnung holen. Das ist auch so eine Unverschämtheit. Jahrelang hat Peggy alles bezahlt und Jan hatte das fetteste Leben, und kaum macht ihm eine andere schöne Augen, ist die arme Peggy abgeschrieben.
»Du kannst erst mal bei mir wohnen«, hat Liesel ihr angeboten. »Jetzt, wo Dietmar weg ist, habe ich genug Platz im Wohnzimmer.«
Und Peggy hat dankbar angenommen. Sie nimmt die ganze Sache erstaunlich gefasst, aber ich vermute, dass die Ereignisse der letzten Tage sie auf andere Gedanken gebracht haben. Schließlich ist Peggy wie wir alle jetzt ein Teil der Hamburger Unterwelt. Während ich nach St. Georg fahre, stelle ich fest, dass das doch eigentlich alles sehr aufregend ist. Wenn das so weitergeht, werden wir schon in ein paar Wochen im *Silbernen Hausschuh* mit Namen begrüßt. Gefährlich aussehende Männer werden einen Schreck kriegen, wenn sie uns sehen, und die Kneipe schnell verlassen. Im Hinterzimmer werden wir unsere Geschäfte abwickeln, und ein Hauch des Todes wird uns dabei immer umwehen. Wir werden Respektspersonen sein. Ich war noch nie eine Respektsperson und freue mich auf alles, was kommt. Ich bekomme einen Adrenalinschub, obwohl ich gar keine Schokolade

gegessen habe, und biege in die Lange Reihe ein. Da ist sogar ein Parkplatz. Das Schicksal meint es so gut mit mir!

»Ach, bist du schon zu Hause«, freut sich Giselher und begrüßt auch die anderen, die mit ihren eigenen Autos gefahren sind und offenbar auch Parkplätze gefunden haben. »Na, wie war es heute?«, fragt er neugierig.
»Es ist alles wunderbar gelaufen«, sage ich und setze mich auf einen Küchenstuhl.
Giselher macht den kleinen Fernseher an, der sich auf meinem Küchenschrank befindet. »Habt ihr das vom Louvre gehört? Das ist ja schrecklich! Wie kann man solche Weltschätze stehlen! Die suchen jetzt auch in Deutschland nach den Dieben«, informiert er uns. »Lindi, meinst du nicht, es ist besser, die Sachen von hier verschwinden zu lassen? Ich hab die mir vorhin nochmal angeschaut, die sehen so ähnlich aus wie die aus dem Louvre.«
»Ich hab das gehört, ja«, sage ich und esse eine Salzstange. »Hauke hat es ja nicht für nötig gehalten, mich mal über die Herkunft der Sachen zu informieren. Aber ich hab den Verdacht, dass es sich bei den Gegenständen in meinem Wohnzimmer um die Dinge aus dem Louvre handelt.«
Giselher ringt um Fassung: »Du meinst … du meinst, das ist die echte Venus von Milo und die echte Mona Lisa und das große Bild ist auch echt und der Mann mit dem Kaktus auch?«
»Ich vermute es«, sage ich und bleibe relativ gelassen. Was ist die Venus von Milo gegen das, was ich derzeit durchmachen muss?
»Das muss hier weg!«, Giselher springt aufgeregt herum. »Um Himmels willen!«
Auch Brigittchen und Liesel regen sich auf: »Das kann Hauke

doch nicht machen. Wir haben schon genug Ärger am Hals. Das fehlt jetzt gerade noch.«
Wir schauen zum Fernseher. Auf dem Bildschirm sehe ich die ganzen Sachen, die sich in meinem Wohnzimmer befinden. Dann erscheint ein ernst aussehender Reporter und deutet auf die leeren Wände im Louvre, an denen sich die Sachen mal befanden. Er sieht traurig aus und jammert auf Französisch herum. Ein Simultandolmetscher erklärt uns, dass dieses tragische Geschehen, dieser größte Kunstraub aller Zeiten, die Franzosen noch lange leiden lassen wird. Ich will nicht, dass die Franzosen leiden. Dann werden im Fernsehen leidende Franzosen auf der Straße dazu befragt, was sie von dem Raub halten, und eine alte Frau schlägt die Hände vors Gesicht und macht andauernd nur: »Mon dieu, non, non, mon dieu, la Mona Lisa, mon dieu!«
Böse wähle ich Haukes Nummer, die mir Oscar gegeben hat, aber niemand nimmt ab. »Ich kann den Kram ja schlecht auf den Sperrmüll stellen«, sage ich.
»Natürlich nicht«, meint Giselher, »das eine Bild ist viel zu groß, das nehmen die nie mit. Wir könnten einfach im Louvre anrufen und den Mitarbeitern sagen, dass sich die Bilder und diese Venus hier befinden, dann sollen die herkommen und alles abholen. Schicken würde ich das nicht, weißt du, was das an Porto kostet?«
»Natürlich schicke ich es nicht mit der Post«, sage ich und schalte den Fernseher aus.
»Frau Möller ist heute umgefallen«, klärt mich Giselher auf. »Ich musste sie neu einbalsamieren und anstreichen. Jetzt steht sie wieder. Ich nehme an, sie hat das Gleichgewicht verloren. Der Nagel, mit dem ich sie an der Wand angebracht hatte, war locker.«

»Ich bin immer noch dafür, Frau Möller endlich in diesen Sarg hier zu legen«, ich deute auf das Monstrum, das immer noch an der Wand steht. Heinrich hebt den Kopf und sieht mich böse an. Er liegt natürlich schon wieder in dem Sarg.
»Das kommt nicht in Frage«, Giselher verschränkt die Arme. »Das Thema haben wir schon ausdiskutiert. Der Sarg bleibt hier. Der ist eine Dauerleihgabe von mir an Heinrich. Punkt.« Dann holt er Sektflaschen aus dem Kühlschrank und stellt sie zusammen mit Gläsern auf den Tisch.
Es klingelt. Peggy steht mit einer Reisetasche vor der Tür und sieht sehr angeschlagen aus. Wahrscheinlich hat Jan sie zum Abschied nochmal beschimpft. In der Küche höre ich Giselher die Sektflaschen öffnen. Wortlos stellt Peggy die Reisetasche ab und geht zu den anderen. Ich gehe hinterher. Die Arme.
»Wollen wir uns was zu essen bestellen?«, fragt Heidi und blättert in meinen zahlreichen Bring-Service-Speisekarten.
»Eine gute Idee«, meint Giselher.
»Warum nicht«, das ist Liesel.
Ich selbst habe auch Hunger.
»Kann ich bitte ein Glas Sekt haben?«, fragt Peggy leise.
»Na klar«, sage ich und reiche ihr ein gefülltes Glas.
»O mein Gott!«, schreie ich dann los und starre auf Peggys Hände. Sie sind blutverschmiert.
»Was ist denn passiert?«, brüllt Giselher und Brigittchen fängt laut an zu heulen: »Blut! Blut! Ich kann doch kein Blut sehen! O nein!«
Peggy fängt hysterisch an zu lachen und gleichzeitig rollen ihr die Tränen über die Wangen. Ihre Nase läuft, und mit dem Handrücken wischt sie über ihr Gesicht, das daraufhin auch blutverschmiert ist. Brigittchen heult noch lauter. Heinrich ist

der Lärm wohl zu viel, er klappt mit seinem Schwanz den Sargdeckel runter.

Heidi, die konzentriert die Speisekarte studiert, meint völlig emotionslos: »Wenn Peggy Spaghetti Napoli bestellt, fällt das Blut nicht mehr so auf.«

Peggy trinkt ihren Sekt mit einem Zug leer und hält Giselher das Glas hin, der sofort nachfüllt. Sie schnieft immer noch.

Ich tätschele ihren Arm: »Jetzt beruhige dich erst mal und dann erzähl, was los ist«, sage ich.

Meine netten Worte sind zu viel für Peggy. Sie ist sonst immer die Ruhigste und Vernünftigste von uns, diejenige, die immer einen klaren Kopf bewahrt. Aber offenbar ist irgendetwas passiert, das sie aus der Fassung gebracht hat. Schniefend stößt sie hervor: »Da komme ich in die Wohohoho … Wohohohonung, und da, da, da, sitzt Jahahahahahan … in der Küche«, sie fängt sich etwas und erzählt weiter, »hallo Jan, hahahahab ich gesagt, und er sah so attraktiv aus, so attraktiv, wisst ihr, er hat diesen Anzug von Boss getragen, den ich ihm mahahahal geschenkt habe, den schwarzen mit den Nadelstreifen«, Peggy muss Nase putzen, »und Jan stand nur da und hat mich so gemein angesehen und dann hab ich mich in der Küche umgeschaut, und wisst ihr, was auf dem Küchenstuhl lag?« Wir haben mittlerweile einen Kreis um Peggy gebildet und starren sie an, wie die Forscher auf diesem Schiff, Caldish hieß das, glaube ich, das Schätze der Titanic bergen möchte. Die stehen auch alle da und lauschen den Erzählungen der alten Frau, die vom letzten Tag der Titanic berichtet. Peggy wischt sich die Tränen aus den Augen und schnäuzt nochmal in das Papiertaschentuch.

»Jetzt sag doch«, meint Heidi aufgeregt, »wir wollen doch gleich Essen bestellen.«

»Also, da schaue ich auf den Küchenstuhl und mein … o Gott … da liegt mein Barbapapa-Schlafshirt. Das hab ich schon ganz lange, und Jan hat immer gesagt, dass ich so süß darin aussehe, und dann komme ich und dann liegt das Barbapapa-Schlafshirt über dem Küchenstuhl! Könnt ihr euch das vorstellen?«
Peggy liebt ihr Barbapapa-Schlafshirt. Einmal haben wir gemeinsam ein Wochenende an der Ostsee verbracht und mussten in Höhe von Scharbeutz nochmal umkehren, weil sie es zu Haus vergessen hatte.
»Hast du es vielleicht in der Küche liegen gelassen?«, fragt Liesel betroffen.
Peggy schüttelt wütend den Kopf: »Nein, das lege ich immer unter mein Kopfkissen. Das lag da auch noch, nachdem Jan mich offiziell rausgeschmissen hat. Jeden Morgen lege ich das unter mein Kopfkissen. ›Jan‹, habe ich gefragt, ›Jan, warum liegt denn mein Barbapapa-T-Shirt hier auf dem Stuhl?‹, und dann hahahat Jahahahan so gemein gelacht, so hahaha, wisst ihr, so böse«, sie wirft das voll geschnäuzte, blutige Taschentuch auf den Tisch und greint weiter, »›Bernadette friert nachts so leicht‹, hat er gesagt, und da hätte er ihr mein Barbapapa-T-Shirt gegeben!«
Das ist ja wirklich allerhand.
»Sie hätte sich ihr Nachtzeug wirklich selbst mitbringen können«, sagt Heidi. »Wenn Herr Kümmel mal bei mir übernachtet, wird er sich ganz bestimmt seinen eigenen Schlafanzug mitbringen. Sicher trägt er Pyjamas. Ach, werden wir es uns gemütlich machen!«
»Kannst du wohl endlich mal still sein!«, jetzt bin ich richtig böse auf Heidi. Wie egoistisch kann man denn noch sein?

Heidi sagt nichts mehr und liest weiter in ihrer Speisekarte herum.
»Aber wie hast du dich denn so an den Händen verletzt?«, fragt Brigittchen mitfühlend. »Zeig mal, das muss vielleicht verbunden werden.«
»Nein«, Peggy steckt die Hände unter den Tisch. »Da muss gar nichts verbunden werden!«
Wenn sie jetzt erzählt, dass sie Jan erstochen hat, werde ich einfach so kollabieren.
»Jan ist tot. Ich habe ihn erstochen. Aber im Affekt!«, den letzten Satz ruft Peggy so, als würde das den Mord rechtfertigen.
Liesel sitzt nur da und zählt an ihren Fingern irgendwas ab. »Vier«, sagt sie dann. »Vier Tote in drei Tagen. Das muss uns erst mal einer nachmachen.«

25

Ich hätte gleich ein Massengrab ausschaufeln sollen«, beklagt sich Oscar, während er ungefragt an meinen Kühlschrank geht, sich ein Stück Mettwurst nimmt und schmatzend anfängt zu kauen. »Na ja, neben Vater ist noch ein wenig Platz, da müssen wir eben ein bisschen stopfen.«

Vater.

Jan befindet sich in Peggys Auto. Sie hat ihn mit übermenschlichen Kräften auf die Beifahrerseite geschafft und ist dann mit ihm zu mir gefahren.

»Überall im Auto ist Blut«, jammert sie herum, »das krieg ich nie mehr raus.«

»Eventuell mit einem Shampoonier …«, kommt es von Heidi, die dann aber schnell schweigt, weil Liesels Augen hervorquellen.

»Darum kümmern wir uns später«, wehrt Oscar ab. »Jetzt müssen wir erst mal auf Hauke warten. Er kommt gleich.«

Sehr gut, dass Hauke gleich kommt, dann kann er nämlich gleich den Louvre wieder mitnehmen! Oscar sieht heute relativ zivilisiert aus. Er trägt Jeans und ein T-Shirt. *Milchreis schmeckt besonders gut, wenn man ihn kurz vor dem Verzehr durch ein saftiges Steak ersetzt*, steht auf dem Shirt.

Peggy ist jetzt wieder ganz gefasst. Ich habe fast den Eindruck, sie ist stolz: »Nein, warum sollte ich mir die Hände waschen?«, fragt sie Giselher, der ihr anbietet, doch mal das Badezimmer zu benutzen, »an meinen Fingern klebt die Wahrheit!«

Oscar verdreht die Augen. Er schaut dauernd auf die Uhr. Wo bleibt Hauke bloß?

Peggy sitzt da wie eine Matrone: »Ihr glaubt nicht, was in mir vorgegangen ist«, erzählt sie theatralisch, während sie sich ununterbrochen Sekt nachgießen lässt. Beim Trinken spreizt sie den kleinen Finger vom Glas ab, so wie das früher mal üblich war.

»Aber als ich mein Barbapapa-T-Shirt da über dem Stuhl hängen sah, bin ich völlig ausgetickt. Da lag dieses Brotmesser. Hätte Jan nicht so diabolisch gegrinst, wäre es nie zu der gräulichen Missetat gekommen!« Sie redet wie eine Frau aus dem Mittelalter. Wer sagt denn heutzutage noch »gräuliche Missetat«? Ich kenne niemanden. »Eigentlich wollte ich Jan nur damit drohen«, geht es weiter, »also hab ich das Brotmesser hochgehalten und damit herumgewedelt. Jan wollte es mir wegnehmen und ist über einen Stuhl gestolpert. Dann ist er sozusagen direkt in das Messer gefallen. Er war gleich tot. Was stolpert er denn auch?«

»Wollen wir jetzt nicht mal bestellen?«, fragt Heidi und wir merken alle, dass wir doch ziemlichen Hunger haben. Auch Heinrich kommt, zwar immer noch beleidigt, aber hungrig aus seinem Sarg hervor und reißt verlangend das Maul auf. Giselher hat zum Glück eingekauft und wirft ungefähr drei Kilo Rinderleber in Heinrichs Maul. Eines muss man Giselher zugute halten: Er kauft oft Fleisch für Heinrich und verlangt nicht einen Cent von mir. Ich finde es auch rührend, dass Giselher immer den Film schaut, den Heinrich gerade sehen will. Da wird nicht diskutiert. Heinrich zeigt immer deutlich, was er sehen möchte. Durch das Zucken seiner Schwanzspitze weiß man ganz genau, was ihm gefällt und was nicht. Giselher hat sich in letzter Zeit auch um Heinrichs Kontaktlinsen gekümmert. Das habe ich sträflich vernachlässigt. Selbst Aufbewahrungsflüssigkeit hat Giselher besorgt. Und den Sarg, wie wir wissen.

»Wir müssen deinen Freund erst mal hochbringen«, kommt es von Oscar.
Wir fahren alle zu ihm herum. Er kaut immer noch Mettwurst und runzelt die Stirn.
»Kann er nicht wenigstens bis morgen hier bleiben?«, fragt er Peggy.
»Mach mit ihm, was du willst«, antwortet sie. »Mir ist das egal.«
»Das Problem ist, dass ich heute Abend die bescheuerte Grube nicht ausheben kann«, erklärt uns Oscar, »mit Hauke und seinem Rücken kann ich mir wieder stundenlanges Gezeter anhören. Was ist übrigens mit meinem Geld?«
Heidi blickt auf: »Hier unten in Peggys Auto sitzt eine Leiche, und du fragst nach Geld?«, fragt sie fassungslos.
»Ich muss vielleicht auch irgendwann mal an mich denken«, gibt Oscar zurück. »Was ihr mir da ständig vorsetzt, ist ja kaum noch zu verkraften. Fast jeden Tag ein neuer Toter. Ihr könnt froh sein, dass ich keinen Allergieschock bekomme!«
»Bevor hier irgendwas geschieht, würde ich jetzt gern Essen bestellen«, Heidi geht überhaupt nicht auf Oscars Gejammer ein. Beleidigt verschränkt der die Arme und schaut aus dem Fenster. Dabei hustet er leidend. Eigentlich kann Oscar einem Leid tun. Nein, bestimmt sogar, wenn ich an die vergangenen Tage zurückdenke. Er ist zwar ein Bösewicht, aber ich glaube nicht, dass er jemals so viele Morde in so kurzer Zeit zu verbuchen hatte.
»Du kriegst dein Geld doch bald«, versichere ich ihm, »ich hab es dir doch versprochen.«
Oscar ist beleidigt und antwortet nicht.
»Von mir aus kann Jan hier bleiben«, sagt Peggy.
»Von mir aus auch«, kommt es von Liesel.

»Mich stört Jan hier nicht«, Heidi blickt noch nicht mal von der Speisekarte auf.
»Wo soll Jörg denn schlafen?«, fragt Brigittchen. »Bei dir im Bett?«
Da ja niemand etwas dagegen hat, dass Jörg beziehungsweise Jan erst mal bei mir wohnt, sage ich gar nichts dazu, und es erwartet auch niemand, dass ich irgendwas sage. Mein drittes Auge puckert. Ich rege mich zu sehr auf. Ich sollte mich nicht zu sehr aufregen.
Wir bestellen dann Essen bei einem Pizzaservice und freuen uns sehr darauf. Das einzig Betrübliche ist, dass es nicht kommt. Ich rufe ungefähr fünf Mal beim Pizzaservice an, und immer versichert mir ein anderer Mitarbeiter, »dass der Fahrer schon unterwegs ist.« Wir sterben fast vor Hunger. Als es endlich klingelt, springen wir alle gleichzeitig von den Stühlen hoch.
Aber es ist nur Hauke.
»So ein Typ vom Pizzaservice ist mit mir das Treppenhaus hochgegangen«, meint er, »das hat vielleicht gut gerochen.« Er blickt zu mir. »In deiner Nachbarwohnung scheinen aber viele Leute zu wohnen. Das war Essen für mindestens sieben Personen.«
»Wie meinst du das?«, fragt Heidi.
»Wie ich es gesagt habe«, antwortet Hauke.
»Das ist unser Essen!«, Heidi regt sich auf, »wieso hat der Pizzabote es denn Lindis Nachbarn gebracht?«
»Woher soll ich das wissen?«, Hauke zuckt mit den Schultern, »es hat mir ja niemand gesagt, dass ihr was bestellt habt.«
Im Treppenhaus ertönt Lärm, und dann klopft jemand an meine Wohnungstür. Ich öffne. Die anderen lauschen.
»Vierundvierzig Euro und zwanzig Cent macht das dann«, sagt ein Pizzalieferant in einer roten Uniform zu mir und hält die

Hand auf. In seiner Tragetasche befindet sich nichts. Aber im ganzen Treppenhaus riecht es nach Pasta und Pizza.
»Wie?«, frage ich.
Er deutet zur Nachbarwohnung: »Die haben gesagt, dass Sie bezahlen«, meint er gelangweilt. »Vierundvierzig Euro und zwanzig Cent macht das dann bitte.«
Verwirrt blicke ich den Pizzaboten an: »Wir hatten das Essen bestellt und nicht die da drüben«, sage ich und Heidi steht neben mir und faucht: »Sie holen uns sofort unser Essen.«
Der Pizzabote wird böse: »Was kann ich denn dafür, wenn die sagen, dass Sie das bezahlen«, meint er und seine Augen funkeln. »Ich mache hier auch nur meinen Job.«
Die Wohnungstür meiner Nachbarn öffnet sich, und ein stark behaarter Arm wirft leere Pizzakartons vor meine Füße: »Runterbringen«, knurrt die zum Arm gehörige Stimme.
»Was ist denn hier los?«, fragt Oscar und kommt näher.
»Das Übliche«, sage ich resigniert und hebe die Pizzakartons auf. Ich werde sie zum Altpapiercontainer bringen müssen.
»Lindis Nachbarn werfen immer ihren Müll auf Lindis Balkon«, erklärt Giselher. »Die Hausverwaltung tut nichts dagegen, und Lindi ist einfach zu gutmütig. Also kehrt sie den Müll auf dem Balkon zusammen und bringt ihn runter. Das ist eigentlich nicht richtig. Ich habe schon mal versucht, mit den Nachbarn zu reden, aber die sehen so gewalttätig aus. Und auf Prügel habe ich wirklich keine Lust. Ich habe nämlich keinen Selbstverteidigungskurs gemacht. Ein Fehler, ich weiß. Aber in meinem Alter ist das auch nicht so einfach. Ich bin schließlich schon sechsunddreißig. Meine Kondition ist nicht die beste, weil ich keinen Sport treibe …«
»Es ist nicht deine Schuld, Giselher«, ich streichle seinen Arm.

Ich habe gar nicht gewusst, dass ihn mein Müllproblem so mitnimmt. Ich wusste auch nicht, dass er bei diesen Leuten war.
»Warum hast du mir von deinen Nachbarn nichts erzählt?«, fragt Oscar und sieht mich böse an.
»Keine Ahnung«, sage ich. »Warum sollte ich?«
»Du legst sofort die Pizzakartons wieder hin«, das ist wieder Oscar. Seine Stimme klingt drohend.
»Warum?«, frage ich.
»Weil ich es sage«, meint Oscar, drückt dem Pizzaboten, der gar nichts mehr versteht, Geld in die Hand und sagt: »Vielen Dank.«
Der Bote geht und murmelt noch »Bekloppte. Alles Bekloppte«, während er die Treppe runterstiefelt.
Oscar sagt: »Geht bitte alle in Deckung!« Dann nimmt er Anlauf und springt wie ein Darsteller in einem Kung-Fu-Film gegen die Tür meiner Nachbarn. Mir bleibt fast das Herz stehen. Holz splittert, und die Tür springt mit einem Ruck auf und Oscar stampft in die Wohnung. Wir hören laute Stimmen, und der Pizzageruch wird intensiver. Ich hatte eine mit Tunfisch und Zwiebeln. Hatte. Was tut Oscar bloß? Er wird doch meine Nachbarn nicht töten? Wir haben keinen Platz für noch mehr Tote. Da verzichte ich lieber auf meine Pizza.
»Holt Oscar uns jetzt das Essen?«, fragt Heidi, die ängstlich hinter der Tür steht.
»Ich weiß es nicht, sei mal still«, sage ich, weil ich hören möchte, was in der nachbarlichen Wohnung passiert. Laute Schreie und »Entschuldigung«-Rufe deuten darauf hin, dass Oscar seine Sache ganz gut macht. Irgendwann kommt ein Mann Mitte dreißig aus der Tür gekrochen und sammelt die Kartons auf. Devot blickt er zu mir auf, Oscar steht breitbeinig hinter ihm.

An seiner Hand funkelt der Schlagring. Zum Glück, zum Glück klebt kein Blut daran.
»Sag es!«, herrscht Oscar meinen Nachbarn, den ich persönlich noch gar nicht wirklich kennen gelernt habe, an.
»Ich schwöre, dass ich nie wieder Müll auf Ihren Balkon werfen werde«, flüstert der Nachbar.
»Weiter«, meint Oscar.
»Ich möchte mich im Namen meiner Mitbewohner für den Pizzadiebstahl entschuldigen«, redet der Nachbar weiter. »Mir tut das alles sehr Leid. Bitte verzeihen Sie mir.«
»Äh, ja, ich verzeihe Ihnen«, sage ich und mir ist das alles sehr unangenehm.
Dann drückt mir der Nachbar einen Fünfzig-Euro-Schein in die Hand und krabbelt zurück in seine Wohnung. Die Tür kann er nicht schließen, da Oscar ja das Schloss kaputtgetreten hat.
Eine halbe Stunde später kommt der Pizzabote erneut, diesmal aber direkt zu uns. »Was hast du denn da drüben eigentlich gemacht?«, frage ich, während ich ein Stück Tunfisch zerkaue.
»Na, ich habe mich hingestellt und gefragt: Kennt ihr Bruce Springsteen? Und alle haben genickt.«
Hä?
»Dann habe ich gefragt: Wisst ihr, was Bruce Springsteen mit Leuten macht, die anderen Müll vor die Tür stellen und sie auch noch bestehlen?«, redet Oscar stolz weiter.
»Und dann?«, fragt Liesel, und Hauke sieht Oscar ehrfürchtig an.
»Alle haben den Kopf geschüttelt, und ich habe gesagt: Bruce Springsteen macht kurzen Prozess mit solchen Menschen. Bruce Springsteen tötet, ohne mit der Wimper zu zucken! Ich mag Bruce Springsteen, habe ich gesagt. Er ist mein Vorbild, habe

ich gesagt und alle haben ängstlich geschaut. Den Rest kennt ihr ja.«
»Aber Bruce Springsteen ist ein Sänger«, wirft Peggy ein. »Der macht Musik. Du meintest sicher Bruce Willis. Den aus *Die hard.*«
Oscar sieht Peggy staunend an: »Ach so«, sagt er dann. »Jetzt verstehe ich auch, warum mir der eine Nachbar seine Gitarre schenken wollte!«

26

Am Dienstag rufen wir bei Herrn Toblaski an. Er ist verwundert, weil ihn noch niemand über Herberts Verschwinden informiert hat, und hört sich alles an. Peggy, die das Gespräch führt, macht das ganz souverän, und Herr Toblaski hat nichts dagegen, dass wir die Hefte erst mal so weiterführen. Warum auch? Er hat sich über unsere Arbeit noch nie beschwert: »Ich denke mal, dass Sie das sehr gut machen werden, bis Herr Loose wieder da ist«, meint er, »wenn es Schwierigkeiten geben sollte, melden Sie sich einfach bei mir.« Dann schickt er noch ein Fax, auf dem er bestätigt, dass wir Kontovollmacht haben, so dass wir Fotografen bezahlen und Bilder kaufen können.

Jan liegt vorläufig in meinem Wohnzimmer. Oscar hat ihn in Plastikfolie gewickelt. Er will ihn abends abholen und dann auch sein Geld haben.

Nichts leichter als das! Liesel geht beschwingt zur Bank und hebt zehntausend Euro ab. Wir verbuchen den Betrag als »Kosten für externen Bildeinkauf« und freuen uns, dass alles so reibungslos klappt.

Peggy und ich haben jetzt komplett die redaktionelle Verantwortung und nehmen die Sache sehr ernst. Gleich morgens nach dem Gespräch mit Herrn Toblaski setzen wir uns zusammen und entwickeln komplett neue Heftformate: »Nie mehr Weiber, die aussehen, als wären sie schon scheintot«, freut sich Peggy und ich nicke: »Und nie wieder Weiber, die Möhren oder Sellerie essen!« Stattdessen bestellen wir edle Fotos bei guten Fotografen, machen neue Heftpläne, in denen auch Interviews mit Pornodarstellerinnen vorkommen, erfinden die Rubrik

»Blick durchs Schlüsselloch«, in der Privatleute Einblick in ihr Sexleben geben, und kümmern uns um Anzeigen. Und siehe da: Jetzt, wo wir ungestört telefonieren können und niemand uns wegen einem Euro Kosten im Nacken sitzt, läuft alles wie am Schnürchen. Ich mache sogar freiwillig Überstunden.

Heinrichs Planschbecken wird gefüllt und wir kleben auf einen Teil der Wand eine Fototapete, auf der ein Urwald zu sehen ist, und Heinrich fühlt sich sehr wohl. Den ganzen Tag liegt er im Wasser, nur manchmal kommt er heraus, um sich zu sonnen. Wir haben nämlich auch einen Heizstrahler für ihn besorgt. Der Alligator blüht auf und ist nicht wieder zu erkennen. Genauso wenig wie wir. Selbst mein drittes Auge taucht nicht mehr auf.

Schon kurz darauf haben wir zwei Anzeigenkunden gewonnen: Der Bierhersteller, mit dem wir nicht telefonieren durften, weil Herbert das alles zu teuer war, schaltet eine Doppelseite für siebentausend Euro, und ein Kondomhersteller schaltet eine Anzeige über eine Seite für dreieinhalbtausend Euro. Wir sind richtig gut!

»Ach, ich bin ja mal so gespannt, wie die Hefte ankommen!«, meint Peggy. »Der *Kiez-Report* sieht jetzt ganz anders aus, und die anderen Hefte kommen auch noch dran!«

Wir sind euphorisch.

Liesel hat das Geld für Oscar in einen Umschlag gesteckt. Er will abends bei mir vorbeikommen, Jan und das Geld abholen, und dann wollen wir alle miteinander in den *Silbernen Hausschuh* gehen und auf die vollbrachten Taten zum letzten Mal einen heben: »Wir dürfen uns nicht wieder sehen«, hat Oscar mit fester Stimme gesagt. »Das wäre zu gefährlich.«

Ein bisschen traurig macht mich die Vorstellung schon, Oscar in meinem ganzen Leben nicht wiederzusehen, aber er ist Profi und muss wissen, was richtig ist.

Gegen halb zwölf kommt Ortwin Reiher. Er ist immer noch blass um die Nase: »Was war denn das bloß für ein Gerangel auf der Wache?«, fragt er. »Und wie sind Sie denn jetzt mit den Beamten verblieben?«

Keine Ahnung. Es hat sich bislang noch niemand gemeldet.

Herr Reiher ist jedenfalls sehr erfreut über die Tatsache, dass der *Kiez-Report* nun neue Anzeigenkunden hat; er selbst hat nie irgendwas auf die Reihe gekriegt, weil er so schusselig ist. Er setzt sich wieder an seinen Schreibtisch, auf dem sich Papierberge türmen. Nach einiger Zeit kommt er wieder in unseren Redaktionsraum: »Ich versuche ständig, Herrn Loose zu erreichen. Aber das Handy ist immer noch aus. Hoffentlich meldet er sich bald, ich mache mir wirklich Sorgen.«

Ja, mach dir ruhig Sorgen. Du wirst dir dein ganzes Leben lang Sorgen machen müssen, denn Herbert wird nie mehr auftauchen. Ha.

Wir machen dann Mittagspause. Heidi hat glänzende Augen: »Herr Kümmel hat mich angerufen«, erzählt sie strahlend. »›Hier ist Bendix‹, hat er gesagt, ›hallo Antonie.‹ Ist das nicht lustig?«

»Ich falle vor Lachen gleich vom Stuhl«, sage ich zu ihr.

»Dann hör auf zu kippeln«, gibt sie zurück und erzählt weiter. »Wir wollen am Wochenende zusammen einen Spaziergang machen. Durch den Stadtpark. Herr Kümmel hat nämlich einen Hund. Einen ganz süßen Terrier. Der Terrier heißt Thomas. Wie Thomas Mann.«

Ich möchte, dass Heidi diesen Herrn Kümmel unverzüglich

heiratet, kündigt und wegzieht. Ich kann das Geschwafel nicht mehr ertragen.
Wo sich wohl das große Grab befindet, in dem Herbert, Dietmar und bald auch Jan liegen? Oscar wollte es uns nicht sagen: »Ihr tratscht das dann euren Freundinnen weiter, und dann gibt es eine Wallfahrt«, meinte er. »Nein, nein, auf jeden Fall bleibt das mein Geheimnis.«
Auch nachmittags geht uns die Arbeit spielend von der Hand. Mensch, der *Kiez-Report* wird bombig. Zum ersten Mal hat das Heft wirklich Inhalte, und die Bilder, die wir bestellt haben, werden einschlagen wie Granaten.
Gegen sechzehn Uhr ruft Hetty, Herberts Frau, an: »Die Bügelwäsche ist mittlerweile drei Meter hoch«, verrät sie uns fröhlich, »ich habe alles gewaschen, auch saubere Sachen, damit ich noch mehr Bügelwäsche habe, die ich liegen lassen kann.« Sie muss von Herbert wirklich drangsaliert worden sein. »Sie wissen wahrscheinlich immer noch nichts Neues?«, fragt Hetty lauernd.
»Nein, wir haben gar nichts gehört«, sage ich. »Sie können noch mehr Bügelwäsche produzieren.«
»Ach, ist das schön«, freut sich Hetty und legt auf, um eine neue Maschine mit Wäsche anzustellen.

»Mädels, ich muss euch etwas sagen!«, Oscar hebt sein Glas. Es ist kurz vor Mitternacht, wir befinden uns im *Silbernen Hausschuh* und sind alle beschwingt und fröhlich. Oscar hat seine zehntausend Euro bekommen und uns gleich zweitausend Euro wieder gegeben: »Mengenrabatt«, hat er gelacht. »Ich hab ja die anderen Leichen noch entsorgt. Wir rechnen später ab«, sagt er zu Hauke, der gierig auf die Geldscheine starrt.

Jan ist abtransportiert, Frau Möller steht sicher neben der Venus von Milo, und Giselher kümmert sich um Heinrich.

»Also, ich muss euch etwas sagen«, hebt Oscar nochmals an, und wir sind alle still und hören zu. »Ich habe nun schon viel erlebt, aber das, was seit Freitag passiert ist, so was erlebt man nur einmal im Leben. Wir können alle von Glück sagen, dass die Polizisten so dumm waren wie Brote mit Augen und dass alles glimpflich abgelaufen ist. Ich bin mir sicher, dass die ganze Angelegenheit bald eingestellt wird. Euer Chef hat sich eben abgesetzt, na und? So was kann doch mal vorkommen«, meint Oscar und trinkt sein Bier aus. »Noch 'ne Runde!«, schreit er der Bedienung zu, die träge nickt und dann den Zapfhahn betätigt.

»Genau«, ruft Peggy, »und Jan hat sich auch abgesetzt. Das ist doch wunderbar!«

»Was ist eigentlich mit dieser Bernadette, Jans neuer Flamme?«, will Liesel wissen.

»Keine Ahnung«, Peggy wird wütend, »lass mich bloß mit dieser Tussi in Ruhe.«

»Du hast Recht«, sagt Oscar zu Liesel, »ich werde mich um diese Bernadette kümmern.«

»DU WILLST SIE DOCH NICHT ETWA AUCH NOCH UMBRINGEN? ES REICHT JA WOHL, DASS ICH JAN SCHON UMGEBRACHT HABE!!!«, brüllt Peggy quer durch den *Silbernen Hausschuh*. Einige Gäste blicken halb interessiert zu uns, drehen sich aber schnell wieder weg, nachdem Oscar sie drohend angeschaut und die Hand mit seinem Schlagring gehoben hat.

»Natürlich werde ich sie nicht umbringen. Ich werde ihr bloß das Nötige sagen. Gib mir die Adresse, sie wohnt ja jetzt da. Wir

werden ein nettes, verbindliches Gespräch führen. Ihr müsst euch keine Sorgen machen.«
»Vielleicht können wir ja Volker auch noch umbringen«, schlägt Brigittchen vor. »Und dann könntest du mit dieser …, dieser …, die ja meine Freundin werden sollte, auch noch ein kleines Gespräch führen.«
»Das geht nicht«, meint Oscar und hebt sein Bier, das die Bedienung vor ihn gestellt hat.
»Warum nicht?«, fragt Brigittchen enttäuscht.
»Wenn ich die Grube noch weiter aushebe, stoße ich auf Grundwasser«, Oscar ist wieder ganz geschäftsmännisch. »Dann ist das Grundwasser vergiftet. Das wollen wir ja nicht.«
Als ob es darauf jetzt noch ankäme.
»Ich musste Peggys Freund schon neben die anderen quetschen. Dein Mann«, er schaut zu Liesel, »ist ja nicht gerade klein und schmächtig.«
»Weil er immer nur fetthaltige Sachen gegessen hat«, regt sich Liesel auf. »Ich hab immer gesagt, Dietmar, iss doch mal Salat, aber Dietmar meinte dann zu mir, ich solle die Klappe halten, und hat sich noch eine Portion Currywurst reingestopft.« Sie stellt lautstark ihr Glas ab: »Zum Glück ist das jetzt vorbei. Ein für alle Mal. Washington fragt auch gar nicht nach seinem Vater. Den Nachbarn hab ich erzählt, er sei vorläufig ausgezogen, weil er Abstand braucht. Ich hab das Gefühl, die sind ganz froh, dass er weg ist. Freunde hatte Dietmar sowieso keine.«
»Genau«, sage ich und muss an Dietmar in seinem Unterhemd denken. Furchtbar.
Manchmal ist der Tod für alle Beteiligten am besten. Also der Tod einer Einzelperson, meine ich.
»Washington macht mich fertig«, redet Liesel weiter. »Das gan-

ze Wohnzimmer hat er in Beschlag genommen. Überall liegen DVDs und CDs und Videofilme, und ich muss für seine Freunde ständig Schnittchen machen.«

»Das ist doch besser, als wenn Washington herumzieht und irgendwo Scheiben einschlägt«, meint Heidi, die schon ungefähr ein Kilo Erdnüsse gegessen hat.

»Das stimmt. Der gute Junge«, Liesel bekommt glasige Augen vor lauter Mutterliebe. »Aber jeden Tag muss ich Staub saugen«, sagt sie dann, »überall im Wohnzimmer verstreuen die Jungs Mehl. Ich weiß nicht, woher dieser neue Trend kommt.«

Mehl. Nein, ich sage jetzt nichts. Niemand sagt etwas. Nur Oscar. Der sagt: »Der Junge weiß eben, was gut ist.«

»Dann die ganzen Kameraden, die nur kurz kommen und gehen. Und überall liegen Geldscheine herum. Aber was soll's.«

Hauke neben mir kann sich wegen seines Alkoholkonsums kaum mehr auf den Beinen halten. Aber ich muss wegen den Bildern und der Venus noch mit ihm sprechen.

»Hauke«, fange ich an, »was ist denn jetzt eigentlich mit dem Kunstraub? Wie ich erfahren habe, sind das Sachen, die aus dem Louvre gestohlen wurden! Der Kunstraub fand im Louvre statt!«

Kunstraub hört sich gut an. So schlimm.

»Alles Scheiße«, blökt Hauke herum. »Die Typen, für die ich den Kram zwischenlagere, melden sich nicht. Mach doch mit dem Zeug, was du willst.«

»Erstens mal wird das Zeug bei mir und nicht bei dir gelagert. Und außerdem will ich auch gar nichts mit dem Zeug machen«, sage ich und muss an Herrn Kebab und sein »Zeug« denken, »ich möchte, dass das Zeug so schnell wie möglich aus meiner Wohnung verschwindet.«

»Was willsu denn?«, lallt Hauke herum und zeigt mit dem Finger auf mich, »lass doch die Mars mit der anderen, dieserdamitdemkomischen Blick susammen, die beiden verstehen sich doch wunderbar.«

Mir reicht es jetzt. Ich werde mich gleich morgen darum kümmern, dass die Sachen aus meiner Wohnung verschwinden. Meines Wissens macht man sich schon strafbar, wenn man Diebesgut zwischenlagert. Auch wenn man unwissend ist. Dummheit schützt vor Strafe nicht. Und was ist, wenn Heidi auf die Idee kommt, mit Herrn Kümmel bei mir vorbeizukommen? Dann stehe ich toll da. Wobei – Herr Kümmel würde mit Sicherheit behaupten, dass das da auf dem Bild nicht Alfred Dürer, sondern Bendix Grünlich ist. Und die Distel ist keine Distel, sondern Grünlichs goldblonder Backenbart, den er sich abgeschnitten hat.

Die Sachen müssen weg. Punkt. Und zwar morgen. Nur wohin? Mit Hauke weiter zu diskutieren, lohnt sich nicht, weil es sinnlos ist. Er fängt nämlich gerade an zu weinen.

»Ich will auch mal morden«, jammert er herum und greift Oscar an den Arm, »ich will nicht nur immer die Leichen wegschaffen müssen. Ich will auch mal sagen können: Diesen Mann da hab ich umgebracht.«

»Denk an deinen Rücken«, sagt Oscar.

»Das tue ich sehr wohl«, schnieft Hauke und wischt sich die Nase an seinem Ärmel ab. Er scheint sich zu fangen und lallt auch nicht mehr so stark. »Fürs Morden braucht man keinen gesunden Rücken, aber um die Leichen wegzuschaffen schon. Du musst auch mal Rücksicht nehmen.«

»Ja, ja«, meint Oscar gelangweilt. »Wer wen umbringt, bestimme immer noch ich.«

»ICH WILL TÖTEN!!!«, Hauke ist kaum zu bremsen. »BITTE LASS MICH ENDLICH AUCH MAL TÖTEN! ICH KÖNNTE DIESEN TYPEN DA HINTEN ERSCHLAGEN!«, er deutet auf einen Mann, der fröhlich lachend mit seinen Freunden am Tresen steht und es genießt, mal aus Husum rausgekommen zu sein und ein paar Tage in Hamburg zu verbringen.
»Warum willst du denn diesen Mann töten?«, frage ich Hauke.
»Nur so. Weil halt«, grunzt Hauke weiter. »Ich erschlage den Mann jetzt einfach!« Dann geht er auf die Männergruppe zu, und Oscar stellt ihm ein Bein, und Hauke schlägt der Länge nach hin.

Gegen zwei oder drei Uhr morgens stehen wir alle vor dem *Silbernen Hausschuh.* Hauke hat niemanden mehr getötet, und Oscar hat uns versprochen, sich um Jans Freundin zu kümmern. Wie, das sei seine Sache: »Zu viel Wissen ist nicht gut!«, ruft er euphorisch. »Mädels, kommt her, kommt alle her!« Mit seinen muskulösen Armen versucht er, uns alle fünf gleichzeitig zu umarmen, was aber nicht geht, also umarmt er uns der Reihe nach. »Kommt her, kommt alle her!«, ruft er mit kehliger Stimme und kann seine Rührung nicht verbergen. »Das waren Tage, was? Die werde ich nie vergessen, solange ich lebe. Komm her, Brigitte, komm her, Liesel, oh, Heidi, lass dich drücken, Peggy! Mach dir keine Sorgen, ich werde schon alles richten, Gerlinde! Ach, ist das alles traurig! Wir werden uns zwar nie mehr wieder sehen, aber in Gedanken sind wir immer zusammen, ja?«
Oscar bricht fast zusammen: »Die Toten werden ruhen, aber ich nicht! Weil ich immer an unsere gemeinsame Zeit denken werde!«, plötzlich wird er von Weinkrämpfen geschüttelt. »Diese gemeinsame Zeit kann uns niemand nehmen. Niemals! Sie ist

in meine Erinnerung eingebrannt! Für immer und ewig!« Oscar muss husten: »Entschuldigt, entschuldigt, aber ich konnte endgültige Abschiede noch nie verkraften.«

Deswegen ist er ja auch Auftragskiller geworden.

Aber ich muss ganz ehrlich zugeben, dass die Tatsache, Oscar nie mehr wieder zu sehen, mich fertiger macht, als ich befürchtet habe. Was ist, wenn wir uns entschließen, noch jemanden umzubringen? Und das Ganze ohne Oscar?

Auch Hauke ist gerührt. Er hat sich von seinem Sturz schon wieder erholt: »Deerns, kommt her, ich vermiss euch jetzt schon!«, schnaubt er und muss sich die Nase putzen.

»Also«, Oscar ringt um Fassung. »Keine Anrufe, keine SMS, und wenn wir uns auf der Straße begegnen, gehen wir aneinander … aneinander vorbei, als ob wir uns NIE GESEHEN HÄTTEN!!!«

Oscar ist am Ende. »NIE GESEHEN HÄTTEN!«

Ich kann nicht mehr und jaule laut auf wie ein Kojote, und meine Kolleginnen stimmen ein, als hätten sie nur auf die Gelegenheit gewartet, einzustimmen.

Aber am schlimmsten heult Oscar. Er ist so laut, dass man ihn für eine Sirene halten könnte. Und er will uns gar nicht loslassen. »Man sagt ja immer, dass Blut dicker als Wasser ist«, schnieft er, »aber ich fühle mich euch näher als meiner Familie!«

Gut, dass *Vater* das nicht mehr hören kann.

Ich glaube, es ist schon hell, als wir uns endlich trennen. Oscar wird nicht müde, dauernd zu beteuern, dass es ein Abschied für immer ist.

Wir drehen uns alle immer wieder um und winken, bis Oscar und Hauke nur noch kleine Punkte sind. Dann sind sie weg. Für immer.

27

Peggy wird jetzt erst einmal bei mir wohnen. Bei Liesel war es ihr zu laut: »Das ist so lieb von dir, Lindi«, meint sie und umarmt mich. »Hoffentlich klärt Oscar das noch mit dieser Kuh. Ich würde ihn zu gern irgendwann mal anrufen, aber er hat es uns ja verboten.«

»Sicher ist das auch besser so«, antworte ich, und mir steigen schon wieder Tränen in die Augen, als ich an Oscar und Hauke denke. Dann aber muss ich an die Louvresachen denken und werde schon wieder böse. Zwar hat heute nichts in der Tagespresse gestanden, aber das heißt ja nicht, dass die Ermittlungen eingestellt sind. Die Sachen, die sich bei mir in der Wohnung befinden, sind doch Weltkulturerbe oder so was Ähnliches.

Heinrich schläft tief und fest in seinem Sarg, als wir bei mir zu Hause ankommen, und Giselhers Falltür ist geschlossen, offenbar schläft er schon.

Peggy holt ein Nachthemd aus ihrem Koffer und ich ziehe meinen Pyjama an. Wir sind noch viel zu aufgedreht, um schlafen zu können.

»Oh, bin ich froh, dass ich nicht mehr bei Liesel bin«, gibt Peggy zu. »Nichts gegen Liesel, aber diese eine Nacht gestern war wirklich entsetzlich.« Peggy ist ja gestern mit zu Liesel gegangen, weil die ihr angeboten hatte, bei ihr zu wohnen, aber Peggy ist froh, dass sie sich umentschieden hat und jetzt bei mir ist. »Dauernd hat das Telefon geklingelt und irgendwelche Leute waren dran. Und Washingtons Handy hat auch dauernd geklingelt. Es stimmt, was Liesel gesagt hat, überall lag weißes Pulver rum. Ich muss dir wohl nicht erklären, dass das kein Mehl, sondern Kokain war. Das weiß ich deswegen, weil auch Spiegel und aufgerollte Geldscheine rumlagen. Wenn du mich fragst, ist Washington mit seinen zehn oder zehneinhalb Jahren schon ein kleiner Dealer.«

»Das hab ich mir schon gedacht«, nicke ich.

»Liesel hat Washington auch überhaupt nicht im Griff. Der tanzt ihr auf der Nase rum. So einen abgebrühten kleinen Kerl habe ich ja noch nie gesehen. Glaubst du, der fragt mal nach Dietmar? Nö. Kein Wort. Und Liesel rennt dauernd herum und bedient ihn. Dem würde ich was erzählen. Ach«, sie lehnt sich gegen eines meiner Sofakissen, »hoffentlich kehrt jetzt mal Ruhe ein. Die letzten Tage waren ganz schön anstrengend. Die ganzen Toten. Ein Glück, dass diese Beamten so trottelig waren. Ich bin mal gespannt, was jetzt noch kommt. Jans Verschwinden muss ja auch irgendwann auffallen. Was sage ich denn, wenn ich dazu von der Polizei auch noch befragt werde? Wenigstens war ich offiziell nicht in seiner Wohnung gemeldet. Ich hab immer noch meinen Wohnsitz bei meinen Eltern in Fuhlsbüttel.«

»Ach, da wird schon nichts passieren«, sage ich und winke ab. »Du sagst einfach, dass du in die Wohnung gekommen wärst und Jan war nicht da. Da ihr euch ja sowieso vorher getrennt habt, weißt du auch nicht, wo er abgeblieben ist. Und Liesel sagt, wenn es jemandem auffallen sollte, dass Dietmar vom Zigarettenholen nicht wieder gekommen ist. So was zieht immer. Das packen wir auch noch alles.«

»Das Bild ist wirklich schön«, sagt Peggy und deutet auf den Rubens. »Aber wir müssen die Sachen jetzt mal bald loswerden, meinst du nicht?«

Ich nicke und überlege. »Nur wohin?«, frage ich Peggy und beiße in einen Apfel.

Die setzt sich plötzlich auf: »Ich hab's«, sagt sie und lacht. »Wir beide nehmen uns morgen früh ein paar Stunden frei!«

»Aber bitte, aber bitte, das haben wir doch gern getan«, sage ich und schüttele der netten Frau Rübsamen die Hand. »Wir tun gern Gutes, wissen Sie. Wir haben einfach zu viele von diesen Sachen, also dachten wir uns, dass Sie sich bestimmt darüber freuen werden!«
»Das tun wir, das tun wir«, sagt Frau Rübsamen. »Ich werde meinen Bewohnern genau erklären, was sie da vor sich haben, sodass sie sich ein Bild davon machen können. Und diese hübschen Skulpturen da können sie abtasten und sich dann vorstellen, wie sie aussehen.« Sie deutet auf Frau Möller und die Venus von Milo. »Ja«, sage ich langsam, weil ich nicht ganz verstehe.
»Wir werden viel Freude mit den Sachen haben, und ich möchte Ihnen im Namen der gesamten Belegschaft meinen innigsten Dank aussprechen. Gott sei mit Ihnen. Bei dem großen Bild da«, Frau Rübsamen deutet auf den Medici-Zyklus, »werde ich eine Menge zu erzählen haben. Diese ganzen liebevoll gemalten Details. Wir werden lange Zeit brauchen, bis jeder Bewohner sie verinnerlicht hat.«
»Äh, Ihre Bewohner könnten sich die Bilder doch einfach ansehen«, meint Peggy, die auch nicht versteht.
Frau Rübsamen lächelt gütig: »Aber wie denn?«, fragt sie, »wir sind doch hier in einem Blindenheim.«
»Oh Mann«, meint Peggy, während wir zum Verlag zurückfahren. »Sind wir nicht dumme Nüsse? Wir hätten die Gelben Seiten gründlicher lesen sollen, aber vielleicht ist ein Blindenheim ja noch viel besser als ein normales Altersheim.«

Ich muss schrecklich lachen. »Das stimmt«, sage ich. »Niemand wird drauf kommen, dass das Originale sind. Und die gute Frau Rübsamen hat noch nicht mal unsere Namen. Die hat ja selbst kaum noch was gesehen. Und Frau Möller ist wunderbar dort aufgehoben. Selbst wenn irgendein Besucher mal Verdacht schöpft, wird uns nie jemand finden.«
Peggy nickt. Wir sind hochzufrieden mit uns. Ich bin auch hochzufrieden mit mir, denn den Sissi-Schmuck habe ich behalten. Er liegt in meiner Handtasche, und Peggy hat auch nicht mehr danach gefragt. Und nach dem Schmuck wird ja auch nicht gefahndet, weil er gar nicht aus dem Louvre stammt.

Die nächsten Tage verbringen wir damit, die Texte für den optimierten *Kiez-Report* zu schreiben, führen Interviews, organisieren ein Gewinnspiel und erfinden ein erotisches Kreuzworträtsel. Ach, wird das ein geiles Heft! So ein Format hat es noch nie gegeben. Vorbei sind die Zeiten, als jede Seite gleich aussah und vor Langeweile nur so strotzte. Vorbei. Jetzt bricht eine neue Ära an! Unsere Ära!
Herr Toblaski ruft an und fragt, wie es läuft, und wir versichern ihm, dass es nicht besser laufen könnte, und er meint, dass ihn das freuen würde: »Sie scheinen ja auch ohne Herrn Loose gut klar zu kommen«, sagt er froh, »dann mal weiter so!«
Genau, Herr Toblaski. Wir kommen sehr gut ohne Herrn Loose zurecht. Wir sind nie besser zurechtgekommen.
Am Freitag ist Heidi ganz aufgeregt: »Morgen treffe ich mich mit Herrn Kümmel«, sagt sie, »wir wollen ja zusammen mit seinem kleinen Terrier in den …«
»Stadtpark gehen«, unterbrechen wir sie im Chor. »Du sagtest es bereits.«

Heidi hat es uns ungefähr fünfmal erzählt.
Heidi ist beleidigt und rührt in ihrem Hipp-Gläschen herum. *Ab dem 4. Monat* steht auf dem Etikett.
»Apropos Herr Kümmel«, hakt Brigittchen nach, »kannst du ihn mal fragen, was jetzt verhörmäßig los ist?«
»Ach, das kann ich machen, dafür bin ich also gut genug?«, Heidi leckt ihren Löffel ab. »Aber für meinen Spaziergang durch den Stadtpark interessiert sich wieder niemand.«
Wir verdrehen die Augen: »Doch, natürlich«, sage ich schließlich, »du wirst uns danach alles haarklein erzählen.«
Heidi ist beruhigt: »Und ihr unterbrecht mich auch nicht?«, fragt sie lauernd.
»Nein, wir unterbrechen dich nicht«, sagt Peggy.
»Auch nicht, wenn ich ein paar Sachen doppelt erzähle?«
»Nein«, das ist Liesel. »Du kannst die Sachen auch fünf Mal erzählen.«
»Gut«, meint Heidi. »Ich werde Herrn Kümmel fragen. Das wird bestimmt ein schöner Spaziergang im Stadtpark. Habe ich euch eigentlich schon erzählt, dass Herr Kümmel einen kleinen Hund hat, einen Terrier, der heißt Thomas, wie Thomas Mann?« Beifallheischend schaut sie in die Runde.
»Nein, nein, hast du nicht«, antworten wir resigniert, »das ist ja toll. Erzähl doch mal.«

Als ich mit Peggy an diesem Freitag nach Hause komme, liegt ein amtlich aussehender Brief in meinem Postkasten. Ich will ihn nicht aufmachen, weil ich Angst habe, schon wieder geblitzt worden zu sein, und wenn man solch einen Brief nicht aufmacht, dann ist das ja so, als hätte man ihn nie bekommen. Aber Giselher und Peggy drängen mich, ihn zu öffnen.

»Dann weißt du wenigstens, was los ist«, meint Giselher, der aussieht wie ein Landstreicher. Er hat heute einen schwerreichen Mann unter die Erde gebracht, dessen letzter Wunsch es war, dass alle Beteiligten aussehen wie Obdachlose. Er hat auch den billigsten Sarg genommen und es gab nach der Beerdigung nichts zu essen außer Wasser und trockenem Brot.

»Er wollte eine Basic-Beerdigung«, erzählt Giselher, während der ungeöffnete Brief immer noch vor mir liegt. »Sein ganzes Leben hat er in Saus und Braus gelebt, da sollte wenigstens die Beerdigung basic sein. Er hat auch sein ganzes Vermögen der Obdachlosenhilfe vermacht. Das fand die Verwandtschaft gar nicht witzig. Obwohl er sich eine lustige Beerdigung gewünscht hat, in der alle wie arme Menschen gekleidet sind, aber trotzdem singen und lachen und tanzen, hat niemand gesungen und gelacht und getanzt. Ich kann es ja verstehen. Entschuldigt, wenn ich stinke, aber mein Auftraggeber wollte, dass sich keiner vor der Beerdigung wäscht. Manchmal mache ich wirklich was mit. Öffne jetzt den Brief, Lindi!«

Zitternd reiße ich den Umschlag auf und fange an zu lesen.

»Oh«, sage ich dann, »oh!«

»Was ist? Was steht denn drin?«, fragen Giselher und Peggy neugierig.

Aus dem Wohnzimmer kommt der Wellensittich geflogen und setzt sich auf das Kabel der Küchenlampe. Ihn scheint auch zu interessieren, was in dem Brief steht.

»Es ist ein Schreiben von der Polizei«, sage ich.

»Ja und?«, fragen Peggy und Giselher aufgeregt. »Was schreibt die Polizei denn?«

»Es ist wegen Frau Möller«, ich kann kaum atmen vor Erleichterung und sehe Peggy und Giselher strahlend an: »Die Ermittlungen wegen ihres Verschwindens sind eingestellt worden. Der Fall ist abgeschlossen. Hier«, ich wedele mit dem Brief, »sie schreiben, dass Frau Möller innerhalb des nächsten halben Jahres offiziell für tot erklärt wird, weil sie keine Verwandten oder Freunde hatte, die sie für vermisst erklärt haben.«

»Das ist ja großartig«, freut sich Giselher. »Ein Problem weniger.«

Peggy grinst: »Du kannst denen ja zurückschreiben, dass sie Frau Möller jetzt schon für tot erklären.«

Nein, das mache ich besser nicht.

Bleibt nur noch das Problem mit meinen Schulden. Also das Problem mit den Schulden meines Exmannes. Aber dafür ist sicher eine andere Stelle zuständig. Ich warte jetzt einfach mal ab. Ach, es läuft doch alles bestens.

Im Verlauf des Abends stelle ich fest, dass sich Peggy und Giselher sehr gut verstehen, und das freut mich. Heidi und Herr Kümmel verstehen sich ja auch sehr gut, und das freut mich. Brigittchen wird schon einen neuen Mann abkriegen, so gut, wie sie aussieht, und das freut mich auch. Liesel will gar keinen neuen Mann, und auch das freut mich. Und ich, ich kriege eben nie mehr einen Mann ab, und das freut mich nicht. Bloß nicht sentimental werden jetzt! Wir haben die Morde gut über die Bühne gebracht, alles wendet sich zum Besten, wir sind uns sicher, dass der *Kiez-Report* richtig gut laufen wird und Heinrich ist gesund. Was will ich also mehr?

28

»… und dann hat Wulf gesagt, dass er sich unsterblich in mich verliebt hat!«, berichtet Heidi uns jetzt zum siebten oder achten Mal hintereinander.

Es ist Montag. Ich blute gleich aus den Ohren.

»Hast du ihn denn mal wegen dieser Verhörgeschichte befragt?«, will Liesel zum wiederholten Mal wissen, aber Heidi hört ihr überhaupt nicht zu. Sie isst einen Lauchauflauf, den Wulf zubereitet hat: »Wulf kocht unheimlich gern«, strahlt sie, »und auch gut. Wulf meint, dass eine gesunde Ernährung sehr wichtig ist. Klar kann man auch mal über die Stränge schlagen, aber Wulf ist der Meinung, dass man danach wieder Maß halten sollte. Ich habe mit Wulf geschlafen«, sagt sie dann und pustet ihren Lauchauflauf an, der offenbar noch sehr heiß ist.

Wenigstens etwas. Alles ist mir lieber, als weiter Vorträge über Ernährung zu hören.

Wobei das, was jetzt kommt, hundertprozentig genauso langweilig ist (»Und dann hat Wulf gesagt, ich soll das Licht ausmachen, und hab ich schon erzählt, dass Wulf seine Socken beim Sex anbehält, weil er immer sehr schnell kalte Füße bekommt, und wusstet ihr, dass das auch auf die Harnröhre gehen kann bei Männern? Wenn die kalte Füße haben, kriegen sie keine Blasenentzündung, sondern einen Harnwegsinfekt. Da ist dann nichts mehr mit Sex. Ach, jedenfalls waren es herrliche vier Minuten …!«).

Mir fällt ein, dass meine Blasenentzündung weggegangen ist, ohne dass ich beim Arzt war. Das hatte bestimmt mit dem Stressabbau zu tun. Wenn man keinen Stress hat, tut einem auch nichts weh. Es sei denn, man ist Hypochonder.

»Wulf steht auf Rollenspiele und trägt beim Sex auch gern mal Nylons«, erzählt Heidi. »Er hat mich gebeten, ihm die Fußnägel zu lackieren und dann hat er sich Nylonstrümpfe angezogen. Er hat den ganzen Schrank voll mit Nylonstrümpfen. In allen Farben.«

Ich glaube, ich höre nicht richtig. Dieser unscheinbare Mann trägt beim Sex Nylonstrümpfe und malt sich die Zehennägel an? Kriegt man in diesen Strumpfhosen nicht auch sehr schnell kalte Füße?

Wir starren Heidi an, ohne einen Ton zu sagen, und die redet fröhlich weiter:

»Wulf hat auch ganz viele Uniformen im Schrank. Er meinte, es würde ihn erregen, wenn ich mich mal als Krankenschwester verkleide. Lustig, was?«

Stille.

»Hast du dir … hast du dir so eine Uniform angezogen?«, fragt Brigittchen und ich sehe an ihrem Gesicht, dass sie Angst vor der Antwort hat.

Heidi nickt völlig unbedarft: »Ja, ich habe ein Löwenkostüm angezogen und dann Jagd auf Wulf gemacht und dabei gefaucht«, sie wischt sich den Mund ab, »durch die ganze Wohnung habe ich ihn getrieben. Es hat Wulf unglaublich erregt, dass ihn ein wildes Tier verfolgt.«

Bei dem Wort »Löwe« blickt Heinrich interessiert auf. Bestimmt denkt er, es gäbe eine Extraportion Fressen. Da das aber nicht der Fall ist, schläft er gleich weiter.

»Dann hab ich Wulf erwischt und zu ihm gesagt: ›Hab ich dich, du wilder Bengel!‹ Das hat Wulf auch unglaublich erregt, dass ich das zu ihm gesagt habe. Wulf ist wirklich ein außergewöhnlicher Mann!«

»Und dann?«, fragt Peggy ungläubig.
»Dann habe ich meine Löwenuniform ausgezogen und wir hatten Sex. Wulf hat seine Nylonstrumpfhose dabei angelassen.«
»Wie soll das denn gehen?«, fragt Liesel.
»Na, sie ist *ouvert*«, klärt Heidi Liesel auf. »Im Schritt offen.«
Ich kann es wirklich nicht fassen. Ich möchte nichts mehr hören, und ich glaube, allen anderen hier geht es genau so wie mir.
»Ach«, meint Heidi versonnen, »wer hätte das gedacht, dass ich einmal so glücklich sein würde!«
»Es gefällt dir also alles so, wie es ist?«, fragt Peggy und sieht Heidi beschwörend an.
»Aber ja«, lacht Heidi, »wisst ihr, was Wulf nach dem Sex zu mir gesagt hat?«
Nein.
»›Gut gebrüllt, Löwe!‹ Das hat Wulf zu mir gesagt!«, ruft Heidi und schaut uns der Reihe nach an. Sie ist trunken vor Glück. »Ach so«, sagt sie ganz nebenbei. »Wegen Herbert müssen wir uns überhaupt keine Gedanken machen. Der Vorgesetzte von Wulf, der ja wiederum der Vorgesetzte von Herrn Scharf und Herrn Kebab ist, hat das ganze misslungene Verhör mitbekommen und seinen Mitarbeitern mit Versetzung gedroht, sollte so was nochmals vorkommen. ›Sie sind eine Schande für die ganze Polizei‹, hat der Vorgesetzte gebrüllt! ›Was ist, wenn die Damen damit an die Öffentlichkeit gehen? Dann können wir hier auf der Davidswache einpacken.‹ Dann hat der Vorgesetzte beschlossen, dass die Akte für immer zugeklappt wird. Er hat nämlich die Befürchtung, dass auch weitere Verhöre komplett in die Hose gehen. Seid ihr jetzt zufrieden?«
»Moment«, sage ich, »soll das heißen, dass niemand mehr jemals nach Herbert fragen wird?«

»Die Polizei jedenfalls nicht«, meint Heidi, »das hat Wulf mir so gesagt. Wir kriegen auch demnächst noch eine schriftliche Mitteilung.«
Wir richten uns auf unseren Stühlen auf: »Und das sagst du uns erst jetzt?«, fahren wir Heidi wütend an.
»Was denn, was denn?«, sie wirft ihre Gabel auf den Tisch. »Ihr wolltet doch alles von Wulf hören. Das habt ihr mir am Freitag versprochen.«
Arrrghh!
»Das mit der Polizei ist ja schön und gut«, meint Peggy, »aber was ist mit allen anderen Leuten, die Herbert kennen? Falls ihr euch erinnert, haben schon ein paar Leute für ihn angerufen.«
Sie hat Recht. Aber es waren nicht so viele.
»Ich glaube, die Anrufe werden weniger«, meint Liesel. »Wir lassen die Zeit für uns arbeiten. Irgendwann wird niemand mehr nach ihm fragen. Sooo viele Freunde hatte der Idiot nun auch nicht.«
Genau. So machen wir das. Erleichtert arbeiten wir weiter am neuen *Kiez-Report.*

Mittags kommt per Kurier eine so genannte *Love-Machine*, die wir in einer der nächsten Ausgaben vorstellen wollen. Dieses Gerät ist sowohl für Männer als für Frauen geeignet. An einer Seite befindet sich ein Vibrator, über den man diverse Aufsätze stülpen kann, und auf der anderen Seite ist eine künstliche Vagina eingebaut. Die *Love-Machine* wird mit Strom betrieben und ist stufenlos regulierbar.
Ich muss den Bericht darüber schreiben und stecke den Stecker in die Steckdose. Dann betätige ich den Regulierhebel, und im nächsten Moment hüpft das gesamte Teil hoch, der Vibrator

schlängelt kreisförmig herum und in der Vagina scheint ein Lautsprecher eingebaut zu sein, wovon in der Bedienungsanleitung nichts zu lesen war. Jedenfalls sagt eine Frauenstimme: »O ja, das ist aber geil. Ja! Ja! Ja!« Das ganze Gerät springt durch den Raum und direkt auf Heinrich zu, der in seinem Wasserbecken liegt und schnarcht.

»O Gott, zieh den Stecker, Peggy, schnell!«, brülle ich, und Peggy ruft zurück: »Ich trau mich nicht, wenn ich dann einen Schlag kriege?«

Wenn diese *Love-Machine* in das Planschbecken hüpft, kriegt nicht Peggy einen Schlag, sondern Heinrich. Was soll mein armer Alligator denn noch alles mitmachen? Todesmutig werfe ich mich auf das Gerät, aber es hat so viel Kraft, dass es mich mitzieht. In dem Moment, als es Anstalten macht, mich mit ins Wasser zu reißen, springt der Stecker aus der Steckdose, weil das Kabel nicht länger ist, und das Gerät verstummt.

Heinrich öffnet ein Auge, dann zwei und begutachtet die *Love-Machine.*

Zwei Minuten später krabbelt er aus seinem Becken raus, legt sich vor das Teil und schaut mich an. Ich weiß, was er will. Heinrich liebt Massagen, und ich habe schon Abende damit verbracht, ihm Bauch und Rücken zu kneten. Heinrichs Rücken macht mir Sorgen. Manchmal habe ich den Eindruck, dass er ziemliche Schmerzen unter seinem Panzer hat. Und der Sturz letztens aus Giselhers Wohnung war bestimmt nicht gut für ihn. Ich muss das irgendwann mal richtig untersuchen lassen. Vielleicht hilft ja Gymnastik.

Wieder eine Minute später liegt Heinrich auf der *Love-Machine* und lässt sich eine Ganzkörpermassage verpassen. Fast habe ich den Eindruck, er grunzt dabei. Auf den Vibrator habe ich einen

Aufsatz mit Leopardenoptik gesteckt, damit Heinrich sich wie zu Hause fühlt.

Wir stellen die Maschine dann doch nicht im Heft vor. Besser ist es.

29

Vier Wochen später.

Es läuft alles besser, als wir je angenommen hätten. Herr Reiher hat uns noch zwei- oder dreimal gefragt, ob Herbert sich gemeldet hat, was wir verneinten. Herberts Frau hat auch noch ein paar Mal angerufen. Sie veranstaltet jetzt mit ihren Freundinnen Bügelwäsche-Partys. Auf diesen Partys treffen sich alle Frauen mit ihrer Bügelwäsche, werfen sie auf einen Haufen und springen dann mit schmutzigen Schuhen darauf herum.

»Seitdem ich Strohwitwe beziehungsweise solo bin, geht es mir so gut«, hat sie am Telefon gelacht, »vier meiner Freundinnen haben sich zwischenzeitlich auch von ihren Männern getrennt, und ohne die Kerle geht es uns viel besser. Ich kann nur hoffen, dass mein lieber Mann seinen Lebensabend in Spanien verbringen will.«

Wir haben uns mit Hetty gefreut, die uns eingeladen hat, auch mal auf eine Bügelwäsche-Party zu kommen.

Die erste Ausgabe des umgestalteten *Kiez-Reports* ist fertig und sieht spitzenmäßig aus. Wir haben uns aber auch wirklich Mühe gegeben. Das Magazin ist im Hochglanzformat gedruckt, auf dem Titel ist eine wunderschöne Frau mit Traumkörper zu sehen, die Schlagzeilen sind der Hammer, und der Inhalt ist übersichtlich, abwechslungsreich und einfach nur scharf. Nun können wir nur hoffen, dass sich das Heft gut verkauft. Wenn das der Fall ist, haben wir die Bestätigung, dass wir immer Recht hatten mit unseren Vorschlägen, die wir Herbert unterbreitet haben. Aber wir dummen Frauen wussten ja angeblich nie, wie es richtig geht.

Wir haben dem Vertrieb ein Briefing geschrieben, das es in sich hat. »*Der Kiez-Report* in völlig neuem Outfit«, heißt es darin, »lassen Sie sich einfach überraschen. Die schönsten Frauen, die geilsten Storys, ein Super-Gewinnspiel. Neuer *Kiez-Report*, immer *Kiez-Report*! Das sollten Sie sich nicht entgehen lassen!«
Peggy wohnt immer noch bei mir, wir haben uns gut arrangiert. Dazu kommt, dass sie und Giselher sich immer näherkommen. Sie waren sogar schon zusammen im Kino. In einem Horrorfilm, auf die steht Giselher ja so. Peggy konnte danach nicht schlafen.
Heidi ist glücklich mit ihrem Herrn Kümmel: »Ich kann Wulf jetzt schon die Fußnägel lackieren, ohne dass ich mit dem Pinsel an die Nagelhaut stoße«, erzählt sie uns. Und sie erzählt auch noch: »Wulf hat Grünkohl gekocht«, sie erzählt: »Letztens wollte Wulf Sex, während er Schlittschuhe anhatte«, und sie erzählt: »Wulf hat die Glühbirne im Backofen ausgewechselt und ist dabei geil geworden.« Es gibt eigentlich nichts, was sie nicht erzählt. Und es gibt nichts, was sie nicht drei- oder fünffach erzählt.
Liesel lebt mittlerweile ganz allein. Washington ist in einer Entziehungsklinik: »Was hätte ich denn tun sollen?«, meinte sie verzweifelt, »der Junge braucht doch professionelle Hilfe. Allein bin ich machtlos.« Wir haben sie beruhigt und ihr versichert, dass das sicher besser ist. Für alle. Irgendwann ist Liesel auf unser Anraten hin auch zur Polizei gegangen und hat Dietmar als vermisst gemeldet.
»Die Beamten waren sehr freundlich und haben mich bedauert«, so Liesel, »ich habe sogar ein paar Tränen rausquetschen können.«
»Gut so«, haben wir zu Liesel gesagt.
»Irgendwann wird Dietmar ja dann auch für tot erklärt so wie

Frau Möller, dann bekomme ich seine Lebensversicherung ausgezahlt«, freute sich Liesel.
Ach, alles in Butter. Peggy ist nie auch nur einmal von der Polizei vorgeladen worden. Jans Wohnung ist mittlerweile neu vermietet, und was aus dieser Bernadette geworden ist, wissen wir nicht und wir wollen es auch gar nicht wissen. Einmal sind wir nachts noch heimlich zur Wohnung gefahren und haben Peggys restliche Sachen geholt. Gesehen hat uns niemand.
Ich warte immer noch auf eine Nachricht von der Freien und Hansestadt Hamburg, die mich zu meinen Schulden befragen will, aber nichts passiert. Wir scheinen eine Glückssträhne zu haben.

Nur Heinrich macht mir Sorgen. Seine Rückenprobleme werden immer schlimmer. Also gehe ich mit ihm zum Tierarzt. Der Tierarzt meint, das liege daran, dass Heinrich sich nicht genug bewege und vor allen Dingen nicht richtig. Er empfiehlt mir eine Rückenschule für Tiere, die ich dann auch eines Abends aufsuche.
Heinrich ist der einzige Alligator und sehr scheu. Außer ihm sind ganz viele Hunde anwesend, eine Katze ist dabei, und ein weiterer Patient ist ein Zackenbarsch, der in einem tragbaren Wasserbecken herumschwimmt. »Lukas hat sich verrenkt«, erzählt die Besitzerin ungefragt jedem, der das nicht hören möchte. In der Tat sieht der Zackenbarsch ziemlich verbogen aus. Dann gibt es noch zwei Hamster, die verstört in einer Tragetasche mit Luftlöchern sitzen und ihre Nasen gegen die Luftlöcher pressen.
Der Therapeut kommt herein und scheint es ganz normal zu finden, dass auch ein Alligator teilnimmt. Aber Heinrich ist ein solch ruhiger Vertreter seiner Art, das sieht man gleich: »Krcch,

krccch«, macht er leise und presst sich an mein Bein. Ich tätschle ihm den Kopf.

»Guten Abend, alle miteinander«, beginnt der Therapeut, der Fridolin heißt und seine Sache sehr ernst zu nehmen scheint. »Auch allen neuen Patienten einen guten Abend«, er sieht mich und dann die Frau mit dem Zackenbarsch an. »Wir wollen unseren Tieren hier helfen, ihre Schmerzen loszuwerden beziehungsweise Haltungsschäden und Wachstumsstörungen durch Dehnübungen zu korrigieren.« Er greift in das Wasserbecken und nimmt den Zackenbarsch heraus, der dümmlich glotzt und sein Maul weit aufreißt. »Bei diesem Tier sieht man sofort, dass die Gräten eingerenkt werden müssen.« Er deutet auf den verbogenen Fisch: »So etwas kann schnell passieren, und dann sollte niemand selbst Hand anlegen, sondern einen Profi wie mich aufsuchen. Ich bin ausgebildeter Veterinär-Chiropraktiker und verstehe mein Fach.« Der Zackenbarsch plumpst Fridolin, dem Profi, aus der Hand und platscht auf dem Linoleumboden auf.

»Lukas!«, kreischt die Besitzerin und springt auf. Lukas auf dem Boden bewegt sich nicht.

»Oh«, meint Fridolin und beugt sich besorgt über den Barsch. Dann kniet er sich hin. »Er ist leider tot«, sagt Fridolin nach einer Minute. »Aber machen Sie sich nichts draus, wir sind versichert.«

»Krccch, krccch«, Heinrich wird immer anhänglicher. Ich bin mir nicht mehr sicher, ob Fridolin unser Mann ist, und werde ein wenig nervös. Reihum beobachte ich die Leute und habe den Eindruck, dass auch ihnen dies alles nicht so geheuer vorkommt. Die beiden Hamster kleben auch nicht mehr mit den Nasen an den Luftlöchern, sondern haben sich in die hinterste

Ecke der Tragetasche zurückgezogen. Die Besitzerin, also die ehemalige Besitzerin von Lukas schlägt die Hände vors Gesicht und weint leise.
Unbeirrt fährt Fridolin fort:
»Hier in der Rückenschule haben wir diverse Therapiemöglichkeiten. Die erste will ich Ihnen anhand einiger Dias zeigen«, er knipst einen Diaprojektor an und das schmerzverzerrte Gesicht eines Ponys ist zu sehen. »Dieses kleine Huftier hat sich einen Wirbel ausgerenkt. Ein klassischer Fall für die Rückenschule. Nun schauen Sie sich dieses Bild an«, er deutet auf ein Bild, auf dem exakt dasselbe Pony mit exakt demselben Gesichtsausdruck zu sehen ist. »Sehen Sie, wie fröhlich der kleine Zeitgenosse wiehert?«
Niemand antwortet und alle halten ihre Tiere fest. Einige bekommen schon kaum noch Luft.
»Sie da!«, Fridolin deutet auf mich, »kommen Sie doch mal mit Ihrem kleinen Freund zu mir. Was fehlt ihm denn?«
»Krccch, KRCCCH!!!«, macht Heinrich erneut und ist nicht von der Stelle zu bewegen.
»Er hat ständig Rückenschmerzen«, sage ich.
»Ach, wir werden ihn strecken«, sagt Fridolin, »das geht meistens gut! Trauen Sie sich ruhig, kommen Sie mal mit dem Kerlchen zu mir.«
Verzweifelt ziehe ich an Heinrichs Halsband, aber der rührt sich nicht von der Stelle. Als sei er am Boden festgeklebt. Ich weiß nicht, was ich tun soll. Vielleicht spürt Heinrich instinktiv, dass dieser Fridolin eine Pfeife auf ganzer Linie ist.
Die Tür geht auf und ein Nachzügler betritt den Raum: »Sind wir hier richtig in der Rückenschule?«, fragt jemand und ich drehe mich um, weil mir die Stimme sehr bekannt vorkommt.

»OSCAR!«, rufe ich, lasse Heinrich los und renne zur Tür. »OSCAR! Ach, ich hab dich so vermisst!«
»GERLINDE!«, ruft Oscar und hustet, fängt sich aber gleich wieder. Wohl nur ein kurzer Anfall. »Ach, wie ich mich freue! Schau mal, Anastasia, wer da ist!«
Das braucht Oscar Anastasia nicht zweimal zu sagen, und ich muss es Heinrich überhaupt nicht sagen, sie reptilen aufeinander los, reißen ihre Mäuler auf und versuchen, sich einen Begrüßungskuss zu geben. Ihre Schwänze wackeln dabei hin und her. Und ich fliege in Oscars Arme, und der drückt mich ganz fest.
Wir verlassen dann die Rückenschule. Fridolin drückt uns noch den toten Zackenbarsch in die Hand und bittet uns, ihn im Hof in die Tonne mit der Aufschrift »Fische« zu werfen. Die Besitzerin weint immer noch.

Wir gehen in die *Taverne*, diese Transenkneipe in der Schmuckstraße, wo sich auch Haukes Wohnung befindet: »Lass uns da hingehen, da können Heinrich und Anastasia ungestört spielen«, schlägt Oscar vor, und ich habe nichts dagegen.
»Ich musste jeden Tag an euch denken«, erzählt Oscar und ist ganz rot im Gesicht. »Aber besonders oft hab ich an dich gedacht, Gerlinde!«
Oscar ist der einzige Mensch auf der Welt, der mich nicht Lindi, sondern Gerlinde nennt, und ich finde das, ehrlich gesagt, gar nicht schlecht. Es macht mich ja quasi zu etwas Besonderem!
»Ich hab auch sehr oft an dich gedacht«, gebe ich zu. »Aber wir haben uns alle an die Vereinbarung gehalten, weil wir es für das Beste hielten.«
»Was ist denn in der Zwischenzeit so passiert?«, fragt Oscar neugierig.

Die beiden Alligatoren toben wie gestört durch den Schankraum, aber die Besitzerin der *Taverne* scheint Einiges gewöhnt zu sein; sie betrachtet das Szenario mit stoischer Gelassenheit. Ich erzähle Oscar vom *Kiez-Report* und dass alle Akten geschlossen wurden. Oscar nickt: »Gut so, gut so! Ich hatte noch ein Gespräch mit dieser …«, er hustet wieder, schaut mich leidend an und sagt: »Glaub es mir oder glaub es mir nicht, nachdem feststand, dass wir uns nicht wieder sehen, habe ich eine mittelschwere Bronchitis bekommen und drei Tage lang flach gelegen. Hauke hat mich gepflegt. Obwohl sein Rückenleiden immer schlimmer wird. Wie bei meiner Anastasia, die hat auch ständig Schmerzen. Heinrich wohl auch?«
Ich nicke.
»Jedenfalls hat Hauke mir sogar Labskaus gekocht.«
Was blieb Hauke auch anderes übrig? Wenn Oscar keinen Labskaus bekommt, wenn er ihn möchte, hat der, der ihn zubereiten soll, ganz schlechte Karten.
Oscar redet weiter: »Also ich hatte ein sehr intensives Gespräch mit … mit dieser Bernadette, der Freundin von dem letzten Toten«, sagt er. »Die wird schweigen, das kannst du mir glauben. Ich hab ihr mein Stilett unter die Nase gehalten, das hat Wunder gewirkt.« Das kann ich mir vorstellen.
»Schau mal«, meint Oscar, »sind die beiden nicht drollig?«
Heinrich und Anastasia lehnen sich mit den Brustkörben aneinander und versuchen so hochzukommen, um zur Musik, die aus der Jukebox ertönt, zu tanzen. Es ist wirklich herzergreifend, wie gut sich die beiden verstehen. Voller Mutterstolz blicke ich auf meinen Jungen.
Auch Oscar ist gerührt: »Dieses Teufelsmädchen«, sagt er mit brüchiger Stimme.

Ich erzähle Oscar dann noch, dass Heidi jetzt mit Herrn Kümmel liiert ist, verschweige aber vorsichtshalber, dass Herr Kümmel darauf steht, Nylons zu tragen und von Heidi im Löwenkostüm verfolgt zu werden. Man muss seine Mitmenschen ja nicht über Gebühr strapazieren. Und gesundheitlich scheint Oscar ja wirklich nicht auf der Höhe zu sein. Wir trinken Bier und schwafeln um die Wette.

»Was hast du denn sonst die letzten Wochen gemacht?«, frage ich Oscar.

»Ich habe meinen ersten Mann aus *der Familie* getötet«, er ist sehr stolz.

»Noch jemanden?«, frage ich, »du hast doch schon deinen Vater umgebracht.«

»Aber nein«, Oscar winkt ab, »das hat nichts mit meiner Familie zu tun. *Die Familie* ist die deutsche Mafia. Die Mitglieder darf nicht jeder umbringen, da muss man sich schon einen Namen gemacht haben. Aber offenbar ist man sehr zufrieden mit mir. Ein sauberer Schnitt durch die Kehle, Plastiktüte drüber und gut! Hauke hat mir geholfen. Er war sehr nervös. Aber er hat seine Sache sehr gut gemacht.«

Ich verstehe.

»Und sonst?«, frage ich weiter und trinke einen Schluck Bier.

»Noch drei andere um die Ecke gebracht. Normale Auftragsmorde. Keine besondere Sache. Einen musste ich in einer Kirche abfangen, und nachdem ich ihn erdrosselt und Hauke ihn weggefahren hatte, bin ich nochmal rein in die Kirche. Ich hatte plötzlich das Bedürfnis zu beten. Kennst du das? Manchmal überkommt einen ein bestimmtes Bedürfnis und dann muss man das unbedingt haben oder tun!«

Ich nicke: »Ich habe ab und zu totale Lust, mir eine Dauerwel-

le machen zu lassen«, sage ich, »aber dann vergesse ich es wieder.«
»So meine ich das nicht«, sagt Oscar. »Ich stand da also in dieser kühlen, ruhigen Kirche und musste ganz unvermittelt darüber nachdenken, dass das, was ich seit Jahren tue, vielleicht nicht richtig ist.«
Der Verdacht liegt unbestritten nahe.
»Und?«, frage ich interessiert, während Heinrich und Anastasia einen flotten Foxtrott aufs Parkett legen.
Oscar sieht mich triumphierend an: »Dann dachte ich, dass ja nichts dagegen spricht, wenn ich mich beruflich verändere«, erzählt er. »Um es kurz zu machen, ich spiele mit dem Gedanken, ein Restaurant zu eröffnen, in dem das Essen nicht viel kostet. Und jetzt kommt der Clou«, er macht eine kleine Kunstpause.
Hinter uns verlieren die Alligatoren das Gleichgewicht und fallen auf die Mäuler.
»Ja, was denn?«, jetzt will ich es aber auch wissen.
»Der Clou ist, dass es nur Gerichte mit Roter Beete gibt«, gibt Oscar stolz von sich. »Rote Beete ist sehr gesund, da sind viele Vitamine drin. Ich habe auch schon einen Werbespruch: *Haste wenig Knete – geh zu Rote Beete!* Das Restaurant soll nämlich auch *Rote Beete* heißen! Wie findest du das?«
Ich warte einen Moment, weil ich mir Oscar in einer weißen Küchenschürze und mit einer Kochmütze auf dem Kopf vorstellen muss, der traurig in seinem leeren Restaurant an der Eingangstür steht, während der Regen gegen die Scheiben klatscht. Und hinter ihm türmen sich unangebrochene Gläser voller Roter Beete, die niemand haben will. »Na ja«, sage ich schließlich langsam.
»Du musst zugeben, dass es so was noch nie gegeben hat«, meint

Oscar beleidigt und trinkt sein Bier aus, um sich sofort ein neues zu bestellen.
»Das stimmt«, sage ich, »es hat ja auch noch nie Restaurants gegeben, die nur Gerichte mit Meerrettich anbieten. Oder mit Trockenhefe. Ich glaube nicht, dass so viele Leute dauernd Sachen essen wollen, die mit Roter Beete zubereitet werden. Aber vielleicht fällt dir ja noch was anderes ein. Jedenfalls finde ich die Idee, dass du dich beruflich verändern willst, gar nicht so schlecht.«
»Ich mag Rote Beete«, rechtfertigt Oscar seinen Plan. »Mit diesem genialen Werbespruch kann doch gar nichts mehr schief gehen. Ich werde noch einmal darüber nachdenken.«
»Tu das, tu das«, sage ich und tätschle seinen Arm. »Ich bekomme langsam Hunger. Was meinst du, wollen wir irgendwo zusammen was essen gehen?«
»Hätte ich jetzt schon mein Restaurant, würde ich dich zu einer Portion Rote Beete einladen«, meint Oscar, der immer noch leicht angesäuert ist.

»Nein, das glaub ich ja nicht. Oscar!«, Peggy springt auf, als wir in die Küche kommen. Wir sind doch nichts essen gegangen, weil man ja mit den beiden Alligatoren in keine vernünftige Kneipe gehen kann. Es ist eine Freude, ihnen zuzuschauen. Heinrich springt herum und will Anastasia alles zeigen, und die läuft ihm hinterher wie ein zahmer Hund. Ich glaube, die beiden sind verliebt ineinander.
Oscar freut sich sichtlich, Peggy zu sehen, hebt sie hoch und wirbelt sie einmal herum. Giselher und er begrüßen sich mit Handschlag.

»Ja, aber, wie ist denn das möglich?«, fragt Peggy, »ich denke, wir sollten uns nie mehr wieder sehen?«
»Tja, wie das Schicksal eben manchmal so spielt«, lacht Oscar, »beziehungsweise unsere beiden Alligatoren. Durch die haben Gerlinde und ich uns heute Abend getroffen.«
»Du warst mit Anastasia auch in der Rückenschule?«, fragt Peggy.
Oscar nickt: »Da saß Gerlinde mit Heinrich. Der Überraschungseffekt. Da kann man nicht so tun, als würde man sich nicht kennen. Ach, Gerlinde, was hab ich mich gefreut!«
»Ich mich auch«, sage ich und bin wirklich froh, dass Oscar wieder da ist. Ohne ihn war es doch recht langweilig.

30

Am nächsten Nachmittag steckt Herr Reiher seine Nase in unser Büro: »Frau Stillhagen, Frau Fuchs, haben Sie mal einen Moment Zeit?«, fragt er aufgeregt.

Wir erschrecken beinahe zu Tode. Hat die Polizei angerufen? Hat Herberts Frau angerufen und uns verpetzt? Wie in Trance stehen wir auf und folgen Herrn Reiher in sein Büro.

Er lässt sich auf seinen Stuhl fallen und wischt sich den Schweiß von der Stirn. Dann hebt er einen Zettel hoch: »Ich habe gerade aktuelle Verkaufszahlen des *Kiez-Reports* erhalten«, sagt er tonlos. Uns wird unabhängig voneinander schwarz vor Augen. Alles umsonst. Alles vorbei. Unsere Ideen waren doch nicht so gut. Wir haben auf ganzer Linie versagt. Mir schießen die Tränen in die Augen, und Peggy geht es nicht anders. Gleich heute noch werden wir unsere Kündigung erhalten. Wenigstens kann Herbert diesen Triumph nicht mehr erleben. Wenigstens das.

Herr Reiher öffnet seinen Hemdkragen. Das Ganze scheint ihn sehr mitzunehmen. Ich kann es verstehen. Mir zittern die Knie.

»Der *Kiez-Report* hatte über die letzten zehn Jahre eine Auflage von durchschnittlich zwanzigtausend im Monat«, leiert Herr Reiher herunter und blättert in seinen Unterlagen. »Mal tausend Hefte mehr, mal tausend weniger. Aber alles in allem ist die Auflage stabil geblieben.« Er schaut uns an. Wir schauen ihn an. »Frau Stillhagen, Frau Fuchs, ich kann es nicht fassen.« Herr Reiher steht auf. »Wie haben Sie es nur hinbekommen … dass … dass!«, er ringt um Fassung und nach Worten. Was will er uns sagen: Dass das Heft weniger als fünftausendmal verkauft wurde? Oder vielleicht sogar weniger als *fünfhundert*mal?

Ich komme mir vor wie auf meiner Henkersmahlzeit. (»Ich hätte gern Schweinskopfsülze mit Bratkartoffeln, bevor ich mich auf den elektrischen Stuhl setze. Danke!«)
Herr Reiher stützt den Kopf in beide Hände und blickt kurze Zeit später wieder auf. »Das von Ihnen neu gestaltete Heft hat sich …«, Peggy nimmt meine Hand, »hat sich bislang, und es ist erst eine Woche auf dem Markt … es hat sich ACHTZIGTAUSENDMAL VERKAUFT!!! TENDENZ STEIGEND!!!«, brüllt Herr Reiher los, um dann aufzustehen und uns so fest auf die Schultern zu klopfen, dass wir fast umfallen.
Ich glaube, ich höre nicht richtig. Achtzigtausend verkaufte Hefte?
»DAS IST UNGLAUBLICH!«, schreit Herr Reiher weiter, »ich werde gleich Herrn Toblaski anrufen, aber zunächst wollte ich Sie informieren, ach, ich habe ja die anderen Kolleginnen noch gar nicht informiert, das mache ich gleich!«
Liesel, Heidi und Brigittchen kommen angelaufen, weil Herr Reiher doch sehr laut ist. Er steht auf, um uns allen die Hände zu schütteln: »Meine Damen, meinen Respekt«, meint er. Seine Haare sind schweißnass. »Ich darf Ihnen meine Hochachtung aussprechen.«
Ich kann es immer noch nicht glauben, aber irgendwann glaube ich es doch, und wir fallen uns alle fünf gegenseitig in die Arme und jubeln.
»Selbstverständlich werde ich alles dafür tun, dass es für Sie eine Bonuszahlung gibt und auch eine Gehaltserhöhung. Solch eine enorme Leistung MUSS belohnt werden«, redet Herr Reiher weiter. »Herr Loose hat kurz vor seiner Reise nach Spanien noch eine Gehaltskürzung für Sie vornehmen lassen, ich werde mit Herrn Toblaski sprechen, dass das korrigiert wird, und zwar

nach oben! Und zwar weit nach oben! Sie sind ein Gewinn für unseren Verlag, wenn ich das mal so sagen darf!«
Noch nie haben wir Herrn Reiher so aufgeregt erlebt. Er fährt sogar kurz darauf zu einer Schlachterei und kommt mit zehn Rinderzungen zurück, die er Heinrich spendiert.
»Das hätte ich nie gedacht«, Peggy ist fertig mit den Nerven.
»Ich auch nicht!«, rufe ich und dann rufe ich weiter: »Das haben wir gut gemacht, alle miteinander!« und weil wir so glücklich sind, fassen wir uns an den Schultern und tanzen eine Polonäse.
Der Verleger schickt uns noch vor Feierabend riesige Blumensträuße. Ein Briefchen liegt dabei: »Ich danke Ihnen für Ihren Einsatz und für Ihre Fähigkeit, Marktlücken zu entdecken«, steht darauf. »Weiterhin freue ich mich, Ihnen mitzuteilen, dass Ihre Gehälter ab diesem Monat verdoppelt werden. Ich kann mich glücklich schätzen, Sie zu meinen Mitarbeitern zählen zu dürfen! Eine erste kleine Aufmerksamkeit finden Sie anbei.«
In einem Umschlag stecken jeweils tausend Euro. Das hat Herr Reiher angeleiert, der ununterbrochen mit dem Taschenrechner herumrechnet. Wie nett von Herrn Reiher, sich so bei Herrn Toblaski für uns einzusetzen.
»Die vierfache Auflage«, sagt er ständig, »die vierfache Auflage. Ich bin fassungslos!«

Ich rufe Oscar an. Er freut sich mit uns: »Das habt ihr prima gemacht«, lacht er, »wenn Vater das wüsste!« Kann er nicht mal mit diesem dämlichen Vater aufhören.
»Du, Gerlinde«, sagt er dann, »Anastasia trauert. Sie mag nichts fressen und vegetiert hier einfach nur so vor sich hin. Ich glaube, sie vermisst Heinrich.«

»Heinrich ist auch sehr ruhig heute«, ich blicke auf den Alligator, der erstaunlich viel schläft.
»Ich meine, wenn du heute Abend nichts vorhast, dann könnte ich ja mit Anastasia vorbeikommen«, sagt Oscar.
Da ich ja nie was vorhabe und Peggy sowieso wieder mit Giselher herumglucken wird, freue ich mich über Oscars Vorschlag: »Klar, komm vorbei.«
»Schön«, meint Oscar, »so um acht?«
So um acht ist gut.
»Ich dachte, wir feiern heute alle zusammen?«, ruft Liesel empört, nachdem ich sie darüber unterrichtet habe, dass ich heute Abend mit Oscar verabredet bin.
»Das dachte ich eigentlich auch«, meint Heidi, »ich habe Wulf schon angerufen, er holt mich ab, und dann dachte ich, gehen wir zusammen in eine Kneipe oder so. Das muss doch alles gebührend gefeiert werden. In Thomas Manns Ära pflegte man nach einem gelungenen Geschäftsabschluss miteinander zu speisen.«
Brigittchen schaut uns angstvoll an: »Ich mag nicht nach Hause fahren«, sagt sie, »da ist wieder diese Clara und will unbedingt, dass ich mit ihr eine Lesbennummer abziehe. Weil Volker dass so geil findet. Ich kann das nicht und ich will das auch nicht. Ich möchte nicht nach Hause!«
Ich überlege kurz. Es spricht nichts dagegen, dass wir alle zusammen feiern. Ich rufe Oscar nochmal an, und ihm ist das alles recht. Hauke will auch mitkommen heute Abend.
Herr Reiher verabschiedet sich um kurz nach siebzehn Uhr. Er ist immer noch am Ende mit den Nerven: »Wie schade, dass ich das Herrn Loose nicht erzählen kann«, meint er traurig und euphorisch zugleich. »Aber wenn er wiederkommt, wird er sich freuen!«

Ja, ganz sicher. Ich weiß genau, wie Herbert reagieren würde, wäre er tatsächlich nur für einige Monate weg und der *Kiez-Report* hätte seine Auflage in dieser Zeit vervierfacht: »War meine Idee, alles meine Idee!«, würde er brüllen. »Hab den Weibern immer gesagt, dass sie alles anders machen müssen! Hab von unterwegs immer angerufen und Anweisungen gegeben, sonst wäre das nie was geworden. Und die Weiber arbeiten jetzt für ein halbes Jahr ohne Gehalt, weil sie das nicht gleich kapiert haben, und ich krieg einen Bonus!« So wäre es gewesen.

Um halb sechs stehen wir alle auf der Straße: »Wulf kommt gleich«, meint Heidi nervös. »Wollen wir dann alle zusammen zu dir fahren?«, fragt sie mich. »Das war doch so nett neulich.«
Eine tolle Idee. Es muss sich nur einer verplappern, und wenn Wulf clever ist, nimmt er das zum Anlass, doch nochmal nachzuhaken. Außerdem sind Oscar und Hauke da. Oscar ist ein Profi, dem traue ich nicht zu, dass er was sagt, aber wenn Hauke mehr als zwei Bier intus hat, ist er unberechenbar. Na ja, es wird schon gut gehen.
»Da kommt Wulf«, sagt Heidi aufgeregt.
Wulf kommt mit einem Tandem angefahren. »Aufsitzen, meine Schöne«, ruft er, und zu uns »Hallo, alle miteinander!«
Fast bin ich ein bisschen enttäuscht, denn Wulf trägt noch nicht mal Nylonstrümpfe, sondern eine beige Cordhose und ein sandfarbenes Hemd und darüber eine leichte Lederjacke. Er sieht aus wie Otto Normalverbraucher. Seine Fingernägel sind auch nicht lackiert. Aber vielleicht lässt er sich ja prinzipiell nur die Fußnägel lackieren.
Heidi steigt stolz auf das Tandem: »Wir sehen uns dann gleich bei dir, ja?«, fragt sie, und ich nicke. Dann radeln die beiden los.

Liesel schüttelt den Kopf: »Kaum zu glauben, dass ein solch normal aussehender Mensch so komische sexuelle Neigungen hat«, meint sie, »wer weiß, was andere Leute, die noch normaler aussehen als dieser Wulf, im Bett so alles machen.«
»Ich möchte es gar nicht wissen«, sagt Peggy und schüttelt sich.
»Aber denk doch allein mal an die ganzen Privatanzeigen im *Kiez-Report*.«
»Stimmt«, Liesel nickt, »das ist alles jenseits von Gut und Böse.«
Dazu ist nichts mehr zu sagen. Wir steigen in unsere Autos und fahren nach St. Georg in mein trautes Heim.

»Meinen allerherzlichsten Glückwunsch!«, Giselher hebt sein Glas. »Ihr seid die Größten! Mörderinnen mit redaktionellen Qualitäten sozusagen, das gibt's nicht oft!«
Zur Feier des Tages sind wir noch schnell in einen Supermarkt gefahren und haben Champagner gekauft. Ich habe noch nie vorher Champagner getrunken und fühle mich wie ein Star. Ich nippe nur am Glas, weil ich das vornehmer finde. Das machen Prominente schließlich auch so.
»Wieso sind Sie eigentlich Polizist geworden?«, fragt Giselher Wulf und blickt ihn interessiert an.
»Ich komme ursprünglich aus Chemnitz«, meint Wulf, als ob das die Erklärung wäre.
»Aber ich spreche nicht den Dialekt«, erzählt er weiter, »der Dialekt ist schrecklich da. Ich habe immer auf meine Aussprache geachtet.« Er trinkt einen Schluck Champagner. »Erst habe ich meinen Hauptschulabschluss gemacht und dann eine Metzgerlehre, und da hatte ich automatisch den Realschulabschluss,

als ich die Metzgerlehre fertig hatte, und dann wusste ich nicht so recht, was ich machen sollte. Dann hab ich ein Plakat an einer Litfasssäule gesehen, auf dem stand: *Komm zur Polizei.* Also hab ich mich da beworben. Und jetzt bin ich hier!« Er schaut uns stolz an.
Das ist ja eine sehr interessante Geschichte.
»Ach, ich muss euch noch was erzählen«, sagt Liesel. »Wisst ihr, wen ich eben gesehen habe?«
»Wen?«, frage ich und nehme noch ein Schlückchen Champagner.
Liesel beugt sich nach vorn: »Herrn Simader. Als ich aus dem Auto gestiegen bin, stand er auf der anderen Straßenseite und hat irgendwas in ein Notizbuch geschrieben.«
»Ach, was ein Zufall«, sage ich. »Er hat bestimmt Spätdienst?«
»Wer ist Herr Simader?«, fragt Wulf.
»Niemand Wichtiges«, antworte ich, weil ich kein Interesse daran habe, dass irgendjemand versehentlich das Wort *Shampooniergerät* in den Mund nimmt.
Es klingelt. Hauke, Oscar und Anastasia kommen herein. Heinrich flippt vor Freude fast aus. Anastasia und er begrüßen sich so heftig, dass wir zur Seite springen müssen, um nicht von wackelnden Reptilienschwänzen getroffen zu werden.
Oscar hat uns was mitgebracht: »Für die mordsmäßig guten Mädels«, lacht er, hustet kurz und lässt sich dann auf einen Stuhl fallen. »Los, packt aus!«
Giselher, Wulf und Hauke schauen uns interessiert zu, während wir die Päckchen aufreißen. In meinem und Heidis befinden sich Pistolen aus Schokolade, in Liesels ein Schokoladenmörser und in Peggys ein Schokoladenstilett. In Brigittchens liegt ein Schokoladenkopf mit einer Brille auf, und um den Kopf ist eine

Wäscheleine geknotet. Wir schauen Oscar fassungslos an. Dann blicken wir zu Wulf. Selbst Giselher ist blass geworden.

»Ist das nicht kreativ von mir? Ich habe das extra noch schnell in einer Konditorei in Auftrag gegeben«, lacht Oscar, »damit ihr euch immer an unsere gemeinsame Vergangenheit erinnert.«

Wulf räuspert sich. Er nimmt den Schokoladenkopf und begutachtet ihn interessiert.

Wir sind erledigt.

»Was ist das?«, fragt Wulf. »Vollmilch- oder Zartbitterschokolade?«

31

Sechs Wochen später.

Auch die zweite neue Ausgabe des *Kiez-Reports* verkauft sich hervorragend. Das erste Heft hat über einhunderttausend Käufer gefunden, Heft zwei nochmal fünfzehn Prozent mehr. Wir sind in einem permanenten Freudentaumel und können unser Glück kaum fassen. Nie hätte ich gedacht, dass mir mein Job mal solchen Spaß machen würde. Peggy ist mittlerweile ganz bei mir beziehungsweise bei Giselher eingezogen. Die beiden sind ein Paar geworden, so wie ich es vermutet habe. Peggy hat fünf Kilo zugenommen, und es steht ihr sehr gut.

Heinrich und Anastasia verheiraten wir. Die beiden sind ein Herz und eine Seele und nicht voneinander loszubekommen. Oscar lässt von einem befreundeten Juwelier Goldringe in einer Sondergröße anfertigen, und in einer sehr bewegenden Zeremonie traut Giselher die beiden und steckt ihnen die Ringe an ihre Reptilzehen. Liesel hat für Anastasia sogar ein Hochzeitskleid genäht. Mit Schleier. Und für Heinrich einen Smoking. Die dazugehörige Krawatte reißt er sich mit seinen Zähnen vom Hals, bevor Giselher mit der Trauung auch nur begonnen hat, und in seinem roten Kummerbund scheint er sich auch nicht so recht wohl zu fühlen. Aber beide Alligatoren sind sehr bewegt, als sie zum Hochzeitsmarsch von Mendelssohn in mein Wohnzimmer wackeln. Nachdem Giselher mit seiner Rede fertig ist, werfen wir Reis und die Federn des inzwischen leider auch verstorbenen zweiten Wellensittichs, den Anastasia aus Versehen erschlagen hat. Sie hatte sich darüber erschrocken, dass der Vogel, der uns schon seit einiger Zeit Kummer machte, weil er

Aggressionsschübe hatte, heftiger als sonst in ihrem Zahnfleisch herumpickte. Also spuckte Anastasia den Vogel aus, und als er davonflog, wedelte sie hysterisch mit ihrem Schwanz und traf ihn damit. Das war es dann leider.
Aber die Tatsache, dass der Vogel das Zeitliche gesegnet hat, hält uns nicht davon ab, die Hochzeit gebührend zu feiern. Oscar und ich schenken den beiden Alligatoren ein Wasserbett mit einer Zebradecke, von den Mädels bekommen die beiden DVDs, Dokumentationen über das Leben in freier Wildbahn. Sie freuen sich.
Mit Oscar treffe ich mich sehr oft. Wir verstehen uns gut, und seine Gegenwart ist mir angenehm. Ich kann Oscar sogar davon abbringen, einen weiteren Auftragsmord zu begehen: »Du musst auch mal an dich denken«, sage ich zu ihm, »du brauchst auch mal Freizeit.«
»Da hast du eigentlich Recht«, meint Oscar und denkt kurz nach, »diese Morde sollen ja auch immer zu den unmöglichsten Zeiten stattfinden. Nein, da bleibe ich lieber hier bei dir und wir spielen *Stadt, Land, Fluss.*«
Eine gute Idee.
Brigittchen, die sich zwischenzeitlich von Volker und Claudia getrennt und sich eine eigene Wohnung gemietet hat, müssen wir einmal in Gütersloh abholen. Sie wollte ihre Schwester in Hannover besuchen und ist in den falschen Zug gestiegen. Vor Aufregung hatte sie ihren Namen vergessen und auch weder Ausweis noch Führerschein dabei, auf die sie hätte schauen können. Als wir in dem Café ankommen, in dem sie wartet, geht es ihr schon wieder besser. Ein netter junger Mann in ihrem Alter sitzt bei ihr und die beiden essen Torte. »Was wollt ihr denn hier?«, fragt sie uns erstaunt und sagt dann:

»Darf ich euch Marc vorstellen?«
Der junge Mann grinst: »Martin«, sagt er und sieht Brigittchen liebevoll an. »Was für ein Zufall! Da will ich mir am Bahnhof eine Zeitschrift kaufen und treffe meine Jugendliebe wieder! Brigitte und ich waren zusammen in der Schule«, erzählt er uns, und Brigittchen schaut ratlos drein, offenbar kann sie sich an nichts mehr erinnern. »Ich habe dich nie vergessen«, sagt Martin und streichelt ihre Hand. »Weißt du noch, unsere Fahrradausflüge und wie wir im Kino geknutscht haben?«
»Du warst das?«, fragt Brigittchen.
Martin verdreht die Augen: »So war sie schon immer«, lacht er auf. »Ach, Brigitte. Das kann doch kein Zufall sein, dass wir uns wieder getroffen haben, oder?«
»Weiß nicht«, meint Brigittchen, aber dann scheint ihr was einzufallen: »Warst du das nicht, der mir immer Zitronenmilchshake spendiert hat?«, fragt sie und kratzt sich am Kopf.
»Genau der«, meint Marc-Martin. »Du hattest ja immer dein Geld vergessen.«
Wir fahren dann ohne Brigittchen nach Hamburg zurück. Es ist ja nur Samstag und das Wochenende fast zerschossen, aber sie wollte nun mal bei Martin bleiben und am Sonntag zurückfahren. Ich muss nicht extra erwähnen, dass sie von Gütersloh aus nicht nach Hamburg, sondern nach Hannover gefahren ist.
»Ich werde mit Markus zusammenziehen«, erzählt sie uns am Montag, nachdem sie endlich wieder in Hamburg ist. »Das ist Schicksal, dass wir uns wieder gefunden haben! Er kommt zu mir nach Hamburg. Für immer.«
Wir freuen uns sehr für sie, aber nachmittags klagt sie schon wieder: »Ich finde es schrecklich, Single zu sein«, und auf unseren Einwand hin, dass Martin doch bald nach Hamburg zieht,

fragt sie erschrocken: »Wer ist Martin?« Aber sonst läuft alles bestens.

Washington ist immer noch in der Entzugsklinik. Liesel, die ihn regelmäßig besucht, ist guter Dinge: »Er hat sich sogar seine Tätowierung weglasern lassen« erzählt sie erleichtert, »die Ärzte meinen, dass es gut aussieht. Washington fängt an, sich für Dinge zu *interessieren*. Also für richtige Dinge, nicht für Drogen und seine Computerspiele und Horrorfilme. Er will Archäologe werden und demnächst einen Kurs mitmachen, in dem eine Gruppe Ausgrabungen in einem unerforschten Gebiet bei Hamburg vornimmt. Dann kommt der Junge wenigstens mal an die frische Luft!«

Wir finden das auch gut. Liesel hat auch einen neuen Freund, der sehr nett ist. Sie hat ihn in einem Kloster kennen gelernt, das sie mit Freundinnen besucht hat, um sich dort den wunderschön angelegten Kräutergarten anzuschauen.

»Bruder Viktorius hat mich sofort verliebt angeschaut«, schwelgt sie. »Dann hat er um Freigang nach der Beichte gebeten und wir waren spazieren. Jetzt sind wir ein Paar. Er sieht hinreißend aus in seiner Kutte. Leider bekommt er nicht so viel Freigang, wie er möchte, und muss sich ständig was Neues einfallen lassen und seine Ordensbrüder belügen, aber in der inneren Beichte gesteht er sich selbst alles und braucht so auch kein schlechtes Gewissen zu haben.«

Na denn.

Die beiden beten auch zusammen, und Liesel hat ihm die Morde gestanden: »Bruder Viktorius hat gemeint, dass die Schlechten in der Hölle schmoren sollen«, sagt Liesel enthusiastisch. »Der Teufel werde ihnen schon gezeigt haben, was Buße ist!«

Wir sind nicht so begeistert davon, dass jetzt noch jemand über die ganzen Toten Bescheid weiß, aber an dieser Tatsache können wir jetzt auch nichts mehr ändern. Wir blicken nach vorn und sehen eine rosarote Zukunft vor uns.

An einem Mittwochmorgen kommt Herr Reiher in unser Büro. Der ganze Mann ist nicht wieder zu erkennen. Früher stiefelte er gramgebeugt durch die Gegend, aber jetzt geht er kerzengerade, trägt gute Anzüge und ist optimistisch. Aus gutem Grund: Wir haben Anzeigenkunden, die uns pro Heft ungefähr zwanzigtausend Euro bringen, der Verkauf der Hefte selbst könnte besser nicht laufen, und wir schreiben tiefschwarze Zahlen.

Unser Gehalt kann sich seit kurzem auch sehen lassen. Wir verdienen ja jetzt das Doppelte, und der Verleger hat gesagt, wenn das alles so bombastisch weiterläuft, bekommen wir sogar dreizehn Monatsgehälter und eine Weihnachtsgratifikation.

»Heute ist ein Schreiben gekommen, über das Sie sich wahrscheinlich sehr freuen werden!«, ruft Herr Reiher fröhlich.

Peggy und ich blicken neugierig auf, und aus den anderen Büros kommen Liesel, Heidi und Brigittchen.

Wichtig faltet Herr Reiher das Schreiben auseinander und räuspert sich. Dann liest er uns vor:

Wir freuen uns, der Redaktion des Kiez-Reports *in Hamburg mitzuteilen, dass die Jury der Hektor-Hüpfer-Foundation das Magazin für den diesjährigen* Hektor-Hüpfer-Preis *nominiert hat. Diese Auszeichnung wird jährlich vergeben, und allein schon die Nominierung ist eine große Ehre.*

Der Kiez-Report *hat sich innerhalb kürzester Zeit nach seinem Relaunch zu einem Boulevardmagazin mit der richtigen Mi-*

schung aus Lifestyle, aktuellen Reportagen, hervorragend gestalteten Interviews und einer Prise Sex entwickelt. Ein Format, das es in dieser Kombination auf dem deutschen Zeitschriftenmarkt bislang nicht gegeben hat.
Die Jury der Hektor-Hüpfer-Foundation freut sich, das komplette Team des Kiez-Reports *am Samstag, den 31. Juli, um 20 Uhr im Spiegelsaal des Hamburger Rathauses begrüßen zu dürfen. Dort werden der endgültige Sieger sowie die Plätze zwei und drei verkündet werden. Für das leibliche Wohl ist gesorgt. Um Abendkleidung wird gebeten. Wir freuen uns auf Ihr Kommen. Mit herzlichen Grüßen.*

Herr Reiher faltet den Brief wieder zusammen und sieht uns freudestrahlend an: »Na, was sagen Sie jetzt?«
Ich sinke in mich zusammen. Wir sind für den *Hektor-Hüpfer-Preis* nominiert! Das ist der höchste Preis, den man in unserem Metier gewinnen kann! Das ist eine Auszeichnung allerersten Ranges!
»Das ist … sensationell«, bringe ich endlich kurzatmig hervor.
»Das will ich wohl meinen«, sagt Herr Reiher stolz. »Wer hätte das gedacht? Ach, dass Herr Loose immer noch in Spanien ist. Aber es geht ihm ja offenbar gut dort!«
Wir haben ihm irgendwann erzählt, dass Herbert sich mal kurz gemeldet habe, um uns mitzuteilen, dass er noch länger, quasi auf unbestimmte Zeit, auf irgendwelchen spanischen Inseln herumtingelt. Herr Reiher hat nur genickt und gemeint: »Na gut, wenn er das so will«, und sich dann weiter seinen Bilanzen gewidmet.
Liesel sagt: »O mein Gott, ich war noch nie im Rathaus. Ob Rainer von Ochs eine Ansprache hält?«, und Heidi sagt: »Hoffent-

lich machen die da ein Buffet. Ich liebe Buffets, weil man sich da von allem etwas nehmen kann. Ich habe mal einen All-Inclusive-Urlaub gemacht, da gab es auch ein Buffet, jeden Morgen, jeden Mittag und jeden Abend. Und jeder konnte so viel essen, wie er wollte. Da gab es total leckere kalte Hackfleischbällchen mit Knoblauch-Dip. Und es gab auch warme Schnitzel. Panierte und unpanierte. Mit Ketchup oder Remoulade. Und frisch gebackenes Brot! Jeden Tag hat der Bäcker Brot gebacken in dem Hotel. Auch Ciabattabrot mit Olivenstückchen drin. Das war morgens noch ganz warm. Mit kalter Butter schmeckt das einfach göttlich.«

Heidi wird auch mit siebzig Jahren im Restaurant keinen Seniorenteller bestellen, sondern immer gleich die doppelte Portion. Ab wann darf man eigentlich in einem Restaurant einen Seniorenteller bestellen? Also ich meine, ab welchem Alter? Muss man dann immer seinen Ausweis mit sich führen oder seinen Rentenbescheid, um der Kellnerin zu beweisen, dass man schon ein Senior ist? Und was ist mit Frauen, die zwar schon achtzig, aber geliftet sind? Müssen die dann ihre Hände heben und rufen: »Schauen Sie sich doch mal meine Altersflecken an!«?

»… wir müssen aber darauf achten, dass wir nicht die Letzten am Buffet sind. Die Leute sind da immer wie irre, wenn es zu viel Essen auf einmal gibt. Und die leckeren Sachen sind dann meistens gleich weg!«

Liesel wieder: »Ich finde Rainer von Ochs sehr attraktiv. Keine andere deutsche Großstadt hat einen so attraktiven Bürgermeister! Das werde ich Rainer an dem Abend auch sagen. Vielleicht gibt es sogar im Anschluss an die Verleihung Tanz. Was meinst du, Lindi, ob es Tanz gibt?«

Ich sitze nur da wie gelähmt. Wer hätte das gedacht, dass aus un-

serem Schundblatt mal ein »Boulevardmagazin mit einer guten Prise Sex« wird? Und ich bin mit dafür verantwortlich! Plötzlich habe ich ein Gefühl, das ich bislang noch gar nicht kannte. Ein wohliges Gefühl, ein erhabenes Gefühl. Jetzt weiß ich, was es ist: Ich bin stolz auf mich! Ich richte mich in meinem Stuhl auf:
»Peggy, jetzt sag doch auch mal was«, sage ich zu ihr, die wie benommen dasitzt und ganz weiß ist im Gesicht.
»Ich … ich …«, sagt Peggy und wird noch weißer im Gesicht. Sie steht langsam auf:
»Mir ist so schwindlig«, flüstert sie und hält sich an der Tischkante fest.
»Mir auch«, ich muss lachen, vor Glück und vor Stolz. »Komm, freu dich einfach.«
Peggy verdreht die Augen, fällt auf den Boden und bleibt dort einfach so liegen.

»Tja«, meint der Arzt und richtet sich langsam auf. Wir haben auf der 110 angerufen und einen Krankenwagen bestellt. Peggy ist glücklicherweise wieder bei Bewusstsein. Sie liegt auf Heinrichs Rücken, weil wir kein Kissen gefunden haben. Heinrich zittert vor Aufregung. Anastasia, die ich heute mit in die Redaktion genommen habe, weil die beiden Alligatoren nicht mehr zu trennen sind, reptilt unter Peggys Füßen herum, die wir ihr auf Anordnung des Arztes hochgelegt haben.
»Was fehlt ihr denn?«, frage ich aufgeregt. Peggy ist noch nie umgekippt.
»Nun«, sagt der Arzt, »Frau Stillhagen, ich hoffe, es freut Sie, dass ich Ihnen mit neunundneunzigprozentiger Sicherheit mitteilen darf, dass Sie schwanger sind.«

32

Giselher dreht durch, als Peggy ihn anruft. Erst hatten wir Angst, dass er sich nicht freuen könnte, aber er schreit am Telefon herum, dass das die schönste Nachricht sei, die ihm je jemand überbracht hätte, und Peggy müsse sich jetzt schonen und er, Giselher, würde alles dafür tun, dass es ihr gut gehe.
Dann hat Peggy, die erst geweint und dann gelacht hat, die Befürchtung, dass das Kind von Jan sein könnte. Wir rechnen herum und kommen zum Schluss, dass das gar nicht sein kann, denn sie ist laut Aussage des Arztes ungefähr in der achten Woche, und vor acht Wochen war Jan schon tot.
»Stellt euch das Unglück mal vor«, sagt sie und trinkt leidend einen Tee, den Liesel ihr gekocht hat. »Wenn Jan der Vater gewesen wäre!«
»Entsetzlich«, ich muss mich schütteln. »Der arme Giselher.«
»Das meine ich doch gar nicht«, Peggy schüttelt den Kopf, »dann wäre mein Kind ohne Vater aufgewachsen!«
»Gott hat euch ein Kind geschenkt«, sagt Heidi, »das hat Konsul Buddenbrook zu Antonie gesagt, nachdem er sie von dem bankrott gegangenen Bendix Grünlich abgeholt und Tony sich über ihre Ehe beschwert hat.«
»Noch nicht, Heidi, noch nicht!«, Peggy streichelt ihren Bauch. »Jetzt ist mir auch klar, warum ich so zugenommen habe. Ach, ach, dabei habe ich gar nicht so viel gegessen. Jetzt wissen wir, warum. Ihr werdet alle Patentanten«, strahlt sie und sieht uns der Reihe nach an. »Wie wollen wir es denn nennen?«
»Was hältst du von Mandy?«, fragt Heidi, »so heißt Wulfs Schwester. Ich finde den Namen sehr schön.«

Mandy. Furchtbar. Auf diesen Namen werden nur Kinder in Chemnitz getauft.
»Meine Haut ist aufgedunsen«, sagt sie in der Redaktion, nachdem sie in einen Spiegel geschaut hat, »und meine Haare sind fettig. Das sind die Nachteile einer Schwangerschaft.«
Woraufhin Liesel losrennt, um Vitamintabletten und Eisentabletten und was weiß ich für Tabletten zu holen, und dann erstellt sie Peggy einen Einnahmeplan: »Ich weiß, wie sich eine Frau fühlt, die ein Kind erwartet«, sagt sie bewegt und drückt Peggy an sich. »Ich bin immerhin auch Mutter!«
Herr Reiher ruft sofort einen Ergonomiebeauftragten an, der überprüfen soll, ob Peggys Arbeitsplatz den Anforderungen einer Schwangeren gerecht wird, und ist auch bereit, den Redaktionsraum pastellfarben streichen zu lassen, weil diese Farben sehr beruhigen. Außerdem wird ein neuer Schreibtischstuhl für Peggy bestellt. Es wird ein Wirbel gemacht, dass es fast schon nicht mehr auszuhalten ist.
Peggy genießt ihren neuen Zustand in vollen Zügen: »Ich brauche Umstandskleidung«, überlegt sie und schreibt eine Liste, »und ich muss viel frisches Obst essen. Was meint ihr, ob ich mir in der Apotheke vorsorglich Thrombosestrümpfe besorgen soll?« Ich blicke auf ihre Beine, und weil Peggy einen knielangen Rock trägt, kann ich sehen, dass kein Anzeichen von einer Schwellung zu erkennen ist: »Deine Beine sehen ganz normal aus«, sage ich, »du brauchst solche Strümpfe nicht.«
»Ach, nein, Lindi?«, meckert Peggy herum, »und was ist, wenn plötzlich Wasser in meine Beine schießt? Dann sitze ich hier und habe keine Strümpfe. Außerdem sollst du mich nicht aufregen, das schadet dem Kind!«
Ich bin dann still, dackele in ein Orthopädiehaus und kaufe

Thrombosestrümpfe, wobei ich mir gar nicht so sicher bin, ob Thrombosestrümpfe die richtigen Strümpfe dafür sind, wenn man Wasser in den Beinen hat. Aber ich traue mich nicht, die nette Verkäuferin zu fragen.

Als wir nach Hause kommen, bekomme ich die Wohnungstür nicht auf. Irgendwas steht innen davor. Ich bummere gegen die Tür: »Giselher!«, rufe ich.
Wir waren noch einkaufen, weil nichts mehr im Haus ist, die beiden Alligatoren haben Hunger und sind unleidlich, und neben mir steht Peggy, die das Treppensteigen unglaublich angestrengt hat. Das war zwar gestern noch nicht so, aber gestern wusste sie ja auch noch nicht, dass sie schwanger ist.
»Giselher! Mach doch mal die Tür auf!«, in meiner Wohnung rumort und rumort es und niemand scheint mich zu hören.
»Ich muss mich unbedingt hinlegen«, klagt Peggy neben mir und setzt sich auf Anastasia.
Endlich kommt Giselher an die Tür: »Moment«, er verrückt etwas, und endlich können wir die Wohnung betreten. Der sperrige Gegenstand vor der Tür entpuppt sich als eine Puppenküche.
Giselher ist den Tränen nahe. Er breitet die Arme aus und ruft: »Meine Peggy, meine Peggy, komm her! Ich bin ja so stolz! Bald sind wir Mama und Papa.«
Es ist eigentlich eine rührende Szene, die ich deswegen nicht wirklich genießen kann, weil ich meine Wohnungseinrichtung nicht wieder erkenne. Überall im Flur hängen Bilder mit Kätzchen und Elefanten. Ich gehe weiter in mein Schlafzimmer und muss leider feststellen, dass es mein ehemaliges Schlafzimmer

ist, denn nun steht da eine Wiege und daneben ein Babybett, und Giselher hat angefangen, die Wände mit einer Tapete zu bekleben, auf der sich Disneyfiguren befinden. In der Küche stapelt sich Literatur auf dem Tisch: *Kinder verändern unser Leben!*, *Was Babys schmeckt und gut bekommt!*, *Blähungen – Zaubermittel Kümmel!*, *So schläft Ihr Kind durch!*

Ich setze mich und nehme ein kleines Kaleidoskop in die Hand, das neben einer Menge anderer Spielsachen auf dem Tisch liegt, halte es an mein rechtes Auge und drehe es. Hui, so viele bunte Steine, und wie schnell die sich bewegen. Und so schöne Farben. Ich muss lachen. Die Muster des Kaleidoskops sind perfekt und schön. Wie seit kurzem unser aller Leben.

Giselher und Peggy kommen in die Küche. Das heißt, Giselher kommt, er trägt Peggy auf den Armen.

»Was wird nun aus dir, Lindi?«, fragt Giselher.

»Wie, was wird aus mir?«, frage ich irritiert.

»Na, wenn das Baby erst mal da ist, wird es doch zu eng für uns vier hier«, stellt Giselher fest. Er hat ja an sich Recht, aber seine Gedankengänge bewegen sich in die falsche Richtung.

»Ihr müsst euch dann eben eine andere Wohnung suchen oder oben in deinem Verschlag wohnen«, sage ich und lege das Kaleidoskop lauter als nötig auf den Tisch zurück. Meine gute Laune ist verflogen.

Peggys Augen werden kugelrund: »Du willst mir allen Ernstes zumuten, dass ich jedes Mal nachts, wenn das Baby schreit, diese Strickleiter runterklettere?«, fragt sie und geht gar nicht auf meinen Vorschlag ein, dass die beiden sich eine eigene Wohnung suchen könnten. Und überhaupt: Wer hat davon gesprochen, dass das Baby unten bei mir schläft?

»Natürlich nicht«, erwidere ich resigniert.

»Das hätte ich auch nie von dir erwartet«, sagt Peggy und lässt sich von Giselher den Rücken massieren. Währenddessen blättert sie interessiert in den Babybüchern.
Ich gebe den Alligatoren dann erst mal was zu fressen.
»Ich glaube, es bewegt sich!«, ruft Peggy plötzlich und Giselher kniet unverzüglich neben ihr und hält sein Ohr an ihren Bauch.
»Da!«, Peggy ist ganz aufgeregt, »spürst du es?«
Giselher setzt sich auf: »Nein, das war nur dein Magen, der hat geknurrt.«
Er ist sichtlich enttäuscht.
Das geht dann den ganzen Abend so weiter. Dauernd behauptet Peggy, dass das Baby sich bewegen würde und immer wieder hockt Giselher neben ihr und lauscht. Ich glaube, ich möchte keine Kinder haben.

»… dann haben Giselher und Peggy gesagt, dass ich ausziehen soll!«, klage ich.
Oscar, der mir gegenüber sitzt und eine Fischsuppe isst, blickt auf: »Na und?«, meint er fröhlich.
»Wie, na und?«, ich haue mit der Hand auf den Tisch. Wir sitzen in der *Haifischbar* am Hafen, und ich rege mich seit fast einer Viertelstunde über Giselher und Peggy auf. Vor mir steht eine Portion Rührei mit Krabben, von der ich noch nicht einen Happen gegessen habe. Weil ich mich ja so aufrege.
»Mit ›na und‹ meine ich ›na und‹«, Oscar sieht das alles ganz gelassen. »Manchmal kannst du wirklich eins und eins nicht zusammenzählen«, sagt er dann und schaut mich an.
Was meint er nur? Gibt er den beiden etwa Recht? Ist es meine bürgerliche Pflicht, meiner schwangeren Kollegin und meinem

Nachbarn, der sowieso schon in meiner Wohnung lebt, alles kampflos zu überlassen? Wo soll ich denn hin? Heinrich ist seine Umgebung so gewohnt, ich kann ihm keinen Umzug zumuten. Er und Anastasia sind bei Giselher und Peggy geblieben und schauen sich gemeinsam *Forsthaus Falkenau* an. »Wenn es losgeht, rufen wir dich auf dem Handy an«, meinte Peggy, die sich in der achten Woche befindet, was allerdings noch ein Gynäkologe bestätigen muss.

Ich war so froh, als ich Oscar erreicht hatte und dieses Irrenhaus verlassen konnte.

»Denk doch mal an die vergangenen Wochen«, sagt Oscar, »und denk mal dran, dass ich seit langer Zeit niemanden mehr umgebracht habe, und denk mal dran, dass ich fast jeden Abend bei dir war.«

»Ja, das ist alles sehr schön. Aber was hat das mit meiner Wohnung zu tun?«, frage ich und verstehe nur Bahnhof.

»Es ist doch alles glasklar. Ich bin seriös geworden«, Oscar schluckt und hustet kurz auf. »Sogar meinen Schlagring trage ich nicht mehr. Und immer ganz normale Klamotten.« Heute trägt er ein T-Shirt mit der Aufschrift *Weiße T-Shirts werden zartrosa, wenn man sie mit neuen roten Socken wäscht.*

»Ich liebe dich, Lindi«, sagt Oscar zu mir, und das erste Mal seit ganz langer Zeit wächst mein drittes Auge wieder, weil ich dieses Geständnis emotional nicht verkraften kann.

»Ich muss mal kurz aufs Klo«, sage ich und stehe schnell auf.

»Geh weg«, ich schaue in den Spiegel und beobachte böse das dritte Auge, das so fett ist wie nie. Dauernd klatsche ich Wasser drauf. Oscar liebt mich. Oscar liebt mich. Ich bekomme Herzklopfen und lasse mich langsam an der gekachelten Wand hinunter. Nicht irgendjemand liebt mich, sondern Oscar. Ein Killer

liebt mich. Ich befinde mich in der *Haifischbar* am Hamburger Hafen, und ein Mörder hat mir gestanden, dass er mich liebt. Hm. Aber eigentlich ist Oscar ja gar kein Mörder mehr. Also kein Mörder der Gegenwart. Statt zu morden, ist er lieber bei mir, spielt *Stadt, Land, Fluss* und ärgert sich immer, dass er keinen Fluss mit V kennt. Aber ich kenne ja auch keinen. Wir sind einfach füreinander bestimmt. Oscar ist seriös geworden, was mit mein Verdienst ist. Was früher war, zählt nicht. Das vergessen wir jetzt einfach. Ich stehe langsam wieder auf und schaue erneut in den Spiegel. Das dritte Auge ist verschwunden, und ein untrügliches Gefühl sagt mir, dass es nie mehr wieder kommen wird. Ich schaue genauer in den Spiegel. Ich sehe anders aus als sonst. Meine Augen strahlen, meine Haare liegen so gut wie nie, und ich fühle mich auch irgendwie gut. Sehr gut sogar.
Ich, Lindi Fuchs, bin glücklich.
Wir laufen am Hafen entlang: »Ich liebe die Elbe«, sagt Oscar und schaut versonnen aufs Wasser. »Wenn die Elbe erzählen könnte …«
»Wie meinst du das?«, die Situation, dass ein Mann den Arm um meine Schultern gelegt hat und mit mir spazieren geht, ist mir fremd, aber nach einiger Zeit kann ich sie genießen.
»Zwei Männer hab ich in die Elbe gestoßen. Mit einbetonierten Füßen«, erzählt mir Oscar und er erzählt das so, als ob er mir davon berichten würde, wie lange man Reis kochen muss, bis er den richtigen Biss hat. »Aber jetzt nicht mehr, jetzt nicht mehr. Jetzt wird alles anders. So, und jetzt werde ich dir was zeigen!«

Rote Beete – das Restaurant für den besonderen Geschmack steht in roten Lettern über der Eingangstür.
Ich bin sprachlos. Oscar schließt die Tür auf: »Schau dich um,

schau dich um«, sagt er stolz, »sieh mal, die Stühle und die Tische.«
Da hat er sich aber wirklich Mühe gegeben. Ich sehe mir die Einrichtung genauer an. Alles ist in Rote-Beete-Farben gehalten, und Tische und Stühle haben die runde Form von Roter Beete.
»Unglaublich«, sage ich.
»Hauke wird kochen«, erzählt Oscar weiter, »wusstest du, dass er ausgebildeter Koch ist? Er ist jahrelang als Schiffskoch über die Weltmeere geschippert.«
»Nein, das wusste ich nicht.«
»Wir werden einen täglich wechselnden Mittagstisch machen«, Oscar ist nicht zu bremsen. »Weißt du, dass auch du deinen Anteil an der *Roten Beete* hast?«, fragt er mich. »Das Geld, das ihr mir für Vater gegeben habt, habe ich hier reingesteckt. Unter anderem.« Er deutet auf den Tresen. »Es gibt auch Rote-Beete-Säfte. Und Rote-Beete-Cocktails.« Oscar redet sich in Rage: »In drei Wochen ist die Eröffnung. Es sind nur noch einige Formalitäten zu erledigen«, wie er sich freut. »Ich möchte auch Familien mit Kindern ansprechen. Gesunde Ernährung ist wichtig.«
Weil gesunde Ernährung ja wichtig ist, wird Wulf hier wohl Stammgast sein und immer Heidi im Schlepptau haben. Dann muss ich an Peggy denken, die mit Sicherheit nach der Geburt ihres Babys ununterbrochen hier anzutreffen sein wird und ihr Kind so lange mit Roter Beete füttert, bis es selbst aussieht wie Rote Beete.
»Zur Eröffnung habe ich einen Clown engagiert«, Oscar schwitzt vor Vorfreude, »und einen Jongleur, und es gibt eine Hüpfburg und Kinderschminken. Das wird ein Fest. All das hab ich nur dir zu verdanken!«
Wie rührend von Oscar. Ich überlege kurz, und dann finde ich

die Idee mit dem Restaurant gar nicht mehr so abwegig. Oscar wird schon dafür sorgen, dass es gut läuft. Er ist ein Unikat. Ich bin sehr zuversichtlich und schaue optimistisch in die Zukunft. Oscar bleibt stehen und dreht sich um, und dann schauen wir uns an und nehmen uns bei den Händen. Würde diese Szene jetzt in einem amerikanischen Spielfilm stattfinden, würden garantiert Funken sprühen wegen der spannungsgeladenen Situation. Aber so halten wir uns nur an den Händen und schauen uns an. Oscar sieht so stolz aus und so gut.
Und plötzlich wird es mir klar wie nichts vorher in meinem Leben: »Ich liebe dich, Oscar«, sage ich, und ich sage das mit ganzem Herzen.
Dann breitet Oscar, der Besitzer von Hamburgs hoffentlich neuem In-Restaurant, die Arme aus.
Es ist spät, als wir die *Rote Beete* verlassen. Sorgfältig verschließt Oscar die Tür.
Neben uns knattert es. Ich drehe mich um. Es ist Herr Simader, der auf einer älteren Vespa vorbeifährt. Schnell dreht er sich weg. Merkwürdig. Wir haben uns doch immer so nett unterhalten.

33

Wir schreiben den 31. Juli. Der große Tag ist da. Es ist kurz vor neunzehn Uhr, und wir haben uns bei mir beziehungsweise bei Peggy und Giselher zu Hause versammelt. Ich habe ziemlich schlechte Laune, denn ich bin von einem eBay-Mitglied ziemlich übers Ohr gehauen worden. Das grüne Abendkleid aus Seide entpuppte sich nach dem Auspacken als ausgeleierter Jogginganzug, also musste ich heute nochmal los und mir was Neues kaufen. Ich hasse es, samstags Klamotten einkaufen zu gehen, weil die Geschäfte dann immer so voll sind, und habe mich beeilt. Was zur Folge hat, dass ich mit dem Kleid, das ich jetzt trage, nicht zufrieden bin. Eigentlich ist es kein Kleid, sondern ein Sack. Kotzfarben. Im Licht der Boutique hat es anders gewirkt. Aber egal. Egal. Ich werde einfach den Sissi-Schmuck anlegen. Damit fühle ich mich immer großartig.

Peggy macht mich noch wahnsinnig. Seit einigen Tagen hat sie ständig Sodbrennen und lutscht ununterbrochen und mit leidendem Gesicht Tabletten, die das Sodbrennen weggehen lassen sollen, aber die Tabletten nützen nichts, wie sie uns dauernd versichert.

»Seid ihr mal schwanger«, stöhnt sie auch jetzt gerade. Mit ihren Thrombosestrümpfen sitzt sie auf einem Stuhl. Es hat sich zwar immer noch kein Wasser in ihren Beinen gebildet, aber das kann ja sekündlich einschießen.

Im Flur steht ein Rollstuhl: »Ich kann so weite Wege nicht mehr gehen«, rechtfertigt Peggy die Tatsache, dass sie gleich im Rollstuhl vom Auto zum Rathaus fahren wird. »Ich möchte ungern während der Verleihung Kreislaufprobleme bekommen und dann finden wir nirgendwo einen Stuhl.«

Also ist Giselher heute Morgen noch losgegangen, um einen Rollstuhl zu besorgen.

»Ob Rainer von Ochs wohl mit mir das Tanzbein schwingt?«, fragt Liesel. Sie hat sich aufgedonnert wie Elizabeth Taylor in späten Jahren. Liesel trägt ein nachtblaues Taftkleid, hat sich die Haare toupiert und eine Strasskette mit riesigen Klunkern um den Hals gehängt. Die dazugehörigen Ohrringe sind so schwer, dass ihre Ohrläppchen fast abreißen. Dauernd trippelt sie auf der Stelle. Bruder Viktorius kann leider heute Abend nicht bei uns sein. Er muss beten. Oder hat keine Ausrede gefunden, um weggehen zu können.

»Ich habe schrecklichen Hunger«, klagt Heidi. »Hoffentlich gibt es bald was zu essen. Ansonsten klaue ich mir vorher einfach was. Die werden mir ja wohl was zu essen geben, oder?«, macht sie sich Gedanken.

Wulf, der auch mit von der Partie ist, steht nervös neben ihr und schwitzt. Sein Polyesteranzug sieht an seinem gedrungenen Körper unvorteilhaft aus. Außerdem hat er zu dem dunklen Anzug helle Socken und braune Schuhe an. So was geht gar nicht. Aber ich sehe in meinem Jutesack ja auch nicht besser aus.

Oscar, der natürlich auch mitkommt, trägt einen hellen Anzug, der ihm hervorragend steht. »Hoffentlich treffe ich da keine Auftraggeber«, er macht sich Sorgen. »Das wäre nicht so gut.«

»Dann tust du eben so, als ob du sie nicht kennst«, schlage ich vor und besprühe mich zum wiederholten Mal mit Parfüm.

»Aber wenn sie mich ansprechen«, Oscar kratzt sich am Kinn, »was sage ich denn da?«

»Dann sagst du einfach, dass man dich mit jemand anderem verwechselt.«
»Ja«, meint Oscar, »ja.«
Sein Handy klingelt. Es ist Oscars Mutter.
»Ja, Mama«, sagt Oscar, »nein, Mama. Natürlich, Mama. Es ist doch warm draußen.« Er legt auf und verdreht die Augen: »Meine Mutter hat immer Angst, dass ich mich verkühle«, sagt er. »Draußen sind zwar fast dreißig Grad, aber sie meinte, ich solle mir unbedingt eine Jacke mitnehmen wegen der tückischen Nachtluft. Da kriegt man ganz schnell eine Kopfgrippe. Ich war früher sehr oft krank«, erzählt er weiter und suhlt sich in Selbstmitleid. »Aber was erzähle ich euch das, ihr wisst das ja.«
Er hustet so heftig, dass er strauchelt und sich am Türrahmen festhalten muss. Giselher stützt ihn und schlägt ihm dann aufmunternd auf die Schultern. Oscar fängt sich wieder: »Ich muss dich meiner Mutter bald vorstellen, Gerlinde«, sagt er dann. »Du wirst Mama sicher mögen!«
»So langsam müssen wir, glaube ich, los«, Brigittchen schaut auf die Uhr. »Wenn wir uns auf dem Weg zum Rathaus verfahren und die Veranstaltung ohne uns losgeht, macht das keinen guten Eindruck.«
Sie sieht umwerfend aus in ihrem rosa Kleid mit den Spaghettiträgern. Aber Brigittchen hat auch die richtige Figur für solche Garderobe. Wohlwollend schaue ich sie an. Martin, der extra aus Gütersloh angereist ist, kann die Augen kaum von ihr lassen. Er trägt einen Smoking.
Anastasia und Heinrich haben wir Schleifen umgebunden. Die beiden sind sehr aufgeregt und nicht voneinander loszubekommen.
Wir bestellen ein Großraumtaxi, schon allein wegen Peggys

Rollstuhl. Schon beim Treppensteigen bekommt sie kaum noch Luft, obwohl es nach unten geht. Sie trägt ein Umstandskleid aus Baumwolle, das ihr noch viel zu groß ist.

Vor dem hell erleuchteten Rathaus befindet sich eine Menschentraube. Überall stehen Journalisten und Leute mit Kameras und Fotoapparaten. Fernsehübertragungswagen stehen da auch.
Ich bin sehr nervös.
Oscar lockert seine Krawatte. Auch er ist aufgeregt.
»Wo sie das Buffet wohl aufgebaut haben?«, ist das Einzige, was Heidi interessiert.
Aufgrund der Tatsache, dass die schwangere Peggy in ihrem Rollstuhl sitzt und wir zwei Alligatoren mit roten Schleifen dabeihaben, sind alle Blicke schnell auf uns gerichtet.
»Da sind sie! Da sind die Mitarbeiterinnen vom *Kiez-Report*!«, rufen die Presseleute und fotografieren und filmen uns.
»Was sagen Sie zu der Tatsache, dass Sie für den deutschlandweit wichtigsten Medienpreis, den *Hektor-Hüpfer-Preis*, nominiert sind?«, fragt mich ein junger Journalist und hält mir ein Mikrofon unter die Nase.
»Wir freuen uns natürlich sehr«, antworte ich, »aber zu viel Freude ist auch nicht gut, denn es steht ja noch gar nicht fest, wer den Preis erhält.«
Neben mir steht Heidi und redet ungefragt in das Mikrofon eines anderen Reporters: »Viel wichtiger ist uns, dass es hier etwas Warmes zu essen gibt. Wir sind alle sehr hungrig. Ich persönlich bevorzuge deftige Hausmannskost. Dieser ganze asiatische Kram schmeckt mir nicht. Ich habe auch schon einmal Katze gegessen, das war nicht lecker. Und Hund ist auch nicht so mein Fall. Ich habe schon zu meinen Kolleginnen gesagt, dass ich heu-

te Appetit auf Hackbällchen habe. Wissen Sie, ob es Hackbällchen gibt und was es überhaupt gibt?«

Heidis Geschwafel ist wohl nicht so interessant für die Journaille, und die Reporter wenden sich von ihr ab.

Peggy gibt ein Interview: »Solch eine Schwangerschaft ist anstrengender, als ich befürchtet habe«, leidet sie in eine Kamera. »Und wenn man Wasser in den Beinen hat, ist das auch sehr unangenehm. Ich leide unter Eisenmangel und musste meine ganze Ernährung umstellen, das ist kein Spaß. Ich hoffe, dass ich diesen Abend unbeschadet überstehe.«

Ich schiebe sie einfach weiter ins Rathaus. Die müssen uns doch alle für völlig bekloppt halten.

»Da ist Rainer von Ochs!«, Liesel krallt sich in meinen Arm. »Ich muss ihn nachher unbedingt sprechen. Das mit der Gewalt an Hamburgs Schulen wird nämlich immer schlimmer. Die Schule ist schuld daran, dass Washington auf der schiefen Bahn war. Herr Bürgermeister, hallo! Herr Bürgermeister!«, winkt Liesel in Rainer von Ochs' Richtung und freut sich, als er ihr gnädig zunickt. »Ich glaube, er mag mich«, sagt sie.

»Einen wunderschönen guten Abend«, fängt Rainer von Ochs mit seiner Rede an, und das Mikrofon zerrt und muss neu eingestellt werden und alle lachen, auch er, und dann fängt er nochmal an und sagt uns, wie sehr er sich freue, dass wir so zahlreich erschienen sind und dass es eine Ehre für ihn sei, jetzt diese Rede halten zu dürfen. Dann spricht er allen anwesenden Nominierten seine Hochachtung aus und betont, dass er sich ja so freue, dass in der Medienstadt Hamburg so viele kreative Menschen lebten und arbeiteten. Dann übergibt er das Mikrofon an den

Jury-Vorstand der Hektor-Hüpfer-Foundation, und der freut sich auch, dass wir alle da sind und so zahlreich, und dann liest er die zwanzig Nominierten vor. Es sind nicht nur Redaktionen nominiert, sondern auch Einzelpersonen, die Außergewöhnliches geleistet haben. Beispielsweise ist da eine Journalistin, die einen ergreifenden Artikel über eine einarmige Raumpflegerin geschrieben hat, die sich vom Schicksal nicht unterkriegen lässt. Eine Frau in einem schwarzen Abendkleid tritt neben ihn; in ihrer Hand hält sie drei Umschläge und eine Liste.
Wir schauen uns alle fünf an und unsere Herzen klopfen im Takt. Jetzt ist es gleich so weit. Passenderweise bekomme ich just in diesem Moment einen Schluckauf.
Der Mann stellt die Frau vor. Ich kenne die Frau. Sie heißt Marianne Lustig, ist eine bekannte Buchautorin und hat unter anderem ein Selbsterfahrungs-Diätbuch geschrieben und dabei über zwanzig Kilo abgenommen. Sie ist schlank und hat blonde Locken. Das sind Naturlocken. Ich bin neidisch, aber dann denke ich an mein neu gefundenes Glück mit Oscar.
Der Mann übergibt ihr das Wort und sie lächelt in das Mikrofon. Nachdem auch sie betont hat, wie sehr sie sich freue, dass wir alle so zahlreich erschienen sind und ich es jetzt langsam wirklich nicht mehr hören kann, kommt sie endlich auf den Punkt:
»Kommen wir nun zur Verkündung der ersten zehn Plätze«, sagt sie und schaut dramatisch drein. Die Plätze elf bis zwanzig werden wohl gar nicht vorgelesen. Dann verliest sie Platz zehn bis vier, und nach jeder Nennung jubeln irgendwo im Saal Menschen auf. Der *Kiez-Report* wird nicht genannt. Mir klopft das Herz bis zum Hals, als sie schließlich den Umschlag mit dem dritten Platz öffnet: »Platz drei geht für ein außergewöhnliches

Engagement in der Kriegsberichterstattung an …«, sie macht eine Kunstpause und schaut in die Menge: »Renate Danieli!«
Renate Danieli springt auf, lässt sich von ihrem Mann oder Lebensgefährten küssen, küsst dann noch irgendwelche Unbekannte und läuft nach vorn, um ihren Preis entgegenzunehmen. Alle gratulieren Frau Danieli, Bussi rechts und links, und dann stellt sich Frau Danieli vors Mikrofon und dankt allen und ganz speziell irgendwem, denn ohne diese Person hätte sie nie den dritten Platz bekommen und so weiter.
Meine Hoffnung schwindet und ich halte mich an meinem Sektglas fest. Wenn schon der dritte Preis an eine Kriegsberichterstatterin geht, die politisch sehr engagiert ist, wird der erste Platz wohl kaum an ein Schundblatt wie den *Kiez-Report* vergeben werden. Ach, was soll's. Hauptsache, wir sind gesund. Und es gibt umsonst was zu trinken. Oscar, der neben mir steht, flüstert mir leise ins Ohr: »Ich bin vielleicht aufgeregt, oh je, oh je!«
Endlich geht Frau Danieli wieder auf ihren Platz zurück, und Marianne Lustig in ihrem schwarzen Abendkleid öffnet den Umschlag mit dem zweiten Platz. Nun macht sie es noch dramatischer, nestelt am Umschlag herum, blickt immer wieder viel sagend in die Menge und auch, als der Umschlag endlich offen ist und sie gelesen hat, was auf dem Zettel steht, schaut sie wieder ins Publikum, so nach dem Motto: ›Ich weiß etwas, das ihr nicht wisst! Ätsch, bätsch!‹
Es stellt sich heraus, dass der zweite Platz an einen Buchautor geht, der im zarten Alter von siebzehn Jahren einen perfekt recherchierten historischen Roman über einen Zwitter im Mittelalter geschrieben hat. Dieser Bob Kreschanowski schreit vor lauter Freude laut auf, und ihm laufen die Tränen über die Wangen. Weinend rast er nach vorne. Er trägt einen schwarzen Anzug

und einen Seidenschal und sieht ein bisschen aus wie der junge Maximilian Schell.

Das war's. Erst eine Kriegsberichterstatterin und jetzt ein historischer Roman. Wir können nicht den ersten Preis bekommen. Das ist unmöglich. Wir mit unserem trivialen Sexblatt. Nie und nimmer. Ich nehme einen Schluck aus meinem Sektglas und schaue meine Kolleginnen an. Sie scheinen dasselbe zu denken wie ich.

Peggy in ihrem Rollstuhl hält sich den Bauch. Nicht dass sie noch Vorwehen bekommt. Das würde noch fehlen.

»Aber nun, meine sehr verehrten Damen und Herren, kommen wir zum ersten Platz. Wie Sie alle wissen, recherchiert die Jury des *Hektor-Hüpfer-Preises* ausgiebig und mit vollem Einsatz. Es ist den Mitgliedern der Foundation in diesem Jahr allerdings sehr leicht gefallen, sich für den ersten Gewinner zu entscheiden.« Marianne Lustig öffnet den Umschlag. »Für die außergewöhnlichste und brillanteste Idee in diesem Jahr geht der *Hektor-Hüpfer-Preis* Zweitausendvier an ein Redaktionsteam, das keine Mühe gescheut hat, aus einem unscheinbaren Sexmagazin ein buntes, informatives Boulevardblatt mit Intelligenz und Witz zu machen. Herzlichen Glückwunsch den Mitarbeiterinnen vom *KIEZ-REPORT*!!«

»AAAAAAAAAAAAHHHHHHHHHHHHH!!!!!!!«, machen wir alle gleichzeitig. Ich werfe mein Sektglas in die Luft und werde von Oscar fast erdrückt. Peggy interessiert es plötzlich überhaupt nicht mehr, dass Wasser in ihre Beine einschießen könnte, sie springt aus dem Rollstuhl hoch und hüpft umher wie ein Gummiball. Mir laufen die Tränen in Strömen über das Gesicht, wir umarmen uns alle fünf, und geistesgegenwärtig fotografiert die Presse, die Leute scheinen dieses Bild ganz rührend zu finden, und ich weiß gar nicht mehr, wo mir der Kopf steht.

»Wir haben's geschafft, ja, ja! Geschafft!«, brüllt Brigittchen und hat einen knallroten Kopf, obwohl sie gar keine Rote Beete gegessen hat. Oscar küsst mich und drückt mich dann wieder und schreit nur die ganze Zeit: »Hurra! Hurra! Das ist ja der absolute Hammer!«
Auch Heinrich und Anastasia scheinen sich zu freuen. Sie wirbeln um uns herum und beißen uns ins Bein, um auf sich aufmerksam zu machen. Wir bücken uns und streicheln die beiden, die ihre Begeisterung mit lauten »Krccch!«-Rufen kundtun. Sie werden auch gefilmt und fotografiert, und niemand stellt die Frage, wo diese beiden Tiere eigentlich herkommen und ob das alles seine Richtigkeit hat.
Ach, wir könnten die ganze Welt umarmen!
Tosender Applaus ertönt, als wir nach vorn gehen, und er will gar nicht abebben. Ich kann das alles nicht fassen und befinde mich in einem noch nie da gewesenen Freudentaumel. »Danke, danke!«, rufen wir ununterbrochen ins Mikrofon. Die Autorin hat uns die Hände geschüttelt und freut sich mit uns, so wie alle im Raum.
Herr Reiher, der etwas später gekommen ist und uns nicht gleich gefunden hat, kommt angelaufen und gratuliert uns. Und da ist Herr Toblaski, der Verleger. Wo kommt der denn her? Ich hab ihn vorher gar nicht gesehen.
»Grundgütiger!«, ruft er andauernd, »Grundgütiger!«
Oscar ruft seine Mutter an und erzählt ihr von unserem wahnsinnigen Glück, und die Mutter lässt ausrichten, dass Oscar mich doch bald mal mitbringen soll. Sie möchte mich zu gern einmal kennen lernen.
Ist das herrlich? Ja, das ist herrlich. Ich bin ein wenig beschwipst, was bei mir immer relativ schnell geht. Wir müssen uns der

Presse stellen, werden ausgefragt und immer wieder fotografiert. Herr Toblaski hält dann noch eine Rede und lobt uns über den grünen Klee, und dann müssen wir nochmal auf die Bühne, und eine Assistentin kommt und überreicht uns riesige Blumensträuße.

Es ist der schönste Abend meines Lebens.

Und niemand fragt nach Herbert!

Und niemand fragt nach den anderen.

Alles ist einfach wunderbar!

Plötzlich ist Oscar verschwunden. Ich habe es nicht gleich gemerkt, weil hier ja Menschenmassen herumlaufen, aber dann fällt es mir doch auf.

»Habt ihr Oscar gesehen?«, frage ich die anderen, aber niemand hat ihn gesehen. Er wird doch wohl am wichtigsten Abend meines Lebens nicht einfach nach Hause gegangen sein? Hilf Himmel, vielleicht hat er in der stickigen Luft husten müssen und ist mal vor die Tür gegangen. Aber das hätte er mir doch sagen können!

Ich laufe herum und suche ihn. Er ist nirgendwo im Spiegelsaal, ich müsste ihn auch leicht entdecken, denn Oscar ist ziemlich groß. Dann gehe ich durch eine Tür, über der *Notausgang* steht. Da sind Toiletten. Vielleicht ist Oscar ja nur auf dem Klo. Bestimmt sogar. Dass ich nicht gleich darauf gekommen bin!

»Hauke, was machst du denn hier?«, frage ich fassungslos. Wie aus dem Boden gestampft steht er vor mir, ganz blass im Gesicht. Und neben ihm steht Oscar, der trotz seiner dunkleren Haut auch blass ist. Beide schauen mich sprachlos an.

»Was ist denn passiert?«, frage ich und bekomme es mit der Angst zu tun. Was ist nur geschehen?

Oscar räuspert sich. Hauke räuspert sich auch.
»Hauke hat bei sich zu Hause am Fenster gestanden«, berichtet Oscar. »Da stand die ganze Zeit so ein Mann und hat sich Notizen gemacht. Der Mann hat auch dauernd zu Haukes Wohnung geschaut und Hauke kam das komisch vor. Erst hat er den Mann nicht erkannt, aber dann hat er sich unter eine Laterne gestellt, und Hauke hat feststellen müssen, dass es sich um diesen Herrn Simader handelte. Um diesen Polizisten, mit dem ich das Räuber-Hotzenplotz-Lied gesungen habe.«
»Was macht Herr Simader denn vor Haukes Wohnung?«, frage ich verwirrt und dann fällt mir etwas ein: »Letztens, als wir zum ersten Mal in der *Roten Beete* waren, da ist Herr Simader plötzlich mit einer Vespa vorbeigeknattert, und ich hab mich schon gewundert. Und Liesel hat doch auch erzählt, dass er mal in meiner Straße gestanden und sich Notizen gemacht hat!«
»Ja, ja«, sagt Oscar.
Hauke fährt fort: »Ich fand das jedenfalls seltsam, min Deern«, sagt er. »Also hab ich gewartet, bis Herr Simader ein Stück weiter weg war, und habe ihn verfolgt.«
»Warum das denn?«, ich bin völlig verwirrt.
Hauke hält einen prall gefüllten Ordner hoch: »Hier drin sind alle Morde nach Tatzeit aufgeführt. Hier drin steht alles über euch und alles über uns. Dieser Herr Simader hat hervorragende Arbeit geleistet.«
»Woher hast du denn den Ordner?«, frage ich wieder und verstehe gar nichts mehr.
Hauke lacht kehlig auf: »Zum Glück ist er mit dem Fahrrad gefahren. Das hat er an der Straßenecke abgestellt. Ich also in den Keller und schnell mein Fahrrad geholt. Obwohl ich wegen meinem Rücken gar nicht so gut Rad fahren kann. Ich hab es auch

gleich in der Bandscheibe gespürt. Eventuell muss ich nächste Woche mal zum Arzt gehen.«

»Ja, ja«, unterbreche ich Hauke. Wer kann denn jetzt an Rückenprobleme denken?

Oscar ist immer noch blass.

»Herr Simader ist auf direktem Weg hierher gefahren und durch einen Seiteneingang ins Rathaus gegangen«, berichtet Hauke weiter und ich merke, dass er sich gar nicht wohl in seiner Haut fühlt. »Ich also auch durch den Seiteneingang rein. Was ich nicht verstehe, ist, dass an den Seiteneingängen gar keine Security ist. Wie geht das denn? Am Haupteingang stehen fünfzig Mann, und an den Nebeneingängen niemand. Da hätte auch ein Irrer hier eindringen und eine Bombe werfen können.«

»Es hat ja niemand eine Bombe geworfen«, sage ich genervt. »Wärst du jetzt bitte so freundlich und würdest mir erzählen, was Herr Simader hier gemacht hat? Wo ist er überhaupt?« Ich blicke mich um. »Ist er schon wieder gegangen?«

»Gleich«, meint Hauke. »Dann stellt sich Herr Simader also da drin, also da, gleich hinter der Tür, an so eine Säule und grinst die ganze Zeit. Dann hat er die Aktentasche, in der sich dieser Ordner hier befand, hinter die Säule gestellt und ist in den Toilettenraum da gegangen. Ich also schnell hin zur Säule und in die Tasche geschaut. Und was ich gefunden habe, hab ich ja gerade schon gesagt. Er … er … weiß alles!«

»Was?«, frage ich fassungslos, »aber Herr Simader ist der letzte Trottel!«

»Ja, das haben wir alle vermutet«, sagt Oscar.

»Offenbar war er kein Trottel«, meint Hauke mit unheilverkündender Stimme. »Er hat uns alle an der Nase herumgeführt.«

»Wie, er *war* kein Trottel?«, mir schwant Fürchterliches.

»Ich habe Herrn Simader erschlagen«, gesteht Hauke, und es schwingt ein wenig Stolz in seiner Stimme mit. Er schaut zu Oscar: »Das war mein erster eigenständiger Mord! Dann kam zum Glück gleich Oscar, der mal aufs Klo musste.«
»Wo ist Herr Simader denn jetzt?«, frage ich und mir ist zugegebenermaßen ein klein wenig schwindlig.
»Er liegt neben der Toilette in einem Raum, in dem Putzmittel aufbewahrt werden«, sagt Hauke. »Wir müssen ihn später entsorgen. Da liegen auch Plastiksäcke, in dem Raum.«
»Ja, das müssen wir wohl«, meint Oscar.
»Er war selbst Schuld«, meint Hauke schuldbewusst, »er hätte euch vor laufenden Kameras verhaftet. In seiner Aktentasche waren fünf Paar Handschellen.«
»Dieser Mistkerl«, sage ich und ärgere mich über Herrn Simader und auch über uns, weil wir allesamt so blauäugig waren. Wo seine Frau wohl ist? Wahrscheinlich in Arnis, Blumenkästen zählen. Dafür hat sie jetzt genügend Zeit.
»Danke, Hauke«, sage ich dann.
»Keine Ursache, Lindi«, Hauke ist erleichtert darüber, dass ich nicht böse bin.
»Meine Güte, was für ein Tag«, meint Oscar.
»Wir müssen die anderen informieren«, stelle ich fest. »Unser schönster Tag wäre fast unser schrecklichster geworden.«
Wir lassen Herrn Simader erst mal in diesem Raum liegen – da ist er schließlich vorläufig gut aufgehoben – und stürzen uns wieder ins Getümmel im Spiegelsaal.
Da stehen die vier Mädels. Ich nehme sie zur Seite.
»Wer hätte das gedacht?«, sagt Liesel ungläubig, »der hat so unscheinbar gewirkt.«
»Stille Wasser sind tief«, meint Heidi theatralisch und fängt

glücklicherweise nicht an, uns irgendeine Stelle aus den *Buddenbrooks* zu erzählen, was daran liegt, dass sie sich ununterbrochen Hackbällchen in den Mund schiebt.
»Lass das alles bloß nicht Wulf hören«, ich hebe drohend den Zeigefinger.
»Nein, nein«, schmatzt Heidi und schluckt. »So doof bin ich nun auch wieder nicht.«
Nein.
Wir stehen im Kreis und schlingen die Arme umeinander: »Fünf Leichen! Aber wir fünf leben«, sage ich.
»Genau«, nickt Peggy, »und das ist auch gut so. Es gibt auf der Welt doch noch Gerechtigkeit!«
»Hört, hört«, wir heben die Gläser. »Auf uns und unser Glück und unsere Freiheit!«
Wir stoßen an und trinken die Gläser in einem Zug leer.
»Wir haben es geschafft!«, rufen wir dann im Chor und lachen.
Dann gehen wir zurück zu Oscar, Hauke und den anderen und feiern weiter.
Nichts und niemand wird uns aufhalten können.
Niemals!

Steffi von Wolff
Fremd küssen
Roman
Band 15832

»›Carolin hatte Sex‹, brüllt mein lieber Kollege ins Mikro, ›und der Typ hat so laut gestöhnt, dass die Pfandflaschen von der Spüle gefallen sind!‹ Im Studio klingelt das Telefon. Yvonne aus Ettrichshausen wünscht sich für ihren verstorbenen Wellensittich das Lied ›Time to say good-bye‹. Und übrigens, was ich gern noch mal wissen wollte: Fragt mich jemand, ob ich ihn heiraten möchte, wenn ich verspreche, nein zu sagen? Hallo? Hallo …?«

Teilkörperbräunung am Barzahlertag oder warum bei einer Frau eigentlich nur die inneren Werte zählen. Lesen Sie dieses Buch nicht im Bett. Sie werden vor Lachen rausfallen.

Fischer Taschenbuch Verlag

fi 15832 / 1

Steffi von Wolff
Glitzerbarbie
Roman
Band 16077

Neue Abenteuer für Carolin Schatz: Ein Karibikurlaub endet mit Schiffbruch – und einem Angebot für eine eigene Talkshow. Caro überwindet Schlager singende Guerillakommandos, Säure spritzende Psycho-Frauen und wird berühmt. Doch ihre Freunde sind genervt und in ihre Beziehung mit Marius schlägt der Blitz ein. Caro schlägt zurück …

Ein Buch fürs Leben: Sie werden sich totlachen. Mit Daumenkino!

Fischer Taschenbuch Verlag

fi 16077 / 1

Oliver Uschmann

Hartmut und ich

Roman

Band 16615

Muss man Always immer tragen, nur weil sie so heißen? Darf man Fahrradfahrer auf offener Straße bewusstlos schlagen? Kann man schwer erziehbaren Katzen durch antiautoritäre Methoden zu einem besseren Leben verhelfen? Hartmut will es wissen! Der unglaubliche Roman einer unglaublichen Männer-WG.

Fischer Taschenbuch Verlag

fi 16615 / 1

Bunzel & Gaw
Alice@Wonderland
Roman
Band 16440

Alice ist Single. Alice lebt unter Date-Idioten, Fitness-Versagern, überforderten Karrierefrauen, gemeinen Müttern und anderen Wahnsinnigen. Und keiner versteht sie. Bis sie im Internet Alex kennen lernt. Von dem kauft sie gebraucht ein Single-Kochbuch. Damit das nicht so peinlich ist, schreibt sie in die Bestellung: »Ist nicht für mich!« Daraufhin setzt ein reger Mailverkehr ein, der Alices Universum tatsächlich zum Kochen bringt ...

Von den Autoren von »Ladykracher«.